啄木を支えた北の大地

——北海道の三五六日

小樽　啄木下宿跡

はじめに

これまで数多く語られてきた啄木論ではあるが北海道時代について掘り下げた考察は多くはない。というのは啄木が北海道で過ごした期間が短いものであり、またその中身が評価に価しないという認識に拠っているからであろう。

ちなみに啄木の北海道滞留の日々を整理してみると次のようになる。

◇函館　明治四十年五月五日〜九月十三日（一三二日）
◇札幌　明治四十年九月十四日〜九月二十七日（十四日）
◇小樽　明治四十年九月二十七日〜明治四十一年一月十九日（一一四日）
◇岩見沢〜旭川　明治四十一年一月十九日〜一月二十一日（三日）
（＊二十日は岩見沢、二十一日は旭川泊）
◇釧路　明治四十一年一月二十一日〜四月五日（七十五日）
（＊該年は閏年につき一日追加　＊＊四月六日は船中泊）
◇函館　明治四十一年四月六日〜四月十三日（八日）
◇小樽　明治四十一年四月十四日〜四月十九日（六日）
（＊小樽の留守家族を迎えに）
◇函館　明治四十一年四月二十日〜二十四日（五日）
（＊家族・友人と歓談後上京まで）

計　三五六日

あと十日で一年というきわどい滞道であった。それは必ずしも長い時間とは言えないが二十六歳で夭折した啄木にとっては決して短いものではなかった。言ってみればこの三五六日間、啄木はそのかけがいのない日々を北の大地で漂流と彷徨のうねりの中に過していたのである。

一時期、啄木と同じ職場で机を並べて過ごしたことのある野口雨情は釧路時代の啄木を評して「いわば石川の釧路時代は、石川の一生中一番興味ある時代で、そこに限りなき潤ひを私は石川の上に感ずる」と述べているほどである。単に釧路のみならず啄木が足跡を残した函館、札幌、小樽もまた啄木にそれと同等かそれ以上の影響を与えたことは疑う余地はない。

本書の意図は啄木が北海道を駆け抜けた三五六日の後を辿り、その意味を今一度問い直したかったという一言に尽きている。

二〇一一年八月一日　いわきから避難し、同居している孫娘の無事な誕生日を祝って

著者

目次

【凡　例】

①敬称は一切省かせて頂きました。

②啄木原稿ルビは啄木自身によるものです。

③啄木による難字は筆者の独断で〈カタカナ〉ルビをつけました。

④（＊・・・・）は筆者による補注です。

序章

開拓期の北海道と文学

札幌農学校
1877（明治 10）年４月　クラーク博士札幌農学校を去る。（恵迪寮史編纂委員会編『恵迪寮史』1933 年より）

一　開拓と文学

明治新政府樹立の一八六八年（元年）、新政府は函館に裁判所を開設し、新たに函館府を置き蝦夷地統治を始めた。一時旧幕臣による榎本武揚を中心とする独立国家立ち上げの動きもあったが敢えなく挫折、北海道開拓使による北海道統治が始まった。一八八六・明治十九年には北海道庁に組織編成となり植民、水産、山林、農業、工業、鉄道等の振興が進んだ。

なかでも注目された事業は一八七六・明治九年の札幌農学校の開校であった。初代校長調所広丈と副校長の森源三は共にその理念を「北海道の近代精神の源泉」として掲げその具体的な実現がクラーク博士（マサチューセッツ工科大学長）の招聘だった。

札幌農学校が北海道開拓に果した役割は計り知れないものがあり、またその卒業生たちは（新渡戸稲造、内村鑑三、佐藤昌介、宮部金吾、志賀重昂、有島武郎等）北海道のみならず日本近代化の先駆者としても活躍したことはつとに知られている。

思うに北海道開拓の歴史は「開拓」という、ともすれば杜撰かつ無計画で粗雑な進展になりがちな政策が殖産興業と人材育成という車の両輪が巧まずして円滑に進められた希有な歴史だったといえるかも知れない。

そういう流れは自然と人々を北海道に招き寄せる結果を後に見るように石川啄木が北海道にやって来たのは深い必然的な理由があってのことではなく、はっきり言えば生活に追い詰められてやむなく選ばざるを得ず、苦渋の果ての決断によってであった。それまで啄木は二度北海道を訪れているが二度とも義兄を訪ねて金策がらみの渡道であり、北海道という大地に興味や関心を持っての渡道ではなかった。

なかにはあたかも啄木が北海道の文学的風土に惹かれて渡道したとするかの如き説をなすものが見られるがそれはこじつけに等しい牽強付会の論法というべきで、事実に立脚したものではない。それゆえ啄木と北海道を語る場合は客観的に事実に基づいて語られる必要がある。そこで啄木と北海道を語る前に、啄木が北海道に渡ってきた前後の北海道における文学的風土というものを簡単に俯瞰しておきたい。

生んだ。農漁民、教師、流れ者、官吏、僧侶、士族、商人、詐欺師、前科者などが相次いで北の大地を目指した。中には開拓植民の悲惨な話も生まれたが、一方で希望をもたらす明るいニュースも〝内地〟に届いた。貧農から豪農に、流れ者から起業家に、世捨て人から篤農家に、といったようにこの時代はむしろ〝希望〟という期待を最も国民に与えたのが北海道という存在だったといって過言ではなかった。

そしてその開拓者魂が広大な荒れ地を押し拓き、その大地から豊かな豊穣の実りをもたらし、広大な海洋から尽きることのない水産の実を挙げ出すと人々はそのゆとりをやがて文化、芸術に求め出す。とりわけ文学は筆と紙から生み出される大衆にとって最も馴染みやすい教養であり文化であった。辺境と呼ばれた北の大地にいち早く芽吹き始めた文学は開拓者の心のゆとりにとって欠かせないものとなって燎原の火の如くその焔を広げていくことになる。

二　明治の文学

中村光夫は明治に於ける近代日本文学の萌芽と進展を次のように三期に分類している。(「現代日本文学史・明治」『現代日本近代文学全集』別巻一　筑摩書房　一九五九年)これをさらにかいつまんで整理してみると次のようになる。

《第一期》明治元年～二十年

戯作・戯文の旧時代の延長、加えて翻訳小説の出現という新旧の二重構造が特徴。新しい文学の姿を模索しつつ、啓蒙思潮とその脱出という試行錯誤の積み重ねの継続。近代文学創出の過度的苦悩の時期。いわゆる江戸時代の流れをくむ漢学流文士たち、例えば川田甕江・島田金重・本居豊穎・井上頼圀・権田直助といった固陋な保守文士の一派とこれを否定してあらたな思潮の導入を図ろうとする知識人たち、例えば福沢諭吉、森有礼、西周、中村正直などいわゆる明六社グループがこの期に於ける文学のみならず社会思潮の牽引役を果した。

《第二期》明治二十年～三十年

明治社会が安定するにつれて近代思想が定着、文学世界が成熟軌道に乗る。坪内逍遙、二葉亭四迷を先頭に尾崎紅葉、幸田露伴、森鷗外といった文士が登場。近代文学の草創期から一歩進んだ段階に入った。北村透谷や徳富蘆花もまた新たな文学の開拓に貢献した。この期はさらに自由民権運動が活発な議論を呼んで政治と文学の位相が真剣に問われることとなった。また東海散士の『佳人之寄寓』のように外国（スペイン）に主題を求めるような新しい試みも取り入れる視座が出現し、文学の土壌はより広い世界を目指し始めた。

《第三期》明治三十年～四十年

近代化思想の潮流に社会主義思想が流れこみ、明治社会に不安定さが募ると文学世界もその閉塞感から自然主義的潮流の脱却と挫折感が混然入り交じり、さらに新たな方向を模索し、再構築が求められるようになる。具体的には国木田独歩・川上眉山・田山花袋・岩野泡鳴・徳田秋声らがこの期の旗手たちであり、やがて島崎藤村・夏目漱石・森鷗外などが日本文学史を塗り替える役割を果す。石川啄木はこの狭間で葛藤するが病魔に襲われ夭折してしまう。永井荷風・谷崎潤一郎・志賀直哉らは現代文学を不動のものとして受け継いで大正・昭和への引き継ぎを確実なものとした。

このように日本文学はその草創期に試行錯誤を重ね、この明治期に既にその基盤を固め大正・昭和そして戦後日本文学の礎としての役割を果したということができよう。その意味では明治期はまさしく文学における開拓時代だった。

三　北海道文学の開拓時代

開拓期に於ける北海道の文学活動はと言えば、思った以上に早い時期から展開されていることに驚く。とは言っても当然のことながら、その基本的な特徴は北海道生まれで北海道育ち、つまり道産子《どさんこ》たちによるものではなく、道外から渡道して来た作家たちの手になるものである。

ちなみに北海道生れのいわゆる開拓第一期生の道産子作家の誕生リストを示すと次のようになる。（表1）

（表1）

作家名	生　年	生誕地	上京年・年齢	明治四十五年時年齢
武林　無想庵	明治十三年	札幌	明治十七年（四歳）	三十二歳
中村　武羅尾	明治十九年	岩見沢	明治四十年（二十一歳）	二十六歳
岡田　三郎	明治二十三年	松前	明治四十二年（十九歳）	二十二歳
子母澤　寛	明治二十五年	厚田	明治四十四年（十九歳）	二十歳
森田　たま	明治二十七年	札幌	明治四十四年（十八歳）	十八歳
素木　しづ	明治二十八年	札幌	明治四十五年（十七歳）	十七歳
中戸川　吉二	明治二十九年	釧路	明治四十二年（十三歳）	十六歳

（木原直彦『北海道文学史　明治編』より再構成）

開拓当時北海道の原住民はアイヌ民族が主流であった。アイヌ民族は文字を持たなかったため口承・伝承による物語文学という特有のスタイルを持っていた。知里真志保によればその文学は（1）神々を讃える詞曲と（2）人間を謳う詞曲とに大別され①自然神謡（カムイユカル）②人文神謡（オイナ）③英雄詞曲（ユカル）④婦女詞曲（メノコユカル）等に分類されるという。アイヌ民族にとって「神」には熊やオオカミらも含まれ、また自然界の植物や日常生活の器具用具もこの範疇に入っているという。またアイヌ民族は和人をヤウンクル（内陸人、本州人、北海道本道人）とレプンクル（オホーツク周辺に渡来した異民族）と分けて認識していたとされている。そしてアイヌ文学の中核を示すのがいわゆるユーカラで一種の英雄譚であり、シャクシャインなどで知られる人間の戦いと恋愛の物語だ。（『アイヌ文学』元々社、一九五五年）

文字を持たない文学、しかもそれまで聞いたこともないアイヌ語という壁は厚く深いベールに閉ざされてその内容は理解されないままであったが、それが少しずつ明らかにされていくのは金田一京助が明治末期からこの研究に着手して以来のことである。それゆえこの時点での開拓期におけるアイヌ文学と古来の日本文学史は接点を持たなかった。もっとも幸田露伴のように電信技師時代、余市の友人から聞いたアイヌの話を小説にしているから、アイヌという存在自体は既に認識されていたことが分かる。

ところで北海道文学研究の第一人者であり道産子でもある木原直彦は明治期の北海道文学を中村光夫の区分と照応させて明治三十年代を北海道文学の第二期とし、次のように述べている。

この時期が近代北海道文学の始期でも移植期でもあるが、特徴的にいえることは来道作家による放浪文学の比重が高いということである。葛西善蔵も石川啄木も岩野泡鳴も長田幹彦もしかりであって、彼らはこの北海道の風土のなかから文学的栄養を吸いあげ、その北海道を舞台にした数々の作品によって文壇的地歩を築く。いずれも彼らの代表作であるとともに日本文学のすぐれた遺産をなしたわけだが、北海道に近代文学の鍬を打ちおろしたのはこれら来道作家たちであった。圧倒的に放浪文学の流れが色濃いのは単なる偶然ではなく、拓かれた北方の未知の植民地が彼らを誘ったにほかなるまい。（『北海道文学史　明治編』北海道新聞社　一九七五年）

木原のこの指摘に異存はないが、ただ石川啄木についてはもう少し説明を加えないと誤解を招くように思う。というのも啄木は確かに北海道に渡ることによって様々な正負の〝恩恵〟を受けたが、北海道を題材にした作品によって文壇的地歩を築くことはできなかった。このことについては後に詳述する。ただ木原が先の指摘を次のように続けたことには全く異論はない。「彼らのその作品が北海道の歴史・自然・人間とかかわり、北海道の位置を広く日本にひろめる役割も大きく果したのである。」

四　道外作家と北海道との機縁

それではどのような作家（または作家の卵）たちが北海道とどのように関わり、その結果、どのような作品を残したのか少し整理してみよう。日本文学の草創期と北海道開拓の歴史との繋がりは思った以上に深い繫がりを持ったものであることが分かってくる。

1　幸田露伴
（一八六七・慶応三〜一九四七・昭和二十二年）

東京神田生れ。父は幕府に仕える裕福な身分だったが維新を迎えて下級官吏になって生活は困窮。このため露伴（本名成行）は早くから自活の道を選ばざるを得なくなり、十七歳の時、逓信省の電信修技学校に官費で電信技術生となり、卒業後は北海道余市電信局勤務の辞令を受けた。僻地に飛ばされたのは成績が同期生二十五人中最下位だったからと言われている。当人は固辞しようとしたが官費による就学だったため当局はこれを認めず露伴はしぶしぶ余市に赴任した。船便で東京から函館へ、それからさらに小樽港に降り立った。明治十八年七月のことである。小樽からは徒歩で余市まで向かったと言われている。現在でも小樽から余市までは車で一時間はかかるから、当時は行李一つを背負い、一日がかりの楽しくない〝遠足〟だったはずである。詰め込めるだけの本の入った重い行李を後悔しながら露伴が余市支局に着いた時は夜半を過ぎていた。

支局には支局長以下露伴を含めて五名、露伴は逓信者判任官十等技手月報十二円待遇でその頃の小学校教員の給料が五円だったからまあまあの身分だった。しかし、住民の大半はニシン漁で一旗あげようという流れ者の町で酒屋と花街ばかりが賑わう町だった。話し相手もなく、行李に詰めてきた書籍類はことごとく読み尽くしてしまった。むろん書店があるわけでなし、注文しようとしても余市まで配達されない。朝から夕刻までツートンツートンと電信機のキーを叩く生活にうんざりし、札幌本局宛に二度も辞表を出した。しかし、赴任後五年間の勤務義務が定められていたので許可されなかった。

東京では二葉亭四迷らが文壇でめきめき頭角を顕していたから露伴の焦慮感は限度に達していた。三度目の辞表を書くや露伴は身辺の衣類、書物を売払って旅費を捻出した。東京までの旅費にはとうてい届かなかったが、ともかく余市を飛出すことしか考えず脱出を決行した。

「身には疾《やまひ》あり、胸には愁《うれひ》あり、悪因縁は逐《お》へども去らず、未来に楽しき到着点の認めらるゝなく、目前に痛き刺激物あり、慾あれども銭なく、望みあれども縁遠し、よし突貫して此逆境を井でむと決したり、五六枚の衣を売り、一行李の書を典し、我を愛する人二三にのみ別をつげて忽然出発す。」（「突貫紀行」明治二十年『枕頭山水』博文館　明治二十六年）

一八八七（明治二十年）八月十五日、露伴二十歳。小樽港から漁師の船に頼り岩内、寿都、松前、函館にでた。函館では職場離脱ということで警察に一時捕縛されかけたが罪に問われず露伴は湯ノ川温泉でようやく解放感に浸ることができた。その後本州に渡って東京に着くのが九月二十九日。文字通り飲まず食わずの脱出行だった。露伴の雅号はこの時分に作った句「里遠しいざ露とねん草枕」に因っているという。それにしても弱冠十七歳で単身渡道した露伴が初めて見た積丹の風景は「物恐ろし」い次のような印象だった。

積丹の山は藐姑射の山のたぐひにはあらず、まことに後志の国に聳へ立てる嶮しき山にして、予が年いと若かりし時、函館より小樽に至る舟路の途上、あれこそ積丹の山よとて人の指し教へ呉れしまゝ、沖合より打眺めしに、山の姿もたゞならず鬼々しくて、腰より上には樹立なども有りとは見へず、岩やらん土やらん、むら禿げに禿げたるところの或は黄に襞積なして折からの夕日の光りに映えたるさま、何と無く都遠き風情ありて物怖ろしく覚へしが、夢の中に見し山は、即ちむかし現にてまことに見たりし山なりしなり。(『雪紛々』春陽堂　明治三十四年)

露伴は上京の二年後、『読売新聞』に「雪紛々」を連載するが、これはアイヌのシャクシャインの乱をモチーフとしており、はからずもわずか二年余の余市滞在から生れた作品であった。これはアイヌ文学の嚆矢とも称すべき画期的な作品で北海道文学の開拓期を象徴するものであった。

2 葛西善蔵

(一八八七・明治二十～一九二八・昭和三年)

青森県弘前市生れ。二歳の時一家で北海道寿都《すっつ》に移住。親戚を頼っての渡道であったが、思うような生活の定着はならず青森に戻ったあと二度、北海道に渡っている。二度目の渡道は一九〇三・明治三十六年、十六歳から二年間岩見沢、芦別などで鉄道車掌、行商などをしながら放浪の生活を送った。「私はこの島での都の安宿にくすぼってゐた。私はぢっとして暖かい春を待つだけの貯へが無かつた。またこの島から更に北の涯なる島へ渡るには、時期を失つてゐた。で私は丁度、砂金人夫の収入の多いと云ふ話に釣られて行つて見たのだが、身を切らるゝやうな凍つた河水に堪へ兼ねて、都へと舞ひ戻つた処であつた。」(『雪をんな』)というように見通しの全くたたない放浪の生活を続けていた。この一節のなかの「更に北の涯なる島」というのはそのころ日本領になった樺太のことで、後に述べる岩野泡鳴や野口雨情もまたこの前後、樺太に渡って一旗揚げようとしていたから、当時の渡道組のなかにはこうした〝北方志向〟のあったことも見逃せない。

葛西の三度目の渡道は一九二〇・大正九年十月、三十三歳のことで、この頃は既に中央文壇で作家の地歩を堅くしていた時であった。とは言っても当時作家として印税で身を立てることは並大抵のことではなく原稿料の前借りで糊口を凌ぐ有様だった。妻の実家から借金して「隠れ家もほしかったし、また十七八年も会はない姉に会つて此世の暇乞ひ」（『姉を訪ねて』）をするつもりで津軽海峡を越える。

当時鉄道は明治の末には函館～釧路が開通していた。姉のいる後志《しりべし》前田村には函館から倶知安まで鉄道で出て小沢《こざわ》で軽便鉄道に乗り換えて前田に向かわなければならなかった。小沢では駅前の荒井屋旅館に一泊、この旅館は有島武郎も時折利用したことがあり、長田幹彦もしばしば泊まったことがある。文章には残していないが、この旅ではおそらく岩内から船便で幼年期を過ごした寿都にまで足をのばしたことであろう。寿都は葛西にとっては心の故郷だったからである。

そういえば北海道を題材にしたもう一つの小説『悪魔』（一九一二・大正元年）には「俺は忍路高島を唄はう。俺は少年の夢を抱いて忍路高島を放浪したのだ。俺の胸は火であつた。けれども俺は死のうとした。がもし俺があの当時に死んでゐて呉れたら・・・あゝ少年の夢よ！俺にも今では忍路高島も唄へない。」という一節がある。忍路《おしょろ》は積丹半島の東部にある漁村であるが善蔵はここまで実際には足を伸ばしたことがない。しかしその積丹半島の反対側は幼い時期に過ごした寿都がある。善蔵の精神的バックボーンとしての原郷としての熱い思いが伺える。

3 国木田独歩
（一八七一・明治四～一九〇八・明治四十一年）

下総銚子生れ。独歩が北海道へ渡ったのは既に国民新聞従軍記者として名を馳せての後、一八九五・明治二十八年のこと。独歩の北海道移住志向はこの従軍記者生活前後に生じており、明治二十六・一八九三年には「吾が希ふ処は独立の生活なり、自由の身なり、吾れ実に農夫の生活を取りたくなれり、云ひ換ゆれば山林田園生活を送りたくなれり」（『欺かざるの記』）と記し、さらに具体的に「近頃、北海道移住、農業を営み、独立独行したしとの希望起りたり。」と北海道を名指してその決意を明確に表明している。その意志は日ごとに昂って「北海道行きは自由独立信仰のために必ず実行すべきものなりとの意愈々熾《さかん》なり」というように確固としたものになっていく。独歩は札幌農学校にいた内村鑑三の影響を受けていたし、恋愛関係になっていた佐々城信子の実家は縁戚を北海道に持っていたこともあって話は急速に展開していった。

独歩が北海道に旅立ったのは一八九五・明治二十八年九月十六日、青森の中島屋という旅館で一夜をあかし、翌日津軽海峡を越えて函館に上陸。函館からさらに船便で室蘭に向かった。室蘭からは室蘭本線で岩見沢経由で札幌に入った。札幌では新渡戸稲造と会い移住の決意を伝え、また開拓庁を訪ねて居住地域と土地購入の手続きをとるなどその意気込みたるや周囲を驚かせたほどであった。開拓庁の移住担当者が示した資料の中から独歩が選んだのは歌志内近郊の空知川を望む一区画（赤平）であった。行ってみると、そこには一軒の小屋が建っていた。「三間と四間位の小屋にして極めて粗造なる者なり。われつらつら内部を見たり。実にこれ立派の者なり。以て献身者の住家たるに足る。以て苦労する人の家たるに足る。以て読書と沈思と祈祷とに足る。」独歩は「寂寞たる森林」に囲まれたこの小屋がすっかり気に入って購入することにした。札幌に戻ってみると一通の手紙が届いていた。恋人で婚約したばかりの信子から「急にアメリカに単身渡ることにした。」という内容である。驚いた独歩は取るものも取り敢えず急いで上京する。独歩は信子に北海道の自然や開拓の将来を説くが信子の決心は堅かった。結婚式はあげたものの不仲が続いて信子の渡米も独歩の北海道移住も共に水の泡と消え失せてしまう。

しかし、僅か十二日間しか滞在しなかった北海道であったが、その印象は生涯消えることはなかった。北海道を去って七年後に著わした『空知川の岸辺』（明治三十五年）には北海道に寄せる独歩の熱い思いが滔々と語られている。「余は遂に再び北海道の地を踏まないで今日に到った。たとひ一家の事情は余の開墾の目的を中止せしめたにせよ、余は今も尚ほ空知川の沿岸を思ふと、あの冷厳なる自然が、余を引つけるやうに感じるのである。」この作品について木原直彦の次の指摘は実に正鵠を射た評価というべきであろう。

近代文学作家で初めて本道の自然の本質をとらえたのは、国木田独歩の「空知川の岸辺」であった。近代精神によって本道の自然と切り結んだ最初の小説であり、北海道文学の前奏曲をなし、北方のリリシズムの源泉をなした小説である。（『北海道文学史　明治編』前出）

また独歩の『牛肉と馬鈴薯』は先の『空知川の岸辺』より一年早く発表されたものだが、牛肉＝都会、現実主義者、インテリ、馬鈴薯＝田舎、理想主義者、庶民という比喩的位置づけをしながら北海道に於ける生活者の思想と現実を描こうとしたもので、独歩文学を代表する作品とされる。また北海道の自然を謳いあげた「山林に自由存す」という詩もまた独歩の北の大地への自然賛歌である。（『独歩吟』

明治三十年）その一節を引いておこう。

山林に自由存す
われこの句を吟じて血のわくを覚ゆ
嗚呼《ああ》山林に自由存す
いかなればわれ山林をみすてし

なつかしきわが故郷は何処ぞや
彼処にわれは山林の児なりき
顧みれば千里江山
自由の郷は雲底に没せんとす

やがて独歩は一九〇五・明治三十八年『独歩集』（含「牛肉と馬鈴薯」）、明治三十九年『運命』明治四十一年『独歩集第二』など注目される作品を発表、自己の内省的記録として『欺かざるの記』は彼の死後四ヶ月後に出版された。

後に石川啄木が最も愛する作家として独歩を挙げ『牛肉と馬鈴薯』を絶賛したのは独歩と北海道の関係を知ってのことだったろうか。北海道から東京に出て売れない小説を懸命に書いていた啄木がこのことを知っていれば啄木の作品は少し変ったものになっていたかも知れない。

4 徳富蘆花

（一八六八・明治元～一九二七・昭和二年）

熊本県葦北郡水俣生れ。確執の絶えなかった徳富蘇峰は実兄。出世作『不如帰』（一九〇〇・明治三十三年）は五十万部という空前のベストセラーになり、俳人の高浜虚子が感動の書簡を蘆花に送って「小説に涙を落す火鉢かな」という句を詠んだほどあらゆる階層の読者に読まれた作品のほか『自然と人生』（一九〇〇・明治三十三年）『新春』（一九一八・大正七年）や『富士』（四巻、一九二五・大正十四年）などの作品がある。

蘆花と北海道の結びつきは明治三十六年四月、作家としての不動の地位を築いていた東京青山原宿の蘆花を北海道旭川師団付陸軍士官小笠原善平の来訪に始まる。小笠原は乃木希典将軍に仕えたこともあり、また文学にも関心を持ち蘆花の熱烈な読者でもあった。小笠原は必要な資料や話題を提供するから乃木将軍を小説にしてもらえまいかと熱心に蘆花に頼み込んだ。蘆花もかねて乃木希典について興味をもっていた。小笠原が乃木将軍のことや軍隊社会の生臭い話、そして自分が軍人としてどう生きるべきなのか訥々として話すのを聞いて、乃木将軍もさることながらこの青年士官に関心を抱いた。蘆花の頭のなかに〝国民的人気のある将軍と無名の下士官〟という小説に出来そうな構図が浮かびつつあった。

やがて旭川に戻った小笠原からは師団の感想や小笠原自身が書いた幾つものエピソードを綴った文章が毎週のように送られてきた。それを読み続けていくうちに蘆花は北海道に渡り旭川に行って自分の眼で旭川とその師団を見て来ようと決意する。かくして蘆花が初めて北海道に妻愛子と渡るのは明治三十六年八月初旬のこと、三十五歳であった。

横浜から函館行きの朝顔丸は三日かけて函館港に着き、この日は函館見学をした後船便で室蘭に行き、それから鉄道で旭川へ出た。しかし、蘆花は師団を外部から眺めただけで小笠原には会っていない。小笠原はこの時、津軽海峡守備の任の為青森師団に派遣され留守で会えなかったのである。旭川には一日いただけで札幌にでて三日間を過ごしている。札幌農学校や大通りのアカシヤ並木を歩いたが誰にも会っていない。その後、小樽から佐倉丸で積丹の神威岬を眺めながら小説の構想を練った。函館では大沼公園に足をのばし、湯の川温泉にもつかった。二週間ぶりに東京に戻ったが、北の大地の自然と風土は蘆花に執筆意欲をかき立てずにはいなかった。

小笠原は蘆花の求めに応じて必要な資料と話題を惜しまず提供した。日露戦争での乃木将軍の活躍と息子の戦死という小説を地でいく状況や小笠原自身が激戦となった旅順攻撃に出発する際に死を覚悟して身の回りの資料総てを蘆花に送った。感動した蘆花は直ちに机に向かった。作品は二千ページ、三巻となって一九〇九・明治四十二年、警醒社から『寄生木』というタイトルで発表された。本文では小笠原は篠原良平、乃木将軍は大木となっている。この主人公は婚約者との結婚が出来ず、はかなんだ小笠原は拳銃で自殺してしまう。評論家の荒正人は「堂々たるヒューマンドキュメント」と激賞したが、蘆花自身最も愛着を持った著作と述べている。

『寄生木』出版の翌年、四十二歳の蘆花は妻子を伴い二度目の渡道をする。この時の記録は「旅日記から─熊の足跡」『み、ずのたはごと』（新橋堂、大正二年）に詳しいがその第一の目的は『寄生木』の主人公小笠原善平がいた旭川師団を訪れることであった。函館、札幌、神居古潭、名寄を経て旭川に入る。七年前、蘆花はこの師団の周囲を回っただけだった。「余等は市街を出ぬけ、石狩川を渡り、近文のアイヌ部落を遠目に見て、第七師団の練兵場を横切り、車を下りて春光台に上つた。春光台は江戸川を除いた旭川の鴻の台である。上川原野を一目に見て、旭川の北方に連畳の如く蟠踞《ばんきょ》して居る。」そして蘆花はこの春光台に立ってその感慨を一句に込める。

春光台の腸《はらわた》断ちし若人を
　　偲びて立てば秋の風吹く

そして追悼の一文を次のように結んでいる。

余等は春光台を下りて、一兵卒に問ふて良平（＊小笠原善平）が親友小田中尉の女気無《をんなげな》しの官舎を訪ひ、暫く良平を語った。それから良平が陸軍大学の予備試験に及第しながら都合上後廻はしにされたを憤ちて、硝子窓を打破つたと云ふ、最後に住むだ官舎の前を通つた。其は他の下級将校官舎の如く、板塀に囲はれた見すぼらしい板萱の家で、垣の内には柳が一本長々と枝を垂れて居た。失恋の彼が苦しまぎれに渦巻の如く無闇に歩き廻つた練兵場は、曩日《のうじつ》の雨で諸処水溜りが出来て、紅と白の苜蓿《うまごやし》の花が其処此処に叢《むら》をなして咲いて居た。

小笠原善平に寄せる蘆花の思いの籠もった言葉である。それにこの最後に出てくる苜蓿の花は石川啄木を迎えた函館苜蓿社のシンボルである。あたかも蘆花の言葉が「苜蓿」を介して啄木の渡道に連関していたかのようである。ちなみに啄木が函館にやって来たのはその二年前のことであった。

5　島崎藤村
（一八七二・明治五〜一九四三・昭和十八年）

長野県馬籠生れ。東京の明治学院を卒業後、明治学院女学校教員となる。一八九三・明治二十六年、星野天知、北村透谷、戸川秋骨、上田敏らと『文学界』創刊に加わり、柳田國男とも知り合う。この頃、藤村は教え子の佐藤輔子に恋をする。輔子は札幌農学校第一期生で後に北大初代総長となる佐藤昌介の妹である。藤村は星野天知を介して思いを伝えるが輔子には既に札幌に許嫁がいることが分り、輔子も心を動かされるが、成らぬ恋を断念し失恋の痛手から明治学院教員を辞し漂泊の旅にでた。旅から戻ると学院から強く要請されて教壇に戻った。輔子は札幌に戻って結婚したが三ヶ月後に病に罹り二十四歳の生涯を閉じた。

藤村の初期の作品『春』（東京朝日新聞　明治四十一年）は自伝的長編小説であるが、ここには輔子（安井勝子）藤村（岸本捨吉）が登場する。

次第に岸本は前後《あとさき》を顧みない様に成つた。終には、友達の手も借りず、勝子の家へ宛てて直接《ぢか》に手紙を送るといふ無謀なことを行《や》つた。岸本の胸は溢れ過ぎて、思ふところを十分言ひ表せない。それに比べると、勝子から来た返事は　自由に書いてある。真情がよく出て居る。鎌倉の寺に奈何《どう》いふ日を送つて居るか、といふ意味の書出しで、『君』といふ言葉がところどころに使用《つか》つてあつた。勝子は最早子弟の関係を忘れて、純直な、可憐な胸を開けて見せた。

勝子が札幌に発つ時、別れの挨拶にやってきて「『先生、いろいろお世話になりました・・・』斯う言つて、勝子は紅く泣腫れた顔を上げた。彼女はまだ何か言はうとしたが、それを言ふことは出来なかつた。岸本は黙って、御辞儀をして、別れた」この別れが今生のものとなった。その死を知った藤村は「地《ぢべた》が隆《たか》く持上がつたり、空が黄色く成つたり、そこいらに在る物の象《かたち》がグラグラ揺《うご》いて見えたりした。」藤村にとって輔子という存在は生涯忘れることの出来ないものであった。『若菜集』（明治三十年）には輔子への愛を謳った作品がちりばめられている。ここではその一節のみを引いておこう。

まだあげ初《そ》めし前髪の
林檎《りんご》のもとに見えしとき
前にさしたる花櫛《はなぐし》の
花ある君と思ひけり　（「初恋」）

佐藤輔子と藤村の出会いがなければ『若菜集』は生まれなかったと言われる。それは函館の啄木が橘智恵子に邂逅したのと軌を同じくしている。橘智恵子への思慕がなければいま我々が目にする『一握の砂』の中にある智恵子を歌った作品は生まれていなかった。ただ、異なるのは藤村が輔子の死に遭い、啄木は智恵子の死の前に身罷《みまか》ったということである。

藤村に縁談が持ち上がったのは輔子が亡くなって三年後のことである。しかもこの縁談は不思議な縁に拠っていた。というのは相手の秦冬子が明治女学校卒業生で父秦慶治は函館末広町の住人だったこと、さらに亡くなった輔子の夫の再婚相手になったのはやはり明治女学校卒の秦冬子の同級生だったこと、二つの縁談が北海道と明治女学院、同級生という因縁で連環していたのである。かくて藤村は秦冬子と結婚し、小諸に住みながら詩から小説へと転進の道を歩み出す。そして「破戒」を書き出す。貧窮のため冬子は栄養不足で眼疾を患った。出版の当てがないので藤村は自費出版を決意し冬子の実家にその資金を出してもらおうと函館に赴く。だから藤村の渡道は金策の為であった。啄木も盛岡時代上京の費用を作るために小樽の義兄を頼りに金策にでている。

　藤村が津軽海峡を渡ったのは一九〇四・明治三十七年七月二十七日であった。この年二月に勃発した日露戦争によってロシアのバルチック艦隊が一週間前津軽海峡に入り連絡船高島丸を撃沈、さらに太平洋に進んで東北漁港を攻撃するという事件が起こったばかりであった。藤村の乗っていた駿河丸もロシア戦艦の攻撃を受けるところだったが函館港から出撃した戦艦の護衛を受けて辛うじて助かった。藤村の渡道はまさに命がけだった。逆に言えば一命をかけても『破戒』を出版しなければという必死の思いであったというべきであろう。

　臥牛山が眼前に顕出《あらは》れました。赤々とした断崖の一角が嶮しい傾斜になつて、海の方へ落ちて居るところを見ると、その日をうけて白く光るのは函館の港の空。一羽の海鴎は舷近く飛んで、先づ自分等の無事を祝ふかのやうに見えるのでした。四時の定刻には港口につきました。あゝ甲板の上から函館の市街を望むだ時のその人々の歓喜は奈何でしたらう。山腹の傾斜に並ぶ灰色の板屋根、石と砂とを載せた南部風の家々の間には、新しく甍《いらか》も聳えて、松撫《まつぶな》『いたや』の緑葉につゝまれた其風景、または日に輝く寺院の高塔から、税関と病院と多くの学校の建築物までーその新日本の港の眺望は、煙と空気とにつゝまれて、自分等の眼前におもしろく展けました。海岸に集まる黒山のやうな人々は、狂ふばかりに歓喜の声を掲げて、定期船の無事な入港を迎へたのです。（『津軽海峡』明治三十七年）

藤村は函館末広町の網業を営む岳父秦慶治家に八日間滞在した。基本的に嫁の実家というのは居にくいものだが秦家は寛大な家族だった。八日もごろごろして函館山や五稜郭を散策し山海の珍味を味わった。何より快く自費出版費用の四百円を出して貰い渡道の目的を果した。心の隅に佐藤輔子は宿っていたがこの時ばかりは冬子との結婚をある種の後ろめたさとともに感慨をもって受け止めたことであろう。

　話が後先になるが藤村には『突貫』（大正二年）、という作品もあり、ここでは函館滞在中の具体的な思い出が回想されていて、慶治が藤村から出版の相談を受けると「自分で書いたものを出版するといふのも一種の実業だ、要るといふ時に電報を一つ打つてよこせ、金は直ぐ送らう」と言ってくれたし「阿爺《おやじ》の懇意な陶器屋の旦那に誘はれて養育院に行き、私は貧しい子供たちに小さなお伽噺を一つした」という経験もした。秦慶治の温かな人間関係や慈善事業への関心を伺えるエピソードである。また藤村は『家』(「読売新聞」明治四十三年〜四十四年)という小説の中で岳父慶治を「名倉の父」として登場させている。「名倉の父は、二人の姉娘に養子して、今では最早余生を楽しく送る隠居である。強い烈しい気性、実際的な性質、正直な心—左様いふものは斯の老人の鋼鉄のやうな額に刻み付けてあつた。一代の中に幾棟かの家を建て、大きな建築を起した人だけあつて、ありあまる精力は老いた体躯を静止さして置かなかつた。愛する娘のお雪(＊冬子)が、奈何《どう》いふ壮年《わかもの》といっしょに、奈何いふ家を持つたか、それを見ようとして、遙々遠いところを出掛けて来たのであつた。」

『破戒』は一九〇六・明治三十九年三月、四六版、薄緑の装丁、全五七八ページの自費出版として刊行された。誰も遠ざけていた部落問題を真正面から取り上げた初めての小説であった。夏目漱石が「明治の最初の小説」と高く評価した。最初の一冊とその原稿も岳父慶治に捧げられたが、その原稿は一九〇七・明治四十年、函館大火によって焼失してしまった。啄木もこの大火で小説原稿『面影』を失っている。

藤村と秦家を偲ぶものは上磯郡葛登支岬にある「寿楽園」庭に建っている「寿翁遺跡碑文」である。この碑文は藤村が筆をとったもので、今は草むらに掩われてひっそりと眠るように建っているという。

6 野口雨情
(一八八二・明治十五〜一九四五・昭和二十年)

茨城県磯原(現北茨城市)生れ。「船頭小唄」(おれは河原の枯れすすき)や童謡「七つの子」「しゃぼん玉」「黄金虫」などで知られる国民的謡人。雨情は個人的記録を残すことに全く無関心だったため、正確な生涯の足跡を知ることは難しいとされている。例えば明治三十九年七月樺太に渡っているがこれも諸説があり、(1)単なる旅行(2)愛人と共に逃避行(3)一旗揚げる為の下見(4)行商(5)樺太国境制定の委嘱委員、など多岐に分かれているほどである。この時、雨情が樺太を引き上げるのは十一月ということだけはハッキリしている。

＊なお、磯原は風光明媚な環境に抱かれた町で野口雨情記念館や生家も保存されていたが二〇一一(平成二十三)年の東日本大震災で地震と津波によって大破し、貴重な資料の多くが散失して了ったという。この惨状を、雨情が生

きていたなら、その感慨をどのような歌詞《うた》に遺しただろうか。

　ともあれ、最初の渡道は一九〇七（明治四十）年七月、雨情二十五歳、札幌北鳴新聞社に入社の後、小樽日報、北門新報、北海タイムス、胆振新報、北海道旭新聞などを転々。小樽日報では石川啄木とデスクを並べた。一九四〇・昭和十五年七月札幌、旭川、層雲峡、八月釧路、弟子屈方面を廻った。北海道旭新聞社にいた雨情を樺太でカニ缶工場経営に失敗した岩野泡鳴が訪ねている。雨情が本格的に詩《うた》を作りたいから、そろそろ上京するつもりだと言うと泡鳴は「それがいい、頑張ってくれ給え」と激励したと言う。

　雨情には「層雲峡小唄」や「留萌小唄」などの作品はあるが北海道を舞台にした作品は民謡を除いて直接見られない。しかしながら、転々と漂泊の日々を送った新聞記者時代にもいくつもの詩歌を作り続けて東京の文学雑誌に送っており、北の大地が雨情の詩心を妨げるどころか、むしろその心情を逆に昂めている。荒んだような環境でありながら作詩を諦めなかった。換言すれば北海道の風土は雨情の詩心を育んだのである。雨情がこの北海道時代、国木田独歩の急逝を知って認《したた》めた一文「噫独歩氏逝く」がある。（全文）

　思へば最早三年にもなる。空も寒い風がうそうそ吹いて今年も最《も》う秋の暮だなと私は圧《ふ》さるる様な寂しさを感じ何時もの如《やう》に郷友の誰彼に遭《あひ》たく日暮方から飄然《ぶらり》と鷹見思水君を新桜田町の旧近時（ママ）画報社に訪ねた。

　色の浅黒い紋付の羽織を着た黒瞳黒髯《こくせん》の一少壮紳士が君は何誰《たれ》だと私に聞く。何時《いつ》ぞや蒲原有明氏と日比谷公園で遭つた時共に歩いて居た紳士は此人でなかつたか知らと私は不図思つた。密《ひそか》に鷹見君に聞けば果して国木田独歩君だと言ふ。私は初めて独歩氏と相語るを得たのは実に此時である。独歩氏は将しく江戸ッ子気質の人、能く談じ能く罵り、皮肉口を衝いて出て、氏自らも皮肉家なりと自覚して居た。其後翌年の五月氏は西大久保へ移つて間もなく大久保会なる所謂食道楽会（但し竜土会に倣つたもの）を組織した。会員は戸川秋骨、大町桂月、片上天弦、水野葉舟、吉江孤雁、前田木城、窪田空穂氏等で私も又その一人である。その内私は北海道へ来ることとなつて東京を出て仕舞つた、して一日は一日よりより多く姑息な生活の為に知らず知らず東京の諸友人に遂ひ音信を欠き今は確《かた》く中央文界の風潮にさへ遠ざかつた、何時《いつ》ぞや東信の端に独歩氏は久敷《ひさしく》湘南に病痾静養中と聞いたが、元来釣好きな氏は釣でも垂《さ》げて遊んで居ることとのみ思つて私は深く気にも止めなかつた。
今や突然独歩氏逝きて帰らざると聞き今更ながら人生不甲斐な気に憬《し》みじみと情けなくなる。氏は明るい湘南の風光に憬れつつ不帰の鬼籍に入り、私はグルーミーな北海道の生活難に瀕々として遙に君《くん》を慕つて止まぬ。(「北海タイムス」明治四十一年六月二十七日『定本　野口雨情　第六巻』所収)

雨情が自ら北海道での「東京の諸友人に遂ひ音信を欠き」といいその生活を「グルーミー」と称したことも雨情の心情を知る上で注目される。ただ、先に述べた通り「諸友人への音信」は欠いていたが北海道で折々に書いていた作品はきちんと出版社に送っていたのであるから文芸上の発心を忘れることがなかったといえよう。決して楽でなかった北海道の生活ではあったが、その自然風土は野口には作品を書く意欲をかき立てたのかも知れない。この点、北海道滞在中に見るべき作品を殆ど残せなかった啄木とは対照的だった。

7 岩野泡鳴
(一八七三・明治六～一九二〇・大正九年)

兵庫県淡路生れ。渡道は一九〇九・明治四十二年、泡鳴三十六歳だが、それまでに泡鳴は独歩らと『文壇』を発刊したり詩集『夕潮』小説『耽溺』を出版したりして自然主義文学の担い手となっていた。この前後女性問題で嫌気をさした泡鳴は樺太に逃避、当地でカニ缶製造を企てるが失敗。一方でこの間に泡鳴がどんな伝手《つて》を使ったのか分からないが樺太海岸巡察旅行に加わってロシア領踏査に従ったとする説もある。とすれば時期的には工場の経営破綻と同じくしているから、なんとか樺太に留まって捲土重来を期したのかもしれない。しかし、事態はかなり悪くなっていたので樺太にいては危険だと考えて北海道に〝逃避〟する。泡鳴の小説『放浪』の冒頭は次のように始まる。「田村義雄」が岩野泡鳴である。

樺太で自分の力に余る不慣れな事業をして、その着手前に友人どもから危ぶまれた通り、まんまと失敗し、殆ど文なしの身になつて、逃げるが如くこそこそと北海道まで帰つて来た田村義雄だ。

小樽直行の汽船へマオカから乗り込んだ時、義雄の知つてゐる料理屋の主人やおかみや、芸者も多く、艀《はしけ》で本船まで同乗してやつて来たのは来たが、それは大抵自分を見送つて呉れるのが主ではなく、二三名の鰊漁者《にしんれふしや》、建《たて》網番屋《あみばんや》の親かたを、「また来年もよろしく」といふ意味でなつけて置く為めだ。

渠《かれ》とても、行つた初めは、料理店や芸者連にさう持てなかつたわけでもない。然し失敗の跡が見えて来るに従ひ、段々融通が利かなくなつて来たので、自分で自分の飛揚すべき羽がひを縮めてしまつたのである。よしんばまた、縮めてゐないにしたところで、政庁の方針までが鰊を人間以上に大事がり、人間はただそれを捕獲する機械に過ぎないかの様に見為《みな》してゐる樺太のことだから、番屋の親かた等がそこでの大名風を吹かせる勢ひには、とても対抗出来る筈のものではない。

負け惜しみと言えばそれまでだが、それでも泡鳴は実業家としての意志を失っていない。というのは例えばふとした奇縁からある道議会議員に委嘱されて胆振、日高、後志、渡島を廻ってその実情報告を求められたことがある。この時の記録は小説『断橋』に書かれているが、その目線はただの旅行者ではなく、またありきたりの実情報告でもなく鋭く現状を見抜く実業家のそれであった。これは明治四十二年九月二十八日から十月十六日まで、道庁技手長浜満吉を伴った〝官費〟旅行であったが、例えば石狩地方を廻った時の記述がその一例である。

義雄が最も多くの注意を引いたのは、岩見沢牧畜生産販売組合（この種の組織はまだ我が国に例が少ない）と、その北海道バタ製造所とである。若し牛を飼ふとすれば、種を目的とするか、然らざれば、バタや乾酪《チーズ》、缶詰などを製するまで行かなければうそだと考へた。

そして、義雄の手帳には、次ぎの如く書き下されてある—牛乳五六升で、バタ一斤、牛、一匹一日の産、五升より一斗二升。年、五六ケ月間。一年、平均十二三石（七八石のもあり）。バタ一斤、七十銭。十二石に付き二百斤、百四十円也。牛一頭の飼料一ヶ月平均三円、一カ年三十六円也（舎飼、放牧等をこめて）。バタ製造機械のうち、セパレータ二百円。タル（チャン、増返機）三十円。圧搾機八十円らを込めて、五百円入用。

ここまで仔細に計画や見込をこまめに書いているのは岩野泡鳴は単なる文士とは言えないし、またカニ缶工場の失敗は泡鳴自身が杜撰で見通しのない起業家としての責任と単純に断じることに躊躇いを覚えてしまうほどであり、カニ缶の失敗はもっとべつのところに原因があったとしか思えない。泡鳴はこの時の言い訳を一切しなかったが、次の言葉は〝誤解〟されている自分への婉曲な釈明と読むべきかもしれない。

きのふ見た大原野の一部なる幌向原野は、不毛な泥炭地で、見渡す限り、茅ばかりの一面じめじめしたところだと思つた。然し、今、汽車がその一端を走つてゐると、人家のともし火が一つ二つ見える。そして多くの人々の返り見ない、こんな泥炭の大湿地《やち》にも、小開墾者が寂しく住んでゐるのかと思ふと、そのともし火は義雄自身の様な一文なしの寂しみを表してゐる。

如何に北海道といふ自由な天地に来ても、金がなければ、何等の計画も成立しないと等しく、かの火をともす家人が、一個人として、如何にその一小地積を開墾し得たとしても、殆どその効力はなからう。この原野全体が湿地《ヤチ》であるのだから、その全体を乾燥させる為めの大排水工事をしない以上は、渠が動かす鍬さきから、不毛の湿りが、義雄の所謂刹那の生気を離れ行く劣敗者の周囲に集る虚無の死の如く、渠の周囲に攻め返して来る。

この小説はもとより『放浪』（明治四十三年）『憑き物』（明治四十三年）は北海道なしでは生れなかった作品である。また『憑き物』には「失敗したのはおれに取つておれその物事業の第一歩であつた。その第二歩は実際にこれからだ」という記述はそれは単に工場経営の失敗だけではなく色恋沙汰を繰り返す己の人生に対する戒めの言葉でもあったろう。

またこの旅行で泡鳴はアイヌ民族にも関心を寄せて冷静な目で観察している。この時期に偏見を持たずにアイヌ民族を捉えようとしているのは、如何にも泡鳴らしい。

北海道で馬車鉄道の敷設されてゐるのはこの旭川町だが、その鉄道によつて、師団裏なる新高臺《しんかうだい》の近所へ行き、その高臺の紅葉を遠望しながら、近文の旧度人部落を徘徊して見た。そして、思ひ出したのは、この部落のアイノ《（ママ）》の所有地を、東京の某富豪が本道の前長官と相謀り、土人等をたばかつて立ちのかしめ、師団に高く売りつけようとして失敗したことだ。

幸ひにして、北海道の人士が土人に同情したから、土人は無事であつて、今ではその所有地を和人に貸与して、それからあがる借地料を以つて、道庁は日本流の家を建ててやつたが、矢張り、住み難いからであろう、彼等は冬になると、その結構な家を物置同様ににつかつて、別なところへ半ば小屋のやうなものを造り、そのなかに住ひする。

さらに泡鳴は「アイノ文学のやがて滅亡に帰しかけてゐるのを、またその文学が耶蘇教的外人の偏見で研究されてゐるのを、一つ、自分が正当に収集してやらうと云ふのも、つまり自分も亦おのづからそんな劣敗者であるからのけちな思ひ付きではないか知らんと反省する。」と述べアイヌ文学の収集と保存に意欲を示していることも注目に値する。しかし、その意図は泡鳴が滞道わずか三ヶ月で早々に東京に引き上げたため実現には至らなかった。

なお、末尾になったが石川啄木は盛岡で『小天地』の編集をした際、泡鳴に原稿を依頼したところ快く応じ「御霊『深み』」を寄せている。感激した啄木はこの詩を巻頭に飾った。

『肉《にく》を洗《あら》へ』と暁《あけ》の波《なみ》の
遠《とほ》き響《ひゞき》を近《ちか》く聴《き》けば、
みどり淀《よど》みて解《と》けし霊《たま》の
かをりゆかしくわれを打《う》ちて、
眠《ねむ》り心《こゝろ》の目《め》こそ覚《さ》むれ、
九里《くり》の海岸《かいがん》にいまだ狭霧《さぎり》
かすむ中《なか》より、白き七五三《しめ》や一
これぞ、ねぢれも荒《あら》く延《の》びて、
御霊《みたま》『深《ふか》み』の秘義《ひぎ》を囲《かこ》む。

斯《か》くも夜《よ》あけはつらきものか、
われと海《うみ》とを二《ふた》つに分《わ》けて、
われを小《ちひ》さく目覚《めざ》めしむる。
寧《むし》ろ夜《よ》なれや、とこしなへに
夢《ゆめ》をわれ等《ら》は一《いち》になさん。

泡鳴はこの時、三十二歳、詩集『夕潮』『悲恋悲歌』で詩壇登場の新人であった。啄木の編集の慧眼を示す一例と言えよう。

8 長田幹彦

（一八八七・明治二十～一九六四年・昭和三十九年）

東京生れ。開業医の家に生れた次男は読書好きで次々と小説を買い漁っては読破する文学青年だった。親友の穂積貞三が札幌農学校に行くというので一緒に受験し、合格。しかし父は北辺の地に息子を出したがらなかったため断念して早稲田大学英文科に進んだ。在学中から与謝野鉄幹主宰の新詩社に加わり、やがて新詩社を辞め北原白秋、吉井勇、木下杢太郎などが出した「スバル」に加わって文筆活動に入った。

早稲田在学中から国木田独歩の『空知川の周辺』に傾倒していた幹彦は札幌農学校にいる穂積貞三に会うため北海道に渡るのが一九〇九（明治四十二）年の春。しかしこの時は僅か一週間ほどしかいなかった。穂積は幹彦と別れて間もなく病気にかかり急逝した。幹彦が受けた衝撃は深くその鎮魂の思いを果そうと翌四十三年九月に二度目の渡道をする。

有島武郎と会ったり、札幌のマチを彷徨したりして過ごしているうちに札幌市街を流れる豊平川岸の中之島公園で粗末なテントを張っていた「中村一座」という芝居小屋に足を踏み入れた。見物人は数人で盛り上がりに欠けていたが幹彦は木訥でありながら懸命に役をこなす光景に感激し、終演後楽屋に行って挨拶した。これには座長の方が感激して意気投合した。下手な文学よりこういう生き方が文学以上の中身がある、幹彦はしばらく一緒に同行したいというと座長は快諾した。斯くして幹彦の道内旅一座の行脚が始まった。その体験を綴った『澪《みお》』（明治四十四年）の冒頭は次の様に始まる。

羊蹄《やうてい》、樽前《たるまへ》の山脈《さんみやく》を越《こ》えて凄《すさま》じい北風《きたかぜ》がもう間《ま》もなく雪《ゆき》を運《はこ》んで来《こ》ようとする頃《ころ》であつた。黄褐色《くわうかつしよく》に彩られた荒涼《くわうりやう》とした胆振《いぶり》の原野《げんや》の彼方此方《かなたこなた》に散在《さんざい》してゐる新開《しんかい》の村落《そんらく》を流《なが》れ歩《ある》いてゐた中村一座《なかむらいちざ》は兼《か》ねて古馴染《ふるなじみ》の巡業地《じゆんげふち》の一つになつてゐた室蘭《むろらん》へ乗《の》り込《こ》んで、久々《ひさびさ》で芝《しば》居小屋《ゐこや》らしい表《おもて》がかりのある末広座《すゑひろざ》の蓋《ふた》をあけた。夏場から引き続《つづ》いての不入《ふい》りでひどく悩《なや》まされた揚句《あげく》、一座《いちざ》の屋台骨《やたいぼね》になつてゐた鶴藏《つるざう》は網走《あばしり》へ興行《こうぎやう》にゆく途中《とちう》、上《かみ》常呂《ところ》の寂《さび》しい谿間《たにあひ》の駅逓《えきてい》で病死《びやうし》してしまふし、旭川《あさひかは》ではまた立女形《たておやま》の梅吉《うめきち》に逃《に》げられてしまつたので、今度《こんど》の室《むろ》蘭《らん》の興行《こうぎやう》も苦《にが》い経験《けいけん》を嘗《な》めつくした座頭《ざがしら》の眼《め》にはもう初《しよ》日《にち》から大方底《おおかたそこ》が見《み》えすいていたのである。

その晩《ばん》は丁度《ちやうど》三の替《か》はりの出《だ》しものとして『忠臣蔵《ちうしんぐら》』と『矢口渡《やぐちのわたし》』の頓兵衛内《とんべゑうち》の場《ば》を演《えん》じた。旅芸人《たびげいにん》の拙《つたな》い演技《えんぎ》とはいひながらこの二つはいつ出《だ》しても相応《さうおう》に入《い》りのある狂言《きやうげん》だつたが、生憎宵《あいにくよひ》の口《くち》から降《ふ》り出《だ》した雨《あめ》に抑《おさ》へられて八時《じ》過《す》ぎになつても一向《かう》に客足《きやくあし》がつかず、たゞツケを打《う》つ音《おと》ばかりが小屋《こや》の外《そと》まで勢《いきほ》ひよく響《ひゞ》いてゐた。

中村座に首尾良く〝入門〟を許された幹彦は最初のうちは「学士さん」ともてはやされ、一座の手紙代書や雑用をしていたが、そのうち見よう見まねでチョイ役をこなすようになり、次第に熱が入って扇之助とか扇十などの芸名をもらって舞台に上がり石童丸、力弥、勘平、定九郎などを演ずるようになった。演技が面白いということもあったが、幹彦が最も惹かれたのは一人一人の座員の人生だった。とりわけ芝居がはねた後の楽屋にはこれまで幹彦が全く経験しなかった人生という名の名舞台が繰り広げられていたからであった。

　日がな一日口もきかず楽屋の片隅で坐っている「達磨」という渾名をもつ老人は毎日空を眺めてすごしていた。口をきくときには必ず唇を烈しくひき歪めて、やっとこどものような片言《かたこと》を発するだけで、ただ食欲は人より三倍もの大食漢だった。元気なころはブランコ芸でならした芸人だったが落下して大怪我をして以来、楽屋の隅にポツネンと坐っていた。座員はこの老人を時々からかったり、いたずらしたりしていたがそれは悪意からではなく、この老人へのいたわりだった。幹彦が座長の扇昇にわけをきくと「彼奴《あいつ》も可哀《かはい》さうな男ですよ。あれでもこの一座へ来た時分にやケレン師で素晴らしい人気をとったもんですがねえ。私達だってこんな稼業をしてゐりや何時あゞなるか分らねえんですから義理にも薄情な真似は出来ませんや。」と聞いて幹彦は旅芸人の生涯の悲哀を深い感慨をもって受け止めるのだった。

　それから又《また》一座《ざ》にはもう一人妙《みやう》な老婆《らうば》がゐた。それはお花婆《はなばあ》さんと云《ゐ》つて、以前《いぜん》は郡山邊《こほりやまへん》の裕福《ゆうふく》な生糸商人《きいとしやうにん》の後家《ごけ》であつたが、去年《きよねん》の夏《なつ》、網走《あばしり》へ興行《かうぎやう》にゆく途中《とちゆう》、上《かみ》常呂《ところ》の谿間《たにま》の寂《さび》しい駅逓《えきてい》で病死《びやうし》した鶴藏《つるざう》と云《ゐ》ふ役者《やくしや》に惚《ほ》れて、身上《しんしやう》もすっかり入《ゐ》れてしまつた揚句《あげく》、何時《いつ》とはなしに一座《ざ》のものになつて、もう八年近《わんちか》くも一緒《いつしよ》に旅歩《たびある》きをしてゐるのださうで、気《き》の軽《かる》い酒《さけ》の好《す》きな呑気《のんき》な女《をんな》だつた。

　私《わたし》は死《し》んだ鶴藏《つるざう》の名人《めいじん》であつた話《はなし》も聞《き》いた。旭川《あさひかわ》で女《をんな》の手品師《てじなし》と駆落《かけおち》した梅吉《うめきち》の話《はなし》も聞《き》いた。それから又《また》田之助《たのすけ》が去年《きよねん》の冬小樽《ふゆおたる》の運送屋《うんそうや》の娘《むすめ》に唆《そそのか》かされて、東京《とうきやう》の方《ほう》へ出奔《しゆつぽん》しようとした話《はなし》も聞《き》いた。雨《あめ》に降《ふ》りこめられられた薄《うす》ら寒《さむ》い楽屋《がくや》で、一座《ざ》の人々《ひとびと》と膝《ひざ》を並《なら》べながら、さうした耳新《みみあたら》しい話《はなし》を聞《き》くことが私《わたし》にとつてはどんなに楽しかつたらう。日日《ひひ》一日新《にらあたら》しい興味《きやうみ》と、憧憬《しやうけい》がそのなかゝら沸《わ》き起《おこ》つて私《わたし》は知《し》らず識《し》らずの間《あひだ》に漸《だん》次《だん》と深《ふか》く没頭《ぼつとう》して行《ゐ》つた。そして私《わたし》の名《な》が誰彼《だれかれ》の別《わか》ちなく自由《じゆう》に呼《よ》び馴《な》らされるやうになつた頃《ころ》には、もう私《わたし》はその一座《ざ》から全《まつた》く離《はな》れ去《さ》ることの出来《でき》ないものになつてゐたのであつた。（『落零』明治四十五年）

旅と芸人という生き生きとした人生模様のなかで幹彦は放蕩三昧の生活を送る。泥酔して雪中で意識不明になり農夫に助けられるが、その家の娘に手を出し恩を仇で返したり、放蕩三昧荒れに荒れた北海道での生活ではあったが、その体験が長田文学を生み出した。現在では数百万円ほどに匹敵する原稿料五百円を手にして再び渡道した時には地方新聞に「文豪来る」の見出しが躍り、なかでも岩内ではかつて散々な目にあって退散した苦い思い出の地であったが、今や英雄扱いですっかり気を良くし、贅沢三昧、たちまち持参金を使い果たして岩内で言い寄られた十八歳の娘と北海道を渡り歩いた後、這々《ほうほう》の体で東京に戻った。

『漁場より』『鰊場』『鰊殺し』『鰊場の惨事』『積丹の少女』など幹彦は後志が気に入ったらしく積丹・岩内を題材にした作品を数多く残している。しかし、東京に戻っても荒んだ生活は変らず、やがて作品にも及びいつしか読者から忘れ去られる結果を招いた。その姿はまさしく旅芸人を地でゆくような生涯だった。

9 鳴海要吉

（一九〇三・明治三十六～一九五九・昭和三十四年）

青森県黒石生れ。秋田雨雀は同年同郷の四軒隣の竹馬の友だった。要吉の家は呉服商を営み裕福な幼少生活を送ったが十五歳前後家業が傾き弘前、東京でいくつもの丁稚奉公を重ねた。その合間をぬって詩や小説を読みふけり島崎藤村に敬服し文通を始めた。藤村が自費出版の費用を函館の岳父を訪ねる際に要吉と雨雀は青森駅に迎えている。藤村は要吉の才能を見抜き田山花袋の書生として斡旋をしたのは一九〇五・明治三十八年五月のことである。しかし、半年後に病を得て帰郷、静養後青森師範学校入学、卒業後は下北の小学校教員となった。

要吉が渡道するのは一九〇九・明治四十二年、留萌郡増毛尋常高等小学校の代用教員としてであった。弘前出身の知人が同校校長をしていたよしみからである。教員時代は詩作とエスペラント語研究に力を入れた。平穏な教員生活を送っていたが生後五ヶ月になった長男が病気で急死した明治四十四年八月、要吉は社会主義者の容疑で検挙された。当時は幸徳事件にみられる如く思想犯に対して官憲の弾圧が強まっていたことから罪のない人間が多勢逮捕拘留されたが要吉もその犠牲者の一人だった。エスペラント運動をしていたことと親友秋田雨雀との文通が嫌疑に問われたとされる。雨雀は前年思想犯として逮捕されていたから〝同類〟とみなされた濡れ衣検挙だった。以後、要吉には官権の監視が続けられ尾行がついた。このため教員を続けることが出来ず免職となり様々な職業を転々とするが〝アカ〟のレッテルは首切りの口実になって困窮、北海道を去り上京。
およそ四年の北海道生活は殆どが失意の歳月であり、上京後も苦労の毎日だった。それでも詩作を諦めず二冊の歌集が出されている。北海道を回想した作品も掲載されている。そこには憎しみや恨みの感情ではなく意外にも北海道への慈しみを感じさせるものもある。

今日も亦
増毛燈台あかりつく
人道、きのふに根こそぎ変る日も

何事もまはりあはせだ
世を思ひ
がらくた小屋に
哭いた日もある
（『土にかへれ』恵風館　一九二五・大正十四年九月
＊ローマ字版は大正三年）

増毛、増毛
移住の街は雪の城
甍の上に鴎が舞つてゐる

吾はまだ
世にをしへるの才がなく
餓鬼らに学ぶ小学校教師
（『やさしい空』新緑社、一九三二・昭和七年十月）

以上ごく簡単に北海道と作家達との関わりを一瞥したが他にも北海道と関わった作家は**志賀直哉**（『網走まで』明治四十三年）**高村光太郎**は一九〇八・明治四十一年、渡道、北海道定住を望み札幌農商務省研究所に入所、ゆくゆくはバター製造を生業とし芸術活動と両立させるつもりだったが結局は〝智恵子〟を選択して離道する。ただ、詩「声」はこの札幌滞在が動機になっている。**武者小路実篤**も明治四十一年に有島武郎に会うため札幌にやって来た。有島に誘われたせいもあるが小樽に住む初恋の女性に会いたかった為である。実篤はこの女性が既に結婚しこどももいることを知って失恋の痛手を受けることになる。その痛手を一時は有島が校長をしていた「遠友夜学校」の講師になろうかと考えるが結局は帰京する。その前後の話は『或る男』（一九二三・大正十二年）に纏められている。初恋の女性への思慕は変らず『初恋』『Aと運命』『ある日の夢』はその失恋の痛手から生まれた作品である。有島の実弟の一人**里見弴**は明治四十二年渡道、その時に「洞爺行」を書いている。

『手紙』（一九一二・明治四十五年）もまた札幌滞在の思い出である。佐藤春夫は明治四十一年と四十五年に二度渡道し、「北海道吟行」や「わが北海道」を残している。秋田雨雀は一九〇一（明治三十四）年に渡道、「アイヌの煙」を発表している。

このように多くの作家が北海道に渡り、それを作品として残している。作家が同郷の思い出を作品に残すのはごく自然のことであるが、いわば他郷を題材にすることはよほどの動機がなければ筆を執ることはない。北海道のように、しかも開拓間もない時期からこれほど多く取り上げられるということは例がない。北の大地の魅力、希望と未来への憧憬、冒険と野心など、北海道が持つ多次元の要因が作家たちを惹きつけたのはいうまでもなく、また彼等の多くがそれを題材にすることで作家としての地位を築き上げた。北海道から生れた文学が北海道という地域を超えて全国的なレベルの文学、換言すれば日本文学として位置づけられたのもその故であった。

五　夏目漱石と岩内

ところで少し余談の域に属する話であるが文学と言うより思想と信念に関わる問題としてここに取り上げておきたい一件がある。それは日本文学を語る上で欠かせない作家夏目漱石のことである。夏目漱石がなぜか北海道後志岩内町に長い間戸籍を移していたということは漱石愛好家にはつとに知られている事実である。そしてその理由が徴兵忌避だったということもある程度までは語られてきた。しかし、その殆どは漱石文学との関わり合いで語られるのではなく単なる個人的エピソードとして伝えられており、その本来持っている徴兵忌避という反国家的行為としての〝違法行為〟を問うという視点が欠如している。もっと真摯に論ぜられて然るべきではなかったか、という感を禁じ得ないからである。

北海道の文学界の動向を総じている『物語・北海道文学盛衰史』（北海道新聞学芸部編　一九六七年）ではこのこと

について「明治二十五年から大正三年まで岩内に戸籍があったのは事実で、それは徴兵を避けるためだった。」と述べているだけで評釈は加えていない。また、北海道文学研究では右に出る者がいないと定評のある木原直彦でもこの件については「夏目漱石の戸籍」という一節を設けているがその経過を述べた後「漱石の戸籍が岩内にあったことは、それは一種の北海道文学夜話であるが、漱石の徴兵忌避思想がそこにからんでいるのもまた事実であろう」（『北海道文学史　明治編』）として「夜話」で片付けている。

しかし、そのようにあっさり片付けていいのだろうか。徴兵忌避というのは国家と国民にとって死活の重大問題だということは万人が認めることである。そのことを脇に置いて語られる文学とは一体何なのかという問題を避けて通るべきことでは決してあるまい。

現在分かっている経緯は次の通りである。

明治二十五年四月八日　漱石こと夏目金之助　北海道後志岩内郡吹上町十七番地浅岡仁三郎方に同居の為移籍

明治三十年一月二十日　岩内郡鷹台町（現御崎《みさき》）五十四番地（元高井商店敷地）に移籍（「文豪夏目漱石在籍地」石碑は一九六九（昭和四十四）年岩内町により建立）

大正三年六月二日　東京に転籍

漱石が一度も渡ったことのない北海道、しかも岩内という辺地になぜわざわざ戸籍を移動させたのか。当時、漱石は二十五歳、東京帝国大学三年在籍中で大学生の徴兵延期期限は二十五歳までだった。ところが北海道には徴兵令公布が除外されていて（施行は明治二十九年）本籍を北海道に移籍すれば徴兵は免れることが出来た。しかし、このような徴兵逃れの〝悪知恵〟が漱石にあったとは考えにくい。おそらく周辺の誰かの入れ知恵があったに相違ない。

いくつかの資料からたぐれば漱石と北海道を結び合わせることが出来るのは東京の予備門校で机を並べた橋本左五郎という人物が出てくる。橋本は札幌農学校で畜産・細菌学を学び明治二十二年卒業後は農学校助教授となり留学後教授となった。これは推定であるが橋本は何度も漱石を北海道に招待した筈である。しかしどうしても腰を上げないので北海道に来れば懲役免除になるぞと冗談のつもりで〝誘い水〟をした。思いがけないアイデァに漱石は飛びついた。後は橋本が道庁の畜産関係者から状況を聞き出し岩内の浅岡仁三郎を紹介され移籍話を持ちかけた。岩内に将来有望な帝国大学大学卒の学士が戸籍だけとは言え、やってくるというだけで浅岡は自己満足してよろこんで引き受けた可能性は高い。また五年後に住所を変更したのは浅岡家に同居ということから余計な不審を問われなかったための予防線からと考えると辻褄が合う。それにしても随分と手の込んだ移籍である。だから、この種の徴兵忌避のケースは見つかりにくかった筈である。太平洋戦争時に数ヶ月単位で都道府県を跨いで戸籍を移すと徴集名簿に載らないというので、こういう形の徴兵逃れがあったが手続きが煩瑣過ぎて広まらなかったという特高資料を読んだことがある。また当時は外国に留学すると徴兵が延期されるということで若者の渡航現象が起きたことも事実であり、富裕階級の子弟がこの道を選択したことも忘れてはなるまい。

この件では丸谷才一が「徴兵忌避者としての夏目漱石」（『展望』一九六九年六月号、後に『コロンブスの卵』筑摩書房に所収）が独自の論点を展開している程度で、文学界で大きな論争になったとは聞いていない。むしろ武井静夫の言うように「漱石の徴兵忌避者としての罪の意識は、丸谷氏の指摘するほど深刻ではなかったのではないか。氏は太平洋戦争での体験にこだわりすぎてはいまいか。もしそのイメージをそのまま日清戦争のそれに重ねたとしたら、その罪の意識に深刻さを増すのは当然ともいえる。そこに無理が生じているといえなくもないのである。」（「漱石の本籍」『後志の文学』北書房　一九七〇年）という意見のほうが主流になっている。

しかし、ともあれ、漱石が一度も訪れたことのない北海道、それも交通不便極まりない積丹半島の一角の漁師町岩内に籍を移し、本人以下妻と長女から五女までの七人の家族が一九一四（大正三）年まで、およそ二十二年もの長きに亘る移籍をしたのか、その謎は夏目漱石という一人の作家の問題として徴兵忌避という問題とともに同時代に於ける国家と個人との生き方、運命を複合的視点から論じ直すことが求められているように思う。

それにしても岩内というマチは漱石のみならず有島武郎（『生れ出づる悩み』）や長田幹生（『澪』『零落』）、八木義徳（『漁夫画家』）、水上勉（『飢餓海峡』）らの作家が好んで惹きつけられたマチであり、俳優の長谷川一夫が景勝地雷電に別荘を持ったマチである。私事ながらこのマチに以前立ち寄った折、知り合いのある故老から「木田金次郎が画家だったなんて知らなかった。彼はパチンコが好きで、よく隣になったことがあるが、いつもなにかブツブツ言いながら少しも楽しそうでなかった。無口でぶっきらぼうな男だった。」という話を聞かされたことがある。木田金次郎は『生れ出づる悩み』の主人公だ。

また現在調査中であるが石川啄木の日記の一部が岩内で発見されたという信じがたい話もある。興味深い話なので少し横路に入りたい。樋口忠次郎「啄木晩年の日記」という一文が小樽啄木界編『啄木と小樽・札幌』（みやま書房一九七六年）に収まっている。これは一九六二（昭和三十七）年に出された同題に新稿を加えた復刻版だが、その冒頭に驚きの記述が載っているのだ。

北海道岩内町に、夏目漱石の戸籍がどうした訳か、大正五年に逝く二年前の大正三年まで鷹台町五十四番地にあつたといふ事も珍しかつたが、その鷹台に住んだ私にとつて、啄木晩年の日記の断簡を、岩内に発見した事は、それにもまして深い衝撃であつた。岩内は思出の深い町であつた。最早十年程も前の話である、其日記の断簡は、現に、町会議員である某医師が愛蔵され、それを贈られた当の斎藤君は、間もなく横浜市へ転住されたといふが、矢張り啄木の日記を秘蔵して居られる筈だ。今は亡き岡田健蔵氏が私共の講演を快く容れられて、啄木講演に岩内へ遊ばれた折、問題の日誌は、正しく啄木の真筆であることがたしかめられたのである。

この日記とは一九一一（明治四十四）年一月十三、十四、二十七、二十八日のものであるという。そしてこの部分は幸いな事に『石川啄木全集　第六巻』に収められている。解題を書いた岩城之徳はこの経過に触れていないが、恐らく複雑な経緯があって編集委員会の元に届けられたのだろう。この欠如部分について樋口は啄木の遺児石川京子が函館女子小学校在学中、担任の斎藤勇夫が京子の家庭訪問の際に京子から啄木の日記帳の一部を引きちぎって渡されたものだと斎藤勇夫の実弟充夫から聴いたという。京子がどうして啄木の日記に言及し、さらにこの一部を抜き取るなど不自然な感じがするが、それが『全集』に収まった経緯は不明なままである。

漱石の戸籍といい、啄木の日記の部分といい、他の作家の思い入れといい、岩内というところは様々な機縁を有する不思議なマチである。

六　札幌農学校

1 札幌農学校

北海道開拓の歴史にとっては無論のこと、札幌農学校はその歴史、思想にとっても大きな位置を占めた存在であった。北海道に於ける精神風土、近代思想は札幌農学校を抜きにして語る事は出来ない。札幌農学校という北の大地の文明的象徴の基盤の上に北海道文学が花開くことになるからである。

黒田清隆開拓府長官らの努力でアメリカ・マサチュァセッツ大学学長W・クラーク博士を招いて札幌農学校が開校したのは一八七六（明治九）年八月十四日のことである。東京と北海道で実施された厳しい銓衡によって選ばれた第一期生は二十四名（卒業時十六名）であった。校長は開拓少判官調所広丈、副校長は有島武郎の親友森広の父森源三で、クラークは教頭である。組織的に言って校長―副校長―教頭というのは屋上屋を架す感が否めないが調所校長と森副校長は運営面に専念しクラークに教育全面を任せたから摩擦は起きなかった。ただ、クラークが聖書に基づく徳育を強調した為黒田長官と対立した。しかし、クラークの教師としての情熱と姿勢に次第に感服し一切をクラークに委ねた。

学生も最初はクラークの教育姿勢を疑っていたが次第に敬服していくようになった。例えば職員会議で「学則」が話題になった。一期生のなかには元気者も多く、鼻息が荒かったから規則を遵守させる必要があると考えたからである。クラークは黙って議論を聞いていたがやがて「学生を紳士として扱ってこそ真の教育ができる。であれば校則はBe Gentleman だけでいいのではありませんか」と穏やかに言った。こうして札幌農学校独特の校風が醸成されていった。

ある時、札幌近郊の手稲山登山遠足を行った。一月下旬で雪が相当積もっていて難行した。クラークは最後尾について学生を励ましながら引率した。あるところでクラークは一本の樹を指して「諸君、あの木の上部に珍しい苔が付いている。あれは貴重なものだから取って帰ろう。」といって背の高い学生の黒岩四方之進を指名して取らせようとしたが届かない。するとクラークは『私の肩に乗り給え』といって屈んだ。黒岩が躊躇っていると「さあ、はやく」というのでやむなく黒岩が長靴を脱いでクラークの肩に乗ろうとすると「何をしている。靴など脱がなくていい」と言って肩をかした。それのみならず帰途疲労で歩けなくなった学生には農家から馬を出してもらって学生を労《いたわ》った。一事が万事このような方式で学生と向きあったから学生たちの士気は嫌が応にも高まった。一八七七(明治十)年四月、クラークは「少年よ大志を抱け」と叫んで日本を去った。僅か八ヶ月の短かな滞在だったが、彼の残した精神はその教え子たちに確実に受け継がれていった。

なかでも注目されるのは第二期生である。太田(新渡戸)稲造、内村鑑三は北海道はもちろんのこと、彼らは我が国を代表する知識人として活躍した。二人とも東京英語学校で机を並べる仲だったが、初めから札幌農学校に関心を持っていたわけではなかった。ある時札幌農学校官費生の説明会があり農学校から派遣されてきた堀誠太郎の演説を聴いて魅力を感じ応募して合格となった。親友の宮部金吾も一緒に行こうといってこの「札幌三人組」(Sapporo Triumvirate)(内村鑑三の命名)は北海道にやってきた。文学上とは限らないがこの三人が北海道で果した役割は筆舌に尽くせないものがある。

2 新渡戸稲造
(一八六二・文久二〜一九三三・昭和八年)

クラークの遺していった「イエスを信ずる者の契約」にサインせず、強固に入信を拒絶していた内村は半年後に新渡戸の後にようやくサインした。新渡戸は農学校を卒業すると官費規定に従って開拓使の業務に就き勧業課に机を置いたが、やがて農学校予科に教鞭をとるようになった。翌年五月、東京帝国大学に入学、英文学を学ぶ。当時銓衡には面接もあったが、この時、入学の目的を聞かれて英文科で学んだ力で「太平洋の橋になりたい」と答えたという話は有名である。しかし大学の講義には不満で当時農商務省水産課に志願し勤務していた内村鑑三にもその悩みを訴えている。結局、新渡戸は東大を退学しアメリカのアレゲニー大学に留学し、経済、農政、国際法などを学んで三年目、彼の元に吉報が届く。農学校教授兼幹事、校長事務代理佐藤昌介(後に北大学長)から新渡戸を農学校助教授とし、三年間ドイツ留学を命ずるという辞令が来たのである。アメリカ留学は学費もままならず苦学続きであったが四歳年上のエルキントン嬢との恋が順調で結婚は秒読みというめでたい話のあったことも付け加えておこう。帰国後、新渡戸は札幌農学校教授となり佐藤昌介、宮部金吾と肩を並べて農学校の発展に貢献する。また私立北鳴学校校長を兼務、さらにスミス女学校の経営に協力、「遠友夜学校」にも関わることになる。

地味な活動としてあまり知られていないが新渡戸が貧しい青少年のために創設した「遠友夜学校」も忘れてはならない新渡戸の教育思想に関わる実践であった。一八九四・明治二十七年、豊平橋のたもと近くに開校したこの学校は農学校の教師や学生たちが無報酬で青少年に講義や奉仕活動をするという独自の社会教育で、いかにも北海道開拓期の貴重な〝遺産〟であった。新渡戸は北海道を去って東大や一高に勤めた後も「遠友夜学校」校長を辞めず一九三三・昭和八年、逝去するまで青少年教育に関わった。新渡戸が北海道を去ったあとは彼の意志を引き継いで有島武郎らによって運営され一九四四・昭和一九年三月、太平洋戦争のさなか閉校となった。有島はこの学校の校歌も作っている。（明治三十一年の作といわれる。）それは九番まであるが、ここでは八番のみを紹介《あげ》ておこう。有島の思想の一端を読み取れて興味深いものがある。
そしらばそしれつづれせし
衣をきるともゆがみせし
家に住むとも心根の
天にも地にも恥ぢざれば
アー　是れ　是れ　是れ
是れこそ楽しき極みなれ

貧しい青少年に夢と希望と勇気を与えようとした新渡戸の「遠友夜学校」に対する意志はその後継者によって実に五十年もの間、その小さな灯明《あかり》を絶やすことなく灯し続けた。その小さな明かりはまた北海道の青少年に〝大志〟を与えようとするクラークと新渡戸の遺志そのものであった。

その後、新渡戸は多忙な生活から健康を損ね、農学校や関連する仕事を一切やめて療養することになった。しかし、この間執筆した〝Bushido〟（The Soul of Japan）は日本の文化と精神を世界中に広め、近代化をせわしなく進めてきた日本へも一種の警報を告げる名著で新渡戸の名は不朽のものとなった。アメリカでの療養生活から帰国した新渡戸は札幌農学校へ戻るつもりだったが後藤新平からの強い要請で台湾総督府の嘱託となり台湾での農業進展方策を練り、その実行役として札幌農学校生を派遣している。これを新渡戸の〝国策協力〟とする見解もあるが、新渡戸にあったのは国際協調の思想であって、時局便乗のそれとは性質がまるで異なっている。またパリでの万国博覧会では日本から出品された製品の審査委員となり、この時北海道から出品された製麻品を真っ先に推薦している。もちろん、新渡戸のことだから単なる情実での推薦ではない。北海道産業への奨励の思いを込めてのことだったのである。京都帝国大学教授と第一高等学校長を兼任、矢内原忠雄（東大総長）や南原茂（同）など多くの人材を育成した。そして一九二〇（大正八）年には設立されたばかりの国際連盟事務局次長となり国際平和に貢献した。

北海道との関わりで言っても新渡戸の薫陶を受けた高岡熊雄、上原徹三郎、高倉新一郎（いずれも北海道帝国大学教授）らによって受け継がれ、その開拓政策に強い影響を与えた。札幌農学校に学び、ここを拠点として雄飛した新渡戸稲造は言い換えれば北海道という大地が生んだ偉大な思想家であり哲学者であった。

3 内村鑑三

（一八六一・文久元〜一九三〇・昭和五年）

新渡戸稲造にしても内村鑑三にしても、この二人の存在ぬきで札幌農学校を語ることは出来ないし、また北海道における文化と文明の思想も語る事が出来ないほどの存在といって過言ではない。そしてこの二人はまた北海道というローカル性を超えて日本近代化のイデオローグとして重要な役割を果したこともつとに知られている。新渡戸と同じ動機で札幌農学校に入り、最初は忌避していたキリスト教を次第に信仰するようになる。

内村鑑三といえば温厚質実というイメージがつきまとうがそれはキリスト入信以後のことであって農学校に入ったばかりの頃は結構やんちゃな学生だった。それを示す一つの珍しい資料が残っている。『北大百年史　札幌農学校史料』（北海道大学編集　一九八一年）によれば一八七八・明治十一年というから鑑三がまだ札幌農学校一年生の時である。「生徒藤田九三郎外四名無願出張に付処罰の件」とあり、その理由として「右者去ル十五日無願ニシテ常山谿（＊定山渓）へ出張二泊之上へ帰校候段不念之至リニ付来ル二十一日日曜日門外散歩ヲ禁候事」つまり定山渓という札幌近郊の温泉街に無断で二泊したというので始末書を書かせられ罰として日曜の外出禁止にされたという〝事件〟である。連署は藤田九三郎の他「岩崎行親。諏訪鹿三、鶴崎条一、内村鑑三」とある。この学年は全部で十九人が入学しているから定山渓へ〝放蕩〟にでかけたのは鑑三以下三名だけだった。つまりこの四人はかなりな〝悪〟だったわけである。鑑三が親友の新渡戸稲造や宮部金吾をさしおいて息抜きをした事実は興味深い。

農学校を卒業した鑑三は新渡戸と同じ開拓使民事局勧業課に、宮部金吾は学務局督学課に奉じた。給料は三十円である。一八八四・明治十七年、渡米アマスト大学留学、帰国後第一高等学校講師をしていたが教育勅語に敬礼しなかったことが問題となりいわゆる「不敬事件」としてマスコミや世間から糾弾され、妻が過労で死亡する等塗炭の苦しみを味わった。この懊悩を札幌に戻り新渡戸や宮部と分かちあったが、結局、また東京に戻り地味な伝道生活を続けた。一八九七・明治三十年黒岩涙香の『萬朝報』英文主筆となる。翌年『東京独立雑誌』を創刊､自ら主筆となった。この頃から聖書の講義を始め志賀直哉や小山内薫らが聴講する。一方、堺利彦や幸徳秋水ら社会主義を唱える人脈とも関わった。窮乏の生活のさなか『余は如何にして基督信徒になりし乎』（明治二十八年）は単にキリスト教の布教だけでなく東洋思想の美点をも平等に説いたもので幅広い読者の支持をうけた。

以後､鑑三は「日清戦争」「渡良瀬川鉱毒事件」「日露戦争」「大逆事件」という歴史の坩堝の中を非戦という一点を守りつつ己の思想と対峙し続けた。賛否はもちろんあるが鑑三ほど信仰と良心という時代の相克を味わった人物は希有であろう。「余は札幌農学校の卒業生である。然しながら余は札幌農学校の産ではない。」と鑑三は言っている。その真意はどういうことなのか。

農学校は余に多くの善きことを教へてくれた。馬に就て、豚に就て、砂糖大根に就て教へて呉れた。これ皆な貴い知識であることは明かである。然しながら農学校は最も善きことを余に教へてくれなかつた。神に就て、キリストに就て､永世に就ては､少しも教へてくれなかつた。これは余が札幌農学校意外に於て学んだことである。（中略）かくて札幌農学校は余の母校ではない。乳母校である。余の父と母とは他に在る。しかし乳母校としては、彼女は甚だ慕うべき者である。彼女を囲む天然は、日本国第一等である。余は彼女に育てられたといふよりは、寧ろ彼女を囲む天然に養はれたる者であるといふべきである。余は札幌農学校の産なりとの称は拒むが、北海の天然の子なりとの言は否まない。しかしながら余は、摂理の神が余を余の乳母札幌農学校に托し給ひしを感謝する。余は、余の青春時期を北海の処女林の中に経過するの機会を与へられしを感謝する。（「聖書之研究」）

もし内村鑑三という人物が北海道にやってこなかったら、もし彼が札幌農学校に学ばなかったなら、言われるところの内村鑑三は生れなかったであろう。彼の才覚からすれば別の分野での活躍をしたことであろうが、それは北海道の自然とかけ離れたものになったことだけは確かである。

4　有島武郎

（一八七八・明治十一～一九二三・大正十二年）

新渡戸稲造が札幌農学校の基礎を築いたのに比して有島武郎は札幌農学校から生れた初の作家であり、また日本の文学界における重鎮の一人となった。東京生れ。学習院きっての秀才と謳われたが父（大蔵官吏）の期待を裏切って親友の森本厚吉と共に札幌農学校へ入学。内村鑑三から感化をうけた。卒業後はハーバード大学留学、クロポトキンと会うなど社会主義思想と接する。帰国、後札幌農学校教授。『カインの末裔』（一九一七・大正六年）『星座』（一九二二・大正一〇年）『生れ出づる悩み』（一九一八・大正七年）など北海道文学のみならず日本文壇に重要な影響を与えた。

農学校を卒業した有島は一九〇一・明治三十四年十二月、東京麻布の第一師団に一年志願兵として兵役に服している。さらに留学を終えて帰国した有島は予備見習士官として入隊した後、一九〇八・明治四十一年、札幌農学校教授となっている。この点は兵役逃れを企てた夏目漱石と対照的である。学長佐藤昌介は農学校の第一期生であるが、彼は有島に学生監部付寄宿係すなわち恵迪寮舎監を委嘱し、有島は寮生と起居をともにした。「私も寮の飯を喰ひ寮の寝台に寝たものです。私の部屋は南寮の二階の西の隅で、そこから毎日手稲山の後に落ちる夕日を拝むことができました。そして寮生諸兄は私を年の違つた友達として取り扱つてくれました。一緒に円山の雪辷りにも行き、一緒に鶏の雛を盗む鼠族の征伐もし、討論会には議長に祭り上げられて散々油も搾られ、食堂では一菜に舌鼓を打つて飯の喰いくらべもしました。」（「恵迪寮生諸兄」『寮歌集』一九一六年）そして自ら校歌「永遠の幸」（明治三十三年）を作った。（作曲は納所弁次郎）

一永遠の幸　朽ちざる誉　つねに我等がうへにあれ
よるひる育て　あけくれ教え　人となしし我庭に
イザイザイザうちつれて　進むは今ぞ
豊平の川　尽きぬながれ　友たれ永く友たれ
二北斗をつかん　たかき希望《のぞみ》は　時代《とき》を照す光なり
深雪《みゆき》を凌ぐ　潔き節操《みさを》は　国を守る力なり
三山は裂くとも　海はあすとも　真理正義おつべしや
不朽を求め　意気相ゆるす　我等丈夫《ますらを》此にあり

そして有島は舎監を辞す際に一年に一作、寮生による寮歌を残すことを提案した。その慣習は今も引き継がれている。とりわけ一九一二（明治四十五）年に作られた寮歌「都ぞ弥生」（作詩横山芳介・赤木顕次作曲）は名歌中の名歌としていまもなお歌われ続けている。有島はクラーク博士が残した〝Be Gentleman〟という理念をこの恵廸寮において具現化してみたいと思い描いていたのであろう。後に恵廸寮は寮生自身による自治寮としての独自の歩みを始める。そこには有島武郎の存在を抜きにしては語ることができない。ひとことで言うならば有島は札幌農学校と恵廸寮の象徴的存在だったのである。

有島はまた北海道の大地に根ざした北方文学の開拓者のひとりでもあった。北海道狩太（現ニセコ町）の有島農場に働く荒くれを描いた『カインの末裔』（一九一七・大正六年）で一躍文壇に躍り出た有島は続いて実在した岩内の漁師画家木田金次郎を描いて作家としての地位を不動のものにした。未完の長編『星座』（一九二一・大正十年）はその背景が恵廸寮であり、友人に「あと千ページほど書けば満足出来るものになる」と語った野心作であった。こうした作品の他『或女』『宣言』『惜しみなく愛は奪う』など日本文学史上に残る作家だったが一九二三・大正十二年六月九日、軽井沢の別荘で愛人と情死した。この死を避けられたなら有島文学は『星座』の完成はもとよりさらなる名作を遺すことが出来たことであろう。

七　道産子作家の誕生

開拓間もない北海道文学はいわゆる〝内地〟の作家たちによって描かれたが、やがて道産子一世が誕生してその世代が第二期の開拓者となって新生北海道を担って行くようになると、今度はその世代から北海道を文学という鏡で照らす道産子作家が次々と生まれだした。これまで外から見た北海道が語られてきたが、今度は内部からその精神風土を照射する新しい文学の世界が登場し始める。それは単に北海道という一地域という広がりのみならず日本文学そのものの裾野の広がりと深まりに連動していく文学界の新たな胎動をも意味していた。

1　第一世代

道産子作家のいわば第一期生たちが登場するのは概ね明治十年代に北海道で産声を上げた世代ということになる。

そのトップバッターとなったのは武林磐雄こと武林無想庵（一八八〇・明治十三～一九六二・昭和三十七年）だろう。一八八〇（明治十三）年二月二十三日に大通西二丁目で父三島常磐の長男として生れた。四歳のとき札幌で最も大きな写真館を手がける武林盛一の養子になり義父と上京した。東京府立一中、東大文科に進み中学時代の親友小山内薫等と雑誌『七人』を出し小説・戯曲に取り組んだ。文筆活動は殆ど東京で、北海道には三度ほど戻っている程度である。養父から譲り受けた莫大な遺産で何一つ不自由することなく作家生活を続けることが出来た希有な作家であった。恋人中平文子との熱烈な恋愛は小説『性欲の触手』『結婚礼賛』となり、他に『文明疾患者』『無想庵独語』『臭う庵物語』などを著わしたが北海道文学を象徴する作品はない。中平文子と結婚後渡欧し帰国後は文壇から遠ざかった。

中央文壇での知名度はあまりなかったが中村武羅夫（一八八六・明治十九～一九四九・昭和二十四年）の名は当然ここに記される資格がある。「僕の両親が、明治維新、没落士族の一団として北海道開拓のために移住したのは、明治十八年のことである。明治十九年生れの僕は、両親が北海道に移住した翌年に生れたのだから、これでも僕は、正真正銘の北海道ッ児なのである。僕の小さい時分から、母はよく鳥取から北海道に渡つた時の有様を話して聞かせたものである。（中略）僕の生れた家は、岩見沢のステーションから更に一里近くも、奥に入って行ったところである。道というやうな道は、まだ完成もしていないし、ナナッバだとか、ヨモギだとか、ラッパ草などの雑草が、人の丈よりも高く生ひ茂つゐるし、鬱蒼たる原始林と、熊笹の中を切り拓くやうにして、奥へ奥へと入つて来たのだといふ」（『濤声』文松堂　昭和十八年）小学校卒業後一九〇七・明治四十年画家を志して上京したがならず大町桂月の紹介で『新潮』記者となる。作家としていくつかの作品はあるが、『中央公論』編集長の滝田樗牛とならんで名編集長といわれ若手作家の育成に貢献した。

松前生れの岡田三郎（一八九〇・明治二十三～一九五四・昭和二十九年）は小学校を卒業すると小樽中学に進み、その頃から各種文芸誌に投稿する文学少年だった。「広瀬中佐を悼む」（『少年界』明治三十七年七月号）は小樽中学在学中の作品で「アイヌ征伐」（『日本少年』明治四十二年七月号）「野営地の女」（『文章世界』大正二年四月号）など早くから頭角を表していた。小樽中学を出た後は洋画家を目指して上京するが挫折。小樽に戻る。一九一〇・明治四十三年、徴兵により旭川師団入営、その体験を「泥濘」「軍馬の死」「惨めな戯れ」として発表、大正三・一九一四年上京、早稲田大学英文科入学、「涯なき路」（大正七年）は「新愛知新聞」の懸賞募集に応じ一等に入選した作品で選考委員は島崎藤村、正宗白鳥、有島武郎であった。賞金百円より受賞そのものが嬉しかったと回想している。この作品は野間宏の『真空地帯』に匹敵する大作とも言われる。岡田には「熊」（『太陽』大正九年九月号）という小品があるが、これは岡田が積丹半島の山奥ですんでのところで熊の襲撃を逃れた体験が書かれている。石川啄木は北海道にいたと人に言うと一様に熊との遭遇体験を興味深げに聞いてくるけれども、自分は一度も熊を見なかった、滅多に熊と遭遇するものではないと日記に残しているが岡田のような一幕もある。しかし、今でも熊と北海道は深い縁で繋がっていることだけは確かである。

道産子作家にはおしなべて正統派といわれる人々が多いが中でも異色中の異色とされるのが子母沢寛（一八九二・明治二十五～一九六八・昭和四十三年）である。本名梅谷松太郎は北海道石狩国厚田村に一八九二（明治二五）年二月一日に生れている。梅谷松太郎こと子母澤寛の生い立ちは複雑で父伊平母三岸イシの間に生れた松太郎は間もなく父が出奔、母は男と駆け落ちし、祖父母に育てられた。祖父梅谷十次郎は江戸末期彰義隊に入り上野戦争で破れた後、函館五稜郭に立てこもり官軍と戦い降服後、石狩厚田に移住した。十次郎は生活力に長けた人物で漁業を始めて網元や旅館、女郎屋など多方面に手を出したがうまくいかなかったらしい。創価学会二代目会長の戸田城聖とは少年時代からの知己である。厚田小卒業後は祖父の勧めで函館の庁立商業学校に入ったが、石川啄木も遭遇した函館大火のため小樽商業高校に転校した。しかし祖父の稼業が思わしくなく夜逃げ同様札幌へ出た。札幌では馬小屋を借りて生活したが祖父は「学校くらい出ておかないと」といって窮乏のなか松太郎を市立北海中学に入れた。北海中学では文学活動が盛んで後に吉田一穂、島木健作、和田芳恵、寒川光太郎らが学んでいる。松太郎は北海中学三年の時『協学会誌』(明治四十二年十月号)に「仕立屋」「やもり」の新体詩、短編『怒りの秋夜』そして「雑吟集」と称する俳句を寄せている。四年には『協学会誌』編集幹事になっているから松太郎が本気で文芸に取り組もうとしたことが分かる。中学を卒業する直前、頼りとする祖父十次郎がなくなり茫然とするが義父岩松が毎月十三円の仕送りしてくれることになって上京、明治大学法学部に入り風俗雑誌の雑文で稿料をもらいながら卒業後、札幌へもどった。ここで注目されるのは多くの文芸志望者が必ず同人や同好会を作って文壇進出の足がかりとするのに松太郎にはその気配がないということである。言い換えればこの時から一匹狼の素地が築かれていたことを伺わせる。再度、上京し苦労の末読売新聞社に入り、東京日日新聞に移った頃から旧幕臣の聞き取りを始め、作家としてのデビューは昭和三(一九二八)年『新撰組始末記』(万里閣書房)と遅いが以後、大衆文学の旗手として活躍、司馬遼太郎、池波正太郎などに影響を与えた。『座頭市』は子母澤寛の『ふところ手帳』が源泉となっている。菊池寛賞受賞。一言で子母澤寛を評すれば北海道開拓地が生んだ異色の大衆作家ということになるだろう。

2 女流作家

北海道出身の作家は森田たま(一八九四・明治二十七〜一九七〇・昭和四十五年)を以て嚆矢とする。森田たまは明治二十七年十二月十九日札幌南一条東四丁目に運送業を営む父村岡治右衛門のもとに生れた。札幌女子高等小学校に入学するが、同級生に素木しづがいた。二人は女学校でもクラスは異なったが同期生で、作家を志して選んだ師が漱石の高弟森田草平であった。この三度に渡る遭遇は二人が示し合わせたわけではなく偶然の一致だったというから不思議な機縁というか絆である。たまが高等女学校に入学した明治四十年、啄木の心の恋人橘智恵子はこの三月に卒業して函館へ教師としての第一歩を踏み出し、四月にたまが入れかわってやってきた。ここにも不思議な綾がほの見える。たまは『文章世界』にしばしば投稿し、入選の常連であった。明治四十四年秋、たまは『少女世界』編集長の強い勧めもあって上京、女流文学者として徳富蘇峰から「現代の清少納言」と評されるほど幸運な文壇進出を果す。随筆にも優れ『もめん随筆』（昭和十一年、中央公論社）でより評価を高めた。小説『石狩少女』（昭和十五年、実業之日本社）『招かれぬ客』（昭和十六年、実業之日本社）などを発表。童話も書いている。封建的風潮の強い時代にあって森田たまの活躍はとりわけ同性の読者の共感を得た。森田たまは北海道の女流文学の開拓者としてのみならず日本文学の開拓者でもあった。

一方、同世代の素木しづ（一八九五・明治二十八～一九一八・大正十年）は森田たまとはさまざまな意味で対照的な人生を送っている。明治二十八年三月二十六日生れだから、たまとは僅か三ヶ月違いということになる。札幌大通り西八丁目の父素木岫雲の三女として生れた。岫雲は九州豊前出身、博多の漢学塾で学び明治十一年に北海道開拓使御用掛として渡道、函館師範学校長を勤めた。以来、札幌の創成小学校や女子尋常小学校の校長を歴任、教育畑を歩いた。しづが四歳の時岫雲が亡くなった。母由幾は会津藩士原家の末っ子に生まれ会津戦争の時南部藩士の新渡戸十次郎に預けられた。新渡戸稲造は十次郎の息子である。奇縁は有島武郎の母幸子が新渡戸家の奉公掛りを勤めたという話まで遡る。

しづとたまが小学校と女学校同期入学ということは既に記したが、二人の関係は親しいというほどもなかったという。二人に共通するのは文章をかくことが好きで読書好きということだった。女学校卒業時にしづは「いく度か　君が御笛をきかましと　月夜まつ間に　わかれぬるかな」という句を残している。歌人の道も考えたが岡本かの子に「小説家の方が合っているわ」と言われて小説をかくことにした。しづは女学校四年の札幌近郊の藻岩山登山遠足で転倒、膝を強打し良くならず上京後赤十字病院で手術し右足を切断した。『松葉杖をつく女』（大正二年）以来『美しき牢獄』など四十余りの小説を残して一九一四・大正三年二十四歳で夭折した。「樋口一葉以来の再来」と騒がれた薄倖の女流作家だった。

開拓期以後大正時代ではあるが宮本百合子（『風に乗ってくるコロポックル』大正七年）や吉屋信子（『地の果てまで』大正九年）神近市子（『雄阿寒おろし』大正十一年）宇野千代（『脂粉の顔』大正十年）山田順子（『流るゝままに』大正十四年）有坂菊代（『春の粉雪』）などの女流作家を輩出した。

3　北海道文学の地平

開拓期を抜け出た北海道の文学土壌は目を見張る勢いで進展を続ける。とりわけ戦前の島木健作、早川三代治、小林多喜二、本庄睦男、久保栄らは封建的風土に抗って生き抜く農民や労働者の姿を描いてそれらの多くの作品は北海道という一地方のレベルに留まらず日本文学において一定の橋頭堡を築き上げた。

とりわけ注目されるのは治安維持法下における〝真昼の暗黒〟の時代、文学への弾圧の嵐は容赦なく北海道にも襲いかかった。小林多喜二の官憲による虐殺はその象徴であった。しかし、その風圧にめげずに黒い時局に抗した作家たちもいたことを忘れてはなるまい。その一人島木健作の『瀬』や『盲目』は獄中で非転向を貫き流れに抗う人々を描き、本庄睦男の『石狩川』は特高の監視下に書かれた作品であり、久保栄の『火山灰地』もまた獄中から生れた抵抗文学の結晶ともいうべき作品であった。

そしてやがて、ものみな大政翼賛への道になびいた時代、北海道からは見るべき作家や作品はほとんど生まれていない。そのことは文学というものを道産子作家が真摯に受け止めていた証左でもあり、時局に便乗することの卑しさを嫌というほど認識していたからに他ならない。

戦後にあっては北海道という地域性を超え、日本文壇を背負って立つ作家が相次いで誕生する。伊藤整、舟山馨、八木義徳、石森延男、原田康子、三浦綾子などはその代表的存在であり、また作家のみならず風巻景次郎、更科源蔵、亀井勝一郎、和田勤吾、小笠原克などの批評・評論の分野でも卓越した文学論を展開し日本文学に対してさらなる貢献を果した。

そして開拓者の多くが困難を克服しながら荒野に鍬を振るっていたこの時期、不毛だった北海道の文学風土は次第に肥沃な土壌に変りつつあった。そうした北海道に石川啄木という青年が一人渡道することになるのである。

第一章

原郷渋民村

石《いし》をもて追《お》はるるごとく
ふるさとを出《い》でしかなしみ
消《き》ゆる時《とき》なし

「小天地」
盛岡で新婚生活を始めた啄木は文学仲間と文芸誌『小天地』を発行、文壇進出の足掛かりを目論んだが１号のみで挫折した。

一　神童

1　啄木庵

石川啄木こと石川一《はじめ》は一八八六・明治十九年二月二十日、岩手県日戸村で石川一禎の長男として生まれた。一が生まれてまもなく父一禎《いってい》が隣村の渋民村宝徳寺住職になったので実質的な啄木の故郷は渋民村である。宝徳寺に赴任した当初は寺自体も疲弊し檀家との関係もはかばかしくなかったが一禎の努力によって寺の改築も成り、次第に基盤を強いものにしていった。両親は久々に生まれた長男一を溺愛し、十歳と八歳上の姉二人にかわいがられて家庭環境に恵まれた。

啄木については、よく薄幸の生涯と称されるが、それは一禎が曹洞宗本山の宗費不払いのため住職罷免後のことで、この時啄木は十八歳であった。それまでは生活に追われることなく宝徳寺の床の間のある六畳の書斎を与えられ、そこから小池のある庭園を眺めながら優雅な生活を送ることが出来た。自らが「啄木庵」と名付けたこの部屋は現在「啄木の間」として保存されている。そして結婚して一家を構える十九歳までは何一つ不自由することなく人並み以上の、はるかに裕福な生活を送る事が出来た。当時、個室を与えられるという家庭は極めて少なく、啄木といえば薄幸で懊悩に満ちた生涯を送ったと誤解している向きが未だにあるが、それは少し違う。実際には啄木の生涯は二十六歳で閉じるが、苦悩と貧困にさいなまれるのは実際には人生後半の七年間である。とはいってもその七年間を啄木は全力で疾走し力尽きてしまう。そのドラマチックな人生がまた啄木人気の一つであることは言うを待たない。

2　やんちゃ坊主

啄木には三歳下の妹光子がいた。この光子は気性が激しく啄木とはしょっちゅう喧嘩をしていた。光子が生まれる前まで両親の溺愛と姉たちの甘やかしのせいで啄木は我が儘放題だった。あるときなどは夜中に「ゆべし」という東北特有の〝饅頭〟を食べたいと騒ぎ出し、おろおろしながら両親がようやく作ると「もういらない」と布団に潜り込むというようなことも再三だった。またある時は猫をいじめて傷つけたり、暴れて焼け火箸を光子になげつけ火傷させたりというやんちゃ坊主だった。光子が親に言いつけると「男の子というものは多少やんちゃがなくては駄目だ」といって取り合わなかった。啄木のおでこが高くて広いことを光子は「雨が降っても傘いらず、転んでも鼻うたず」とからかっては喧嘩になっていたと言う。（三浦光子『兄啄木の思い出』理論社　一九六四年）

その啄木は小学校に入るや次第に頭角を現し「神童」の名を恣《ほしいまま》にする。特に国史や国語の時間が得意でその知識の多さと深さは教師たちを驚かせた。教科書にないことをすらすら話すので同級生はもちろんのこと教師も舌を巻くことが多く、神童と騒がれたのである。

もともと書物が好きな啄木だったが新聞は小学校入学前に既に読めた。それに当時の新聞は殆どの活字にルビが振ってあったので自然と漢字を覚えることが出来た。小学校にもろくに出なかった丁稚奉公の北大路魯山人が京都市街の看板をみてその読み方を新聞から拾って覚えたという話は有名である。

また父一禎は職業柄、盛岡に仕事で出たおりに文具屋に寄って啄木が欲しがっていた必要な文房具、書店では辞書や読本・雑誌を買い込んで啄木に与えた。この当時、一禎はインテリでもありブルジョアでもあり啄木が望むものは殆ど買い与えている。小学校に上がる前に「啄木庵」に居を構え庭園を眺めていると何かしら沸々とするイメージが湧きあがっていたとして何の不思議はない。それが啄木の幼年期の環境だった。

3　故郷の山河

ともかく多感で個性の強いこどもだった。啄木の家の周りは自然に囲まれ、北上川の河岸からは遠く岩木山が聳え、その裾野にはなだらかな姫神山を望むことが出来た。とりわけ鳥の鳴き声がすきでキツツキや郭公が鳴くと何時までも立ち尽くして聴き入っていた。ある時は鳥を追いかけて道に迷い隣の日戸村の村人が日の暮れかかった渋民村に連れ戻してくれたということもあった。さらにある時は夕飯の時間になっても帰ってこないので心配していたら暗くなって帰ってきた。「あまり夕焼けがきれいなので見とれているうちに帰るのを忘れた」とけろりとしていた。夢中になると集中力が異常に高まるという啄木の精神面はこの頃から芽生えていたようである。

岩手山《いはてやま》

秋《あき》はふもとの三方《さんぱう》の
野《の》に満《み》つる虫《むし》を何《なに》と聴《き》くらむ

後年に作ったこの歌はおそらくこの時の体験を追想したものの一つであろう。故郷の山河を描いた数多い歌のなかでも幼少期の強い印象を見事に歌いあげたものと言われている。

ところで神童というのは村人や教師が勝手につけた〝称号〟だったが、同級生たちは成績はいいが背が低くて喧嘩に弱いごくありきたりな人間だったという。確かに小学生の場合は頭がいいということよりも声が大きくて腕力のある人間の方が価値があると考えられるから、どちらかというと自然に親しんでばかりいて自分から積極的に友人をつくろうとしなかった啄木を級友たちは冷やかに見ていた。

二　盛岡中学

1 文武両道

啄木が本来の頭角をめきめき顕し出すのは盛岡中学に入ってからである。さすがにこの時期になると近郊から粒ぞろいの優秀な人物が盛岡中学に集まってきたから〝神童〟のレッテルは消え失せはしたものの、徐々に啄木本来の才能を開花させていった。

また、実際、啄木が入学した頃の盛岡中学には逸材が揃っていた。米内光政（海軍大臣、首相）金田一京助（言語学者、文化勲章受章）及川古志郎（海軍大臣）板垣征四郎（陸軍大臣）小野清一郎（法律学者、文化勲章受章）などがおり、なかでも及川古志郎は熱心な文芸愛好家で金田一京助に啄木を「君、石川君だ、面白い男だよ。」と言って引き合わせている。金田一は啄木に与謝野鉄幹主宰の『明星』を貸したことがきっかけでその愛読者になり、やがて投稿した一句が在学中『明星』に掲載され華々しく歌壇デビューを飾る。のみならず金田一とは著名な評論家から「歴史的友情」とも称された堅い絆で結ばれ、精神的・経済的にどん底の啄木を支えることになるのである。

余談になるがここに出てくる米内光政・及川古志郎と板垣征四郎は同じ軍人だが、戦後、極東国際軍事裁判（東京裁判）でA級戦犯として米内と及川は訴追を免れ板垣が絞首刑となった。米内は首相主席補佐官（元大本営参謀）の実松譲に「ワシと板垣の違いは盛岡中学時代に板垣が剣道部でワシは文芸部だったことかなあ」と語っていたと言う。実松が元気だった頃、筆者に直接語ってくれた言葉である。

夢の多い少年啄木も最初の頃は軍人に憧れて

軍人《ぐんじん》になると言《い》ひ出《だ》して、
父母《ちちはは》に
苦労《くらう》させたる昔《むかし》の我《われ》かな。

という句は有名である。しかし、この句を啄木の思想的転向に位置づけようとする論評は跡を絶たないが、これこそ人間の成長期にみられる自然な反応であって思想的性質とは全く関係が無い。時に熱心な啄木研究家はこうした針小棒大な過ちを犯すことがままあるので注意が必要だ。

2 東北ルネッサンス

啄木が入学した頃の盛岡中学は文武両道多士済々の人材があつまり〝東北のルネッサンス〟の様相を呈していた。後に啄木は最初に活字となり『明星（一九〇六年第十二号）』に掲載された小説『葬列』の中で「嘗て十三歳の春から十八歳の春まで全五年間の自分の生命といふものは、実に此巨人の永遠なる生命の一小部分であつたのだ」と顧みているから啄木の文芸への重要な時期であったことが分かる。

もう一つ忘れてならないのは啄木自ら積極的に同好・文芸サークル（「丁二会」、「ユニオン会」「白羊会」）を作り文芸誌を編集・発行（『丁二会誌』『三日月』『爾伎多麻《にぎたま》』）し、また『明星』を始めとして様々なメディアに積極的に投稿していることである（『岩手日報』『盛岡中学校友誌』）。そして初めて雅号「翠江《すいこう》」「白蘋《はくひん》」を名乗っている。

作品を創作するばかりではなく、その発表媒体を自ら編んで発行するという体験は後の啄木にとって非常に貴重なものとなった。つまり啄木は単に〝作家〟としてだけではなく〝編集者〟としての才覚を磨いたのである。〝晩年〟に病に倒れながら必死に雑誌の発行に執念を燃やしたのも、この時期の経験が基礎になっている。

三　波乱

1 初恋

盛岡中学時代には啄木の人生を変えるような重要な出来事がいくつか起こっている。その一つが初恋である。

わが恋《こひ》を
はじめて友《とも》にうち明《あ》けし夜《よる》のことなど
思《おも》ひ出《い》づる日《ひ》

この友人というのが同級生の伊東圭一郎である。伊東によると三年の新学期になった頃、啄木の下宿に遊びに出かけて帰りがけ「さっき話した彼女の家はここから五、六軒先なんだ。夕方になると彼女も玄関先に現れて視線を合わすんだけど、呼吸はぴったりなんだ。」（『人間啄木』岩手日報社　一九五九年）啄木このとき十五歳だが実際は一年生の頃から二人の関係は噂になっていたらしい。すると啄木の初恋は十三歳と言うことになる。

彼女というのは堀合節子で啄木と同年齢、父親の堀合忠操は盛岡南部藩士の家に生まれ、岩手郡役所に入り岩手郡玉山村長、岩手県庁役人という堅物。啄木との交際を知った忠操は節子に「文学やる奴にろくな者はおらん。つきあうな」と厳命したが、節子はもう啄木に夢中で五年生になるころは男女の関係になっていたらしい。節子もなかなかの根性で口実をつくって外泊もしている。しかし、この根性が啄木の過酷な生涯を支えることになるのだから一概に責めるわけには行かない。

城址《しろあと》の
石《いし》に腰掛《こしかけ》け
禁制《きんせい》の木の実《こみ》をひとり味《あぢは》ひしこと

そして節子との恋にのめり込めばのめり込むほど、今度は学業が疎《おろそ》かになってくる。啄木自身の言葉を借りれば「時に十四歳、漸く悪戯の味を知りて、友を侮り、師を恐れず、時に教室の窓より又は其背後の扉より脱れ出でて、独り古城跡の草に眠る。欠席の多き事と、師の下口を取る事、級中随一足り。先生に拉せられて叱責を享くる事、殆ど連日に及ぶ」（「百回通信」二十七『岩手日報』明治四十二年）という具合で学校をさぼりだし、また不得意な数学・物理・化学などの授業もボイコット、定期試験ではカンニングをやり、遂に発覚し職員会議で問題になり退学処分寸前までに至ってしまう。かつて「神童」と呼ばれた面影はすっかり失せて恋に夢中な〝ふつうの男〟になっていた。

2『明星』初掲載！

そんなところへある日、飛び上がるような〝大事件〟が持ち上がった。先に金田一京助から『明星』の存在を教えられて以来、定期購読していた啄木は周囲には内緒で毎号短歌を投稿していた。しかし、何度投稿しても採用には至らず失意の日々が続いた。おまけに怠業が響き、投げやりな気分になり、次号でも不採用だったなら購読を止め歌作も諦めようかと考え出していた。

そして〝最後〟になる筈だった『明星』一九〇二・明治三十五年第三巻第五号が届いた。殆ど期待しないでページを捲《めく》ると、なんと「白蘋」の雅号があるではないか！

　血に染めし歌をわが世のなごりにて
　さすらひここに野にさけぶ秋

周囲に覚られないように秘かに投稿続けること三年の苦労が実を結んだ瞬間であった。啄木は両親に手紙で知らせ、恋人節子には直接会って伝えると涙を流して喜んでくれた。ただ堀合忠操は「ああ、そうか」と無感動に一言頷いただけで啄木が期待した言葉は発しなかった。忠操の文学嫌悪の心情は相変わらずだったからである。これ以後、啄木と忠操の覚めた関係は変わることはなかった。

伊東圭一郎、小沢恒一、阿部修一郎などのユニオン会のメンバーは早速祝賀会を開いてくれた。及川古志郎や金田一京助も「凄い！これは盛岡中学の歴史に残る事件だ」と手放しの喜びようだった。かくして盛岡中学校で「白蘋」こと石川一の名は一躍知れ渡り教師たちも一目置かざるを得なくなり、啄木のカンニングや怠業に対する〝処分〟への同情論も生まれ始めた。

3 退学届

ところがこれに対しての啄木の決断は素早かった。なんと両親にも無断で自ら「家事上の都合」を理由として「退学願」を学校宛てに出し、さっさと退学してしまったのである。『明星』の投稿掲載を知ったのが十月一日、退学願提出が二十七日である。この決断の早さに驚くしかない。なにしろ当時中学卒の経歴は軽視できないものであったし、高等学校や大学進学には不可欠のものであったから、退学つまり中退は上級学校への進学も断念することを意味した。人生の岐路に関わる重大なこの選択に啄木の逡巡の形跡が全く見あたらないから、これも驚きである。この決断を文芸評論家として歩むことにしたものだとあっさり説いている気楽な評論も散見されるが如何に天才と言われたとしてもまだ年端の行かない十代の若者が中学中退の経歴で筆一本で食ってゆけるはずがない。実際、啄木のその後の生涯の挫折がこのことを証明している。

　実は啄木はこの時期以前から学校に見切りをつけようとしていた節がある。啄木の「林中書」は『盛岡中学校校友会雑誌』一九〇六・明治三十九年に寄稿した評論であるが、その一節に「予は実に無類の欠席者、済度《さいど》し難き頑迷児であつたのです。一個《ママ》月中僅か三日しか出席しない月のあつた事も、又教場へ出ても成可《なるべく》後方の卓《デスク》を選んで常に教科書以外の本を密読した事も、嫌な学科の試験には、同類の怠慢者《なまけもの》五六と相談して、或る一人に数人分の勉強を請負わせ」たり「時としては、落第しては両親に気の毒だといふ様な心が起こつて垢じみた校服を着て学校へ急ぐこともある」という毎日が続いており、五年の新学期早々には次のような〝決心〟に至っていた。「学生としての煩悶は、予をして「教育の価値」を疑わしめた。予は何故学校に入つたろうと自問した。又、何故に毎日学校へ行かねばならぬのか考え出した。噫、予は何たる不埒者であつたろう。」（同前）

　だから『明星』の初入選は学校を止める格好の口実になった。日本一の詩壇の雑誌に認められたのだ、「文芸評論家」はともかく「詩歌」で生きて見せる。最初は中退に反対していた一禎も息子の歌が掲載された雑誌を見せつけられると一も二もなく分かってくれた。一禎も歌人のはしくれであり雲上の存在だった『明星』の前には頭が上がらなかった。啄木が「こうなったら一日も早く東京に出て腕を磨かなくては中退の意味がなくなる」と言うと両親も認めざるを得なかった。

4　初の上京

退学届けを出した四日後の十月三十一日に故郷を出て盛岡経由で上野駅に着いたのは十一月一日午前十時である。

　かくて我が進路は開きぬ。かくして我は希望の影を探らむとす。記憶すべき門出よ。雲は高くして厳峯の巓《てん》に浮び秋装悲みをこめて故郷の山水歩々にして相隔たる。

ああこの離別の情、浮雲ねがはくは天日を掩ふ勿れよ。遊子自ら胸をうてば天紘凋悵《てんこうしょうちょう》として腔奥響きかすか也」（「秋韷笛語《しゅうらくてきご》」明治三十五年十月三十日付）

かなりの気負いと悲壮感漂う感慨であるが、それは当然であろう。いかな憧れとは言え生まれて初めての東京、寂寥感と緊張感とで身も細る思いだったに違いない。盛岡中学出身で早稲田大学高等予科に入っていた文学好きの細越省一（夏村）を小石川の下宿を訪ねて一泊、翌日から近くに下宿を見つけてようやく旅装を解いた。ちなみに啄木といえば多くの日記を残したことでも知られるが、この「秋韷笛語」日記は後に続々生まれる日記の先駆けともいう記念すべき存在である。

ところで今回の上京の目的は三つあった。一つは与謝野鉄幹ら新詩社同人たちと会うこと、二つには東京の詩壇の情報を集めること、そしてあわよくば東京進出の足がかりをつける事であった。勿論、啄木にとっては三つ目が最も重要な目的だった。

そして十一月九日、念願の『明星』同人の新詩社に細越と二人で向かい、与謝野鉄幹らに会うことになった。牛込神楽町にあった新詩社には盛岡から若き天才がやってくるというので鉄幹をはじめ相馬御風、平木白星など老若十四、五人が参集していた。啄木は人前で緊張するということがなかった。初対面でも物怖じせず堂々と相手と渡り合う性格だった。この時も実に冷静に相手を観察し、言うべきことを言った。午後一時から始まった会合は午後七時まで和気藹々《わきあいあい》と続いた。「閑談つきずして興趣こまやかなる」「我心をはなれて互いに詩腸をかたむけて歓語する時、集まりの最も聖なるもの也」そして集会の帰りには御風と夏村と「三人で巷街に袖をつらねて散歩す」（「秋韷笛語」十一月九日付）翌日は鉄幹と晶子の自宅に招かれ夢にまで見た会談を実現させた。二人の〝師〟は丁重にそして親身に応対してくれた。二日にして啄木は既に同人たちの仲間入りを果たしたといっていいであろう。しかも与謝野夫妻と個人的な繋がりも出来た。第一の目的は達せられたことになる。

第二の目的は島崎藤村、森鴎外、国木田独歩、川上眉山ら当時の文壇をリードしている作家たちを訪ねるということであったが鉄幹から「あまり事を急《せ》かないほうがいい、いずれ君は東京に出てくることになるだろうから、それからでも遅くないよ。それより東京を少し歩いてみるといい。良くも悪くもここはあらゆる人間の坩堝《るつぼ》だからね」と言われて、なるほどと考え直し展覧会、図書館、書店街、公園などを巡ることにした。その結果「神保丁に古本屋尋ねまはり」「ビーヤホールに入りて美しき油絵の下に盃を傾け」「大橋図書館に行き宏大なる白壁の閲覧室にてトルストイの我懺悔読み」というようにせっせと東京散策を愉しんでいる。

5 暗 雲

ところで上京後十日目に「為替受取て」云々の記述が日記に見える。この頃、石川家は経済的に困ってはいなかったから、かわいい長男の初上京にはそれなりの生活に困らないほどの旅費は持たせたであろう。だから十日めの「為替」は一寸した〝事件〟と見なければならない。家を出てくる時に一禎や節子には「二十日か一ヶ月ほどで帰って来る」と約束しているから、その期間下宿してもやってゆけるだけの十分な旅費は持たせたであろう。

しかし、出費は予想をはるかに超えるものだった。何故そうなったのか。答えは簡単である。啄木の〝浪費〟だ。生まれてからこの方啄木は貧乏ということを知らない。カネの有り難みということも知らない。欲しいものはなんでも親が買ってくれた。今回の上京も普通に暮らしていれば二三ヶ月は過ごせた筈である。ところが啄木の金銭感覚は違っていた。

例えば丸善にゆくと高い洋書を何冊も買う。古本屋では欲しい本を何冊もまとめ買いである。節子にプレゼントだといってバイオリンや弦を購入して贈る。のみならず東京散策にはたいてい俥（人力車）を使い、友人達を誘っては飲み食い代は啄木が持つ。それにこの頃、煙草もやり出した。高価な「敷島」を日に何箱も空ける。

これでは幾らカネがあっても足りる訳がない。二度目の送金がきても啄木の〝浪費〟は止まない。三度目の無心には親の方が音を上げた。「デキヌ　スグカエレ」電報をみて啄木は初めて事の重大さに気がついた。カネは送れないがせめて無事な毎日であって欲しいと両親から荷物が届いた。「渋民より夜具来る。お情けの林檎、あゝ僕たゞ感謝」（十一月十八日）

急場しのぎにこれまで購入して手元に置いてあった和洋書を古書店に持っていって一週間くらいはなんとか過ごせたが兵糧は底をつき十一月二十二日には図書館で高熱を出し病に伏せてしまう。「午後図書館に行き急に高度の発熱を覚えたれど忍びて読書す。四時かへりたれど悪寒頭痛たへ難き故六時就寝したり」これが啄木にとっての病臥の始まりの兆候となるが、それよりも今へこたれてこのまま帰ってしまえば東京進出は失敗して再起できないかも知れないという恐怖が啄木を襲った。イプセンの『ジョン・ガブリエル・ポルクマン』を翻訳し稿料を得ようと出版社に持ち込むが断られた。また知人の伝手《つて》を使って『文芸界』編集部を訪ねて仕事を貰おうと必死になって懇願するが相手にされず師走を迎える。もう帰る旅費もなく、友人・知人の家や下宿に押しかけ一食一飯にありつくような惨めな日々を送るようになっていった。

「秋韷笛語」は十二月十九日「日記の筆を断つこと茲に十六日、その間殆ど回顧の涙と俗事の繁忙とにてすぐしたり。」で終わっている。「回顧の涙」は実際には〝後悔の涙〟だったのではなかったか。上京の最も重要だった筈の目的、すなわち東京進出の足がかりはかくして脆くも崩れ去ってしまった。

ところで父一禎が啄木を連れ戻しに上京してきたのは実に翌年二月二十六日である。既に年末には息子の窮状が極限にある事を手紙で知らされていたにも関わらず何故二ヶ月も放っておかれたのだろうか。この〝空白の時間〟を説明するに足る資料、文献、所説は未だにない。

しかし日頃から息子思いの両親がこれほど長い期間手をこまねいて無為に過ごしていたとは考えにくい。となれば考えられるのは初の上京による過度な相次ぐ送金によって石川家は経済的に行き詰まり、啄木を連れ返す費用を捻出するために〝金策〟に翻弄されていたのではないか、と言うことである。そして事態は、此の後に起こる一禎の宝徳寺住職罷免と深い関係があり、そのことが強いてはその後の啄木の人生に深く重い暗い影を投げかける結果を招くことになるとは誰も予想出来なかった。

四　渋民村回帰

1 療養生活

渋民村にようよう戻った啄木はしばらくは静養に専念する。見るも無惨な帰郷だったから相当に重い心の傷を引きずっていただろうと思うのが普通だが本人は意外と元気で帰郷した翌日、盛岡中学の友人達に「人の世に喜びて泣く事少なくして、悲しみて泣くことのみ多く候。若し今の小生に溢れ出る涙ありとせば、そは必ず前者の場合なるべく候」（二月二十八日書簡）と書き送っている。今回の経験をマイナスに考えず前向きに受け止めて再起をはかるつもりだ、と言うのである。毎日夕方になると医者から薬をもらうために出かけなければならないが、これも散歩のつもりで歩けば結構楽しいものだとも言っている。啄木という人間は基本的には楽天家なのかも知れない。

そして数ヶ月後にはもう執筆し始めている。恋人節子とはもう公認の仲となっていたからこのことも療養の〝名薬〟になったことは間違いない。五月から年末までに書いた評論や詩作品などは次の通りである。

◇評論「ワグネルの思想」『岩手日報』五月三十一日〜六月十日（七回連載）
◇短歌「新扇」『明星』七号（四首）
◇短歌「沈吟」『明星』十一号（八首）
◇短歌「公孫樹」『明星』十一号（四首）
◇詩「愁調」『明星』十二号（五編）
◇評論「無題録」『岩手日報』十二月十八〜十九日（二回連載）

評論「ワグネルの思想」は作曲家ワーグナーがトルストイとニーチェの思想を結合させる大思想家だとする論文でその着眼といいスケールの大きな発想は天才の片鱗を示すものといって過言ではない。この他にこの年から翌年にかけて作成した英詩と作品に関わる「詩稿ノート」（評論一本、詩十二編、短歌一首、雑編八本）を残しており、病み上がりの身とは思えない創作意欲を見せている。

なお、『明星』十二号に掲載された「愁調」から雅号を「啄木」に変えている。この雅号については与謝野鉄幹が命名者は自分だと言って〝自慢〟していたことがあるが、後に出てきた啄木の文献から啄木自身のものだということが判明している。

2 再度の上京

年が明けた一九〇四・明治三十七年になると筆を取る時間は一気に増えて日課の散歩を欠くことすらあった。健康を取り戻した啄木は当時の若者に流行っていたアメリカ熱にかかり渡米することをかなり真剣に考えている。しかし、父一禎に話すと節子との結婚のことはどうする、また費用は捻出できないとも言われ断念している。

もう一方で頭を持ち上げてきたのは再度上京して、自分の地歩を固めたいという事であった。片田舎では望んでいるような事の実現は不可能であり一刻の猶予は出来ない。当時、啄木は新聞四紙（「岩手日報」「読売新聞」「毎日新聞」「万朝報」）を購読し、『明星』はもとより文芸誌『太陽』『帝国文学』『白百合』『時代思潮』なども定期購読していた。なかでも東京帝国大学教授で『時代思潮』を創刊し文芸界に新風を巻き起こしていた姉崎嘲風（正治）には啄木十八《おはこ》番の書簡攻勢をかけ個人的な繋がりに成功して、幾つもの評論を投稿し掲載されるに至っている。

なかでも一九〇四・明治三十七年一月二十七日付の嘲風宛の書簡では「あゝ先生よ、『時代思潮』は、校正なり何になりと、小生が五尺の躯を動かすの余地無之候べきか。（中略）犬馬の労何ぞまた辞せんや。先生にして之を許し玉はゞ、小生は衣を売り書を売りて直ちに先生の麾下に馳せ参じ可申候」と書き送っている。啄木の才覚を疑わなかった姉崎嘲風はこれに対して返事は出さなかった。啄木の売り込みに一歩引けたのであろう。ただ、一途《いちず》な啄木の売り込みに一歩引けたのであろう。ただ、この一事をみても啄木が一時《いっとき》も早く上京して再起を図るつもりでいたことは明らかである。

先にも書いたが啄木は最初の上京の挫折をあまり気にかけていない。そのことは半年も経たないうちに再度の上京を目論《もくろん》でいることからも察しられる。それに前回は手ぶら同様だったが、今回は書きためた作品（原稿）がかなりあり、これを本にするという具体的な目標を持っている。それに鉄幹はじめ姉崎嘲風や他の編集者などの人脈も出来ている。ここでも啄木は楽天家ぶりを発揮する。これを持って行けば間違いなく出版出来る。

前回の失敗で懲りている一禎を「このままでは一生田舎暮らしをしなければならないかも知れない。これを出版すればぼくも文壇で生きてゆける。」と説得した。一禎は「家には経済的にもう余裕がないからカネは出せない。どうしてもというのであれば自分で工面して行ってくれ」と突き放した。実際、石川家ではこの時、一銭の余裕も無くなっていたからである。実は石川家では啄木の再度の上京どころではなく宝徳寺住職の席にいつまで留まれるかという状況に遭遇していたのである。この話は後に触れなければならない。

この後、啄木は一計を案じて北海道へ旅に出る。小樽にいる義兄に会う為だ。義兄山本千三郎には石川家の次女トラが嫁いでいてこの時分、千三郎は小樽駅駅長をしていた。ものの本ではこの旅は二度目の上京と結婚を直前にした一《ひと》時《とき》の息抜きだったとされるが、それは少し違うのであるまいか。例えば知人の前田儀作に宛てた書簡では「その上京、あゝそれが未だ何日とも云ひかぬる次第に候、目下旅費の金策中、上京後は何とも成るべく候へど、難関眼前にあり」（九月十四日付）とあり、その十日後に北海道へ旅立っているから、義兄に旅費の金策が目的だったと考えるのが妥当であろう。

妹の光子はこの小樽行きについて「親さえ理解しかねることのために、それほど馬の合っているとも思えぬ義兄が、喜んで一文学青年啄木のため、出金するようなことは先ずないのが当然であろう。だからほんの当座のいくばくかを都合してもらって帰ってきたようである。」（『兄啄木の思い出』）と冷たい〝同情〟を吐露している。しかし、窮鳥懐に入るようにはるばる小樽までやってきた義弟に「いくばく」ではなく相当なものを渡したはずだというのが私の見方だ。

啄木が原稿一束を入れたカバンを持って渋民村を出て二度目の上京を果たしたのは一九〇四・明治三十七年十月三十一日のことである。

3 〝浪　費〟

例によって啄木は上野からは人力車を本郷まで飛ばして下宿に向かった。最初に上京して生まれて初めて俥に乗った時の心地が忘れられ無かったせいもある。大きな荷物があるわけでもないのだし、二度目でかつて知ったる道である。大抵はこのくらいの距離は歩くものである。これ以後も何かというと啄木は好んで俥を呼んだ。とにかくカネに糸目をつけず浪費を続けた。というのも、それは義兄が予想以上の金額を出してくれたからに他ならない。ただ、啄木の性格の一つにカネを持てば使い切る、カネが無くなれば借りまくるという感心しない癖はとうとう生涯変わらなかった。

先に前田儀作に宛てた手紙の一節に金策について触れて「上京後は何とも成るべく」云々とあるが、東京に出てしまえばあとはどうにでもなると考えていたことは確かで、ここでも楽天家の匂いが芬々《ふんぷん》とする。また〝浪費〟癖も相変わらずで、出版社探しに俥で都内を走らせたり、新詩社の同人たちに食事や酒を振る舞い、訪れてくる友人を連れ出しては書店にゆき「欲しい本があったら買っていいよ」、展覧会に行くと帰りはビールで乾杯という具合である。

上京後一ヶ月はこうした〝浪費〟が続いた。しかし、そのカネも底をつき出し下宿代はおろか三度の食事にも事欠く生活が始まる。最初の上京そのままの再現である。

同級だった伊東圭一郎が本郷の下宿に訪ねたときのことを次のように語っている。

啄木が女中を呼んで「煙草を持ってこい」とか「菓子を持ってこい」とか命じても、女中は啄木をひどく冷遇しているように思われた。／二人が話し込んでいる中に、昼食時になったので、また女中を呼んで、昼飯を命じたけれど持って来なかった。プンプン怒った彼は分厚な洋書を三、四冊抱えて私に一緒に出ようといって下宿を出た。市ヶ谷通りの古本屋の前に来ると「ちょっと待ってくれ」と私を外に待たせて、しばらくして出てきて「飯を食いに行こう」と誘ってくれたが、私はどうにもつき合う気持ちにならず別れてしまった。（伊東圭一郎『人間啄木』岩手日報社　一九五九年）

この頃になると啄木は友人・知人をのべつ幕なしに訪ねては食事をおごらせた。またカネを持っていると分かると「今度出る本は必ず売れる。その時は倍にして返すから、せめて十円貸してくれないか」とせがむようになり、その噂はたちまち周囲に広まりユニオン会のメンバーの耳にも入るようになってしまい、絶縁状をたたき付けられている。「歴史的友情」の主となる金田一京助もこの段階でようやく登場することになるがそれはかなり〝劇的〟な一幕ともいうべき手紙である。言い換えればこれから延々と続く金田一の啄木への「歴史的友情」の証しの始まりであった。

本月太陽へ送りたる稿〆切におくれて新年号へは間にあはぬとの事天渓より通知ありこの稿料（？）来る一月の晦日でなくては取れず、又あてにしたる時代思潮社より申訳状来り、これも違算、／かくの如くして違算又違算、自分丈けは呑気で居られず、完たく絶体絶命の場合と相成り申候、／一月には詩集出版と、今書きつゝある小説とにて小百円は取れるつもり故、それにて御返済可致候に付、若し々御都合よろしく候はゞ、誠に申かね候へども金十五円許り御拝借願はれまじくや（十二月二十五

日付）

気のいい金田一は手元に五円しかなかったので古本屋に蔵書の一部を持っていき十円を作った。ぼっちゃん育ちの京助にとって、親からの仕送りで不如意を経験したことがなかったから、啄木への用立てより古本屋のオヤジとの交渉の方が苦痛だった。初めての金策をして啄木を助けたときは、まさかこれがこれから延々と続く最初の一歩になるとは夢にも思っていなかった。

4『あこがれ』出版顛末

ところで肝心の自分の詩集の出版はどうなったのか。年末に金田一京助から何とか借金して年を越すことが出来たものの、先の見通しはまるで立たなかった。詩集の方も跋文を与謝野鉄幹が、序詩一編を上田敏が書いてくれることになり題名を『あこがれ』と決め、あとは出版社が決まれば、というところまで行ったが、そこから先が進まない。期待していた鉄幹も「この時勢ではねえ、ちょっと厳しいかなあ」と言う程度で力にならない。

そんなある日、啄木が鉄幹に「ちょっと尾崎行雄に会ってくる」と言った。啄木のいう人物が東京市長の尾崎行雄と気づくに少し時間がかかったが驚いた鉄幹を尻目にスタスタと出て行った。夕方になって帰って来て少し興奮ぎみに「尾崎さんは同郷ということで快く会ってくれ、昼飯をご馳走になりました。見た感じ政治家というより文学青年の風がありましたよ。でも若い者が歌などやってどうする。もっと堅気の仕事につきなさい、と説教をくらいました」

この挿話は尾崎自身が後に回顧していて実話であることが判明している。しかし尾崎を政治家というより文学青年「風」と評したのは興味深い。事実、尾崎は政界引退後鉄幹門下に入り歌人の仲間入りを果たしたからである。

軍艦は一歳《ひととせ》にして造れども
人はかかるその幾倍の歳《とし》（咢堂）

多忙な東京市長に同郷だからといって予約もとらず乗り込むというのはいかにも啄木らしい破天荒な態度というべきであろうか。『あこがれ』の出版後、扉に「此書を尾崎行雄氏に献じ併て遙に故郷の山河に捧ぐ」とあるので尾崎が出版費用を出してくれたものと長い間思われてきた。しかし尾崎が出してくれたのは正しくは「昼飯」のみだった。

散々苦労して『あこがれ』が出版されるのは一九〇五・明治三十八年五月三日であった。最初は一ヶ月くらいで出版出来ると高をくくっていたが、なんと半年もかかってようやく実現した事になる。しかも、この支援者は同郷の小田島三兄弟（嘉兵衛・真平・尚三）で出版費用三百円を無償で提供してくれるという幸運な協力によって実現したものである。兄弟らの証言によれば啄木はこの三兄弟に一度食事を供しただけで、他人には〝異常〟といえるほどまめに手紙を書いているにも関わらず出版後は一度も礼状らしいものも貰っていないと語ったそうである。

『あこがれ』は千部印刷（うち百部はクロス張りでこれは全部啄木用）、四六版、総三〇四頁、定価五十銭、表紙には「文学士上田敏序　与謝野鉄幹跋　石川啄木著　新体詩集あこがれ」とあり装幀は同郷の石掛友造、表紙画は和田英作による。些細な事だが四月十一日の金田一京助への書簡では「和田英作氏の表紙画未だ出来ざる為」に出版が遅れると不満を漏らし、同月二十五日の上野広一へは「『あこがれ』は表紙画や何やらの都合にて」製本出来ないと漏らしている。刊行された『あこがれ』の表紙はそれなりに落ち着いた出来映えだと思うが、「啄木」が「啄木」になっている。この頃は「啄木」と「啄木」を両方使っていた。「啄木」に一本化するのは〝晩年〟になってからである。

出版後は『帝国文学』『明星』『国史』『太陽』などが好意的な評価を示し、大町桂月は「形も、想も、未熟なる節多けれども、詩趣もあれば、詩才もあり、二十歳の青年にしてこの多数の詩編あるは、感心也」（『太陽』明治三十八年第八号）と賞賛している。

歌壇では一定の評判を勝ち得たものの書店に並んだ『あこがれ』は次々と返品されて来た。「必ず売れる」という楽天家啄木の自信は日ごとに打ち砕かれ返本の山を見てため息が止まらなくなる毎日であった。啄木のその苦衷を知るにつけ同情の念を禁じ得ないが、この『あこがれ』（復刻版）を手にとってみて意外なことに気づいた。

それは今回の出版が成功した場合に啄木は既に次の著作を計画していたということである。数多ある啄木評伝でこの事に言及した書物はあまり見かけないので敢えて触れておくことにしたい。なんとこの『あこがれ』には次の二冊の「近刊予告」が載っているのである。勿論著者は「石川啄木」。それもかなり具体的な案内だから、本気で出版を考えていたことは間違い無かろう。

一冊目は『劇詩　死の勝利』二冊目が『新《にい》弦《ゆづる》』。その広告文によれば『劇詩』の方は「詩壇革新の風雲、凝つて茲に劇詩『死の勝利』成りぬ。幕をわかつ事五、すべて韻文を以て書かれたるもの也。／見よ、これ日東国民の内部生命の絶叫也。見よ、これ日本文芸の狼煙也。」ご丁寧に「四六版洋装美本」というお墨付きである。

二冊目の『新弦』はというと「目次」までついており、その全体構想は

これ『あこがれ』の著者が第二の詩集也。北海の詩は著者が甲辰の秋北海に遊べる時の紀念にして、「津軽海峡」、「ヘレン号の甲板」以下十二編の詩を集め、深林、生命環の二は何れも二千行以上の雄編、日本詩壇空前の象徴詩也。その他雑詩数十あり。著者が詩業の発展この書に於て更に眩目すべきものあらむ。乞ふ、新弦弓に上つて一鳴するの時、白羽の長箭何れの天に飛ばむとするかを見よ。

という具合に気宇壮大な内容である。このように『あこがれ』の成功の暁には啄木は次々と新作を発表して自分の詩壇に於ける地歩を確実なものにしようと考えていたことは確かである。しかし、世間はこの若き天才の破天荒な企てを受け入れなかった。『あこがれ』の返本の山に埋もれたうら若い著者の目論見は脆《もろ》くも潰《つい》え去り、この二冊は遂に世に送られることは無かった。それどころか失意の裡《うち》にこの二冊の企ては一行も書かれることなく文字通り幻の企画と消えた。

それにしても啄木という人物は詩人としては勿論のこと、編集者・出版人としても実に豊かな才能を有した人物といえるのではあるまいか。そして更に巧みな広告人という才覚を備えた多角的文芸人の先駆けだったと言っても過言ではない。

5 一禎の住職罷免

この間、渋民村では大事件が起きていた。あろうことか、父一禎が宝徳寺住職を曹洞宗本山から罷免されたのである。曹洞宗宗務院本部から送付されてきた書類には「宝徳寺住職石川一禎儀去ル明治三十七年十二月二十六日ヲ以て宗費怠納ノ為住職罷免ノ処分ヲ通知致シ候ニ付キ承知アリタシ」とあった。

宗費怠納というのは本来曹洞宗本山に納付すべき金額（寺院規模等により決定される）を期限までに納付しなければならないもので、この義務を履行しないと住職罷免になる。基本的に当該寺院には査定の結果決定される金額は適度なものであったから余程の事情が無い限り住職罷免は適用されなかった。それだけに一禎とその檀家たちの受けた衝撃は大きかった。

いや、誰よりもこのニュースに深く強い衝撃を受けたのは、そのような大事件を知らず、相も変わらず借金を繰り

返しながら厳しい毎日を余儀なくされていた啄木であった。啄木がこの事実を知らされたのは翌一九〇五・明治三十八年三月上旬である。その時の心情を金田一京助宛の手紙で次のように吐露している。「故郷の事にては、この呑気の小生も懊悩に懊悩を重ね、一時は皆ナンデモ捨てゝ田舎の先生にでも成らうとも考へた位」（四月十一日付）ここで啄木は初めて自分を「呑気」者と認めたわけだが、とにかくその動揺といったらなかった。宝徳寺住職の罷免という事態が何を意味するか。ほとんど何一つ不自由することなく、その生活の全てを託してきた父一禎の失職は啄木が石川家を背負わねばならないことを意味した。

この時、父一禎と母カツが取った態度にはいくつかの説があって、未だに曖昧になっている。それらを整理すると、どうやら二つになるようだ。一つは両親が啄木の才能を信じて東京での成功を疑わず、罷免を機会に啄木と一緒に生活しようと考えたというものである。このため村人の檀家が両親に慰留をしたにも関わらず、これを無視して村を出て盛岡に仮住まいをした、というのである。いま一つは寺を追われたのは事実だが噂では啄木の上京の為に村の山林を百円前後で勝手に売り払い村人の反発にいたたまれずやむなく村を出たというものである。つまり前者で言えば両親らは啄木に望みをかけてむしろ積極的に村をでたことになり、後者では村人から非難されてやむを得ず村を出ざるをえなかったと言うことになる。

ただ、罷免後の一禎がとった態度をみていると興味ある側面が見えて来る。伊東圭一郎が一禎の性格について晩年の金田一京助に尋ねた事がある。すると「啄木の父が気の弱いやさしい人で熱情家でなかったというご意見には私も賛成です」（『人間啄木』）と答えている。確かにそういう面があったかも知れないが、芯のあるしたたかな側面も持っているように思う。例えばこの宝徳寺免職後の一禎の取った行動を見ているとその気配が濃厚なのである。

（1）罷免の通知後、三月二日一家は宝徳寺近くの芋田地区に引っ越し、さらに四月二十五日に盛岡市内帷子に本籍変更届けを出す。
（2）五月十二日、父一禎が啄木と堀合節子との結婚届けを盛岡市役所に出す。（結納は既に前年明治三十七年二月三日）
（3）六月三日　一禎の意向で新郎欠席のまま節子との結婚式挙行（新郎啄木は翌四日姿を現す）
（4）六月二十五日、盛岡市加賀野久保田に一家で転居

何と言うことのない経過に見えるかも知れないが、（4）

を除けばこれは何れも啄木のいない時に一禎がさっさと進めた話なのである。一禎の生涯をみていると何事にも控えめで消極的な性格のように描かれているが反面一度決めたことは押し通す頑固な側面を持っているのである。

この一連の一禎の動きから伺えるのは明らかに啄木に早く自立の道筋をつけさせようという目論見である。（1）では渋民村にいては田舎暮らしから抜けられないという判断で立地のいい盛岡に引っ越す（2）では一家を構えれば腰を落ち着けて執筆に打ち込める。そして特に（3）が重要だと思うのは超保守的と思われる風土のなか、新郎不在で式を挙行したことである。おそらく節子の父堀合忠操は激怒し中止か延期を一禎に申し込んだ事であろう。しかも一禎はこれを認めれば婚約破棄の可能性がある。そうなれば啄木の人生は白紙に戻り自暴自棄になりかねない、と踏んで式の強行に及んだのである。多少の躊躇いはあっただろうがこの決断は正しかった。

というのもこの前後、東京にいて啄木は逡巡していた。相次ぐ借金生活で渋民村に戻りようにも戻れず、ようやく『あこがれ』を出版にこぎ着けたものの、このまま田舎に戻っては販売の見通しが立たない。一方で一禎はさっさと婚姻届を出し結婚式まで決めてしまった。板挟みになった啄木は〝錯乱〟状態になり、いま好きな女がいて結婚はできない、とか、東京で暮らすことにしたから田舎にはもう戻らないという訳の分からないことをいいだした。

たとえば結婚式も間もないという時期に媒酌人になっていた上野広一へ宛てて「室はもう見付けた。駒込神明町四百四十二番地の新しい静かな所、吉祥寺の側に候。ヒドクよい所に候。炊事係の婆さんも頼んで置き候。兄を迎ふる時、青葉の中の我が新居、久し振りに画の話しでも可仕候。」という手紙を書き送っている。下宿代もままならず次々と追い立てを食らっているのに、賄《まかな》い付きの一戸建てに新婦と住むつもりだというのだから、これは立派な〝錯乱〟である。ただ、そこは楽天家の面目躍如、万事窮すの体《てい》で渋民村に向かう折、仙台に降りて駅前の高級旅館に泊まった一週間の費用を一面識もない土井晩翠家に払わせて節子の前に現れる。「小生は時々俳優たらむと思ふことあり」（金田一京助宛書簡、四月十一日付）といっているのは誇張でも何でもない。真実なのである。

しかし、紆余曲折はあったものの結局、啄木は盛岡に戻って来た。もし一禎が金田一のいうように「気の弱いやさしい人」であったなら罷免後直ちに渋民村を出て盛岡に転居する決断をしなかったろうし、主役不在の結婚式を〝強行〟は出来なかったろう。勿論、啄木に無断で結婚届けをだすようなこともしなかっただろう。

確かに一禎には後にも述べるような〝軟弱〟と思われるような側面が見られるが、視点をかえるならばこれまでいわれるような一禎観は異なったものになるような気がしてならない。

6『小天地』

新居は盛岡市内磧《かわら》町に定め一禎、カツ、光子も同居の新婚生活が始まった。家賃五円で門をくぐると二畳の玄関から四畳・四畳半・六畳・八畳の四部屋、台所・便所そして五坪ほどの庭があり、五人で暮らすには十分だった。これは節子の実家の支援がなくては出来ないことであるが、日記にはそのあたりの記述が見あたらない。啄木の自尊心が意図的にそうさせたのであろう。

中津川のほとりにある新居の周囲には小鳥の鳴き声が絶えず川辺を仲むつまじく散歩する啄木と節子の姿があった。啄木の日課は、みんなで朝食を済ませると定期購読していた『岩手日報』など四紙に目を通し鉛筆でマークし節子がそれを切り取りスクラップにする。それが済むと書斎に入り机に向かった。

夕方や土曜、日曜は友人たちが入れ替わり立ち替わりやって来た。その頃、啄木は友人たちに食事や酒肴を大盤振舞いしていた。いうまでもなく節子の持参金である。周囲は啄木が「今度だした『あこがれ』が結構評判よくて売れているんだ」という言葉を聞いて景気がいいのはそのせいだと信じていた。床の間に積まれている『あこがれ』の山について啄木の「これは次から次に注文が来るので、その為に置いてあるんだ」という言葉を全く疑わなかった。

この頃、節子と啄木が二人で一緒に作った歌がある。これは『明星』（明治三十八年七月号）に掲載されている。全部で十首載っているが、ここでは一句だけ紹介しておこう。

まどろめば珠のやうなる句はあまた
胸に蕾みぬみ手を枕に

節子の歌の才能を高く評価し、もう少し歌を作れる環境があれば与謝野晶子と肩を並べる存在になったかも知れないとする批評はあながち的外れのものではない。残念なことに節子に与えられた幸福に満ちた時間はその才能を開花させることは無く終わってしまう。しかし、この磧町での三ヶ月の生活は啄木と節子にとって最も幸せな時間だった。

もう一つ、特記すべきことがある。それは友人達と語らって文芸誌を創刊したことである。啄木の家が友人たちによって文芸サロンと化して賑わっていたから、自然と文芸誌の話が持ち上がった。日記や書簡ではあたかも自然にこの話題が持ちあがったとしているが、おそらく啄木が言葉巧みにこの構想を持ちかけたのであろう。というのも『あこがれ』は実際には殆ど売れず、また原稿料もそれほど稼げず、持参金も底をつき出し始めたので次の手を打たなければならなかったからである。

何しろ『明星』や『あこがれ』での啄木の活躍を見せつけられているから友人たちは一も二もなく、この話に飛びついた。啄木の名誉の為に言っておくが彼自身心底から文芸誌を作ることはずうっと以前から夢見ていたし、悲願でもあった。たまたま生活が逼迫し始めたために具体化を急いで進めたという側面は否定出来ないが、友人たちの夢を膨らませることが出来、自分の生活の立て直しも出来るという〝一挙両得〟の企画であった。一概に負の側面ばかりみて非難するには当たらない。

話はとんとん拍子に進んだ。編集長は勿論、啄木である。運営面は呉服商の子息大信田金治郎が代表に収まった。ただ、ここで啄木は一言口を挟んだ。「先にはっきりさせておきたいが、編集に関わる経費はぼくの自由にさせてもらいたいんだ」異議のあろう筈はない。「それでは大信田さん、取りあえず出来るだけ早く百円を預けさせてもらえませんか。原稿依頼やその交渉などで資金が必要ですから」雑誌名は『小天地』で落ち着いた

啄木が編集者として並々ならぬ才覚の持ち主であることは先に書いた。この構想が持ち上がったのは七月下旬らしい。以来、啄木は企画、原稿依頼、表紙を含む装幀、割付、印刷所などをすべて一人で担った。驚くのは原稿〆切を八月十八日と定めて創刊号の発行を九月一日に決めた事である。普通、小規模な雑誌でも創刊には少なくとも三ヶ月の準備期間は必要である。それを啄木は半月で達成しようとしている（実際の発行は九月十日、ただしこれは専ら印刷所の不手際に因るもの）のだから、驚くほかない。

この時期の啄木は実に生き生きして編集に打ち込んだ。日に何度も人力車で電報局や印刷所に乗り付ける。これは〝公用〟だが、時に節子と一緒に市街の有名な蕎麦屋「盛籠」に駆けつけたりもした。これは明らかに乱用である。来客にも文選工や印刷工たちにも食事を供したり大盤振る舞いが再開されたのもこの時期である。周囲は『あこがれ』の収入だと思っていたが、実は「編集費」が使われていたのだった。

『小天地』は週刊誌大、本文五十二頁、定価十二銭、寄稿者は与謝野鉄幹、岩野泡鳴、小山内薫、正宗白鳥など著名人を含む延べ三十九人に上る。この時代電話がないから急ぎの通信は電報だけである。これを一人でやってのけたの

だから、けだし名編集長と言って誉めすぎではない。ただ、自身の作品だけ大きい（四号）活字を使ったり、妻節子の歌「こほろぎ」十三首をスポンサーの大信田金治郎（落花）よりはるか上位に載せ、公私混同という批判の声が出たのは作らなくてもいい瑕疵《かし》だった。

もう一つ注目したいのは広告の扱いである。僅か五十二頁という小柄な雑誌にも関わらずかなり多くの広告が載っている。奥付には「広告料」を次のように規定している。（　）内は実際に掲載された広告本数だ。

①「特別」（裏表紙石版刷）・・・十五円（1）
②「並一頁」・・・・・・・・・十円（8）
③「並半頁」・・・・・・・・・六円（2）

これがきちんと回収されたとすると広告収入は百七円になる。また「編集後記」には個人からの寄付として十一円が記録されている。合計すると百十八円の収入である。これは大金というべき数字で、もしこれらの収入が啄木の懐に入ったとすれば人力車の話も大盤振る舞いの話も容易に理解できる事になる。編集費以外に印刷代があるがこれは大信田金治郎が別に払っている。

さらに特記すべきは『小天地』の「発行人」がなんと石川一禎になっていることである。後にも先にも宝徳寺を追われてから一禎が〝重責〟を担ったのはこれが初めてである。どういう訳か一禎も母カツも十九歳の無職のこどもにすっかり世話になって一文も稼ごうとしない。僧籍を持っている一禎（時に五十五歳）なら寺子屋だってやれたろうし、カツ（五十七歳）だって腰は曲がりかけてはいたが庭園野菜ぐらいやって家計を助けてもよさそうなのに全く無為徒食の生活ぶりである。啄木が父に「発行人」の〝辞令〟をだしたのは単に形式的なものではなく実際に「広告」取りの仕事をやらせる為だったと推測してもおかしくはない。無為徒食を続ける一禎にせめてもの手助けと生きがいを持って貰いたいという啄木の期待と願望が込められた〝辞令〟だったと見て間違いない。それにしても堅物の一禎がどのような面容で市内を駆け巡って広告を取ってきたのか、実に興味深い。してみると啄木は名編集長のみならず名人事部長だった事になる。

「とにかく何年かの後には小天地の特有船が間断なく桑港と横浜の間を航海し、部数三十万位づゝ発行する様にやるべく候」（金田一京助宛、九月二十三日付）と大言壮語した仕事だったが売れ行きはさっぱりで採算限度の三百部にも達しなかった為、大信田金治郎は経営を降りるといい出し、雑誌事業は頓挫してしまった。一家の生活生命を賭けた『小天地』ではあったが、これで啄木も『小天地』の継続は諦めなければならなかった。

雑誌の失敗はもろに石川家を直撃した。新聞の購読もやめ煙草は「敷島」から「きざみ」に変えた。月の二三本の原稿料では家賃にもならず、さすが楽天家の啄木も途方に暮れた。後日談だが一年後啄木は『小天地』発行の経費不正流用の嫌疑で地方裁判所の呼び出しを受け、出資者だった大信田金治郎に中に入ってもらって〝容疑不十分〟で事なきを得ている。ともかく散々な結末だった。

7 渋民回帰

一ヶ月五円の家賃が払えなくなった一九〇六（明治三十九）年一月のある朝、父一禎の姿が見えない。「しばらく青森野辺地常光寺の葛原対月師に世話になる。相済まない」という置き手紙があった。余りの困窮ぶりを見るに忍びず〝口減らし〟のための家出であった。一禎のこうした行動は先にみた凛とした判断からすれば余りにも消極的なもので「弱くて優しい」という性格の反面を示している。一銭でもいいから何とかして啄木一家の為に働こうというのではなくて一種の逃避行動である。

ここで再び啄木が思いついたのは小樽の義兄だった。一年前、『あこがれ』出版の際に支援を求めて初めて北海道小樽の地を踏み何某《なにがし》かの金を得て東京に出ることに成功した。安易な借金に成功した経験は安易にその方策に飛びつこうとする。義兄山本千三郎は今は函館の駅長になっていた。二月中旬啄木は単身函館に赴き救済を乞うが首を縦に振らない。それはそうであろう。詩集を出すと言ってカネを無心しておきながらその詩集を贈っても来ない啄木の態度を千三郎は不快に思っていたせいもある。二三日粘ってみたが義兄の怒りをぬぐい去ることはできなかった。

失意のうちに帰りがけ青森野辺地に家出していた父を訪れるが「すまんすまん、苦労ばかりかけるのう」というだけで何の解決策も見いだせないまま盛岡に戻った。ただ一禎が「お前が堀合忠操を嫌っていることは分かるが、あの人は郡役所にいて顔も広い。頭を下げて事務でもなんでも頼んでみたらどうか」と言った言葉が心に引っかかった。しかし、いくら困っているとは言っても折り合いの悪い忠操に頭を下げる気にはなれなかった。

盛岡に戻ったがもう時間がない。家賃を払う余裕もなくなった。それどころか米櫃の底には一粒の米もない。万やむなく妹光子を盛岡女学校の宿舎に入れ、啄木は母カツと妻節子を連れて渋民村に戻る事にした。それこそ石を持て追われる如く出た故郷だが

ふるさとの山《やま》に向《む》かひて

いふことなし
ふるさとの山《やま》はありがたきかな

どんなに恥じてもどんなに誹《そし》られても、ふるさとの山がある限りはそこで生きなければならないし生きてゆけるはずだし生きて行かなければならないのだ。啄木にはもう逡巡はなかった。「渋民は我が故郷―幾万方理のこの地球の上で最も自分と関係深い故郷であるからだ」(「明治三十九年三月四日」『渋民日記』)

啄木が恥を忍んで渋民村に戻ったのは一禎の復職運動をする為だという評伝や小説があるが、それは違う。本当に罷免撤回を求めるなら曹洞宗本山の東京にいくか実際に罷免辞令を出した宗務所のある盛岡にいた方がなにかと有効である。それに渋民村に戻った啄木が檀家に復帰を求めるような動きをした形跡が全くない。むしろ啄木は知人や友人たちには「家庭の事情」というように抽象的な表現をしてむしろこの件について意図的に避けたがっていた節があるくらいだ。であるから啄木の渋民戻りは一禎のためではなく「ふるさとの山」への回帰と解するのが自然なのである。

盛岡を出た三人は渋民最寄りの好摩駅に降りて未だ凍てつく道を一里(四キロ)ほど歩き、村の東側にある斉藤という農家の六畳一室に荷を降ろした。壁は土塗りのまま、数十年の煤で黒光りし、室内には焚き火の煙の跡で目に沁みる。「この一室は、我が書斎で、又三人の寝室、食堂、応接室、全てを兼ぬるのである。」かつて私も仮設住宅の八畳一室に家族六人で一年ほど暮らしたことがあるから啄木のこの時の心中はよく分かる。啄木は「人は知るまい、かゝる不満足の中の満足の深い味を。」と負け惜しみを言っているが、大火で家をなくした私にとって「不満足の中の満足」という啄木の言葉の含蓄の深さを思い知るのである。

8 代用教員

どん底の生活でさぞや落胆の再出発であったろう、と書きたいところなのだがどうも少し様子が違うのだ。というのは渋民村に引っ越した翌日にはもう新聞の購読を始めているのである。しかも『読売新聞』『毎日新聞』『万朝報』『岩手日報』四紙もである。当時の新聞の購読料金は平均五十銭だから四紙だと二円である。無収入でこの贅沢!この日、啄木は午前七時に起きて直ぐに朝刊四紙に目を通したと日記に記している。ということは渋民村に入る以前に購読の手続きを済ませているということになる。

二度目の上京の時、啄木は一旦東京へ出てしまえばなんとかなると友人に手紙で書いていたが、今度も「渋民村へ行ってしまえばどうにでもなる」と考えて予め購読を手配したのだろう。それにしても未だ仕事の当てもなく、こうした出費は無謀というしかない。であるから、啄木という人間を理解するには、こうした〝無謀〟さを併せ持った人間だということを知っておく必要がある。

啄木は青森での一禎の言葉を思い出ししぶしぶ、もうどうこう我を通していられる場合ではないと考え直して重い腰を上げて節子の父堀合忠操に会いに郡役所に出かけた。当時忠操は兵事主任兼学事係の地位にあった。武人気質の忠操は愛想やお世辞はもとより必要な事以外口にしない。啄木の無沙汰の挨拶を遮り「何の用か」と言うから「出直したいので何か仕事をしたいのです」「何かといわれてもな」「こどもが好きなので教育関係なら何でも」「ふむ、それなら郡の視学に知人が居る。彼に会って見たまえ」

その郡視学平野喜平に会うと「君の出身地はどこかね」「渋民村です」「そこなら何とかなる。しかし正規の教員ではなく代用教員だ」というわけで話はとんとん拍子に進んだ。ただ一ヶ月の給料が八円と言われて不安になった。それはそうだろう、新聞代と家賃で既に二円を超している。残り六円で大人三人が暮らさなければならない。しかし、楽天家の啄木は意気軒昂であった。与謝野鉄幹に宛てた手紙はそのいい証明になる。

月給八円の代用教員！天下にこれ程名誉な事もあるまじく候がこれは私自身より望んでの事に御座候。但し、自己流の教育をやることと、イヤになれば何時でもやめる事とは、郡視学も承知の上にて承諾せし《マ》のに《マ》候へば、私の姓名の上に、渋民尋常高等小学校代用教員（月給八円支給）といふ肩書きのつく間が、数カ月となるか、数カ年となるか、私にもわからず候へども、とにかく私はこの機会を以て、天真なる児童の道徳、美、乃至宗教に対する心理を、ある目的のために出来るだけ仔細に研究して見るつもりに御座候。（「三月十一日」『渋民日記』）

啄木の日記や手紙にはしばしば負け惜しみや現状を意図的に隠蔽したり糊塗する表現が見られるが、この記述はその典型といってもいいかも知れない。代用教員は自分の希望と言っているが、とてもそんな悠長な話ではなく啄木には選択の余地は無かった。また自己流の教育をやるということを視学が認める訳がないし、嫌になったらいつでも止めるような人間を採用するわけがない。啄木一流の〝はったり〟の見本といって言い。

ところで、啄木の八方破れのユニークな代用教員の仔細を語る余裕がないのが残念だが、一つだけ言うとすれば啄木の教育実践は規則や管理とは全く逆の自由で大胆で柔軟なこどもたちをのびのびさせる芸術的な実践だったという事だ。言い換えれば啄木は「学校」を〝楽校〟に変えた。学校は「学ぶ」ところではなく「楽しむ」ところでなくてはならない。どんな難しいことでも楽しみながら学ぶところが〝楽校〟だ、というのが啄木の教育理論だった。

こどもたちは学校へ行くまえに啄木の家に押しかけて「センセはやぐガッコさいくべ」と呼びに来る。そのこどもたちに節子はバイオリンで唱歌を弾いてやる。節子も結婚するまでは代用教員だった。学校へゆく途中は合唱、そして道ばたの花々の解説、小川の前ではメダカの生態、とくに国語の時間がこどもたちにはたまらなかった。啄木作の昔話に目を輝かせて聞き入るのだった。そして「余は日本一の代用教員だ」と胸を張ったのはあながち誇張ではなかった。

9 作家転向

啄木が代用教員の辞令をもらって初出勤するのが四月十二日であるが、実はその間に吉報が舞い込んでいた。曹洞宗岩手県第一宗務所が一禎の住職罷免を撤回する通知が届いたのである。委細は分からないが一禎が第一宗務所に提出した「陳弁書」が功を奏したとも言われる。

この吉報は直ちに青森の一禎に知らされた。四月十日に一禎が渋民村に帰って来た。三ヶ月ぶりの家族再会である。この件で一番喜んだのは啄木だった。なにしろ父の罷免以来、石川家の世話は一気に啄木の肩にかかって来た。代用教員にはなったものの給料が八円では生活は苦しく、その上学校にのめり込みすぎて詩歌作品をつくる時間もない。文芸関連の動向すら知る機会もなく、下手をしたらこのまま村から出て行けないで一生を終えてしまうかも知れない。そこへ一禎の復職の見通しが開けて来た。そうすればまたあの「啄木庵」で創作に打ち込める。

はじめの頃は啄木は一禎の復職を例によって楽観して居た。そのために次の段階つまり本格的な執筆活動に入る準備に取りかかった。六月の二週間の農繁休暇を利用して啄木は三度目の上京をした。おそらくどこからか借金してのことだろうが、一禎が住職に復帰できれば経済的な心配は全く必要なくなるから、この為の金策は苦労しないで済んだ。「予は飄然として一人上京して、千駄ヶ谷の新詩社に十日間遊んで帰つた」(『渋民日記』)という記述にはむしろ余裕すら感じさせる。そしてこれからの生活についてかなり具体的な考えを示している。

予にして若し一家を東京に移さんとすれば、必ずしも至難の事ではない。予は上京の初め、都合によつたらさうしやうと考へて行つた。無論出来る。しかし予の感ずる処では、東京は決して予の如き人間の生活に適した所ではない、本は多く読む便利の多い外に、何も利益はない。精神の死ぬ墓は常に都会だ。矢張り予はまだまだ田舎に居て、大革命の計画を充分に準備する方が可《い》のだ。（同）

一家を挙げて東京に出ることは可能だが「精神の死ぬ」都会より田舎にいて「大革命の計画を充分に準備」する方がより大切だ、という訳である。いつもの啄木と少し様子が違う。いままでの啄木なら「一日も早く東京に出て成功しなければならない」と考えた筈である。どうして一転、慎重になったのか。

「滞京中感じた事は沢山ある。逢ふた人も沢山ある。然し豪い人は矢張無いものだ。予は常にこれには失望せざるを得ない」（同）というのがどうやら本音らしい。つまらない人間の坩堝のなかではいい作品を作れなくなる可能性が高い。それより静かな田舎にいて素朴な村人に囲まれて生きた方がいい仕事ができそうだ、というのである。

　そして「大革命の計画」とは何か。上京中啄木は人にも多く会ったが、作品とりわけ小説には熱心に目を通したらしい。その結果「夏目漱石、島崎藤村だけ、学殖ある新作家だから注目に値する。アトは皆駄目。」という結論に達する。森鴎外、国木田独歩、川上眉山など当時夏目や島崎と比肩されていた作家たちも「皆駄目」組にされたのか否かは定かではないが、ともかく小説界に人材無く小説界に作品が無いと啄木が感じたことは間違いない。自分こそこの世界で活躍すべきであり自分にはその才能がある、と啄木が考えたのは自然の成り行きであったろう。「『これから自分も愈々小説を書くのだ。』といふ決心が、帰郷の際唯一の予のお土産であつた。」（同）

　啄木の言う「大革命の計画」とは詩人から小説の作家としての転身を意味していたのである。そして七月三日には『雲は天才である』を書き出す。しかし、これを途中で投げ出して別の作品『面影』百四十枚を六日で書き上げている。着想が次々と浮かんで連日徹夜である。「秋までには長編小説少なくとも三篇と非常に進歩し形式の脚本《五幕。「帝国文学」の懸賞募集へ応ずる積り小説も「早稲田文学」と「大阪毎日」へやつて一つ世の中を驚かしてやらうと思ふ》を書くつもりである。」向かうところ敵なしの体である。これがすべてうまく行けばの話だったが。

　当然のことながら小説を書き出してから代用教員は次第に欠勤が多くなりこどもたちが家にやってきて「センセど

うしたばって。はやぐ学校さきてけろ」と〝勧誘〟するが徹夜明けの啄木はただ大きな欠伸をして布団にもぐるのだった。

10 反目

啄木が小説家を目指して机に向かって夢中で筆を取っている間に渋民村では大変な事態が進行していた。一禎の住職罷免は撤回されたが、後釜に座った新住職との調整は盛岡第一宗務所は関与せず当事者二人に預けられてしまった為に直ちに一件落着とはいかなかった。

というのも後任の住職中村義寛はなかなかのやり手で、持ち前の才覚で檀家をたちまちのうちに味方につけてしまったのである。どちらかというと無愛想で無口で気弱な一禎に対し義寛は明るくて社交的で人を惹きつけた。勿論一禎を支持する人々もいたがそれは少数だった。

啄木が一禎の宝徳寺住職の地位の奪還についてどのような行動をとったのかということに関してその動きはあまり見えて来ない。むしろ自分は殆ど関与せず専ら一禎に任せきりという態度だった。しかし肝心の一禎も何が何でも住職の椅子にしがみつこうという姿勢はあまりなく、カツも啄木が東京で活躍するのなら一家で東京に住めばいい、宝徳寺や渋民村にこだわりを持っていなかった。

渋民村に戻った当初は啄木も村人に対して批判的な言辞は取らなかった。「「故郷は、いはゞ、神が特別の恩寵を以て自分の為に建てられた自然の大殿堂である。」(「三月四日」『渋民日記』)しかし、村中が一禎派と義寛派に別れて〝抗争〟を始め、一禎派の分が悪くなるにつれて啄木は次第に村人への批判を強めることになる。とりわけ『小天地』刊行の経費流用を疑われ検察庁から事情聴取をされたのは反一禎派による陰謀だと激怒し「故郷の自然は常に我が親友である、しかし故郷の人間は常に予の敵である。」(「七月十九日」『渋民日記』)と公然と村人と対立するに至った。そしてやがて時が経過するうちに一禎派は尻すぼみになり、勝敗は決した。

啄木は小説を書いてはその合間に仕方なく代用教員を続けていた。あちこちの懸賞小説に応募して啄木は自信満々で吉報を待っていた。中には一等入選作品に五十円もの賞金を出す新聞社もあり、啄木の気持ちは既に〝新進作家〟であった。やがて入選通知が届く。そのうちに一夜あければ漱石・藤村と肩を並べる!

頭の中には小説の構想が次々と湧いていた。『渋民日記』の七月頃に書かれたと思われるくだりにはおよそ十六本に上る構想がメモられている。しかし、いくら待っても入選通知は来ない。年末を迎えたが遂に一本も小説は認められなかった。最初は選考委員のレベルの低さを罵っていたさしもの啄木も次第に不安になって来た。

渋民にきてあまりいいことはなかったが一つだけ吉報があった。それは十二月二十九日、盛岡の実家に戻っていた節子が長女「京子」を無事出産したという知らせだった。この頃、啄木は一種のノイローゼからか臥しがちになっていたが、この時ばかりは布団から「躍り起き」て喜んだ。

ところがこの年末を待たずに宝徳寺住職問題は中村義寛派が一方的に勝利した。三月五日盛岡から節子と長女京子が渋民に戻ってくる日、一禎は忽然と姿を消す。可愛い孫の顔を見れば別れたくなくなる、かといってこれ以上啄木に面倒はかけられないという正に苦渋の思いの二度目の〝家出〟の決行だった。

万事窮す、かといって東京に出るカネもなければ、このままおめおめと渋民村に居座ることも出来ない。前門の虎、後門の狼とはよく言うがこういう経験は人生にはそうしょっちゅうあるものでは無い。しかし、啄木にとってはこれがこれから始まる過酷で厳しい人生の幕開けとなるのである。

第二章

函館

函館《はこだて》の青柳町《あおやぎちやう》こそかなしけれ
友《とも》の恋歌《こひうた》
矢《や》ぐるまの花《はな》

「紅苜蓿」
函館に第２の生活の場を求めた啄木は苜蓿社の仲間に迎えられて彼等が出していた『紅苜蓿』の編集に力をかした。しかしその二ヶ月後の函館大火に遭い札幌に向かうことになる。

一　苜蓿社《ぼくしゅくしゃ》

1『紅苜蓿』

一九〇六（明治三十九）年十二月上旬、啄木へ見知らぬ人物から一通の手紙が届いた。差出人の名と住所は松岡政之介、北海道函館区舟見町とある。内容は「吾等函館に於て苜蓿社なる有志による文芸同好同人を結成し居り候、付いては今般『紅苜蓿《べにまごやし》』なる同人誌創刊を計画中に候付出来ることならば貴殿よりご寄稿願えれば吾等望外の喜び候也。是非々々一筆の御賛助を賜り度仕候」というものであった。

「苜蓿《まごやし》」というのは江戸時代に我が国に入ってきた西アジア産の牧草で海辺の海岸に紫の花を咲かせるマメ科の越年草である。馬が好んで食べるところから「馬肥《うまごやし》」とも言う。

苜蓿社は松岡政之助（蕗堂）の呼びかけで集まった文芸愛好の同好会である。それにしてもこの時代に何という優雅な命名というべきであろうか。いや、こういう言い方はこの時代の人々に失礼だと言わなければなるまい。何故なら現代の私たちにはこのようなゆとりは失せてしまっているからである。

苜蓿社の前身は当時函館にあった函館毎日新聞の文芸愛好者で作っていた「野薔薇会」であった。この同人たちは定期的に歌会の集いを持って歌作を楽しんでいた。老若三十人前後の集まりだったが老人が主導権を握っていて活気に乏しかった。そこで若いメンバーが自分たちだけで新しい集団を作ろうと立ち上がった。松岡政之助（蕗堂）吉野章三（白村）岩崎正（白鯨）並木武雄（翡翠）がこの時の〝同志〟である。

ただ、この時は老人たちの〝支配〟から逃れて自分たちだけでのびのびと歌作を楽しめればいい、という考えだった。しかし、南部せんべいを食らって歌を作って文芸を論じているだけでは何か物足りないと思い始めた。そんな時松岡がある提案をした。この時のことを回想して岩崎白鯨は次の様に述べている。

明治三十九年十月の或る日の晩方から舟見町の松岡政之介の下宿へ主人と並木、吉野の二君それに此の年地方から帰ったばかりの私とかが集まって、御馳走の南部せんべいを食べ乍ら様々な話をして居るとひとつ吾々の手で文学雑誌を出そうではないかと言ふ事が松岡から持ち出された。吾々は剰り気乗りが為なかった。けれども松岡は熱心に其れを主張して止真なかった。大嶋野百合、飯島白圃、向井夷希微等と言ふ名が何度か繰り返された。是等の先輩の力を借りて迄も是非やりたいとの事であった。吾々も遂に賛成しなければならなかった。（「苜蓿社と其周囲」『函館新聞』一九一三年一月一九日付）

その彼等が話し合って作った「苜蓿社規約」には「たかき理想を趁《お》ひ、ふかき趣味を尋ねむ」「絶えず真摯なる研究を続けむ事を期し」「今の如き世に、此の如き地に於て、ふかき文芸の趣味を酌まむとする同志の士は、互に、相戒めて、苟且《(カリソメ)》にも、不真面目なる言動を避けたく存し候ふ。軽佻浮薄は、我等の 歯《(ゆる)》すべからざる所に御座候ふ」と謳っている。いかにも若々しい理想への情念が 迸《ほとばし》った〝文芸宣言〟の趣《おもむき》、面目躍如たるものだった。

新開の北の大地、商業都市函館の賑わいの中でその喧噪に巻き込まれずそれらの世界に一線を画して自分たちの文芸の理想の明かりを灯そうとする苜蓿社はまぎれもない函館における若い世代のルネッサンス的存在ともいうべき松《たい》明《まつ》だった。この松明があったればこそ石川啄木という放浪彷徨寸前の詩人が函館に辿りつくことができたのである。

その意味で苜蓿社の存在は北海道文芸史上のみならず日本文芸史上にとって非常に重要な位置を占めていると言って過言ではない。

『紅苜蓿』の創刊号の編集の段階では啄木が出した文芸誌『小天地』が話題になった。「どうだろうか。創刊ということで石川啄木さんに原稿を頼んでみては」と眼鏡をかけ直して言ったのは松岡蕗堂である。すると年下の岩崎白村が「あれだけ有名な人間が函館の片田舎で出す同人誌に原稿なんか書いてくれるでしょうか。」と言うと「蕗堂さんのその思い付きには僕も賛成だけど、あんな有名な人が原稿くれるわけありませんよ。」と言ったのは向井である。すると並木が「でも啄木さんも渋民村の田舎者ですよ。返事が来なくてだめもとですよ」と応じた。結局言い出しっぺの松岡政之助（蕗堂）が手紙を書くことになった。「でも返事が来なくてもぼくを恨まないで下さいよ。」間に入った白鯨が駄目を押した「大丈夫ですよ。先ず原稿は来ないから」

この時期、啄木にとっては明日の見えない失意の毎日だったが、この見知らぬ北からの文芸愛好家の手紙は何かしら一筋の希望のように感じて、すぐさま筆を取って詩三篇「公孫樹《いちょう》」「かりがね」「雪の夜」を書き上げ、さらに「文化の中央集権は文化の衰退を招来するものと小生以前から考え居りし処貴兄らの企ては誠に時宜に叶うもの也。小生喜んで今後も寄稿することあらん乎」という激励の一筆を添えた。

啄木からの〝快諾〟の返事を期待せずに創刊号の割付《わりつけ》を進めていたために〝雲上人〟から届いた尊い三篇の詩は最後の頁の末尾になってしまったが同人たちの喜びようと言ったら無かった。「蕗堂さん、今日はみんなで南部せんべいで祝杯をあげましょう。なにしろ天下の啄木さんから原稿が来たんですからね。感激です。」

『紅苜蓿』の創刊号は頒価十一銭、百部発行、縦二十三センチ横十五センチの変形版全四十二頁（含広告）表紙は文字通り紅苜蓿をあしらった落ち着いた雰囲気の装幀である。この装幀は主宰の大島経男（野百合）によるもので半年も想を練ったというだけあって素人ばなれした作品である。そして僅かな頁の割には内容的に言って評論、詩歌、小説、随筆などと盛り沢山で並々ならぬ意欲が充分に反映されている。

それにしても函館という新興地にこのような瀟洒《しょうしゃ》でレベルの高い文芸誌が生まれたというのは驚きである。『小天地』で痛い目に遭った啄木にとってこの北の若き詩人たちがこれから待ち受ける試練を乗り越えられるのか他人事には思えなかった。

また反面で北海道の開拓期の大地で若い人々が文芸に興味を持ち同人誌まで出すという状況を啄木は羨ましいとも思ったであろう。函館には歌を作る人がいる。歌を詠む若者がいる。たった二度通り過ぎただけだが不思議な雰囲気を持っているマチだという印象があった。しかし、『紅苜蓿』という小さな文芸誌が啄木の人生に深く関わることになり、また啄木と北海道をつなぐ接点になるということはまだ思いもつかなかった。

2　一家離散

一禎が家出同然に渋民村から姿を消して以来、村人の啄木一家を見る目は次第に険しさを増していた。もう、この村にいることは出来ない。かといって東京に出る余力は全くない。あらゆる事態が悪化して思考停止状態になってしまった啄木の脳裏に突然閃いたのが、「函館」と「『紅苜蓿』というキーワードだった。そうだ、これしかない、一からやり直すのであれば「函館」しかない。函館には『紅苜蓿』がある！

もう躊躇することは無かった。早速筆をとって苜蓿社一同へ「当方事情あって函館に一人、一時逗留したいが如何也哉」と手短な書簡を送った。啄木の頭の中には既に一先ず単身で函館に渡り見通しがついたところで家族を呼び寄せるつもりだった。

この手紙をみた苜蓿社のメンバーは一も二もなく歓迎した。啄木が来てくれれば苜蓿社にとっても『紅苜蓿』にとっても好都合だし、なんといっても詩壇の雄啄木の参加は一同にとって大きな刺激になる。いつも冷静な大島野百合も興奮気味で「直ぐ返事しよう。今度は僕に手紙を書かせてくれ。」と机に向かった。

野百合の返事を受け取った啄木は節子とカツに「こうなってはやむを得ない。先に一人で函館に行って落ち着いたら直ぐに呼び寄せるからしばらく我慢してくれ」と言い、節子と京子は堀合家に、カツは日戸村の親戚に、妹光子は小樽の義兄に預かってもらう事にした。

家財や書籍類全てを売り払って五円二十銭、あとは身内や知人の間を奔走して四円五十銭、都合九円七十銭を工面出来た。これで小樽と函館への旅費は何とかなる、〝後は函館へ行きさえすれば〟という啄木特有の楽天的思考が今後の局面の打開に繋がる。実際、誰であってもここまで追い詰められたならこういう啄木式の行動しか選択の余地はなかったろう。

しかし、何と言っても愛して止まない故郷を去らなければならない啄木の心情はいかばかりであったろうか。出立の前夜、代用教員時の同僚でもあり良き話し相手だった堀田秀子と語りあっている。「夜ひとり堀田女史を訪ふ。程近き田に蛙の声いと繁し。あはれ、この室にしてこの人と相対し、恁《か》く相語ること、恐らくはこれ最後ならむと思へば、何となく胸ふさがりて、所思多く予は多くを語るを得ざりき、友も多く語らざりき」(「五月三日」『明治十丁未歳日誌』)

「一家離散とはこれなるべし。昔はこれ唯小説のうちにのみあるべき事と思ひしものを」(「五月四日」)

北海道へ渡る連絡船「陸奥丸」の船上で妹光子を歌った作品

船《ふね》に酔《よ》ひてやさしくなれる
いもうとの眼《め》見《み》ゆ
津軽《つがる》の海《うみ》を思《おも》へば

互いに認めているように啄木と光子の仲は良くなかった。事ある毎に二人は衝突した。しかし、この時ばかりは家族と別れ一人はるばる小樽に離れてゆく妹に優しさと憐憫の思いが交錯して生まれた作品である。

二　函館東浜桟橋

1 函館上陸

一九〇七（明治四十）年五月五日、日曜日午前、桜前線の未だ届かない冷たい風の吹く函館港のとある桟橋に小さな荷物を持った小柄な一人の青年とその妹が連絡船から降り立った。この小さな荷物を抱えて周りを見回していた二人の乗客ーそれが石川啄木と妹光子であった。

もう少し正確に言うと当時、連絡船は直接桟橋に接岸せず少し沖合で停泊して、乗客を艀《はしけ》という小舟に十人ほどづつ分けて下船させ桟橋に向かったものである。そして当時、桟橋には東浜桟橋と鉄道桟橋の二つがあり、市街に入る乗客は末広町に近い東浜桟橋に降り、列車に乗って更に北上する乗客たちは鉄道桟橋に降りたった。

一説に鉄道桟橋は明治四十三年に設置されたはずだから当時は東浜桟橋だけしかなかったとするものがある。これが事実なら苜蓿社仲間たちのが啄木と光子を見逃す筈がないことになる。そこで資料に当たったところ東浜桟橋と鉄道桟橋は既に一九〇四（明治三十七）年に「築設」されていたことになっている。ただ鉄道桟橋はどちらかというと貨物用として使われていたために待合室とは名ばかりで椅子すらなく囲いも隙間だらけでほとんど整備されておらず、また冬期間は乗客の利用は不可能だったとされている。（『函館市史』デジタル版　第二巻　六五四―六五五頁）

また当時は青森―函館の連絡船の所用時間は四時間半だったが、この艀に移動する手間と時間がかかり、時によっては強風など天候によって連絡船から艀で東浜桟橋にたどり着くだけで四、五時間かかることもあったという。青森の桟橋も事情は同じだったから、結局青森から函館までは十二時間以上かかったことになる。また夏場は問題なかったが時化《しけ》や冬場は危険で乗客の生命に関わる事故も絶えなかったというから青函の旅は命がけだったという。

実は啄木が函館に足を踏み入れたのはこれが初めてではない。三度目である。一度目は一九〇四（明治三十七）年九月二十八日、二度目が一九〇六（明治三十九）年二月十六日。最初の時は姉の義兄で小樽駅駅長をしていた山本千三郎を訪ねて函館から海路で小樽に赴いたもので「渡島《おしま》・後志《しりべし》・胆振《いぶり》の山また海、我をして送迎に遑《いとま》なからしめたる蝦夷島根の詩趣」（金田一京助宛十月二十三日書簡）という〝旅情〟を愉しみつつ義兄に『あこがれ』出版の為の上京の旅費を無心する旅だった。二度目は一九〇六・明治三九年二月十六日でこの時は渋民村で宝徳寺住職だった啄木の父一禎が宗費不払いで免職となり一家が離散の危機に遭遇、事態打開のため啄木は函館駅長になっていた義兄山本千三郎を頼って〝金策〟のため函館を訪れた。この訪問は失敗し失意のうちに渋民村に戻っている。いずれにしても函館滞在は短時間だったから啄木にとって函館の印象は必ずしも良いものではなかった。

今回の渡道で啄木が妹光子を伴ったのは小樽駅長になっていた義兄に預けることにしていたからでそのため下船した桟橋は東浜ではなく一般の乗客があまり利用しない鉄道桟橋だった。だから苜蓿社の同人達とすれ違いになっていたのである。

妹を見送った後、桟橋の周りを見回しても未だ出迎えとおぼしき姿は見あたらない。函館に上陸する日と便名は既に先方に手紙で伝えてあるから、どうしたものかと案じてみたが小一時間ほどしても影も姿も無い。これは最初から縁起が良くないな、と一瞬不安がよぎったのも当然であったろう。というのもここ函館に来たのは確実な当てがあって将来の見通しをもってのことではなく、むしろ不安をいっぱい抱えての渡道だったからである。

やむなく駅前にある広島屋旅館（正しくは「恵比寿屋」で「広島屋」は啄木の記憶違いらしい）に一旦旅装を解き、出迎えしてくれる筈だった苜蓿社宛に手紙を書いた。女将に手紙を託すと「ああ、あそこならひとっ走りすればすぐですから」といって旅館の丁稚を使いに出してくれた。

「小生勇を鼓して遂に函館に足を踏み入れしがその荷を降ろす所なく放浪し困惑し居り候につき一刻も疾《はや》く救出 賜《たまわ》らんことを！」という諧謔《かいぎゃく》の交った啄木の手紙を読んで驚いたり慌てたのは松岡蕗堂と岩崎白鯨である。

2 歓迎の宴

行き違いになったとはいえ三顧の礼を尽くすような思いで函館に招いた大詩人を〝路頭〟に早々に迷わせてしまった失態を取り戻すべく二人は苜蓿社を飛び出すように駅前の恵比寿屋に息せき切って走った。

ひたすら頭を下げて詫びる二人に啄木は例によって人なつこい笑顔で「桟橋が二つあるとは知らなかったぼくが悪いんですから。まあ頭を上げて下さいよ。実は煙草を切らして困ってたんです。それで帳消しにしましょう。」愛煙家の啄木は蕗堂が差し出した煙草をうまそうに吸いこんだ。

啄木は初対面で相手を見抜く才能を持っていた。なんという気の良い連中だろう。この仲間とならうまくやってゆけるという安堵感と確信が啄木の全身を包み込んだ。

それから人力車で苜蓿社となっている青柳町にある蕗堂の下宿に荷を降ろしてまもなく続々と苜蓿社同人が集まって来た。大島野百合（流人とも）、並木翡翠（武雄）宮崎郁雨（大四郎）吉野白村（章三）沢田天峰（信太郎）などが満面の笑みを浮かべてまだ見なかったあこがれの〝大詩人〟啄木との初対面を心から喜び歓迎した。年長で苜蓿社主宰の大島野百合が代表して形式的な挨拶をした後は無礼講になった。お茶やら酒やらお菓子などそれぞれが持ち込んだ酒肴が場を盛り上げた。

同人たちが最も聞きたがったのは東京の歌壇の動向だった。なかでもみんなが尊敬していた与謝野鉄幹の話になると息をのんで聞き入った。苜蓿社同人全員が与謝野主宰の『明星』の熱心な読者であった。また啄木が晶子夫人の美しさと優しさを語ると殆どが独身の同人達は羨望のため息を漏らした。「ただね、率直にぼくの考えを言うと鉄幹さんは時代を見ていないように思うんです。歌というものは常に新鮮でなくちゃいけない。」という盛岡弁が残る啄木の言葉に驚いた。さすが〝天才詩人〟と言われるだけの人間しか言えないような鮮烈な言葉だった。そして鉄幹が啄木の北海道行きの話に反対したエピソードも開陳した。

新詩社の連中はみんな反対しましたよ。なかでも鉄幹さんが一番反対しましたよ。北海道なんかに行ってしまえばぼくの才能はしぼんでしまうからと言うんです。でも言ってやったんです。北海道はこれからが歴史を刻む大地だ。その大地は人間を育んでくれる。人間の魂を育ててくれる。そして真の文芸もはそこから生まれてくる筈だ。北海道こそ詩人に相応しい土地だと思う。そう言ったら鉄幹さんは黙ってしまいましたよ。ぼくはこの大地から学んで美しい歌や詩を生み出すつもりです。

その言葉は苜蓿社同人にとって何より嬉しい言葉であり励ましでもあった。明るい歓声は夜明けまで続いた。特に陽気な性格の岩崎白鯨は感激の余り啄木に「啄木さん、本当に函館まで来てくれてありがとう、ありがとう。未だ信じられないんですよ。」と感涙にむせて啄木に抱きついて困惑させた。

日頃温厚な大島野百合も拳を硬く握りしめて啄木を迎えた感慨を改めて噛みしめていた。寡黙な宮崎郁雨もまたこの若き歌人との邂逅に深い感銘を受けていた。一同は鉄幹の「人を恋うる歌（妻を娶らば才たけて・・・）」を十六番までずべて斉唱して未明に解散した。ただこの時、啄木は斉唱に加わらず黙々と紫煙をくゆらせていた。同人たちは気にもとめず感激の情熱を歌に込めていた。啄木が斉唱の輪に加わらなかった意味を同人達が知るのはもう少し後のことである。

3 北の大地

函館へ来て感じたことは人々が優しく親切で底抜けに明るいと言うことであった。そう豊かでない暮らしであるにも関わらずそれにめげずに健気《けなげ》に振る舞っている。道を問えば仕事の手を休め丁寧に教えてくれる。一番驚いたのは由緒や仕来りということにこだわらないということだった。本州では家柄や血筋といったことに異常なほどこだわるが、北海道ではそのようなことには全くといっていいほど関心を示さない。

というのもこの時期の北海道はこの第一世代が開拓者で、彼らが北海道の歴史を作っていたから、由緒や仕来りというものはこの第一世代がいわば歴史そのもの、言い換えれば彼らが創造者だったから由緒や仕来りは必要なかった。だから前例とか前史にこだわることなく彼ら自身の選択と判断が全てだった。

そう言えば戦後、我が国で初めての〝革新〟知事が生まれたのも北海道であった。離婚率が一番高いのも北海道である。しがらみとかいきがかりといった事に無関心なのだ。本州ではどんなに小さい山でもちゃんと名が付いているが北海道では無名の山々が今でも多い。だからその山々は名称がなく、一号二号というように番号で呼んでいる。石狩あたりでは町名は番号になっているところが今でもある。歴史が新しいからいちいち正式な名称をつける暇もなかったし、分かればいいという調子なのだ。

また北海道に渡って来る人々は役人・官吏という〝由緒〟正しいエリートよりも貧しさに耐えかねて移住してきたり、本州で食い詰めてようよう渡道してきた流れ者や一旗上げてやろうという浪人が多かった。なかには村落全体で北海道に新天地を求めた所もあった。一からの出直しである。だからいちいち相手の家柄や素性を確かめようという気持ちはさらさら持たない。よく言えば人間関係では淡泊であり反面で言えば無関心なところがある。

だから啄木のような一種の流れ者でも北海道ではいとも容易に受け入れられる風土があるのだ。実際、啄木は函館の若き詩人たちとたちまちのうちに旧知の関係を築き上げることが出来た。なにしろこの青年たちもまた啄木とそれほど変わらない北海道の第一世代の〝新参者〟に外ならなかった。

異郷の地には来ているがその異郷を感じさせない雰囲気が啄木にとっては新鮮であり、得難い環境であった。

4 紐帯

函館に啄木を招いた若い詩人たちとは一体どんな人々だったのか。追々その実像に触れてゆくことになるが一先ずここでは啄木の目から見た彼らの印象を紹介しておこう。先に啄木は初対面で人を見ると言ったが、具体的にその事を実証してみよう。苜蓿社の面々についての印象記が残されている。（「函館の夏」『明治四十丁未歳日誌』）（個人別に表記し直したため原文とはいささか異なっている。）

◇松岡政之介（蕗堂）・・・控訴院雇にして、色白く肥りて背は余り高からず、近眼鏡をかけて何処やら世に言う色男めいたる風白《ふうびゃく》也。手はよく書けり、床の間に様々の書籍あれど一つとしてよく読みたりと見ゆるはなかりき、後に知りたる並木君と共に、この人も亦書を一種の装飾に用うる人なり、さてその物いふ様、本来が相憎よき人にあらねど何処となく世慣れて社の誰よりも浮世臭き語を多く使ふ癖あり、一口にいへば一種のヒネクレ者なり、これ其過去の富裕なる生活経験が作りたる哀しむべき性格ならむ。秋田県横堀の人、十五にして郷関を脱出してより流離転沛《はい》、南北にころがり歩いて惨苦具《つぶさ》に嘗めたりといふ、これ其境遇によるといへども、亦要するに其の性格によれり、予を旅店広嶋屋に迎へたるは、この友と岩崎正君（白鯨）となりき

◇岩崎正（白鯨）・・・松岡君より少き事三歳、恰も予と同齢なり、君が十六の時物故したる父君は裁判所判事なりしといふ、八戸の中学にありて父君の死に逢ひ爾後郵便局に入りて今現にこゝの局の二番口為替の現業員たり、青くして角なる其顔、奇にして胸の底より出づる其声、一見して其率直なる性格を知る、口に毫も世事を語らず、其歌最も情熱に富み、路上をゆくにも時々会心の歌を口ずさむ癖あり、以上二君何れも初めて逢へる也

◇吉野章三（白村）・・・社に入りて二三日のうちに相逢ひたる初見の中に吉野章三君あり、宮城の人。年最も長じ二十七歳といふ、快活にして事理に明かに、其歌また一家の風あり、其妻なる人は仙台の有名なる琴楽人猪狩きね子嬢の令妹なり、一子あり真ちゃんといふ

◇大島経男（流人、野百合）・・・予らの最も敬服したる友なり、学深く才広く現に靖和女学校の教師たり

◇向井永太郎（夷希微）・・・私塾を開いて英語を教へつつ

あり
◇沢田信太郎（天峰）・・・嘗て新聞記者たりし人、原抱一庵の友にして今函館商業会議所に主任書記たり、以上の三人（＊大島、向井、沢田）は共に学識多く同人の心に頼む所、殊に大島君は今迄主として「紅苜蓿」を編輯しつつありしなり
◇並木武雄（翡翠）・・・年二十一、郵船会社にあり、一番ハイカラにしてバイオリンを好み絵葉書を好む
◇宮崎大四郎（郁雨）・・・これ真の男なり、この友とは七月に至りて格別の親愛を得たり

この七人ならぬ八人の男たちが啄木と刎頸《ふんけい》の交わりとなるわけである。中でも最も簡潔に表現された「真の男」宮崎郁雨とは生涯を堅い紐帯で結ばれることになる。なお、ここで啄木が「七月に至りて格別の親愛」というのは二人の信頼関係はもとより離散した家族を函館に呼び戻す際の旅費や六畳二間の家を郁雨が工面してくれたことなどを指している。

後に啄木がこの交わりの縁《えにし》を回顧して

こころざし得《え》ぬ人人《ひとびと》の
あつまりて酒《さけ》のむ場所《ばしよ》が
我《わ》が家《いへ》なりしかな

と詠んでいるが、額面通り受け取ってはならないだろう。彼らは文学を志し、希望に燃えて充実した青春の日々だった。強いて言えば啄木自身の不満を反映した歌というべきかも知れない。なにしろ啄木の希望は漱石や藤村と肩を並べる作家になることだったのだから。

ところで、やや余談に属するが、それにしてもこの時代、ちょっとした〝文人〟はほとんどが自分の第二の「本名」つまり雅号を持った。時にはこの雅号が「本名」以上の存在になることも希ではなかった。親から与えられた「本名」も大事だと思うが、自分の力で生きることを立証する「雅号」は文芸の世界以外でも今後もっと重宝されて然るべきではあるまいか。

三　函館の日々

1 生活の糧

　話が前後するが、北の若い詩人たちは初めは啄木の来函はほんの短い期間だと思っていた。だから啄木の口から「今後とも末永くお世話になります」と言われた時は耳を疑った。というのも彼らは啄木の困窮した切迫した生活状況を全く知らず、片田舎で悠々自適の生活をしている天才詩人が一時の気まぐれで退屈しのぎに北海道にやってきたのだろう位にしか考えていなかったのである。ところが話を聞いてゆくうちに大変な問題を抱え込んでいることを知った。一禎の住職追放や六畳一間の代用教員などの話にも驚いたが同人一同最もびっくりしたのは啄木が既に結婚し長女もいるという話を聞いたときは何と答えていいか困惑極まった程であった。啄木が未だ二十一歳であることは周知の事実でもあったから尚更である。

　驚いてばかりもいられなかった。啄木の生活の糧を先ず見つけなければならない。同人たちは手分けして啄木の仕事を急いで探し始めた。しかし一方で同人たちは安堵した。なぜなら、生活の見通しがつけば啄木は当分函館にいるということになるからである。

　啄木という歌人から学ぶことは沢山ある、滞在が長ければ長いほど啄木から吸収できるものも多くなる。何よりありがたいのは『紅苜蓿』の編集をやってもらえることだ、啄木が編集を担ってくれれば地方誌レベルから『明星』までゆかなくとも全国レベルの文芸誌に育て上げてくれるだろう。この為にも何としても啄木の生活を支えてやらなければならない。

　先ず住む所は青柳町四十五番地、苜蓿社兼松岡蕗堂の下宿八畳一間に二人で同居する事にした。これで先ず下宿代を抑えることが出来た。最初の仕事は商工会議所の主任書記をしていた沢田天峰が持ってきた。会議所所属の議員の選挙名簿作成の台帳づくりという単調な臨時の仕事だが文句は言えない。

　一ヶ月後、吉野白村が弥生尋常小学校代用教員の口を見つけてきた。月給十二円は渋民小学校より四円多い。しかし、この小学校では啄木の生涯忘れることの出来ない人物との出会いが生まれる。そのことは後に述べよう。

ともかくこれでなんとか一家が生活出来る道筋が見えてきた。苜蓿社のある同じ青柳町に六畳二間の家賃三円九十銭の一軒家を借り七月七日には節子と京子を呼び寄せ、八月には妹光子、母カツを呼び寄せ、父一禎はまだ青森に残したままだったが、ようやく一家離散の悲劇の幕を下ろすことが出来た。この一連の背景には宮崎郁雨の経済的支援のあったことは既に述べた。

この八月には郁雨の斡旋で「函館日日新聞」に入社（代用教員は継続）ようやく人並な生活を始める事となった。「大森浜の海水浴は誠に愉快なりき」（「函館の夏」『明治四十丁末歳日誌』）と記す余裕も生まれてきた。

2 歌会

啄木が函館に降り立った五月五日の夜、苜蓿社のメンバーが啄木に一目会わんと松岡蕗堂の家の二階八畳（ここが苜蓿社だった！）に集まって来た。たまたま蕗堂の机の上の一輪差しの花に目をとめた啄木が「その白い花は紫陽花《あじさい》に似ているようですがどうも少し違うようですね。何という花ですか」と真顔で聞いた。蕗堂が「それはさびたのパイプの花です」とふざけた様子で答えた。その口調といい、仕草に一同声を揃えて笑った。生真面目な蕗堂のいつもらしくない態度がおかしかったのだが、すぐさま啄木が「はあ、さびたのパイプの花なんですか」とおどけた口調で答えたのでまた笑い声が起こった。この笑いで啄木と苜蓿社のメンバーはすっかり打ち解けた。

以来、同人たちは毎日の様に入れ代わり立ち替わり啄木と談笑し東京の文壇の話や詩歌の話に花を咲かせた。また、時に歌会も開いて評しあった。いつもと違い啄木という〝巨匠〟がついている。緊張したり冷や汗をかいたりいつにない充実した日々である。

最初の歌会は五月十一日だった。この日、吉野白村、岩崎白鯨がやって来て松岡蕗堂も加わって四人での偶然の歌会となった。「うーん、実は二年も作っていなかったから、うまく出来ないかもしれないな」と啄木がいうと白村が「そうだったんですか。それなら僕の方が〝師匠〟より上手にできるかも知れない」と言うと蕗堂が「そんな不遜な気持ちで歌を作るものではないよ、何しろここにいるのは啄木さんなんだから」とたしなめた。

この夜、啄木は久々に歌をひねり出して午前一時に寝ている。この歌会で作られた啄木の歌の一部は次の通りだ。

汗おぼゆ。津軽の瀬戸の速潮を山に放たば青嵐せむ。
朝ゆけば砂山かげの緑叢《リヨクサウ》の中に君居ぬ白き衣して。

いつはりて君を恋しといひけるといつはりて見ぬ人の泣く日に。
面かげは青の海より紅の帆あげて来なり心の磯に。
海を見る真白き窓の花蔦の中なる君の病むといふ日よ。

この日をきっかけに啄木は忘れかけていた短歌を再び心がけるようになるのだから函館上陸の日より重要な一夜だったと言えよう。この日の歌会のことを知った他の同人たちの悔しさと言ったらなかった。「啄木さん、歌会やるときはきっと声を掛けて下さいよ」と約束させた。

歌会は定期的とまではいかなかったが、以後は頻繁に開かれる様になった。この歌会には都合のつく限り節子も参加した。あるとき白鯨が作った次の一句が話題になった。

君を追ひ千里の遠に火燃ゆてふ風を抱きて帰り来しかな

なにしろ苜蓿社のメンバーは大島野百合を除けば皆二十代である。酒を飲んでも詩歌を論じても、そして歌を作っても行き着くところは恋愛論だった。白鯨のこの作品もその所産である。

いつもは控えめでにこにこしていて口を挟まない節子がこの日は珍しく「あら、白鯨さん、わざわざ千里も追っていきながら抱いたのは風だけだったんですか」と混ぜっ返すと白鯨は顔を赤くして津軽訛りで「そう、そうでシイ」と答えた。その初心《うぶ》な仕草に一同笑い転げた。「僕の、僕の心が、心だけが後を追って行ったんでシイ」

一言で言えば苜蓿社は函館における素朴で純真で誠に満ちた青雲の志を有《も》った若武者集団だったと言えよう。これが函館ではなく小樽、札幌、釧路のいずれかであったとしたなら後世語られる啄木は生まれなかったと断言していい。さればこそ啄木はこの集団のなかで支えられ、函館という新開の地で、おのが才能をより開花させることが出来たと言って過言ではないのだ。

3 初期の作品

歌会によって短歌の道に戻った啄木がこの頃作った短歌が『紅苜蓿』七月号に載っていることはあまり知られていない。というのも筆名が違っていたせいでもあるが、その由来について郁雨が述べている。

『紅苜蓿』七月号に「曽保土」西方左近作となって十余首の彼の短歌と一緒に載って居る。初め啄木は作者名を西方浄土としたのだが、私が不真面目だと非難すると彼は即座にそれを変更した。」（宮崎郁雨『函館の砂』）

啄木が素直に郁雨の非難を受け入れたのは尤もだとしてもなぜ啄木の筆名を使わずに別の筆名にしたかというと『紅苜蓿』自体を同一人物によって占められていることを避けたためで、この手法は後に新聞記者をし出した時にも用いている。

『紅苜蓿』七月号に掲載された作品は啄木が歌会で始めた短歌を本格的に取り組もうとした記念すべき作品と言っていい。筑摩版全集や『新編啄木歌集』（岩波文庫）等にも収録されているが重複を厭わずここにも載せておくとしよう。

人らしき顔してすぐる巷人《こうじん》のひとりひとりを嘲《あざ》みてゆく日
恋をえず酒に都に二の恋に人はゆくなり我虚無にゆく
日はつねに西方《さいはう》にしも落つと知り君にわかれてまた君に来ぬ
君が目の猛火の海にわが投げし小貝の一葉《ひとは》行方知らずも
「たが先きに疎《うと》みそめしは」「君ぞ」とは互《かたみ》にいはず涙してゐぬ
いと冷たき窻《（マド）》の硝子《がらす》に春雨す我は涙すあはつけ人に
うつくしき子は鏡みるたびごとに反逆心《はんぎやくしん》を養ひにける
寂寞《せきばく》の大森林を一人ゆきふと来方をわすれし《（ママ）》思
二十三ああ日の下《もと》に新しき事なし我は猶君を恋ふ
春野行く君は若草ふみてあはれ蹈みそね我が心をな
夕浪は寄せぬ人なき砂浜の海藻《かいさう》にしも心埋《うも》る日
磯の家帆を見るごとに香焚きぬ遠方人《をちかたびと》の来るといふ日に
目をつぶり手力《たぢから》つよくかき抱き心弛《ゆる》みてあらぬ子を思ふ
我を見る時のみ艶《えん》に見ゆる子のあれと願ひぬ不安の人は
山上の寂寞に居ぬ南風の吹けばすこしく人の恋しき
わが被《かつ》く三千丈の白髪は誰《た》ぞ培《つちか》ひし答へたまへよ
人妻はいと面憎《おもにく》しくれなゐの木《こ》の実《み》の皿《さら》をわが前に置く
つれづれに古書《こしよ》ひもどけば君に似て古き臭《にほひ》すいとはしきかな

専門家の評価はともかく、素人目にも後に生まれる『一握の砂』や『悲しき玩具』を彷彿させる面影の色濃い作品のように思えてならない。これらの作品の底流に函館の山河や海辺、砂浜といった背景が存在していることを否定する人はいないだろう。言い換えれば函館が生んだ歌なのである。

4 同人たちの作品

人を見たけば友を見よ、と言う。その伝で言えば人を見たけば歌を見よ、ということになるかも知れない。その証明に啄木を囲んだ苜蓿社の文芸仲間の作品を一通り紹介しておこう。とはいっても文芸に素人の筆者であるから選りすぐって〝選考〟する能力がないから、恣意的な選択になっている事をお許し頂きたい。なお、引用スペースの関係で短歌のみとし小説、評論、詩などは省略せざるを得なかった。

◇松岡蕗堂

相愛の花はしをれぬ秋の野の蝶にも似るかさすらひの人
美《うま》し世の夢みるらしきをさなこに添乳する人何ををののく
よしあしの道をわかたずたつたつし若きはあまた征矢負ひて居ぬ
ああふるきこは怨霊のうめきかと底なきやみの潮《しほ》ひびきしぬ
神無月力者にはぐれ素枯野《すがれの》をすすりなきするさびしみの胸

（『紅苜蓿』第一号）

◇岩崎白鯨

大海《おほうみ》に似たれば心日をうまむ思はぬきはの天《あま》につづくと
君のせていづこゆくべきかなしみの車手により闇《やみ》にたつ時
心なる猛火《もうくわ》のうへに鼎《かなへ》する人をねたむと血のたぎるなれ
春の雨芥《あくた》の中にむらさきの芽生《めばへ》するなれふるかぶらども
古里や隣餅屋《となりもちや》の金絲雀《かなりや》とあだなせし娘《こ》のものいわぬかな

（『紅苜蓿』第二号）

◇吉野白村

春の月柳《やなぎ》も水もなつかしき都《みやこ》のさまにかすみたるかな
たもふ君ねがふは人に思はれしよろこびをもて我を見まさば
かげろふは磯《いそ》の砂地《いちごち》ちよろづのこがねの蝶のとぶとひらめく
あな躍《をど》る君と対《むか》へば大輪《たいりん》のかをれる花を前に見るごと
めづらかに聞きぬ昨日の思ふてふたなじふしなるみ言葉なれど

（『紅苜蓿』四号）

◇並木翡翠

いま心風なきに降る雪かともああ寂寞《じやくまく》にうつつなき哉
此の日皆笑ひ華《はな》やぎ我がためにありとし思ふもののうれしき
春の水米《よね》積む舟と菓子売の少女かげしぬ荷揚場にして
朝かすみ深山に眞木《まき》の庵《いほり》して木の実《は》食むらむ翁を思ふ
憂愁《いふしう》の想をのせて君が国雪車《そり》は急ぎぬ暮の鐘なる

（『紅苜蓿』二号）

◇宮崎郁雨

声もなく泣きて縋《すが》りてかくながら石になれとは思はぬものか
桃《もも》の花散《ち》るべきものの数ならばこの春咲くな君病《や》みてあり
額《ぬか》づきて眞面《まごも》に神をいのりつつ身は世はかくていつはり多き
大海のみづ酒ならば我酔《わがよ》ふにわが溺《おぼ》るるに足る世と思へ
思ふとも言はで成らさる恋ならば成らずも好しや言はでやむべし

（『紅苜蓿』二号）

なお、大島野百合については「わこうどのなげき」（評論一号）「楽堂雑談」（随筆　二号三号）「乞食と語る　其三」（小説六号）があるが短歌は一つも掲載されていない。また沢田天峰「機関士」（小説　二号三号）向井夷希微「火事」（詩一号）「幽韻」（詩　二号）などがあるがいずれも割愛させて頂いた。

5『紅苜蓿』編集長

生活の目途が立った啄木が全力を挙げて取り組んだのが『紅苜蓿』の編集である。「雑誌紅苜蓿は四十頁の小雑誌なれども北海における唯一の真面目なる文芸雑誌なり」（同前）というだけあって啄木のこの雑誌への入れ込み方は尋常では無かった。

それに『紅苜蓿』の成果は実は啄木自身の生活に直接結びついている。利益が生まれれば雑誌の成功というだけではなく、啄木の生活の向上に繋がる。現在の月十二円の収入では「親子五人は軽業の如く候」（郁雨宛「八月十一日付」）だったから何とか『紅苜蓿』の売れ行きを伸ばさなければならなかった。ところが五号までは印刷費をひねり出すだけの自転車操業で黒字どころではなかった。

ところで啄木の実際の編集は第六号（明治四十年六月）からである。それまでは大島野百合が中心となって全員で編集に当たっていた。啄木が函館へやって来た時には『紅苜蓿』はもう五号が出来上がったところだったから編集長就任の時期は五月中旬あたりと見て間違いない。

簡単な引き継ぎを大島野百合とした際、大島は「せっかくあなたが来てくれたのだから、あなたが新しい編集長だということを強調しようと思うんです。売り上げにも連動する可能性が有りますから。」と言った。この言葉を聞いて啄木は気軽に「ああ、いいですとも」と答えた。そして手元の紙片にすらすらと次のような「入社の辞」を書いて大島に渡した。

私事、去る五月五日、みちのくの花をあとにして、津軽の瀬戸を渡り、函館の人と相成候ひしが、爾今、苜蓿社同人の清盟に加はり、所期を偕にして、浪あらき北海の一角に、此文芸の孤城を守る事と相成申候。読者諸君へ、一寸入社の御挨拶迄。早々頓首。

六月十日　　　石川啄木

六号の編集にかかった啄木は自ら筆を取って「水無月」「年老いし彼はあき人」「辻」「蟹に」「馬車の中」の五篇の詩を書いた。同人たちには「作品というものは才能にもよりますが書き慣れるという別の努力も大切です。だから皆さんは毎号必ず一本は寄稿するという習慣を身につけて下さい。」と発破をかけた。そのせいか六号には沢田天峰「文芸雑感」（評論）、向井夷希微「質屋の蔵」（詩）、並木翡翠「野の路」（短歌）大島野百合「豆売女」「羅漢寺」（詩）岩崎白鯨「森はいま」（詩）吉野白村「わが影」（短歌）などの作品が出そろっている。

　ところで大島経男は失恋がもとで七月二十六日靖和女学校を辞し郷里の日高に帰ってしまう。この三日前啄木から大島へ宛てた手紙には「昨日お話下されし小生糊口の方の件、諸兄にも相談致候処、それなら是非との事に候。」とあり、学校を退職する際、大島は自分の後任として啄木を推薦したらしい。結局は駄目になってしまうが啄木は親身になって自分を見てくれた大島に感謝の念を絶やさなかった。

とるに足らぬ 男《をとこ》と思《おも》へと言《い》ふごとく
山《やま》に入《い》りにき
神《かみ》のごとき 男《をとこ》

という歌は大島を詠んだものである。

『紅苜蓿』に話を戻そう。編集長になった啄木は新機軸を打ち出すべく様々な改革に着手する。先ず印刷所の変更である。それまで印刷は富岡町にある函館毎日新聞社に委託していたのでこの経費を節約する為に啄木が編集長になってからそれまでの半額で済む若松町の小野印刷所に変えた。ところがこの小さな印刷所には十分な活字が揃っていなかった為、また函館日日新聞に頼まねばならない羽目になってしまった。二重の手間で発行は遅れるし、経費削減は実現しないし啄木は頭を抱えた。

　さらに新編集長は同人に次の提案を示して方針転換を図ろうとした。

一発行部数を二倍にすること

一普通広告を増やすこと

一基金募集の広告を掲載し、区内の富裕層を取り込むこと（協力者の拡大）
一集まった基金で紙数百頁以上の特別号を発行する
一「会友」制を設け、発行部数の安定化を図ること
一誌代を十五銭に値上げすること
一苜蓿社主宰の販売催事（音楽会、懇談会等）を増やすこと
一東京へ百部、小樽札幌各三十部販売を目指すこと

同人たちはこの方針に基本的に異存はなかったが、「紙数百頁以上」については沢田天峰が「今でも原稿には苦労しているから、これ以上増やすというのは無理ではないか」と疑問を投げかけた。確かに今回も六号の発行が印刷所がらみで遅れ、七号発行と重なり啄木が「漂泊」と「六月の雑誌界」の二本（四十頁中十三頁に当たる）を書いてようやく埋め合わせている状態だった。これをさらに倍にするのは如何に啄木でも無理だったろう。

また他の改革案も基本的には何人かの専従スタッフ無しでは到底実現出来ないものばかりだったし、先行きが怪しくなっている事に変わりは無かった。ただ、啄木が少し面白いアイデァを思いついている。実現はしなかったが、もしもっと時間があれば興味深い結果が生まれたかも知れない。

それは郁雨宛の手紙（八月十一日付）に出てくるアイデァなのだが「此処で活版所をひらくと儲かるよ君、現に教育会誌、会議所の月報などは充分ひきうけてやる見込がある」というものだ。開拓期の北海道ではこの時期活版所は勿論のこと新聞社の草創期で百花繚乱の如く新社が誕生した。後に啄木はこの潮流に飲み込まれてゆくことになるのだが、それにしても活版所に目をつける辺り、商売人の才覚も見逃せない。郁雨がこの話には無関心だったので実現しなかったが、実現していればある種の新たな活路が開かれた可能性は否定出来ない。

四　慕　情

1　函館日日新聞社

確かに啄木が代用教員の月給十二円だけでは五人家族を養うのは厳しかった。そこへ宮崎郁雨が別の仕事を持ってきた。「函館日日新聞社」である。主筆兼社長の斉藤大硯《たいけん》は郁雨の知人だったから話は直ぐに決まった。臨時雇いではなくいちおう正社員としてである。ものの本では月給十五円としているものがあるが啄木は給料は貰っていない。いや、正しくは貰えなかったというべきだろう。給料日の前に社は函館大火で焼失してしまったからである。

啄木は大硯に会うや否や前借りを申し込んだが「俺の処だって貧乏で金がある訳でないから、仕方がない、米でも持って行けと言って米屋から一斗許り借りて持たせた」と郁雨に打ち明けている。（宮崎郁雨『函館の砂』東峰書院一九六〇年）

八月十八日より予は函館日日新聞社に入れり、予は直ちに月曜文壇を起し日日歌壇を起せり、編輯局に於ける予の地位は遊軍なりき、汚き室も初めての経験なれば物珍しくて面白かりき、第一回の月曜文壇は入社の日編輯したり、予は辻講釈なる題を設けて評論を初めたり／二十五日は日曜なりし事とて予は午前中に月文の編集を終り辻講釈の（二）にはイプセンが事をかけり、午後町会所に開かれたる中央大学菊池武雄（法博）一行の演説会に臨み六時頃帰りしが、何となく身体疲労を覚えて例になく九時頃寝に就けり（「函館の生活」『明治四十丁未歳日誌』）

というように入社の日からマメに仕事をこなしている。『紅苜蓿』編集で手慣れているとは言えこの即戦力は見事と言うしかない。それに「日日文壇」「月曜文壇」「辻講釈」という新企画を三本も手がけるというのも並の才覚ではない。

ただこの記者生活は一週間しか続かなかった。後に述べる「函館大火」が啄木の記者生活はおろかようやく安定し始めた啄木一家の生活をも〝焼失〟させてしまったからである。

2　弥生小学校

啄木が函館にやってきて最初に就いた仕事は商工会議所の臨時雇いで選挙人名簿を作成する単調な仕事だった。それでも生まれて初めてのアルバイトだったせいかすべての事が物珍しく「役所めいた処へ這入つたのだといふ感が、異様に予の心をくすぐる」（「函館の生活」前出）と満更でもなさそうな感想をもらしている。

そしてこの一ヶ月後に吉野白村が弥生小学校の代用教員の仕事を持ってきた。渋民村でも経験済みだが月給は四円上がって十二円、発令が六月十一日、職員十五名、生徒千人強の大規模学校だった。「職員室の光景は亦少なからず予をして観察する所多からしめき、十五名のうち七名は男にして八名は女教員なりき、予は具に所謂女教員生活を観察したり、予はすべての学年に教へて見た」い（「函館の夏」『明治四十丁未歳日誌』）とその抱負を述べている。

啄木が全ての学年を教えて見たいというから相当張り切っていると思ったが一ヶ月くらいで無断でサボったりするようになってしまった。校長の大竹敬三は気さくでおおらかな性格だったから啄木本来の実力を出せたはずだが、なぜか啄木はここでの勤務ぶりは渋民と違って熱心ではなく、しぶしぶ仕方なく通っているという状態だった。

その代わりというか職員の「観察する所多からしめ」るという訳で例によって啄木独特の人間観察の結果を聞く事にしよう。先ずは男教員からだ。（ゴシックは筆者）

大竹校長は何故か大切なる仕事は大体予に任せるなり。晩年には何処か田舎の学校の校長になりて死ぬべき**小西君**の眼は兎に似たり。思ひ切つて色褪せたる洋服着たる**遠藤君**は、三十五六の年輩にて今猶親と仲悪く、怪しき妻君と共に別居する男也。**加茂清治**は憚る事を知らぬ面白き男なり、米屋の若旦那にて同僚中一番よき衣着るはこの人也。代用なる**伊富貴斉宮**は名前からして気のきかぬ男、強姦でもやりさうな人相したり。

なんとも言いたい放題だが、観察の鋭さは相変わらずである。そして女教員の場合はさらに「具《つぶさ》」な観察が行われることになる。

女教師連も亦面白し。**遠山いし君**は背高き奥様にて煙草をのみ、**日向操君**は三十近くしての独身者、悲しくも色青く痩せ足り。女子大学卒業したりといふ**疋田君**は豚の如く肥り熊の如き目を有し、一番快活にして一番「女学生」といふ馬鹿臭い経験に慣れ足り。森山けん君は黒ン坊にして、渡部きくゑ君は肉体の一塊なり。世の中にこれ程厭な女は滅多にあらざるべし。高橋すゑ君は春愁の女にして、橘智恵君は真直に立てる鹿ノ子百合なるべし。

渋民小学校の代用教員時代でも啄木は上野さめ子や堀田秀子らとの付き合いがあり、特に堀田秀子とは心を通わせ会える仲だった。弥生小学校では女教員の観察の最後に名の上がっている「鹿ノ子百合」こと橘智恵子をどうやら〝見染め〟たらしい。橘智恵子の話は後にもう少し続けたい。というのはこの女性の存在がなければ啄木による幾つもの名歌は生まれなかったとも言えるからである。取りあえずここではその名歌を一つだけあげておこう。

山《やま》の子《こ》の
山《やま》を思《おも》ふがごとくにも
かなしき時《とき》は君《きみ》を思《おも》へり

３ 函館大火

函館はとにかく火事の多いマチであった。明治三十年代だけ見ても明治三十二年から三十五年までの間に毎年大きな火事を出している（函館市消防本部「函館の大火」『函館市消防の歩み』）

△一八九九（明治三十二）年九月十五日出火
焼失家屋二四九四戸
△一九〇〇（明治三十三）年十一月三日出火
焼失家屋一四二戸
△一九〇一（明治三十四）年四月十二日出火
焼失家屋一九九戸
△一九〇二（明治三十五）年五月四日出火
焼失家屋一〇八戸
△　　々　　　　六月十日出火
焼失家屋三九六戸

という具合に出火状況は異常な様相を呈している。

一般に「函館大火」と言われるのは一九三四（昭和九）年三月二十一日午後六時五十三分住吉町から出火した火事で焼失戸数一万千百五棟、死者二一六六人（焼死七四八、溺死九一七、凍死二一七他）という悲惨な結果をもたらした。（「同」）

江戸時代以降、俗に「人は一生の間に三度の大火に遭う」

と言われてきたものである。現に筆者自身一度の大火と焼失五棟の火事に遭っている。俗事の言葉は実際には「大火という試練」の意だと思うが、それほど日本人は多くの火事を経験してきたのだ。

運命の日、啄木は函館日日新聞に勤務して一週間目、ようやく記者生活のリズムを掴みだして駅前で沢田天峰、宮崎郁雨らと待ち合わせ近くの蕎麦屋で酒を飲みながら歓談した。

沢田「どうです、石川さん、函館日日の方は？あそこは区内五つの新聞社のうち一番貧乏でちゃんと給料出るといいんですが」

啄木「豊かでないことは確かだけど必要なものは一応揃ってるし、それに主筆の大硯が太っ腹で自由に書かしてくれるから文句はないよ。でもちゃんと給料くれるかな。」

郁雨「でもさすがですよ、入社早々自分のコラムをいくつも持つなんて。それにイプセンを語れる新聞なんか函館には有りませんよ。いや北海道には、と言うべきかな。」

啄木「うん、まだ他にも文芸欄の構想を持っているけれど、足で歩く記事も悪くないと思ってね、そのうち『函館人物由来』を連載しようと思ってる。郁雨の親父さんにも登場してもらうつもりだよ。」

話が弾《はず》んでお開きになったのは午後九時である。夕方から東から吹いてくる強風に閉口しながら帰宅した。手紙等に目を通して寝床に入るや間もなく半鐘のけたたましい音が聞こえてきた。やがて近くで騒がしい人々の声も耳に入ってきた。筆者はこどもの頃、サイレンの前に「火事だ!」という声が先に聞こえたら直ぐ避難しなければ危ないと教えられた事がある。布団から飛び起きて外にでて啄木は息を飲み込んだ。紅蓮の炎が雲龍のようになってこっちへ向かってくる。逃げ惑う人々が次々とやってくる。

正確には午後十時二十分頃、東川町の石鹸工場から出火、強風に煽られた火片が各所に飛び火し火勢は一気に拡大、恵比寿町など十四町が全焼、元町など二十町が半焼する大火となった。負傷者は一千名を超えたが幸い死者は八名で済んだ。

この火事では函館庁舎、英国領事館、ロシア領事館、連隊区司令部、海事部、郵便局、電話局、商船学校、商業学校、高等女学校、函館病院その他私立病院八、区立小学校五、私立小学校六、民間会社三十八、銀行八、神社三、寺院六、教会五、新聞社五、劇場四などが焼失、倉庫、商店、旅館など多数が灰燼《かいじん》に帰した。

（大火）八月二十五日

此夜十時半東川町に火を発し、折柄の猛しき山背の風のため、暁にいたる六時間にして函館全体の三分の二をやけり、学校も新聞社も皆焼けぬ、友並木君の家もまた焼けぬ、予が家も危なかりしが漸くにしてまぬかれたり、吉野、岩崎二君また逃れぬ。（『明治四十丁未歳日誌』）

苜蓿社同人で罹災したのは並木翡翠一人で済んだが「函館日日新聞社にやり置きし予の最初の小説『面影』と紅苜蓿第八冊原稿全部とは烏有に帰したり、雑誌は函館と共に死せる也、こゝ数年のうちにこの地にありては再興の見込みなし」（『同』）とあって啄木の貴重な小説と『紅苜蓿』第八号が灰燼に帰してしまった事を嘆いている。

この大火で周囲が恐怖におののいている時に啄木は日記に「予は乃《すなわ》ち盆踊りを踊れり」と素っ頓狂な事を記しているが当時傍らにいた光子は「例によって兄の誇張で、決して盆踊りを実際に踊ったことはない」（『兄啄木の思い出』）と言っている。光子は啄木に対して一貫して冷酷な姿勢を崩さなかったが、確かに日記や書簡には啄木独特のある種の〝粉飾〟が施されている事があるのは事実である。

ただ、啄木らしいと思ったのはこの大火の受け止め方だ。「大火は函館にとりて根本的の革命なりき、函館は千百の過去の罪業と共に燃焼して今や新しき建設を要する新時代となりぬ、予は寧ろこれを以て函館のために祝杯をあげむとす」（「八月二十七日」『日誌』前出）つまり災い転じて福と為せという主旨である。

しかし啄木にとってこの大火は、このように鷹揚《おうよう》に構えていられない重大事件だった筈である。生活の基幹を成していた苜蓿社と『紅苜蓿』の焼失、家族を支えることになっていた弥生小学校と函館日日新聞社も焼け落ちた。どう考えてみても啄木にとって災い転じて福と出る目はない。にもかかわらず徒《いたずら》に悲観しないところが啄木の啄木たる所以である。啄木が切羽詰まった際にみせるこのような「なんとかなる」精神は以後、彼の短い生涯を通じて間断なく展開される事になる。

大火見舞いに札幌から急遽駆けつけてきた向井夷希微と苜蓿社の一行と鳩首協議の結果「義一決、同人は漸次札幌に移るべく、而して更に同所にありて一旗を翻さんとす」（『日誌』）啄木の心は既に函館と訣別し札幌に移っていた。

4「美しき秘密」

今少し函館のその後を語らなければならない。大火後も啄木は弥生小学校の代用教員をまだ辞めないでいた。函館日日新聞の入社が決まった時、直ぐに辞表を出そうかと思っているうちにあっという間に一週間が経ってしまって、大火に遭ってしまい、辞表を出す機会がなくなってしまっていたからである。大火三日後、弥生小学校の仮事務所になっている大竹校長宅を訪ねると「いいところへ来てくれた。猫の手も借りたいところだった」と言ったので辞表はお預けとなった。

焼失した学籍簿の復元やら学童の罹災状況調査など仕事は山ほどあった。学校が夏休み中の大火だったので授業がなかったから学童の世話をせずに済んだのが幸いした。しかし十五人の教師中罹災者は十人もいて新たな下宿の斡旋などの手当も重なって啄木という「猫の手」は貴重だった。「離散しているこどもたちの消息を出来るだけ早期に把握したい。どうしたものかね。」と大竹校長が職員に相談したりすると啄木がさっと手を挙げて「区内の新聞社が共同号外で避難所や電柱に避難情報を出しているから、新聞社に連絡して弥生小学校の情報を載せてもらった方が確実だし早い」と提案し、その連絡を啄木が社にすることで解決した。

実はこの話は啄木が日記で次のような〝作り話〟を残していて、啄木研究家はそれに気づかずそのまま信じて〝実話〟として今日まで伝わってしまっている。

学校にては学籍簿を焼き出席簿を焼けり、故に先づ第一に生徒の名簿を調製し併て其罹災の状況を調査せざるべからず。乃ち市中各所に公告を貼付して来る四日生徒を公園に集むべしと議決せぬ。予等職員一同は此日午後各区域を定めて貼紙に出掛けたり。（「九月一日」『日誌』同前）

この啄木の言葉は例によっての〝作り話〟と思った方がいい。「予等職員一同」は実は高橋、森山、啄木の三人だけで、おまけに森山は〝当て馬〟だった。高橋すゑは啄木を一目見た時から好意を持っていてなんとか話し合う機会を待っていた。しかし、二人だけで逢うという勇気がなかったので森山をクッションにした口実を作ったのである。そして九月一日の日曜日、啄木と高橋の二人は堂々と公務でおおっぴらな〝デート〟に成功した、というのが真相なのである。気のいいお人好しの森山先生は二人に利用されたことには全く気付かなかった。この事実を裏付けるのが啄木の次の言葉である。

さて予等はいと疲れ足り。疲れたれども若き女は優しきものなりき。これ大いなる秘密なり、然れども亦美しき秘密なり、若き女の優気《ママ》は。（「九月一日」『日誌』）

この「大いなる」「美しき」〝秘密〟にこそ真実が込められているのである。これ以外の言葉を啄木はこの前後は一言も記していないから推測でしかないが、この展開で生ずることと言えば男女の情愛以外には考えにくい。もう少し踏み込んで言えば啄木ともう一人の女教師が一瞬の〝青春〟の血をたぎらせたのだと思う。その相手は森山けんではなく高橋すゑであるとまで言って差し支えあるまい。「黒ン坊」ではなく「春遙」の女性を選ぶのは不自然ではない。

そして問題の「秘密」―それは二人が偶然か故意か定かではないが肩か手が触れあったことであろうというのが筆者のたどり着いた解釈である。その程度のことかと思われる方もおられるかも知れないが、この時代恋人同士であっても手を握り合うということは容易なことではなかったという歴史的背景を考える必要がある。

戦時中、特別攻撃隊員として出撃していく婚約者ですら手を取り合って握ることが出来ず指と指を触れあうだけで別れるという手記すら残っているほどなのだから、ましてや明治のこの時代、若き男女が手か肩を触れあうということが如何なる「大いなる」「美しき」「秘密」だったことか、時代の男女の作法をこの一件は伝えてくれよう。

もう少し敷衍するならば、もし啄木がこのまま函館に残ったなら二人の関係はもっと進んだに違いない。しかしながら時間は待ってくれなかった。一日も早く新しい仕事に就いて家族を養わなければならなかったからである。

五　離　別

1　離別の宴

大火後の函館にはもう啄木の生活の場はなかった。大火の五日後、すなわち八月三十日には札幌の道庁にいる向井夷希微に就職の斡旋を依頼している。こういう時の啄木の決断は素早い。しかし、百三十五日という短い日々とは言え函館を去る寂しさはぬぐいきれない。

苜蓿社の仲間の信義の厚さと『紅苜蓿』を通じての文芸への真摯な情熱を感じてきただけに彼らと別れなければならない無念さはいかばかりであったろうか。九月八日、札幌の向井夷希微より「北門新報」に校正係の仕事がある、という手紙が届いた。「校正係」には一寸引っかかるものがあったが、迷っている場合ではなかった。

予は数日にして函館を去らむとす。百二十有余日、此の地の生活長からずといへども、又多趣なりき。一人も知る人なき地に来て多くの友を得ぬ。多くの友を後にして、我今函館を去らむとするなり（「九月八日」『日誌』）

やや感傷的になるのは無理からぬ話ではある。それもようやく生活の目途が立ち『紅苜蓿』も軌道に乗りそうだという矢先の天を焦がすが如きの大火。全ての道が閉ざされてしまった。その無念さがこの短い感慨からひしひしと伝わって来る。

ただ、この一文には二つほどの補注が必要だ。一つはこの時点での啄木の函館滞在は百三十二日であり、また「一人も知る人なき」は実際には函館には堀合家筋の親戚が既に居住していたのである。一人は堀合忠操の長姉一方井《いっかたい》なか子（谷地頭町七十一番地）そしてもう一人忠操の叔父村上祐平（青柳町四十四番地）である。両家とも啄木の家から徒歩八九分という距離だ。しかし、節子はともかく啄木が両家を訪れた記録は存在しない。その理由はなかなか複雑だ。ただ、言えることは啄木は堀合忠操と折り合いが悪く、その関係から親戚筋との付き合いを避けていたということである。

当然のことながら札幌へ出立する数日前の啄木の日記は函館と離別する寂寥に満ちあふれている。九月五日の日記には「予は此の日より夕方必ず海にゆく事とせり。」とあり、これは明らかに孤独感と寂寞感を紛らわすための行動に外ならない。

当時の大森浜は元は「大盛浜」とも呼ばれ、砂が盛り上がるほど多く、また湯ノ川温泉から臥牛山《がぎゅうざん》（通称函館山）に至る海岸線を総称していたが近年は大森町海岸の砂浜に縮小されてしまった。しかし啄木座像のある啄木公園は質素過ぎるが臥牛山を借景にした夕景はそれなりに風情がある。

かはたれ時、砂浜に立ちて波を見る。磯に砕くるは波にあらず、仄《（ホノ）》白くして力ある、寂しくして偉いなる、海の声は絶間なく打寄せて我が足下に砕け又砕けたり。我は我を忘れぬ。（「九月六日」『日誌』）

砂浜に打ち寄せる波は啄木に襲いかかる人生という大波なのだろう。この波に自分の人生を投影させながら改めて人生の非情を噛みしめたのだといえよう。さらに啄木にとって「砂」や「砂浜」もまた自らの人生を問う上で欠かせないキーワードであった。次の三つの歌は啄木の代表的作とも言われるもので「砂」に拠る自己投影の典型的な作品である。

東海《とうかい》の小島《こじま》の磯《いそ》の白砂《しらすな》に
われ泣《な》きぬれて
蟹《かに》とたはむる

頬《ほ》につたふ
なみだのごはず
一握《いちあく》の砂《すな》を示《しめ》しし人《ひと》を忘《わす》れず

砂山《すなやま》の砂《すな》に腹這《はらば》ひ
初恋《はつこひ》の
いたみを遠《とほ》くおもひ出《い》づる日

忘れてならない事はこれらの作品がいずれも大森浜から生まれているという事である。中には「東海」がどこを指すとか「蟹」はどんな種類なのかと重箱の隅を突《つつ》いて得意になっている啄木「研究家」が未だに跡を絶たないけれども、それは明らかに邪道である。啄木の歌の本質は些末な特殊な解釈ではなく人生という本質的な汎用性にあるのであって、啄木という歌人が多くの人間に共通する共感、喜怒、哀愁を私たちの代わりに歌ってくれているからこそ国民的人気がある事をわすれてはなるまい。

啄木が足繁く大森浜に通うのは大火後のこと、もっと正確に言えば九月五日以降の事である。函館を発つのが十三日だから実際には僅か七日間という事になる。それも毎日通った訳ではない。日記によれば十日には午後四時から大塚、並木、吉野、岩崎、松坂ら盟友と離別の宴を張り「此夜大に飲芽里。麦酒十本。」十一日には午前に仮事務所に出掛け退職届け、場に橘智恵子と高橋すゑ女史が居合わせて歓談、吉野、大井と谷地頭散策と理髪。夕方から岩崎宅で吉野、並木四人で「大いに飲。牛肉と玉葱の味いとうまかりき。」であるから啄木の大森浜通いは実質五日間である。勿論それ以前にも何度かはここに遊んだに違いないが、僅かな短い時間ながら函館の砂浜が啄木に与えた歌の啓示の影響は無視出来ない。

　十日に開かれた離別の宴は格別に楽しいものになった。「我ら皆大に酔ひて大に語り、大に笑ひ、大に歌へり。」なかでも吉野白村十八番《おはこ》の「天下太平」謡は大受けだった。「なつたなつたなつたなつた大人《オトナ》になつた独身《ヒトリミ》で居らりょかブーラブーラ」唱歌「ふるさと」は全員で歌った。バイオリンを弾いて宴を盛り上げていた並木翡翠が「石川さん、いつか鉄幹の『人を恋ふる歌』をみんなで歌った時にどうして一緒に歌わなかったんですか」と聞いた。一瞬場が白けそうになったが啄木が笑いながら「誤解されると厭だからはっきり言っておきましょう。実は鉄幹の時代は終わったと思ってたんですよ。いまや自然主義の歌風じゃないと歌壇を引っ張っていく力がありません。だからちょっとみんなの雰囲気についていけなくなったんです。でもこの歌は好きなんですよ。今日は僕が歌いましょう。でも全部歌っちゃうと朝になってしまうから好きな所だけにします。」といって歌い出した。考えてみれば啄木の歌声を聞くのはこれが初めてだった。口にはださなかったが啄木も仲間に対する餞《はなむけ》のつもりだったのであろう。（＊四行表記を二行に変更）

一　妻をめとらば　才たけて　みめ美《うる》はしく　情けある
　友を選ばゞ　書を読みて　六分《りくぶ》の侠気　四分《しぶ》の熱
二　恋の命を　たずぬれば　名を惜しむ哉　男《おのこ》ゆえ
　友の情けを　たずぬれば　義のあるところ
　火をも踏む
三　汲めや美酒《うまざけ》　うたひめに　乙女の知らぬ
　意気地《いきじ》あり
　簿記の筆とる　若者に　まことの男　君をみる
四　ああ、われダンテの　奇才なく　バイロン

ハイネの熱なくも
石を抱《いだ》きて　野に歌ふ　芭蕉のさびを　よろこばず

五
人やわらわん　業平《なりひら》が　小野の山ざと　雪をわけ
夢かと泣きて　歯がみせしむかしを慕う　むら心

六
見よ西北に　バルカンの　それにも似たる
国のさま
あやうからずや　雲裂けて　天火一度《てんかひとたび》　降らんとき

七
妻子を忘れ　家を捨て　義のため恥を　忍ぶとや
遠く逃れて　腕を摩す　ガリバルディや　今いかに

八
玉をかざれる　大官《たいかん》は　みな北道《ほくどう》の　訛音《なまり》あり
慷慨《こうがい》よく飲む　三南《さんなん》の　健児は散じて　影もなし

九
四度《しど》玄海の　波を越え　韓《から》の都に　来てみれば
秋の日かなし　王城や　昔に変る　雲の色

十
ああわれ如何《いか》に　ふところの　剣《つるぎ》は鳴りを
ひそむとも
咽《むせ》ぶ涙を　手に受けて　かなしき歌の　無からめや

十一
わが歌声の高ければ　酒に狂ふと人のいふ
われに過ぎたるのぞみをば　君ならでは　誰か知る

十二
あやまらずやは　真ごころを　君が詩いたく
あらわなる
無念なるかな　燃ゆる血の　価《あたい》少なき　末の世や

十三
おのずからなる天地《あめつち》を　恋うる情けは洩らすとも
人をののしり世をいかる　はげしき歌をひめよかし

十四
口をひらけば嫉《ねた》みあり　筆を握れば誹《そし》りあり
友を諫《いさ》めて泣かせても　猶ゆくべきや　絞首台

十五
おなじ憂いの世に住めば　千里のそらも一つ家
己《おの》が袂《たもと》といふなかれ　やがて二人の涙ぞや

十六
はるばる寄せし　ますらおの　うれしき文《ふみ》を
袖にして
きょう北漢《ほくかん》の　山のうえ　駒立て見る日の
出《い》づる方《かた》

じいっと聞き入っていた何人かがうつむいて拳で顔を拭いた。悲しくて泣いたのではなかった。それはよき友人のこれからの人生を憂えての涙でもあり、啄木という〝鬼才〟と一緒に共に過ごせた感激の涙でもあった。この日はいつもであれば快活で陽気なメンバーが泣いて〝泣き虫〟の啄木が笑った。

別れの宴は未明まで続いた。笑顔を絶やさず宴をささえた節子が全員が帰って静まりかえった部屋に戻って来てこう言った。「みなさん、本当にいい人たちばかりで楽しい日々を送れてよかったですね。また、こんな日がいつ来るのかしら。」

２ 恋　慕

九月十二日つまり函館を発つ前日、啄木の日記はある一点を見つめた文字で埋められている。

朝のうちに学校の方の予が責任有る仕事を済し、ひとり杖を曳いて、いひ難き名残を函館に惜し見ぬ。橘女史を訪ふて相語る二時間余。（同前）

この日啄木がなぜ杖を使ったのかよく分からない。脚を痛めた形跡はないし、日頃からの杖の愛好者でもないからである。些細なことのようだがわざわざ「ひとり杖を曳いて」という言い回しは啄木独特のものでなにか特別なメッセージが込められているのだろう。

それを裏打ちするのがここに名前が上がっている「橘智恵子」という女性の存在なのだ。この時、啄木は手元に残り数冊になっていた『あこがれ』の上装版を一冊持ってわざわざ扉にペンで「わかれにのぞみて橘女史に捧ぐ」と献辞を添え署名して贈呈している。

啄木は日記に「相語《あいかたる》二時間余」と記しているが、それは明らかな誇張でおそらくせいぜい五分か十分程度の時間だったと思われる。渋民では上野サメ子や堀田秀子らと夜を徹して語り合う仲だったが啄木と智恵子は二人きりで会ったこともなく、しかも仕事上の事務的な会話だけで個人的なつながりはまったくなかった。特にこの時代、結婚前の女性の部屋に二時間もいたなら、たちまち〝黒い〟噂になってしまう。しかも橘智恵子の住んでいた谷地頭は当時函館の高級住宅地で隣近所の目がうるさくていかに温厚な智恵子といえど啄木の長居を許さなかった筈である。

かの時《とき》に言《い》ひそびれたる
大切《たいせつ》の言葉《ことば》は今も

胸《むね》にのこれど

もし本当に「相語二時間余」だとしたらこの句は生まれなかったろう。余りにも短い別れだったからこそ生れた歌なのである。

啄木研究家の第一人者岩城之徳は橘智恵子の当時の日記に「終日家に居る、別に変りたる事なし」とあり啄木の訪問自体を否定はしていないが、この訪問を「啄木の一方的な愛情にすぎなかった事が明らかである。」（『石川啄木傳』東宝書房　一九五五年）と指摘している。

しかし、智恵子が日記に啄木の訪問を記録しなかったのは当時の〝嫁入り前〟的背景に因ることは明白で「別に変わりたる事なし」というのはむしろ妻子ある男の訪問の痕跡を消し去ろうとする自己防衛の裏返しの表現と見るべきであろう。

なにしろ橘智恵子は啄木に『一握の砂』中二十二首をも作らせた女性である。それも全てが名歌とされている。それほどの〝功労者〟橘智恵子については別途稿を改めて論じたい。ここではもう一句だけ掲げておこう。

函館《はこだて》のかの焼跡《やけあと》を去《さ》りし夜《よ》の
こころ残《のこ》りを
今も残《のこ》しつ

あと一つだけ述べて本章を閉じることにする。橘智恵子と別れた後、啄木は例の〝美しき秘密〟を持った高橋すゑを訪ねた後「一人大森浜に最後の散策を試みたり。」とある。啄木にかかれば高橋との二人での散策も「一人」となるのである。啄木研究家の多くは橘智恵子との相聞を取り上げ、この高橋すゑを重視しないが、函館の短かった生活のなかで高橋すゑは思った以上に啄木の心をとらえていたのではなかったか、と思えてならない。

第三章

札幌

しんとして幅広《はばひろ》き街《まち》の
秋《あき》の夜《よ》の
玉蜀黍《たうもろこし》の焼《や》くるにほひよ

札幌大通公園啄木像
北海道で最も気に入った街だったがその滞在は僅か 14 日間だった。

一　北門新報社

１　二通の履歴書

ところで函館を発つ前に見舞いに急遽駆けつけて来た向井夷希微に札幌での就職を以来するため履歴書を手渡している。それは二通あって一通は新聞社用、もう一通は官庁・教育委員会用としているから、仕事はこの方面を予め限定していたことが分かる。啄木らしさが示されたユニークな履歴書なので紹介しておこう。最初に書いたのが新聞社用である。

履歴書

啄木　石川　一

原籍地　岩手県岩手郡渋民村大字渋民十三番地割二十四番地　平民

現住地　函館区青柳町十八番地む八号

生年月　明治十九年二月二十日

一、明治三十五年十月岩手県立盛岡中学校第五年級第二学期修業中家事の都合により退学

一、明治三十七年十一月より翌三十八年五月迄　東京にありて雑誌『時代思潮』『明星』『白百合』等の編輯に携はる

一、明治三十八年五月詩集『あこがれ』を著作す（文学士上田敏氏序詩、与謝野鉄幹氏跋、東京市京橋区南大工町五番地小田嶋書房発行、定価五十銭）

一、同年九月盛岡市に於て小天地社を起し月刊文芸雑誌『小天地』初号発行、病気の為め直ちに廃刊

一、明治三十九年四月より翌四十年四月迄原籍地に於て小学校教育に従事す

一、明治四十年五月より函館区青柳町四十五番地苜蓿社発行月刊誌『紅苜蓿』を主宰し（目下継続）傍ら函館商業会議所に入り翌六月同区弥生小学校に転ず

一、同年八月十八日函館日々《〈ママ〉》新聞社に入る（但し報酬月額四十五円の契約）

其他、中学を退きて後再び学堂に上らず主として内外文学、英語学、哲学、審美学、歴史、教育学等を独修し、

妻子あり、何等法律上の制裁を享けたる事なし

右

明治四十年八月三十日

石川　一　㊞

ご覧のようにこれは〝正確〟な履歴書といえない。先ず雑誌の編集であるが『明星』以外は投稿の常連だったし、『小天地』は売れ行き不振であり、函館日日新聞の報酬は十五円であった。ただし、第七項以下の〝専攻〟は高学歴の者を寄せ付けない実力を持っていたから、これだけはもっと胸を張ってもいいくらいだ。

二つ目の履歴書は翌日の九月一日に書いている。この程度の原稿はお手の物なのに二日に渡って書いているところを見ると、さしもの啄木もこれら履歴書を書くにあたってかなり念入りに書いたという事を意味する。一通目は「啄木用紙」と印刷された薄青色の原稿用紙（二十字十行）四枚に墨書で、次のは半紙二枚に墨書されている。函館時代も生活は楽ではなかったはずだから自分専用の「啄木用紙」を印刷して持っていたのは『紅苜蓿』編集長の〝特権〟を行使したものであろう。

履歴書

石川　一　㊞

原籍地　岩手県岩手郡渋民村大字渋民拾参番地割弐拾四番地　平民

現住地　函館区青柳町拾八番地む八号

出生時所　明治拾九年弐月弐拾日於岩手県岩手郡玉山村大字日戸

学　業

一、尋常科四学年ノ課程ヲ卒業シタルヲ証ス明治弐拾八年参月卅日岩手県岩手郡渋民村立尋常小学校長小田嶋慶太郎

一、高等科第参学年ノ課程ヲ修業シタルヲ証ス　明治参拾壱年参月卅日岩手県盛岡市立高等小学校長新渡戸仙岳

一、中学第四年級修業を証ス明治参拾五年参月卅日岩手県立盛岡中学校長山村弥久馬但同年拾月拾参日同校第五年級第弐学期修業中家事ノ都合ニヨリ退学

一、中学退学後主トシテ英語学、歴史学、教育学等ヲ東京及原籍地ニ於テ独修セリ

任免賞罰

一、岩手郡渋民村尋常高等小学校代用教員ヲ命ズ　但月俸八円ヲ給ス明治参拾九年四月拾壱日岩手郡役所

一、代用教員ヲ免ズ明治四拾年弐拾壱日岩手郡役所

一、区立弥生尋常小学校代用教員ヲ命ズ　但参級上俸給与明治四拾年六月拾壱日函館区役所

右之通相違無之候也
明治四拾年九月壱日

これらの履歴書を預かった向井夷希微は北門新報にいた友人の小国善平（露堂）に一枚を渡し、もう一枚は道庁にいた沢田信太郎（天峰）に渡した。沢田は「教育委員会に当たってみたがいまの所代用教員にも空きがないらしい。少し時間がかかると思って欲しい」という返事だった。小国の方も早速社に掛け合ってみたところ記者は無理だが校正なら一人くらいなんとかなりそうだという感触を得た。そこで啄木に「なんとかなりそうなので一日も早く札幌に来た方がいい」とハガキを出した。

これに対して啄木は向井に弥生小学校退職に時間がかかりそうだ、出来れば九月二十日まで待てないか、と九日に返事している。そして妙な一言を付け加えている。「十四日に左の電報打つて下さい。電報料お立掛け乞ふ。／キマツタ三〇エンスグコイ」

この段階では北門新報の入社も未定であり、まして給料などは全く決まっていない。「キマッタ三〇エン」は北門新報の給料のことだろうが決まってもいないのになぜこのような手の込んだ事をしたのだろうか。おそらくこの段階では札幌に行く費用の捻出に苦慮していたのであろう。代用教員の給料は一ヶ月後でないと貰えない。前借りを校長に頼んだが経理が滞《とどこ》っていて無理だと断られた。だから家財・書籍を売り払って急場を凌ごうとしたが、思ったほどの金額にはならない。それに何かと頼りになる郁雨は旭川で軍事訓練を受けている最中だ。だから他の苜蓿社仲間から少し借金したい、という考えが啄木の頭の中にあったのではないか。そのために彼等に三十円という数字を示して〝カネを借りても必ず返せる〟という金策の手段に組み立てた話だと推測してあながち見当外れではないだろう。

一方で、啄木は旭川の郁雨には「天下の代用教員一躍して札幌北門新報の校正係に栄転し、年俸百八十円を賜はる」（九月十二日付）と書き送っている。年俸百八十円は月給十五円である。郁雨は啄木がこれから生活していく際の大事な友人である。彼には嘘はつけないし、むしろ所得を低く見せておいた方が何かと都合がいい、と考えたのかも知れない。

実は啄木が借金の為にこのような手の込んだ〝工作〟を採るようになるのはここいら辺りからである。その兆しは『あこがれ』や『小天地』出版の際に既に見られていたが、金策を余儀なくされる生活が生んだ苦肉の打開策として啄木はこの手法に頼らざるを得なくなってゆくことになる。

2 詩人の住むマチ

九月十三日、啄木は一足先に札幌に向かい家族は後日小樽駅長の義兄宅に一時身を寄せ啄木からの連絡を待つことにしていた。出立の費用は書籍家具等を売り払い、並木、岩崎、吉野等の餞《はなむけ》を含め合わせて十五円を工面出来た。仲間たちに無心しなければならないかもしれないという不安は杞憂に終わった。この日、家を出る一時間前に与謝野鉄幹から上京を促す手紙が届いたが啄木の決心は変わらなかった。

午後七時、啄木は節子や友人たち八人に見送られ車中の人となった。「車中は満員にて窮屈この上なし、函館の燈火漸やく見えずなる時、云ひしらぬ涙を催しぬ」どんな時でも旅立ちには感傷は付きまとう。ましてまだ見ぬ札幌への不安がよぎればその感慨は一入《ひとしお》である。

午前四時小樽着、義兄宅に寄って挨拶した後再び札幌へ向かう。「銭函にいたる間の海岸いと興多し、銭函をすぎてより滊車漸やく石狩の原野に入り一望郊野立木を交へ風色新たなり」確かに銭函朝里間の海岸線は石狩湾を眺望しながら奇岩が続き啄木ならずとも旅人の興をそそる。

啄木が旅装を解いたのは札幌駅南方の近くの向井夷希微の下宿である。実は四ヶ月ほど前の五月十日、札幌の中心部南三条西一丁目の缶工場から出火し警察署、道庁、中央郵便局、北海銀行など商店街を焼く大火があり、市内には旅館、貸家、下宿などが極端に不足し、向井自身も道庁勤務の松岡政之介と同じ下宿で、そこへ啄木が転がり込むことになったわけである。

この下宿は北七条西四丁目にあり、付近には「七条郵便局」があり、目の前が北海道大学で札幌農学校教授の有島武郎がよく利用していたと言う。現在はクレストビル内に啄木胸像と説明板がある。

ところで生まれて初めての札幌の印象はどうであったか。大火の後ということで函館の経験も重なってあまりいい印象をもたないのではと予想したのだが、むしろ逆であった。

札幌は大なる田舎なり、木立の都なり、秋風の郷なり、しめやかなる恋の多くありさうなる都なり、路幅広く人少なく、木は茂りて蔭をなし人は皆ゆるやかに歩めり。アカシヤの街樾《(ナミキ)》を騒がせ、ポプラの葉を裏返して吹く風の冷たさ、朝顔を洗ふ水は身に沁みて寒く口に啣《(フク)》めば甘味なし、札幌は秋意漸く深きなり、／函館の如く市中を見下す所なければ市の広さなど解らず、程遠からぬ手稲山脈も木立に隠れて見えざれば空を仰ぐに頭を圧する許り天広し、市の中央を流るゝ小川を創成川といふ、うれしき名なり、札幌は詩人の住むべき地なり、なつかしき地なり静かなる地なり（「九月十五日」『日誌』）

僅か一日足らずという体験から札幌というマチの自然と風景をこれほど見事に描写する辺り並々ならない文才を痛感せざるを得ない。確かに今なお札幌にはこのような雰囲気が漂っているような気がする。

また宮崎郁雨に宛てた手紙では「然し札幌はよい所也、安全に暮すことさへ出来れば五六年は札幌に居たし、札幌は大なる田舎なり、美しき木立の都也、アカシヤの並木には秋風吹き候、水は冷たし、静かにして淋しく、しめやかなる恋の沢山ありさうな処なり、君、朝夕にわが心の火明滅す、飄泊の愁也、男一疋、うた書く事覚えたがために意気地なく相成り候」（「九月十五日」付）と札幌の印象を書き送っている。「出来れば五六年は札幌に居たし」というのだから余程気に入ったのであろう。また、ちょっと気になるのは「うた書く事覚えたがために意気地なく相成り候」という表現だ。これでは歌人は「意気地なし」にされてしまう。

札幌は一昨日《オトツヒ》以来
ひき続きいと天気良し。
夜に入りて冷たき風の
そよ吹けば少し曇れど
秋の昼、日はほかほかと
丈《タケ》ひくき障子を照し、
寝ころびて物を思へば、
我が頭ボーッとする程
心地よし、流離の人も。

という詩《うた》は啄木が函館の並木武雄に送った長詩の冒頭の一節である。全体は百六行にのぼるもので、これに続けて四句の「反歌」が付いている。啄木がしばしば長文の手紙を書くのは生き甲斐というか性分でもあるが、これだけの〝大作〟を書き上げるには相当な時間を取られてしまうだろう。慌ただしい生活の中でよくも時間があったものだと感心させられる。ちなみにこの並木宛に七条郵便局へ投函した日（明治四十年九月二十三日）の曜日を調べてみたら月曜だった。つまり前日の日曜日の作品という事になる。

この日はよほど心にゆとりが生まれたのであろう。それでなければハガキか短い手紙で済ませたに決まっている。「頭ボーッとする程／心地よし」というのが何よりの証拠である。出来れば全体を紹介したいが紙数に限りがあり、次の一節でお許し頂きたい。

世の中はあるがまゝにて
怎《ドウ》かなる。心配はなし。
我たとへ、柳に南瓜
なつた如、ぶらりぶらりと
貧乏の重い袋を
痩腰に下げて歩けど、
本職の詩人、はた又
兼職の校正係、
どうかなる世の中なれば
必ずや怎かなるべし。
見よや今、「小樽日日《にちにち》」
「タイムス」は南瓜の如き
蔓《ツル》の手を我にのばしぬ。
来むとする神無月には
ぶらぶらの南瓜の性の
校正子、記者に経上《ヘアガ》り
どちらかへころび行くべし。

3 出　社

九月十六日、啄木は下宿から徒歩で七、八分ほどの北四条西二丁目にある北門新報に初出社した。実はこの前日、啄木は小国露堂と一緒に北門新報の村上祐社長に会い、また校正係主任菅原南二を訪れているが、その印象とか感想を一言も洩らしていない。いつも啄木は人と会うとその印象を語るのが常なのにそれをしなかったのは二人について書くような意味を感じなかったのかも知れない。社長の村上祐は号を「玉砕」とするだけあって新聞界の風雲児と言われた人物だったが、啄木には取るに足らない人物に見えたのであろう。

出社した北門新報は大通りにあった社屋が大火で焼失し七月に新築したばかりの真新しい建物である。啄木がその印象というか感想を「毎日印刷部数六千、六頁の新聞にして目下有望の地位にありといふ」とあたかも他人事のような記述しか残していない。にも関わらず啄木は校正係伊藤和光の薄汚い様を仔細にのべているのである。例えば「和光君は顔色の悪き事世界一、垢だらけなる綿入一枚着て、其眼は死せる鮒の目の如く、声は力なきこと限りなし、これにて女郎買の話するなれば、滑稽とも気の毒とも云はむかたなし、彼は世の中の敗卒なり、勝つて敗れたるにあらずして、戦はざるに先づ敗れたるものか。」とこてんぱんである。しかも罵倒はこれで終わっている訳ではない。引用はもう止めるが延々と続くのである。幹部への無視と同僚への侮蔑の眼差し、対照さばかりが目に入る。どうも啄木はこの新聞社に見切りをつけている気配が濃厚だ。

しかし、そうとばかりは言ってはいられない。校正係に満足するような啄木ではなかったから即日編集デスクに「北門歌壇」と「秋風記」の企画と原稿を置いて帰った。編集の佐々木鉄之助は社長に劣らず血の気も盛んだったがススキノの方の遊びも盛んで社員の評判は悪くはなかった。啄木が翌日出社すると「石川君、ありがとう、あの原稿毎日頼むよ。」と声を掛けてきた。啄木を北門新報に推薦した小国露堂は「佐々木って奴は典型的なブルジョアジーだから信用しない方がいい」と言っていた。ブルジョアジーという言葉を啄木が聞いたのはこれが初めてである。

校正の仕事は午後二時から八時までだからそれほどきついものではなかったし、時間にゆとりがあったので書店からドイツ語読本を手に入れ毎日独習する事にした。しかし、何と言っても校正だけの仕事はつまらないし、社長の村上祐が啄木を記者に昇格させる様子がまったくないのでこのまま北門新報にいても明るい見通しを持てなかった。

九月二十日のこと、啄木が入社してまだ五日しか経っていない。いつものように校正を終えて帰ろうとする所へ露堂がやってきて啄木に声をかけてきた。「ちょっと外へ出ないか。狸小路にうまい蕎麦屋ができたんだ」蕎麦に目がない啄木は喜んで大通りの方向に足を向けた。開店したばかりの「天窓」は混み合っていたが二人の座席が取れないほどではなかった。「うん、うまそうな匂いだね。ぼくは匂いで味が分かるんだよ。」

露堂は「まだ正式な話ではないんだけれど、少しでも早く耳に入れておきたくてね、実は小樽に新しい新聞が出来るらしい。十月には新聞発行に間に合わせたいというので急いで社員を集めている。僕にも声がかかったから優秀な記者をもう一人紹介するといったら早速会いたいというんだ」啄木にとっては願ってもない話である。いつまでも月給十五円の校正係ではいられない。それにしても入社数日での転社とはいかにも腰が軽すぎるような気がしてふっきれなかった。

幸いというか偶然というか二十一日には小樽の義兄に預かって貰っていた京子を節子が連れて札幌へ引っ越しする段取りの為に来札した。「八時四十分、せつ子来る、京子の愛らしさ、モハヤ這ひ歩くやうになれり。この六畳の室を当分借りる事にし、三四日中に道具など持ちて再び来る事とし、夕六時四十分小樽にかへりゆけり。」とあるから啄木と節子の間では転社はあきらめて札幌で過ごすことに決めた事が分かる。

しかし、その二日後、二十三日に小国が校正室にやってきて「石川さん、今晩一寸時間をとってくれませんか。会わせたい人がいるんです。面白い人ですから是非来て下さいよ。」と居酒屋の名を言い残して出て行った。

啄木はビールも好むがどちらかというと日本酒が好きだった。盛岡には銘酒が多い。当時、北海道ではあまりいい地酒は出回っていなかった。米がまずいからいい酒が出来ないのである。しかし、入った居酒屋の日本酒はなかなか旨い。実家が新潟でそこの酒を船便で送ってくれるので飲ん兵衛には評判が良かった。

小国「石川さん、この方が『北鳴新聞』の野口英吉（雨情）さんです。実は野口さんも『小樽日報』に石川さんと一緒に移ることになっているんです。」

野口「初めてお目にかかり光栄です。何分ひとつよろしくお願いいします。」

啄木「いや、こちらこそよろしく。ただ小国君、ぼくはまだ迷ってましてね。実は妻と先日会ってもう少し札幌に居ようかと話したところなんです。」

小国「石川さん、実は小樽日報の山県社長と話がもうついているんですよ。三面担当記者、月給二十円という破格の条件です。迷っている場合ではありません。僕もすぐ行きますし、野口さんと三人でいい新聞を作りましょう。」

話してみると野口は「温厚にして丁寧、色青くして髯黒く、見るからに内気なる人なり。」という啄木の早速の印象判断である。野口は話す時、肩を前に少しゆさぶりながら自分で勝手に相づちを打つ仕草をする。その様子がおかしくて好感が持てた。

啄木にとって小樽日報は校正係ではなく正式な記者であり、月給もいい、それに小国とこの野口と組めば何か出来そうだ。三人はすっかり意気投合してマグロの刺身をつまみ酒を深夜まで酌み交わした。翌日、節子に「ライサツミアワスベシ　マタレンラクス」と電報を打ち札幌離脱の準備にかかった。

二　交　友

1 田中家の人々

啄木が僅か十四日という短い札幌滞在で世話になったのは北七条西四丁目の田中サト方という下宿屋である。好川之範によればサトは一八六八・明治元年、多度津（香川県）藩生まれで十七歳のとき同郷の田中薫太郎に嫁ぎ二男二女をもうけた。三十代で夫薫太郎が死去後、娘二人だけを連れて北海道へ渡り函館、小樽、札幌を転々とし、札幌では病院助手をしながら「産婆」資格を取りようやく一軒の下宿を持つに至った。しかもこの後はさらに朝鮮に渡り無事日本に戻って来るという〝伝説中の伝説〟的人生を送った女性である。（好川之範『啄木の札幌放浪』（小林エージェンシー　一九八六年）

別稿でも取り上げるが啄木の小説に『札幌』という作品がある。文字通り札幌時代の回想小説であるが、その書き出しは次のように始まる。

半生を放浪の間に送つて来た私には、折りにふれてしみじみ思い出されるの土地《ところ》の多い中に、札幌の二週間ほど、慌ただしい様な懐かしい記憶を私の心に残した土地《ところ》は無い。あの大きい田舎町めいた、道幅の広い、物静かな、木立の多い、洋風擬《まが》ひの家屋《うち》の離ればなれに列んだ—そして其麼《どんな》大きい建物も見涯《みはて》のつかぬ大空に圧しつけられてゐる様な、石狩平原の都の光景《ありさま》は、やゝもすると私の目に浮んで来て、優しい伯母かなんぞの様に心を牽引《ひきつ》ける。一年なり、二年なり、何時かは行つて住んでみたい様に思ふ。

啄木にとって札幌は極めて印象に残るマチだったことはこの記述や日記あるいは友人たちへの手紙でも繰り返し述べている。函館も忘れられないマチには違いなかったがそれは詩人仲間の輪を中心としたものでマチそのものへの関心は希薄だったし、この後に住む小樽や釧路にもマチとしての感慨はほとんど持っていない。もし、啄木が長生きしていたなら札幌を舞台とした傑作を遺した事であろう。

啄木が札幌に強く惹かれた具体的な場面の一つは札幌駅に降り立った時、目に飛び込んできた駅頭の光景であった。

啄木の小説『札幌』にその時の様子が次の様に描かれている。

改札口から広場に出ると、私は一寸立ち止停つて見たい様に思つた。道幅の莫迦に広い停車場通りの、両側のアカシヤの街樾《なみき》は、蕭条《せうでう》たる秋の雨に遠く遠く煙つてゐる。其下を往来《ゆきき》する人の歩みは皆静かだ。男も女もしめやかな恋を抱いて歩いてる様に見える。蛇目の傘をさした若い女の紫の袴が、その周囲《あたり》の風物としつくり調和してゐた。傘をさす程の雨でもなかつた。

『この逵《とほり》は僕等がアカシヤ街と呼ぶのだ。彼処《あそこ》に大きい煉瓦造りが見える。あれは五号館といふのだ。・・・・奈何《どう》だ、気に入らないかね?』

『好い!何時までも住んでいたい—』

実際私は然う思つた。

文中に出て来る「五号館」というのは当時は正確には「五番館札幌興農園」といい、一八九九(明治三十二)年に駅前の二百坪二階建煉瓦造りの瀟洒《しようしや》な建物で初期には農園関係専門の店舗だったがやがて洋品、雑貨、食品を扱う百貨店として道庁と並ぶ札幌の中心的存在になった。その後、幾度もの変遷を経て西武百貨店に買収され二〇〇九(平成二十一)年「札幌西部店」閉店となり札幌経済の牽引力として繁栄した歴史を閉じている。札幌市民にとってこの「五番館」は札幌のみならず北海道の百貨店を代表し、北海道経済を象徴する存在でもあった。老舗百貨店ということで値引きを絶対にしないというので私のような貧乏学生でも年に何度かは入って美しく若い店員にわざと値引きを吹っかけて冷やかした思い出がある。

しかし、これほど札幌を讃えた割にはこのマチについて歌った作品は本章扉に入れた「しんとして幅広き・・・」以外では次の三句しかない。

札幌《さつぽろ》に
かの秋《あき》われの持《も》てゆきし
しかして今《いま》も持《も》てるかなしみ

アカシヤの街樾《なみき》にポプラに
秋《あき》の風《かぜ》
吹《ふ》くがかなしと日記《にき》に残《のこ》れり

わが宿《やど》の姉《あね》と妹《いもと》のいさかひに
初夜《しよや》過《す》ぎゆきし
札幌《さつぽろ》の雨《あめ》

三番目の句は啄木が下宿した田中家の二人の姉妹を詠んだものだが、学生時代に世話になった恵迪《けいてき》寮のあわてんぼうの仲間がこの歌の「初夜」を勘違いして大笑いしたことがあるがこれはいうまでもなく啄木が札幌に降り立った九月十四日の「初夜」のことである。他意のあろうはずが無い。

田中家のこの二人の姉妹は姉が久子、妹は英子であるが『札幌』では姉は真佐子、妹は民子となっている。

宿の内儀《かみさん》は既《も》う四十位の、亡夫は道庁で可成《かなり》な役を勤めた人といふだけに、品のある、気の確乎《しつかり》した、言葉に西国の訛りのある人であつた。娘が二人、妹の方はまだ十三で、背のヒヨロ高い、愛嬌のない寂しい顔をしてゐる癖に、思ふことは何でも言ふといつた様な淡泊《きさく》な質《たち》で、時々間違つた事を喋つては衆《みんな》に笑はれて、ケロリとしてゐるのであつた。

姉は真佐子と言つた。その年の春、さる外国人の建てゝゐる女学校を卒業したとかで、体はまだ充分発育してゐない様に見えた。妹とは肖《に》ても肖つかぬ丸顔の、色の白い、何処と言つて美しい点《ところ》はないが、少し藪睨みの気味なのと片笑靨《かたえくぼ》のあるのとに人好きのする表情があつた。女学校出とは思はれぬ様な温雅《しとや》かな娘で、絶え絶えな声を出して賛美歌を歌つてゐる事などがあつた。学校では大分宗教的な教育を享けたらしい。母親は、妹の方をば時々お転婆だお転婆だと言つてゐたが、姉には一言も小言を言はなかつた。

啄木には妹光子がいたが年齢的にほぼ同じだから、どうしても比較して見てしまうことがあって、気性の強く激しい光子に比べて穏和でにこやかな笑顔の似合う英子を好ましく見ていた様子がこの一文からも見る事が出来る。彼女については啄木がある働きかけをした話が残っている。

それは啄木がこの後、小樽に〝転出〟した時の話である。啄木が道庁勤務の向井永太郎に宛てた近況を知らせる手紙の末尾に「田中の久子様の事母堂に御約束の学校の方目下区内に一人もアキなし、何れ出札の上ゆるゆる御世話致すべしと御伝へ被下度候」(「十二月九日」向井宛書簡)というくだりがある。

これは田中家に下宿していた折りに母親のサトから女学校出の久子の教員志望を聞いた啄木が、日頃から何かと良くしてくれた事から向井に頼んで就職を依頼していたが、なにしろ札幌滞在が短かすぎてその返答を待っている間に小樽へでてしまった。その為、啄木は小樽でも就職の働きかけを続けていたのである。この一節は啄木が田中家が親切にもてなしてくれたことへの感謝の気持ちを示したものである。結局、久子の就職実現には至らず、そのうち啄木はさらに北の大地ならぬ奥の大地「釧路」に向かう。釧路でも啄木はこの約束を忘れず向井宛に出した手紙でも言及している。

田中様の久子氏学校職員希望の件、小樽では小生自身の態度不明なりしと、且つ空席なかりしためその儘に致し置き候ひしが、若し今猶其御希望ならば（而して釧路でもよければ）空席もある模様にて且つ小生は有力なるツテも作り候間、履歴書御送付方御勧誘被下度候、本月末か来月初めには小生の家族共も来る筈故、拙宅に御同居、先方で異議無くば遠慮無用に候、給料もあまり悪くはない様子に候、艸々（向井永太郎宛　明治四十一年二月四日　釧路）

確かに小樽と違って釧路では啄木はマチの警察幹部や有力者、はたまた教育委員会にも顔を利かせるようになっていたからこれは満更ハッタリばかりではない。しかし自分の家族を呼び寄せる気がないことははっきりしていたのだから誠意ある姿勢とは言いにくい。向井が気を利かしてこの件を田中サトに伝えなかったか伝えたにしてもわざわざ釧路まで娘一人を送る気にはなれなかったのだろう。久子の件はこれで落着となった。

田中一家はその後、一九〇九（明治四十二）年朝鮮に渡りサトが持っていた産婆資格を活かして釜山で産院を開き成功する。久子は現地で日本人医師と結婚、妹の英子も会計士に嫁いで一九四六（昭和二十一）年、辛うじて引き揚げ船に乗り無事帰国した。

釧路から東京に出て艱難辛苦の生活を続ける啄木が田中一家のことを記すのは二年後のことである。

今年の年賀状のうち、奥村君、沢田君、札幌の田中、以上三枚附箋がついて戻つて来た。三人が三人—特に田中一家のことは小説のやうだ！（「一月十三日」『明治四十二年当用日記』）

「附箋がついて戻つて来た」というのは言うまでもなく配達出来ずに差出人に戻されたという事である。そして「小説のやうだ！」と啄木に言わしめた田中一家はこの時、日本におらず朝鮮に居た。この事実を啄木は知らない。にも関わらず「小説」のようだと言わしめたのは、アカシヤの街樾を彷彿させる札幌の美しい町並みと共に田中一家の温かいぬくもりのある交流を懐かしんだためであったろう。その後の田中家の生き様を知ったなら啄木は今度は何と叫んだことだろう。どういう小説になっただろうか。

2 野口雨情

ところで札幌時代の啄木について語るとき、どうしても避けて通れない人物がいる。それはこれまで時折名前が挙がっている野口雨情である。啄木と雨情が小国露堂を介して会ったことは先に述べた通りである。その場面はそれで問題ないのだが、晩年の雨情の啄木回想ということになるとちょっと一言いわざるを得ない性質を帯びている。

実は私は前著（『石川啄木という生き方』）で野口雨情の啄木に関する「証言」を紹介した。この時は引用文献として岩城之徳編『回想の石川啄木』（八木書店　一九六七年）を使った。それは確かに野口雨情が語った啄木に関する「証言」だったが、この「証言」を私なりに検証してみたところ、幾つもの間違いに気づいた。それは記憶違いや雨情自ら「創作」した「回想」になっていて、いわゆる「証言」として信憑性の薄いものと判断せざるを得なかった。

その後、『定本　野口雨情』（未来社　全八巻及補巻一一九八六年）を入手することが出来たので改めて関連資料に目を通したところ『定本　第六巻』にその「証言」が収録されていた。文章はほぼ同じで（ルビは『定本』のみ、句読点は差異多し、引用は『定本』に従った）修正は殆どされていない。編集責任者でもあり子息の野口存彌の手による「解題」では、この「証言」に関する信憑性については一言も触れられていない。

強いて違いを言えば岩城之徳がこの「証言」の出典を「遺稿―歌誌『次元』昭和三十八年一月号所載」としているのに比して野口存彌は「『現代』昭和十三年十月」としていることだけである。不要なあらだてを起こすつもりはないが、「証言」として信憑性の薄いものを野口の『定本』に収録する場合はその編集には相応な「解題」が付されるべき責任が伴ってもいいのではないかと思われてならない。

この「証言」の信憑性について具体的に示さなければ読者の方々に理解して頂けないと思うので前著と一部重複するが敢えて引用して置きたい。話は啄木と二度目に会った時のことである。予断を与えてはならないとは思うがとにかく話が具体的かつ詳細で、とても〝つくり話〟に聞こえない、ついつい引き込まれてゆく〝口調〟なのだ。

啄木は佐々木氏か小国氏か二人を訪ねて北門新聞社へ行つた。私は途中で別れて自分のゐる新聞社へ行つた。その夕方電話で北門の校正にはいることが出来て社内の小使ひ部屋の三畳に寄寓すると報らせて来た、月給は九円だが大《おほい》に助かつたとよろこんだ電話だ。／それから三日程経つと小国氏から、啄木の家族三人が突然札幌へ来て小使部屋に同居してゐるが、新聞社だから女や子供がゐては狭くて困る、東十六条に家を借りて夕方越すから今夜自分も行くが一緒に来て呉れと言ふ電話があつた。私は承知して待つてゐた。その頃東十六条と言へば札幌農学校から十丁程も東の薮の中で人家なぞのあるべき所とは思はれない。そのうちに小国氏は五合位はいつた酒瓶を下げてやつて来た。私は啄木の越し祝ひの心で豚肉を三十銭ばかり買つて持つて行つた。日は暮れてゐる、薄寒い風も吹いてゐた。小国氏は歩きながら、／『君の紹介で彼（啄木のこと）を社長に周旋したが、函館から三人も後を追つて家族が来るとは判らなかつた、社長からは女や子供は連れてゆけと叱られるし、僕も困つて彼に話すと彼も行くところが無いと言ふし、やつと一月八十銭の割で荷馬車曳きの納屋を借りた。彼は諦めてゐるからいいやうなものの、三人の家族達は可哀想なもんだな』と南部弁で語つた。／薮の中の細い道をあつちへ曲りこつちへ曲り小国氏の案内で漸く啄木の所へ着いた。行つて見ると納屋でなく厩《うまや》である。馬がゐないので厩の屋根裏へ板を並べた藁置き場であつた。／隣が荷馬車曳きの家《うち》でこの広い野ッ原の薮の中には他に家はない、啄木は私達を待つて表へ出て道ッ端に立つてゐた、腰の曲がつたお母さんも赤ん坊の京子ちゃんを抱いた妻君の節子さんも一緒に立つてゐた。厩の屋根裏には野梯子が掛つてゐる、薄暗い中を啄木は、『危険《あぶな》いから、危険いから』と言ひながら先に立つて梯子を上つてゆく、皆んな後から続いて上つた。屋根裏には小さい手ランプが一つ点《つ》いてゐるが、誰の顔も薄暗くてはつきり見えなかつた。／これが札幌で二度目に啄木に会つた印象である。

この回想の出典は野口の『定本』「解題」に示されているように一九三八・昭和十三年が正しいとするならば雨情は五十七歳である。実際『定本　第八巻』「年譜」にはこの年の原稿であることを明記しているから間違いなかろう。

雨情が小樽日報でクーデターに失敗し啄木と別れるのが一九〇七・明治四十年だから、この回想記はそのおよそ三十年後の事になる。啄木が有名になり出すのは一般的には土岐哀果（善麿）の奔走で漸く出版された『啄木全集全三巻』（新潮社版　一九一九・大正八年）あたりからで、この『全集』はたちまち三十九版を重ね、啄木の名は全国的に広まった。やがて金田一京助という〝歴史的語り部〟を得てその名は国民的人気をも勝ち得た。

そういう背景の中で雨情がこの回想記の冒頭部分で「啄

木も生存中は、今日世人の考へるやうな優れた歌人でも詩人でもなかつた。普通一般の文学青年に過ぎなかった。」と一刀両断しているのは雨情の気性の一部を示していると言えるかも知れない。そして「今二三十年も生存してゐたら、良い作品も沢山残しただらうと、斯うした見方も一つの見方かも知れないが、私はさうとは考へてゐない」とも断じているのである。

雨情にとっての啄木とは、どこにでもいる平凡な文学青年で、いきあたりばったりの生活しか出来ない人間というイメージが出来上がっている。だから、右に紹介した回想記は雨情の啄木観とつながっていると見るべきであろう。あるいは自分の啄木観に合わせて話を〝創り出した〟結果がこの回想につながっていく、ということになる。

いちいち細かな検証は省くが三畳の小使室に家族四人が住んだとか、当時は人も寄りつかない東十六条の厩舎、それも腰の曲がった母堂を先頭に一家が屋根裏の藁置き場へ野梯子《のばしご》で上り下りするなどというつくり話を尤もらしく捏造しているのは雨情の啄木観がなせるワザといっていい。

国民的人気という点では野口雨情も負けてはいない。なにしろ彼の歌を一度も歌ったことがないという日本人は一人もいないというほど雨情の歌は人口に膾炙《かいしゃ》している。思いつくだけでも「赤い靴」「青い目の人形」「黄金虫」「しゃぼん玉」「十五夜お月さん」「七つの子」などのこども向けの童謡から「船頭小唄」「波浮の港」など大人向けの歌など啄木を凌ぐ人気がある。歌の幅もさることながら軍国主義的思想から社会主義的思想まで思想の幅でも人後に劣らぬ幅広い人生を送っている。歪んだ啄木観を除けば実に興味のある波瀾の生涯を送った魅力溢れる人物なのである。

これまでの啄木研究では雨情の存在はほとんど軽視されているが、人を誹《そし》ったり悪口を言わない温厚で腰の低い苦労人の雨情が啄木に対しては〝異常〟とも思われる厳しい態度を取ったのか一度どこかできちんと検証する必要があるように思えてならない。

3 ある歪曲

もう一つどうしても触れておきたい問題がある。それは啄木のある歌は雨情の「指導」によって作られたとするまことしやかな説である。しかも、事は啄木を代表する名歌の一つを挙げての話だから、ああそうですかと安直に看過できない〝事件〟である。

東海《とうかい》の小島《こじま》の磯《いそ》の白砂《しらすな》に
われ泣《な》きぬれて

蟹《かに》とたはむる

この歌の〝原歌〟は

東海の小島の磯の渚辺《なぎさべ》に
われ泣きぬれて
蟹と遊べり

だったが、これを見せられた雨情が「渚辺」ではなく「白砂」にした方がいいと「指導助言」したというのである。この〝珍説〟を開陳しているのは雨情の評伝『創作民謡・童謡詩人　野口雨情の生涯』（暁印書館　一九八〇年）を著した長久保源蔵（方雲）である。この本は一九九三（平成五）年段階で三刷まで出ているからこの種のものとしてはかなりの読者に支持された本とみていい。四六版の総数四〇七頁の堅本で、あとがきには「雨情の偉大なる人間性とその作品に敬意を改めて表すると共に、彼の真実像をぼやかし歪めるようなことはしなかったかと密かに畏怖している。」とあるように真摯な姿勢で取り組んだ評伝であることは間違い無い。

　ところで「東海の小島・・・」の〝変歌〟の経緯について長久保の説は以下の通りである。原歌を示した後の記述である。

　これを一杯やりながら啄木から示されると、暫く眺めていた雨情は「石川さん、これでも良《よ》がんしょうが、渚《なぎさ》辺《べ》は白砂に直した方が良いんじゃありゃせんか、私はその方が良いと思いやんすがね」と言ったそうで、啄木はその助言に従ってあの歌が生まれたのだという裏話を泉漾太郎氏からお聴きしている。これは雨情から直接聞かされたという泉氏の又聞きであるが、充分考えられることであり、だとすれば、この名歌は、雨情の指導助言による合作と言うことになる。

　この文章に出て来る〝重要証人〟泉漾太郎がどのような人物なのか、話した時日は何時《いつ》で、何処だったのか説明がない。しかも情報の源自体が「又聞き」というのだから話にならない。根拠が薄弱にも関わらず「充分考えられる」というのは我田引水もいい所だ。

　啄木がこの歌を作ったのは一九〇八（明治四十一）年六月二十三日夜半から二十四日の午前にかけてのことで「昨夜枕についてから歌を作り初めたが、興が刻一刻に熾《サカ》んになつて来て、遂々徹夜。夜があけて、本妙寺の墓地を散歩してきた。たとへるものもなく心地がすがすがしい。興はまだつづいて、午前十一時まで作ったもの、昨夜百二十首の余」(『明治四十一年日誌』)この時の歌の一つが「東海・・」でこの年の『明星』七月号に掲載されている。

だからこの歌を作ったのは啄木が東京本郷「赤心館」に下宿していた時分であり、この時雨情はまだ北海道室蘭におり、上京は翌年であるから両者が顔を合わせることは不可能であり、もちろんそうした事実は存在しない。どうしてこのような不都合な作り話になるのであろうか。

あまり無闇な詮索はしないが、不都合ついでにもう一つだけ付け加えておきたいことがある。それは長久保源蔵という人物の啄木に対する姿勢である。次の一文を読んでいただければ不都合の話もむべなるかなと理解いただけるように思うからである。引用は先の箇所の直ぐ後に続いている。念のため原文通りである。

尚「一握の砂」の中には、「遊べり」と表現されているものに次の様な歌もある。

草に臥《ね》て
おもうことなし
わが額《ぬか》に糞《ふん》して鳥は空に遊べり。。。

智慧《ちゑ》とその深き慈悲とを
もちあぐみ
為すこともなく友は遊べり。。。

などの凡作である。雨情から智慧を借りれば或《あるい》はもっと有名な歌になれたかも知れない。

ある人物への評価が分かれるのは当然のことであり、長久保が啄木に対してこのような考えをもつことも自由である。しかし、事実(時日も!)に目をつぶったり客観性を損なうような姿勢はやはり頂けない。私も雨情という人物には強い関心を持っており時間と能力が許せば私なりの雨情を書いてみたいという気持ちもあるほどだ。然し、私が描く雨情伝はもう少し異なるものになる筈である。

4 小国露堂

啄木が北門新報に入るきっかけを作ったのは同社で記者をしていた小国善平(露堂)であるが、二週間も経たないうちに小樽日報に入《い》れるきっかけを作ったのも彼であった。その意味で小国が啄木の人生に与えた影響は少なからざるものがあった。

ところが、それだけではない。さらにもう一つもっと大きな影響を与えたものがある。それは当時、我が国に押し寄せて来つつあった外国思潮──いわゆる社会主義思想であった。小国の思想的軌跡の詳細ははっきりしていないが、啄木は「小国君は純正社会主義者に候へど赤裸々にして気骨あり真骨頂あり、我党の士に候」(「九月二十日」付岩崎正宛)とその所感を述べている。この時期、啄木は社会主義に関する知識はほとんどなかった筈だから、自分の考えをはっきりと主張し物怖じしない態度を「純正」と評し、社会主義は言葉のアクセサリーだったのだろう。

ただ小国の思想的方向について啄木が一定の理解を示していたことは次の言葉からも伺える。九月二十日の日記にはこうある。

夜小国君来り、向井君の室にて大に論ず。小国の社会主義に関して成り。所謂社会主義は予の常に冷笑する所、然も小国君のいふ所は見識あり、雅量あり、或意味に於て賛同し得ざるにあらず、社会主義は要するに低き問題なり然も必然の要求によつて起れるものなりとは此の夜の議論の相一致せる所なりき、小国君は我党の士なり、此の夜はいとも楽しかりき、向井君は要するに生活の苦労のために其精気を失へる人なり、其思想弾力なし

ここでは啄木は小国の意見に賛同して向井を「精気を失」い「其思想弾力なし」と社会主義を否定したかのように断じているが、別の見方もある。〝啄木より啄木を知っている〟と言われた吉田狐羊はここに「松本某」なる人物を新たに付け加えて次のように述べている。

当時向井氏には札幌で思想上から密接な関係のあつた二人の友人があつた。一人は松本某といひ、一人は「北門新報」の政治記者で岩手県宮古町出身の小国善平(露堂)であつた。この三氏は共に共産主義者として当局のブラックリストに載り、要視察人として絶えず尾行をつけられてゐる人々であつた。この三人の中でも松本某は最も極左的で、その次が小国氏向井氏といふ位の順序であつた。向井氏などはどつちかといへば、キリスト教社会主義の匂ひが一番濃かつたといふ。(『啄木を巡る人々』改造社一九二九年)

吉田狐羊がどのような根拠でこの記述をしたのか明らかではないが、ここに出て来る松本某は正確には松本清一である。この三人が当局のブラックリストに載って、おまけに「絶えず尾行」までついていたというのは俄《にわか》には信じ難

い。啄木の小説『札幌』にも（向井（小説では「立見」）や小国（「後藤」が）人に聞かれてはまずいといってわざわざ外に出てした話は小樽日報へ移る〝密談〟で、尾行を巻くための外出ではない。また小国と向井が吉田狐羊のいうように「共産主義者」で「要視察人」であったなら一つ屋根に二人も〝共産主義者〟のいる田中家は厳しい監視下に置かれたことであろう。当然、啄木も巻き込まれたに違いない。しかし、啄木の日記にも書簡にもそういう切羽詰まった気配は微塵もない。

啄木が仲間と社会主義について口角泡を飛ばす論争を一歩抜け出して実際の集会に出掛けたのは実は札幌ではなく小樽に転地してからである。ここでは社会主義の集会に顔を出した時の啄木の感想を紹介しておこう。

　夕方本田君に誘はれて寿亭で開かれた社会主義演説会へ行つた。樽新の碧川比企男君が開会の辞を述べて添田平吉の「日本の労働階級」碧川君の「吾人の敵」何れも余り要領を得なかったが、西川光二郎くんの「何故に困る人が殖ゆる乎」「普通撰挙論」の二席、労働者の様な格好で古洋服を着て、よく徹る蛮音を張上げて断々乎として話す所は誠に気持がよい。臨席の警官も傾聴して居たらしかつた。十時頃に閉会して茶話会を開くといふ。自分らも臨席して西川君と名告合をした。／帰りは雪路橇に追駈けられ、桜庭君と一緒だつたが、自分は、社会主義は自分の思想の一部だと話した。（「一月四日」『明治四十一年日誌』）

前年、小国と向井を交えた社会主義論争では啄木は「所謂社会主義は予の常に冷笑する所」（九月二十一日）と言っていたのとはかなり隔たりのある変化を見せている。

平手《ひらて》もて
吹雪《ふぶき》にぬれし顔《かほ》を拭《ふ》く
友共産《ともきようさん》を主義《しゆぎ》とせりけり

という歌は小国を詠んだものと言われるが、啄木にとって社会主義という朧気《おぼろげ》な雰囲気を伝えてくれた存在であったことだけは間違い無い。

5　露堂と啄木

最近、露堂に関する新しい書物が出た。鬼山親芳『評伝小国露堂』（熊谷印刷出版部　二〇〇七年）である。露堂についてはこれまでほとんど明らかにされてこなかった。鬼山のこの著書によって小国の知られていなかった側面が詳細に解き明かされている。なかでも啄木と露堂には幾つもの興味深い共通性のあったことが明らかにされている。それをかいつまんで整理すると、次の事実が明らかになる。

（一）代用教員

小国の学歴は定かではなく貧しくて上級学校進学を断念したが、書物好きで知識が豊富、青年団では指導的地位にあり、弁舌も巧みで人を惹きつける魅力を持っていたせいもあり、村から嘱望されて教員不足を補助する「訓導助手」として数年勤めている。

おそらく機会がなくてこの話は双方とも触れずじまいだった様である。もし、どちらかがこの話をしたとすれば啄木は必ず日記や書簡でこのことを書き残しただろう。この一点だけで二人はもっと胸襟を開いて、もっと大事な交際を続けた事であろう。それでなくとも二人は同郷人という愛着心で繋がっている。代用教員という余人を以てなしえない貴重な体験は二人の距離を一気に縮めたに違いない。

啄木は最後になる上京後、小国との接点は釧路新聞だけであった。それも啄木から直接連絡をとるわけでなく年賀状も出さなかった。雨情とは会って早々に東京へ行ったなら二人で文芸誌を出そうとまで意気投合した。しかし、もう少し早くこの話題が出ていれば啄木は小国にも文芸誌の話をした事だろう。後に雨情とは疎遠になってしまうからこの約束は氷解してしまうが、露堂となら実現した可能性は非常に高い。

（二）大火の遭遇

一八九六（明治二十九）年六月十五日三陸沖を震源地とした地震は後に「明治三陸地震大津波」と呼ばれるがM7・6の被害は死者二七、一二二人、家屋流失・破壊一〇、三九〇戸という大惨事を引き起こした。東京からは各社が急遽特派員を派遣したが人手不足で地元の人間を特派員補助として採用した。その中に小国善平がいた。東京の記者の求めに応じて地元の様々な情報を伝えたり、時には「君、ちょっとその事を記事にしてくれないか」と言われて短い原稿をかく機会が増えてきて記者達が東京へ引き上げた後は、小国がしばしば新聞社へ地元情報として送信する事を覚えた。報酬は少なかったが、自分の原稿が新聞に掲載される充実感を会得した。

やがて小国は宮古にも独自の新聞があっていいと考えるようになり地元有力者たちに働きかけた。当時、宮古にはその有力者たちが地元経済の振興を図るために「無限責任宮古信用組合」を結成したばかりだった。小国は青年団副会長中島源三郎に相談すると「分かった。保証人を引き受けよう」と言ってくれた。如何に小国が信用出来る人物と見られていたかの証拠である。

一九〇二（明治三十五）年、借入金は五百円だった。小国この時二十五歳。当時の小学校教師の初任給は十円だったから現在に換算するとおよそ五千万を超える金額である。この資金で何を考えたかというと印刷所であった。五百円は大金ではあるがこれでは新しい印刷機や十分な活字を用意することは難しい。鬼山親芳の推測では中古品でまかなったのではないかとしている。

小国の構想では宮古の商業・教育・官公庁から印刷の注文をもらい一方で独自の新聞を発行していこうというものであった。そのために記者、印刷工、用人を揃え「宮古活版印刷所」を開業し、その準備は順調に進んでいた。研究熱心な小国は中央紙の「東京朝日新聞」「東京毎日新聞」「萬朝報」などを精読しその長短を比較検討して地元で読まれる紙面作りを考えていた。

いよいよ具体的に営業を開始しようとした矢先に大火が起こった。活版印刷所の計画が着々と進行しあともう少しで事業が開始出来るところまでこぎ着けた一九〇四（明治三十七）年五月二十七日、宮古市街は猛火に包まれ一昼夜燃え続ける大火となった。露堂の印刷所も瞬く間に灰燼に帰し、全身全霊を賭けてきた事業はその実を結ぶことなく一夜にして潰《つい》えてしまった。

露堂の落胆ぶりは如何ほどのものであったろうか。しかし、既に結婚し妻と二男一女の家族を持っている露堂には悲嘆ばかりもしている余裕はなかった。宮古にいても仕事の当てはしばらくない。自分で出来る仕事と言えば筆を使うことぐらいしかない。となれば手っ取り早く東京に出て新聞か出版社の仕事を探すことだ。

露堂の一族と周辺は結束が堅く互いに助け合いながら生活していた。今後の身の振り方について周囲は真剣に心配してくれた。東京に出たいというとある人が「こういってはなんだが、あなたには学歴がない、いくら筆が立つといっても東京では学歴がものを言う。どうせ一旗あげようというのなら思い切って北海道に行ってみてはどうか。」という話になった。鬼山親芳によれば宮古出身で医学をおさめて函館で成功している山崎庸哉を頼って函館にわたり、そこを足がかりにして「函館新聞」に入ったのではないかと推測している。

啄木の場合、函館にやって来たのは渋民で食い詰めて一家離散の果てだったが、露堂のケースと酷似している。しかも啄木は函館大火によって札幌に流れていくのだから二人にとって〝大火〟は〝縁結び〟ならぬ共通する鬼門だった。

この共通体験もまた二人の口から語られた様子がみられないが、もし話が出ていれば二人の絆はもっと別の物になっていた筈である。

(三) 活字志向

露堂が印刷所を興し新聞の発行を企てたのは地元宮古の文化と経済振興を図ったという側面もあるが、そういう大義名分はともかく、もっと違った背景があったように思う。というのは露堂は筆を取ることが大好きだったから、十代で東京の新聞の通信員をしたり、せっせと原稿を新聞社に投稿した。それが高じて印刷所を作ることにつながり、新聞を出して自分の意見を発表する機会を自ら設ける。

こうした一連の動きを見ていると露堂は「新聞」というものを特別な目で見ていたような気がする。あたかも露堂が生きた時代は新聞という新しい情報媒体が誕生してまもなくであり、また労働運動の高揚から世論というものが民衆の中に形成されつつある時代であった。そのなかで勃興しつつあった新聞の役割が見直されるようになっていたから、露堂はその渦中にあって、この新しい媒体のあり方というものを考えるようになっていった。

そして世論形成の中核が新聞であり、その世論は労働者の存在を抜きに考えることは出来ない。こうした原初的な発想が労働者の安定した平和な生活の獲得という道につながって露堂は新聞人のありかた、社会主義思想に自然に傾斜していったのであろう。

翻って啄木も筆を取ることにかけては露堂にひけを取らない。盛岡中学時代には同人誌を出し、最初の詩集『あこがれ』を出したのは十九歳、文芸誌『小天地』もこの後に編集・発行している。十代から様々なメディアに詩歌はもとより評論・随筆を投稿し、いくら原稿用紙を買ってもすぐ足りなくなった。

〝書く〟ということで二人は共通していたが、決定的な違いは啄木が文芸の道を選択したのに対して露堂は新聞という選択をした、という事であろう。そして結果的に二人に共通するのが自分の作品を自らの手で出版させるという点であった。啄木は文芸誌出版に夢をかけ、露堂は郷里に帰って自分の新聞「宮古新聞」を持って言論の自由の為の筆を取った。啄木は『樹木と果実』に命をかけてまとめようとして遂に道半ばで斃《たお》れた。

啄木が夭折していなければ二人はまたいつかどこかで再会し、お互いに共通する体験を基としながらもっと固く強い絆で結ばれ、ユニークで新鮮なジャーナリズム思潮を振興させたにちがいない。

6 最後の賀状

小国は小樽日報に移った後、釧路で『東北海道新聞』を興すが失敗、故郷に戻り『宮古新聞』主筆として活躍し、生涯、新聞人として生き抜いた。小国は労働運動に関わらず、また何らかの組織的加入もなく、一新聞人として一貫した生き方を選んでいる。この経歴を見る限りでは小国の社会主義というのはジャーナリストとして自分の理念を貫くための理論の一つとして考えただけに過ぎなかったように思う。後年、啄木がかなり本気で社会主義文献に目を通したのとは一線を画している。

啄木にとって小国は社会主義を論じたり人生を論じ、何より岩手の同郷人として心許して語れる少ない人物のひとりだった。ただ、不思議なことに啄木から向井宛の書簡は沢山あるにも関わらず小国に宛てたそれは見あたらない。

その後、小国の名が出て来るのは啄木が亡くなる四ヶ月前、東京に出て出版社を興していた向井永太郎宛に出した年賀状である。一時、啄木は向井と小国と疎遠になっていた。それは啄木の一方的な感情によるもので向井と小国の啄木に対する友情は不変だった。しかし、啄木には足を向けて寝られない程の恩義ある無二の友人すなわち宮崎郁雨に対してすら〝絶縁状〟を書く〝歪んだ感情〟が啄木にはある。敬して遠ざけていた向井と小国二人に対して、啄木自身が長い間病臥に臥しているうちに北海道時代に世話になった二人へのわだかまりが次第に氷解し数年ぶりにこの賀状を書かせたのであろう。

謹賀新年
病気になつてもう一年にもなるのですが、まだ直らないので御無沙汰許りしてゐました。この頃は小国君の新聞を見るたびにアノ札幌の四畳半のたのしかつた夜が思ひ出されます。(明治四十五年)

この時、啄木は筆を取る体力も急激に失われつつあり、母も重篤で明日をも知らない極限の日々を送っていた。この年賀状は、心なくもつれなくし続けた向井への侘びも含めて楽しく過ごした札幌の思い出を同時に小国へも託した最後のメッセージだったのである。

第四章

小樽

かなしきは小樽《をたる》の町《まち》よ
歌《うた》ふことなき人人《ひとびと》の
声《こゑ》の荒《あら》さよ

小樽日報

「小樽日報」
小国露堂の紹介で小樽にやって来た啄木は三面主任の待遇で新聞人として活躍するが事務長から暴力を振るわれ憤然退社する。紙面中央に山崎濤声のペンネームで書いた短詩「燕」が見える。（本書163頁）この小樽日報は現在発見されている唯一の紙面である。（北海道大学付属図書館所蔵）

一　小樽日報社

1 家族団欒

啄木が十四日間という短い札幌滞在を切り上げて小樽に向かったのは一九〇七・明治四十年九月二十七日のことである。この日午前北門新報社長村上祐に会って退職の挨拶をした。村上は「君がいなくなるのは社にとって打撃だが、やむを得ん。小樽でも頑張ってくれたまえ」と紋切りのお世辞を言ったが啄木が期待していた給料は払ってくれなかった。仕方なく同僚から立替えてもらって当座の費用を工面した。昼には野口雨情に会い一足先に小樽に行っていると告げた。

この後、啄木は北七条の下宿向井永太郎の四畳半の部屋でささやかな別離の宴を張った。「朝来の雨遠雷の声を交へていや更に降りつのりて、窓前の秋草粛条たり」とあり、さらに啄木らしい美文が続く。

午後四時十分諸友に送られて俥を飛ばし滊車に乗る。雨中の石狩平野は趣味殊に深し、銭函をすぎて千丈の崖下を走る、海水渺満として一波なく、潮みちなば車をひたさむかと思はる。海を見て札幌を忘れむ。(「九月二十七日」『明治四十丁未歳日誌』)

下手な勘ぐりをするつもりは毛頭ないが、向井の下宿は現在の札幌駅北口北七条にあり、駅まで歩いて五分もかからないのに「俥」を使ったのはなんとも解せない。小樽に着いた場面でも「向井君の四畳半にて傾けし冷酒の別盃、酔未ださめず」とあるが如何に酔っ払っていたとしても余計にこの場面はわかりにくい。ただ、啄木はこの「俥」が大好きだったから少し遠回りして札幌の〝最後〟を愉しんだのかも知れない。しかし、その割には「海を見て札幌を忘れ」てしまう程度なのだから、矢張りこの場面説明はしにくい。

小樽には函館から義兄の小樽駅長山本千三郎を頼って節子、京子そして母カツが一足先に居候していた。最初は札幌に呼び寄せるつもりでいたが頼みにしていた北海タイムスの話が流れ、小国露堂が持ってきた小樽日報に決めたから一家にとっては好都合だった。小樽に着いたその足で山本宅を訪れ久々の家族と顔を合わせることができた。考えてみれば函館大火によって離ればなれになって僅か二週間だったが、啄木にとっては長い二週間だった。というのも渋民村を出て函館にやってはきたものの家族は離散し、青森に残した父一禎を除いて家族が顔を合わせたのがその二ヶ月後のことだった。この時は宮崎郁雨が気を利かして「石川さん、家族というのはみんなが一緒の場で暮らしてこそが家族です。力になりますから函館にお呼びなさい。」と言ってくれて経済的援助があっての再会だった。

今度の小樽行きは同僚の立替えで凌いで実現できた。義兄宅では「姉が家に入れば母あり妻子あり妹あり、京子の顔を見て、札幌をも函館をも忘れはてて楽しく晩餐を認めたり。」（同前）啄木が久々に楽しんだ家族団欒だったであろう。考えてみれば結婚して盛岡の磧《かわら》町に一家揃って生活して以来、全員が揃って顔を合わせて暮らしたことがない。今回も父一禎が欠けていた。

十月一日、啄木は早速小樽日報に掛け合い五円を前借りし、花園町に家を借りた。このあたりから〝前借り啄木〟の面目が遺憾なく発揮されるようになる。当時の花園町は飲食店や商店街として活気溢れる町並みだった。啄木が借りたのは一階が西沢善太郎が経営する南部煎餅店、二階三間、その六畳と四畳半に啄木一家が入り、もう一間は「姓名判断」の看板を掲げた占い師が入っていた。家賃は三円五十銭。函館大火や札幌大火で多勢《おおぜい》の罹災者が小樽に流入して来て貸家を見つけることは至難の業だったから幸運であった。啄木は何も言っていないが、ひょっとして義兄の口利きがあったのかも知れない。義兄の官舎は稲穂町にあり花園町はその隣だから地理には詳しかったし顔も広かったからその可能性は否定できない。この家は現在「味処た志満《じま》」という料理屋になっていて「石川啄木　居住の地」という小樽市による小さな石柱と説明版が立っている。啄木一家が住んだ二階は客室になっているが二本の床柱は当時のままだという。

余談ながら現在のこの「た志満」の一階には大江健三郎の色紙が二枚飾られている。一枚は自署と日付、もう一枚は「十月　中野重治／空のすみわき／鳥のとび／山の柿の実／野のたり穂／それにもまして／あさあさの／つめたき霧に／肌ふれよ／頬胸せなか／わきまでも」という一編の短詞。啄木とこの詩の関連を忖度する能力は私にはない。文化講演会で来樽した折りにこの店によって揮毫したものだというが、啄木が住んだこの場を大江はどんな思いで過ごしたのだろうか。

ところで、短い啄木の生涯ながら引っ越しの数は随分多い。流浪を重ねた故であるが、小樽の引っ越しは少し様子が違っている。多くの場合は追い詰められ、やむなく移動を迫られるという種類のものであったが、今回は函館の青柳町の引っ越し以上の意味を持っていた。

早速せつ子と共に買物に出かけて洋燈火鉢花瓶炭入など買うて参り候に、程なく雨ふり出で候、ふり出たるは秋雨に候、聞こゆるものは隣室の咳払ひと淋しき雨の音のみに候、行李やら飯鉢やら布団やら洗面盥やら、雑然として堆かき室の中程少し取片付けて、小さからぬ火鉢にて求め候ひしのより立派に且つ派手に御座候、明るき吊洋燈は青柳町御存じの鉄瓶松風の音を立て候、「わが家庭」といふ云ひ難く安けき満足は、今名残もなく小生の胸に充ち満ち居候（岩崎正宛「十月二日」明治四十一年）

つまり、北海道に来て以来、初めての、と言うほどに少しはゆとりのある引っ越しだったのである。この程度のささやかといえる程の幸せであってもこのような平穏な安息が啄木とその一家に与えられるのはこの後これっきりだった。だから啄木の「胸に充ち満ち」た貴重な家族の団欒になったことを啄木と節子は心から喜ぶことができたのである。なお念のためこの日記中に「隣室の咳払ひ」とあるのは姓名判断の天口堂主人海老名又一郎である。五十前後の口髭を蓄えた痩せたこの男と啄木は一目で意気投合し今度出す新聞に広告を載せてやると約束して三面一段に四行を使わせている。喜んだ天口堂主人は自分が書いた『神秘術』一巻を啄木に贈った。

2　初出社

啄木をして「泥濘《ヌカルミ》下駄を没せむとす。小樽の如き悪道路は、蓋し天下の珍なり。」（「十月三日」『明治四十丁未歳日誌』）と言わしめた小樽の道路であったが、花園町の住まいから小樽日報社までは迂回せず直線で出掛けるとおよそ十二分ほどでゆけるが、それは舗装された現在の道の場合であって当時は泥濘で袴姿の裾を汚しながら二十分以上かけて通ったものと思われる。

しかし、家族が揃い、小樽日報の正式社員となった今はこの悪路もあまり苦にならなかったろう。啄木の初出社は九月二十八日「社は木の香りあらたなる新築の大家屋にして、いと心地よし。」とこの日の日記にある。ところが実際の社屋は新築ではなく古い木造の粗末な建物だったとする説があって啄木のこの日記の部分は誇張ではないかと長いこと疑われて来た。確かに啄木の日記にはしばしば作為と粉飾がそれも意図的に為されることがあるのは否めない。

そしてそのような手の込んだ作為が為されるのはそれなりに啄木の目論見がある場合に限られる。今回のように社屋が新しいかそうでないかというようないわば枝葉末節の問題で虚飾を張っても意味がないし、こんなところで見栄を張って嘘をつくような啄木ではない。

にもかかわらず誤解されつづけてきたのはある人物が〝誠意ある間違い〟を為したことに端を発する。啄木研究では第一人者と言われた吉田狐羊という人物が編んだ『啄木写真帳』(藤森書店　一九三六年　復刻版　一九八三年)に「舊小樽日報社の建物(小樽市稲穂町六ノ八)現在は普通の住宅」というキャプションがついて木造二階建ての冬期に撮影された写真が掲載されたためである。しかも同氏は同書の〝まえがき〟中に「風景の写真も出来るだけ当時のものを生かすことにつとめたが、無力のため全部が全部その目的を達することが出来なかった。例へば啄木が津軽海峡を渡った古い陸奥丸の写真なども欲しかったが、どうしても手に入れることが出来ず、現在の連絡船で誤魔化した如き、我ながら醜態の限りである。」と正直に告白しているので、読者はこの言葉を信じて吉田狐羊が船ならぬ建物をスリ替える或いは間違えることなど毫《ごう》も考えなかったのである。そして読者或いは啄木研究家の一部が吉田狐羊を信じて啄木の「新築の大家屋」を信じないという奇妙な現象が長いこと続いてしまった訳だ。

さらに追い打ちをかけるように小樽啄木会編輯『啄木と小樽・札幌』(一九六二・昭和三十七年)も「小樽日報社」の写真を吉田狐羊が使ったのと同じものを採用しており、この復刻版(一九七六・昭和五十一年)にも同じ写真を使っていて「あとがき」などでも訂正の言葉はない。

しかし最近になって地元の「北海道新聞」が伝えた記事が状況を一変させた。

「小樽日報社」の写真発見
「啄木のイメージ一新」
市内研究家　定説変える資料に興奮
(「小樽後志版」『北海道新聞』(二〇〇八年十一月十一日朝刊)

という見出しが躍る記事は小樽市総合博物館で発見された一九〇七(明治四十)年に撮影された小樽駅を中心に撮影されたパノラマ写真である。これには現在の長崎屋の付近(現本間病院)にひときわ目立つ白い瀟洒な二階建の建物が写っている。ということは啄木が残した日記や友人宛への書簡に嘘偽りはなかったという事になる。

さて、肝心の小樽日報はというと木造二階ではなく正真正銘の新社屋で資金も設備も充実したもので、このくだりは啄木の言葉に素直に耳を傾けよう。「社は新築の大家屋にて、万事整頓致居、編輯局の立派なる事本道中一番なる由に候、活字の如きも新しきもの許り三十万本も有り之、六号だけでも九千本と申候へば、資本の潤沢にして景気よき事御察し度候」（岩崎正宛「十月二日」明治四十一年）

なお余談ながら現在、小樽文学館の啄木コーナーには小樽日報社の写真を吉田狐羊の採った木造二階のものを掲示しそのキャプションも以前のままになっているが館側ではその修正も含めて検討しているということだった。

啄木の初出社は九月二十八日、この日は主筆岩泉江東と初めて顔を合わせている。十月一日「小樽日報」最初の編集会議が開かれた。社長の白石義郎（一八六一～一九一五年）は福島県出身で衆議院議員を経た後、心機一転新たな転地に志を得て渡道し根室で道議会議員となった。後に「釧路新聞」も創刊し、啄木との釧路の縁は続く。この白石は一時道庁に入り釧路市長になるが間もなく辞職、道議会議員を経て衆議院議員になるなど根っからの政治家という生涯を送っている。その白石は第一回の編集会議での挨拶は「現在出て居る新聞の多くは社主のメンツを気にしすぎて面白くない紙面になってしまって居る。私はそんなケチな新聞を諸君に作って欲しくない。諸君がこれこそ市民に必要な情報だと考えるものを遠慮無く提供して欲しい。あとは岩泉主筆と一緒に存分に活躍してくれ給え」というもので、啄木はなかなか話の分かる人物だと思った。

この日は役職の分担も決められた。この会議で啄木は「予最も弁じたり」（「十月一日」『明治四十丁未歳日誌』）とあるから張り切ってこの会議に臨んだのであろう。おそらく新聞人としての自覚もかなり明確に自覚し始めたのかも知れない。

◇主筆　岩泉江東
◇二面　佐田鴻鐘、金子満寿
◇三面　石川啄木、野口雨情
◇外交　西村樵夫
◇商況　野田黄州
◇庶務　小林寅吉、在原清次郎
◇札幌　宮下（不詳）

啄木と雨情は一つ机を与えられ差し向かいで筆を取り合った。「なかなか居心地よがんすな。これで主筆の小言が聞こえなければ言うことながんすけど。」こう言いながら雨情は旨そうに煙草をくゆらせながら下地用紙に記事を並べていった。樺太まで娼婦と出かけて一旗あげようとして結局その女に現金を持ち逃げされほうほうの体で北海道に舞い戻ったと噂されている雨情が目の前にいると思うと啄木はおかしくてたまらなかった。

そして創刊号の発行を十月十五日とし、十八頁建てとすることとした。最初の原稿〆切は十月五日、この時啄木は「初めて見たる小樽」（三千字）を書き下ろしている。「社に於ける小生の地位は頗る好望に候間、恥かし乍ら御安心被下度候」（岩崎正宛）

三面担当の仕事は順調だった。函館、札幌の新聞でも啄木は自ら文芸欄を設けて積極的に関わっていた。当然、小樽日報でも「藻しほ草」という歌壇欄を創刊号から起こしている。しかし、当初は応募が皆無で「投稿歓迎」と呼びかけたもののほとんど反応はなかった。やむなく啄木が様々な雅号を使い投稿を〝偽装〟した。例えば創刊号では高見青風（小樽）橘りう子（札幌）田中島月（小樽）山田西州（旭川）小高草影（函館）という具合である。四号になって漸く実相寺一二三（小樽）という投稿があった。実相寺はこれ以後常連になるが、まだ〝偽装〟は続けなければならなかった。「藻しほ草」が投稿による作品で埋められるようになるのは十五号からで、この号から「啄木撰」の銘が入った本格的な歌壇になって行く。後述する「若き商人」こと高田紅花の名が登場するのはこの十五号からである。

３　意気投合

月給二十円、それも「校正係」という〝伴食的〟な仕事ではなく「遊軍」という自由に記事を書ける正社員の立場だ。否が応でも張り切らざるを得ない。特に同じ三面を一緒に作っている野口雨情とはウマが合って仕事にも弾みがついて毎日が楽しかった。

実は雨情と啄木が初めて顔を合わせたのが九月二十三日のこと、以来啄木は日記や書簡に雨情のことをマメに書き付けている。それは殆ど「意気投合」した〝自慢〟の羅列だ。（「書」＝書簡「日」＝日記）

◇「夜小国君の宿にて野口雨情君と初めて逢へり。温厚にして丁寧、色青くして髯黒く、見るからに内気なる人なり。」（九月二十三日「日」）

◇「夜、野口君を訪ひ、更に小国君を訪ふ。菅原来り合して大に談じ、一時帰る」（九月二十五日「日」）

◇「朝野口雨情君の来り訪るゝあり、相携へて社にゆき」（十月一日「日」）

◇「野口雨情君も入社せられ候、至極温厚にして、謙遜家としては日本一」（岩崎正宛「十月二日」「書」）

◇「社よりの帰途、野口君佐田純西村君伴ひ来りて豚汁をつつき、さゝやかなる晩餐を共にしたり。西村君は遂に我党の士にあらず、幸に早く帰りたれば、三人鼎座して十一時迄語りぬ。野口君と予との交情は既に十年の友の如し。遠からず共に一雑誌を経営せむことを相談したり」（十月三日「日」）
◇「帰りは野口君を携へて来り、共に豚汁を啜り、八時半より程近き佐田君を訪ねて小樽に来て初めての蕎麦をおごられ、一時頃再び野口君をつれて来て同じ床の中に雑魚寝す。」（十月五日「日」）

二人の関係は現代なら完全に〝誤解〟されても仕方ないほどの〝濃密〟なものであるが、それだけ二人は信頼し合ったのである。特に共同で雑誌を出そうと約束するのは啄木が相手を高く評価した証拠である。この後の人生で啄木は相手を信頼できるとなると決まって「雑誌経営」の約束を持ちかけるようになる。

ところで同じこの日、二人は唐突にある計画を話している。それはこの雑魚寝くだりの直ぐ後に続いて出て来る話だ。

社の岩泉江東を目して予等は「局長」と呼べり。社の編輯用文庫に「編輯局長文庫」と記せる故なり。局長は前科三犯なりといふ話出で、話は話を生んで、遂に予等は局長に服する能はざる事を決議せり。予等は早晩彼を追ひて以て社を共和政治の下に置かむ。

何とも性急な無謀極まりない話である。入社わずか五日目にして主筆追放というのは誰から見ても可笑しいし、なんとも杜撰な行動というしかない。どうしてこのような話が出てきたのか。ヒントの一つは次の文章にあるように思う。さきの追放計画の直後に続く話である。

野口君より詳しき身の上話をきゝぬ。嘗て戦役中、五十万金を献じて男爵たらむとして以来、失敗又失敗、一度は樺太に流浪して具さに死生の苦辛を嘗めたりとか。彼は其風采の温順にして何人の前にも頭を低くするに似合わぬ陰謀の子なり。自ら曰く、予は善事をなす能はざれども悪事のためには如何なる計画をも成し得るなりと。時代が生める危険の児なれども、其趣味同じうし社会に反逆するが故にまた我党の士なり焉。

雨情の波瀾万丈とも言える〝冒険談〟に聞き入った啄木はそれまで雨情の性格を「温順」「謙遜」「内気」という見

方を一変させて「陰謀」家で「時代が生める危険」分子と一八〇度変える。そしてそういう性格は自分にもあり、「我党の士」すなわち「同志」だと言うのである。

　そして主筆追放の理由が「編輯文庫つまり編集資料やファイルを岩泉が自分専用に私物化しようとしている」とか、彼が「前科三犯」らしいとか、曖昧模糊としていてこれで主筆追放というのではどこから見ても大義名分に欠けるとしか言いようがない。

4 雨情の曲解

　しかし、啄木はこれだけで雨情を支持しクーデター計画の参謀になるのである。啄木は盛岡中学時代先輩の起こした不徳教員追放のストライキを見ている。中には啄木が首謀者だったという説もあるが付和雷同の嫌いな性格の啄木は先輩から頼まれて走り使いくらいはしたかも知れないが斜に構えて傍観していたと考えるのが正しい。渋民での代用教員時代にこどもたちと起こしたストライキは稚戯に等しく、これも後世誇大に取り上げ過ぎている。啄木像を等身大でみようとせず誇張してとらえようとする傾向と風潮は遺憾ながら依然として改まっていない。

　思うに啄木は主筆の岩泉江東に対しては何とも思っておらず、ちょっとばかり主筆という肩書きを鼻にかけている男くらいにしか考えていなかった。しかし、雨情の波瀾万丈の人生に共鳴し、雨情の個性的な考え方に一目置いたから理由はどうでもよかった。よし、この面白い雨情の肩を持ってみよう、という心境になったのであろう。幸い、社内には啄木を信頼している記者や職員（事務・印刷）がいる。彼等も取り込めば堅物の岩泉ぐらい放り出せると踏んだのである。

　ところで雨情は岩泉主筆排斥と自分の退社理由について大正十四年一月、講演のため盛岡を訪れた際、岩手日報社（＊当時は「巌手日報」）のインタビューに以下のように語っている。（全文のルビ省略、岩泉浩東はママ）

主筆の岩泉浩東《ママ》といふ人は警部上がりで頭のバカに固い人であった、あるとき石川君がその主筆の文章に筆を入れたのが問題となり編集長の私が責任上そこの社をひかなくてはならなかった。（『夕刊　巌手日報』一九二五・昭和元年一月十五日付）

　雨情の証言には既に紹介したように〝前科〟があるから、この「証言」も信憑性に欠けると私も思う。それに雨情が編集長というのも詐称であり、ただ、岩泉が警部上がりだという話は初耳で信じたくなるが、考えてみれば社会主義思想に共鳴している露堂が警官上がりの人間と行動を共にするだろうかと考えるとこの話も疑うべきであろう。

なお、さらにこのインタビューによると雨情と啄木の小樽日報に関わる話として次の様に語っている。

わたしが札幌の北海新聞（＊北鳴新聞）に務めてゐた或日下宿屋に小さい紙片に石川啄木と書いた名刺を持つてたづねて来た男があつた。宿の主婦さんに案内される儘にしたに降りてみるとあたまを短く刈り込んで絹の薄つぺらな夏の紋付き羽織に夏帽子といふ実にみすぼらしい男がたつてゐた。初めはどつかの和尚さんかと思つたが私の顔を見るなり『私は石川です』といふから二階にあがつて貰ひ、いろいろ話した末新聞社で使つてくれとのことである。社長に聞いてみると欠員がないから駄目だつた。そこで同県宮古出身の小国露堂といふ人が北門新聞（＊北門新報）に務めてゐるのでそこに推薦して校正係に八円で使つて貰ふことにした。それから間もなく私のゐる北海がつぶれたので私は小樽日報に移つた。石川君を二十五円で推薦し三面の主任として働いて貰つてゐた。

既にお気づきの通りこの話には幾つもの誤りと誇張がある。新聞社名はともかく新聞社への斡旋の話や校正係の給料そして小樽日報に啄木を二十五円で採用させたという話は悉くが出鱈目である。雨情のこの証言を聞いていると記憶違いや事実誤認のことはともかく、啄木没後以降、何故か一貫して見下した目線を持っている。極端に言えば雨情は啄木の並々ならぬ才覚を見通して故意に誤解される挿話を持ちだしてその肖像に泥炭を塗ろうとしたと言っても過言ではない。

誤解のないように言っておきたいが私は雨情が大好きだ。普段は自分で歌うことは殆どないにもかかわらず彼の歌は時折自然に口ずさんでいるのに驚くことがある。「黄金虫」が一部で言われているようにゴキブリだったとしてもちっとも構わないし、「しゃぼん玉」が屋根まで飛んで壊れて消えたのは亡くなった自分の幼子の鎮魂であったと思うと雨情のいじらしい心情が伝わってくるのである。人間の機微へのこうした捉え方は啄木の歌に通ずるものがある。しかし、雨情の啄木観はどう見ても正常とは思えない。かと言って啄木も初対面の印象を「温厚にして丁寧、色青くして髯黒く、見るからに内気なる人なり。」（「九月二十三日」「明治四十丁未歳日誌』）と云う様に悪意ある人間とは受け取っていない。しかし、啄木没後のこととは言え、雨情の啄木評価は余りにも歪曲がひどくてどう考えても納得出来ない。しかし、雨情が頑なに啄木に対して示す〝一貫した〟不当とも言える態度を取ったその理由を強いて挙げるとすれば、やはり小樽日報社に於ける岩泉主筆追放のこのクーデター事件にその遠因があるというべきかも知れないと考えるのである。

5 陰謀荷担

ところで、雨情と啄木が主筆追放を話し合った四日後すなわち十月九日、この日は啄木が白石社長から小樽商工会議所新築落成式に社代表として出てくれと言われて義兄から羽織袴を借りて地元有力者たちと肩を並べて出席した。白石社長は二十一歳のこの若者を気に入ったと見えて何かと目に掛けてきた。

前日、札幌に置いてきた雨情の妻が病気だというので帰札していた雨情がこの日戻って来た。啄木の〝正装〟を見た雨情は例のごつい目を見開いて驚いているので「なに、この出立ちは社長にたのまれて商工会議所の落成式に出たんだよ」と言うと「やあ、いいすな。いつもそのようにさっぱりとしているといいでがんす。」と言った。気分をよくしていた啄木は「いつもこうしたいが、そんな余裕がありませんよ。でも一杯くらいなら奢れます。」と雨情を誘って駅前の酒屋で一杯引っかけた。やはり雨情と飲むと「何となく面白し」という。ただこの酒代はいつものように雨情が持った。この席でも主筆追放の陰謀を二人はさらに確かめ合った。

その日、啄木の家に雨情と編集部の園田がやって来た。ついさっき酒屋で別れたばかりだが、雨情がぜひ耳に入れておきたいことがあるという。いきさつはこうだ。飲み屋で啄木と別れた雨情が社に戻ると白石社長がいて雨情に声をかけてきた。その話というのは啄木が日記に記した言葉でいうと「白石社長は大に我等に肩を持ち居り、又岩泉局長も予の為めに報ゆる所を多からしめむとすと言明せる由」(「十月九日」)(＊傍点筆者)つまり白石社長は雨情と啄木に大きな期待をかけていずれ主任にするつもりだと語ったというのである。啄木の日記は時として恣意的に書かれることもあるが時に正確無比に記すこともある。この場合は明らかに後者として読み解く必要がある。「白石社長は大に我等に肩を持ち」「又岩泉局長も予の為めに」と言い分けているところがミソなのである。雨情からこの話を聞いて啄木は追放計画に疑問を持ち始めたとしておかしくはない。もともとが冗談話から出た計画である。自分の将来が約束されるのであればクーデターは必要ない。

この話は日高に隠栖している大島経男に手紙で「社長は至極の好人物にて私如きさへ一点の不平無之候」「小生初めは二十円の約束に候ひしが、社長何の見る所かありけむ三十か三十五枚出すやうにすると申居候、野口君は三面、小生は二面の主任とか編輯長とかいふイカメシイ名のついた椅子に据ゑらるゝ由に候」(「十月十三日」)と早速知らせている。大島は啄木が敬称付きで呼ぶ数少ない知人の一人である。大体、啄木は目上や上司に当る人間に対しても平気で「君」付けである。四歳上の雨情は一度も「さん」と呼ばれなかった。

雨情が啄木に岩泉主筆の不満を漏らしたのは思想上とか理論的という問題ではなく、札幌の職場以来からの岩泉嫌いという誰にでもある個人的嫌悪感を啄木に伝えただけだった。ところが啄木は善人雨情の肩を持って「それなら主筆をとっちめてやろう」ということになり、話が次第に大きくなって主筆追放ということになっていく。

ただ、幸いというか、この間、創刊号発行の準備で周辺は多忙を極めて〝謀議〟どころでは無かった。なにしろ創刊号は当時の新聞として破格の全十八ページである。(ただ、惜しむらくはこの小樽日報は第三号を北海道大学付属図書館に残すのみでこれ以外は散失している)啄木は一人で歌壇「藻しほ草」の投稿偽作を工面しなければならなかったし「初めて見たる小樽」も書かなければならなかった。また、野口は相変わらずポーカーフェイスで煙草をくゆらせながら人情記事を書いていた。最近入った十四歳の給仕の池亀ハルは明るく笑顔で室内お茶を汲み、原稿を集めていた。室内は活気に満ちていて表面的には陰謀渦巻く編集室には見えなかった。

十月十五日、無事に創刊号が出た。楽隊を先頭に祝賀パレードで市街を巡り、夕方には職員一同が提灯行列で繰り出した。盆踊りが大好きな啄木は鉢巻姿で戯《おど》けながら行列の先頭に立って踊り歩いた。白石社長が「あの石川君というのはやはり見込んだだけのことはあるね。岩泉君も一緒に踊ったらどうだ。」というと堅物の主筆は「勘弁して下さいよ。踊りはてんてこ舞いだけで沢山です。」と応じて一同で祝賀会の精養軒に向かった。

6 逆　転

翌日昼過ぎ二日酔いで昼過ぎに目を覚ますと次々と社の仲間達がやって来た。「此頃予が寓は集会所の如くなり、今日も佐田君西村君金子君来り、野口君来り、隣室の天口堂主人来る。何故か予が家は函館にても常に友人の中心となるなり」(「十月十六日」)

啄木は人間大好きで屈託のない性格だから人が集まってくるのは自然であり当然なのだが、もう一人の存在はもっと大きい。即ち、啄木の妻節子である。常に控え目でありながらどのような時にも厭な顔を見せず、にこやかに来客に対する姿勢は内助の功以外の何ものでもなかった。啄木の家を訪れた友人たちは「よくいらっしゃいました」と笑顔で迎える節子に「今日もまた来てしまいました。申し訳ありません。」とはいうものの実は少しの遠慮も感じていなかった。節子も夫の交友を喜んで、むしろ誇りに思っていたからである。もし、これが反対に無愛想な対応であれば啄木に対する評価も変わったであろう。それは雨情の夫人ひろと対照的で、彼女はお嬢さん育ちのせいか社交を好まず来客を好まなかったと言われている。

ところでこの日、啄木の心中に異変が起こる。それは全く突然で唐突な、しかも衝撃的な展開であった。

この日一大事を発見したり、そは予等本日に至る迄岩泉主筆に対し不快の念をなし、これが排斥運動を内密に試みつつありき、然れどもこれ一に野口君の使嗾によれる者、彼「詩人」野口は予等を甘言を以て抱き込み、秘かに予等と主筆を離間し、己れその中間に立ちて以て予らを売り、己れ一人うまき餌を貪らむとしたる形跡歴然たるに至りぬ、予と佐田君と西村君と三人は憤れり、咄、彼何者ぞ、噫彼の低頭と甘言とは何人かを欺かざらむ、予は彼に欺かれたるを知りて今怒髪天を衝かむとす、彼は其悪詩を持ちて先輩の間に手を擦り、其助けによりて多少の名を贏《(アマ)》ち得たる文壇の奸児なりき、而して今や我らを売つて一人欲を充たさむとす、「詩人」とは抑々《(ソモソモ)》何ぞや

つまりこれまでの岩泉追放は「予等と主筆を離間」させようという雨情の奸策だ、ということがはっきりしたというのである。啄木は「怒髪天を衝」いて雨情の裏切りを断罪している。しかし、一寸奇妙なのはこの日、雨情は編集部員の佐田、西村、金子らと一緒に雨情も啄木の家にやって来ていることである。すると啄木が雨情の奸策に気づいて激怒したのは彼等が帰った後ということになる。

数多《あまた》出されている啄木の評伝はほとんどが啄木の日記を鵜呑みにして雨情を一方的に犯罪人に仕立て上げている。しかし、雨情という人物はこのような手の込んだ陰謀を仕組むような才覚の持ち主なのだろうか。確かに啄木に対する雨情のいくつもの証言は創作や捏造が多いが、それだけで犯罪人扱いは乱暴過ぎる。

なにしろ、何度も繰り返すがこの雨情陰謀説はあまりに

も唐突と言わざるをえない。その前日まで啄木と雨情は新聞発刊の宴席で和気藹々と酒を酌み交わしている。そして翌日はまた雨情を含む編集者たちが啄木の家に押しかけて談論風発、賑やかに過ごしているのだ。つまりこの段階では啄木はまだ雨情の陰謀の魂胆に気づいていないことになる。彼等が帰った後、突然、閃いて陰謀に気づいたというわけだ。これは明らかに不自然である。

この不自然さの理由の詮索は一先ず置いて、陰謀発覚後の展開を整理してみよう。

◇十七日「野口は愈々悪むべし」

◇十八日「午後野口君他の諸君に伴はれて来り謝罪したり。其状愍《アワレ》むに堪へたり、許すことにす。」

◇二十二日「三日が間はこれという為すこともなく過ぎぬ。社は暗闘のうちにあり、野口君は謹慎の状あはる。／この第二号編輯の日なり。主筆事務の在原と大喧嘩を初め、職工長速水解雇さる」

◇三十日「主筆予を別室に呼び、俸給二十五円とする事及び、明日より三面を独立させて予に帳面を持たせる事を云ひ、野口君の件を談れり。／野口君は悪しきに非ざりき、主筆の権謀のみ。」

◇三十一日「野口君遂に退社す。主筆に売られたるなり。」

実は十月十六日、啄木の家で創刊号発刊の祝い酒を雨情も含めて気焔を挙げ、全員が引き上げた後、啄木は今回の追放劇にけじめをつけなければならないと密かに〝解決策〟を考えたに違いない。何時までもぐずぐずしていると自分の立場も危うくなる。考えてみれば主筆の岩泉も雨情の言うほど悪人ではない。雨情と相性が悪いだけで仕事の出来る人間だと啄木は思うようになっていた。

一旦は反旗を揚げたがここはもう出来るだけ早く事態を治めた方がいい。それには雨情を今回の主役に仕立てる形で彼と手を切ることだ。一度は雨情に肩入れしたがここは泣いて馬謖を斬るの手しかない。そこで書いたのが「怒髪天を衝」く部分の日記だった。しかし、この部分八行は後に啄木が自ら筆で線を引き抹消している。そこに書かれていることは真実でなかったことを自ら告白したも同然だった。

結局、この追放劇は雨情一人の追放となって幕を閉じた。結果として啄木は三面主任、俸給は五円上がって二十五円となってお咎めなし。その上、啄木は函館の苜蓿社で一緒に過ごした沢田信太郎を道庁から呼び寄せ編集長に据えた。また岩泉は発行部数も伸びないということで一連の責任を取らされて十一月十六日に社を辞めた。つまり、啄木の一人勝ちである。

こうした経過を見るとあたかも絵に描いたような啄木の思惑通りにコトが進んでいて、気味悪いくらいである。もし、これが啄木の描いていた追放劇だったとしたら、あまりにもデキ過ぎた話というべきかも知れない。啄木の生涯でこれほど思い通りになったのは、これが最初で最後だったと言っていいと思う。

こうした展開を明瞭に示すのが啄木から日高の山奥に隠棲していた大島経男宛の手紙に残された言葉である。はしなくも啄木はこれら一連の追放劇の内幕を〝告白〟している。

サテ兄よ、小生が社に於る位置は目下何人も及ばず、白石社長は殆んど意外な位信用してくれ、小生の意見は直ちに実行さるゝといふ様に相成候、御安心被下度候、去る日曜日突然沢田兄の来訪に接し会議半日にして心に決する処あり共に札幌にゆき翌日かへりしが、本日社長来樽、万事決定、吾党の士は刃に血ぬらずして大勝利を得たり乃ち沢田兄は我が社二面の編輯長となる事になり（但し、当分は三十五円・・・一ヶ月か二ヶ月の間）今夕電報を以て来任を促しやれり、現主筆以下四名はお免の宣告を受くべく、沢田兄来る迄は僕が総編輯外に外交唯二人でやる筈、天下の大勢既に我が手中に入れり（十月十四日付）

この手紙をそのまま信用すれば沢田と日曜日（＊十三日）に会って話している裡に〝陰謀のシナリオ〟が閃いて、その日札幌に行き沢田と一緒に白石社長に直訴、社長も啄木の計画を支持して何と十月十四日には追放劇が一気に片づいていた事というになる！

とすればこれ以降の啄木のあれこれの言動はどう解釈すればいいのだろうか。思うに大島経男宛に書いた事が本当の話で、日記に書いてあることは自分の行動を正当化するための〝作文〟と見れば辻褄が合う。啄木が手紙よりも日記に作為を持ち込むことは珍しくはないが、少なくともこの一件は明らかな意図を持って日記とした最初の〝実験〟だったのではないかと思えてくる。こうして見てみると啄木は巧みでしたたかな策士としての資質を持った人間だったと見るべきかも知れない。

7　筋書き

今少し追放劇を巡る話を続けたい。雨情は小樽日報を辞めた後、しばらく小樽にいたが、やがて札幌、室蘭の新聞社を転々とした後、東京にもどり童謡と民謡の道を進み、国民的人気を勝ち得る作品を相次いで発表する。啄木と雨情が最後に会うのは一九〇八・明治四十一年四月十三日、小樽である。啄木は函館に始まり札幌、小樽、釧路を転々とした放浪の生活を止め一旦函館へ家族を置いて東京へ単身でて一念発起するために小樽に寄ったのだった。「一時頃野口雨情君を開運町に訪ひ、共に散歩。明日立つて札幌にゆき、本月中に上京するとの事」東京へ出たら一緒に雑誌をやろうと再び誓い合ったのだろうか。しかし、これが二人の最後の散歩になった。

　啄木が野口雨情について語ったのは東京に出て一生懸命小説を書いて売れない日が続いていた頃のことである。

「読売新聞で、野口雨情君が札幌で客死した旨を報じた。（中略）予は半日この薄幸なる人の上を思出して黯然として黄昏に及んだ。」（「九月十九日」『明治四十丁末歳日誌』）

　ところがこれが誤報であったことが解り、書きかけた原稿が「悲しき思出」だ。どこにも発表されなかった一文だが『全集　第四巻』に収まっている。そのなかで例の「陰謀」事件についてふれたくだりがある。

◎此会議が済んで、社主の招待で或洋食店へ行く途中、時は夕方、名高い小樽の悪路を肩を並べて歩き乍ら、野口君と予は主筆排斥の陰謀を企てたのだ。編輯の連中が初対面の挨拶をした許りの日、誰が甚麼《どんな》人やらも知らぬのに、随分乱暴な話で、主筆氏の事も、野口君は以前《まへ》から知つて居られたが、予に至つては初めて逢つて会議の際に多少議論しただけの事。若し何等かの不満があるとすれば、其主筆の眉が濃くて、予の大嫌ひな毛虫によく似てゐた位のもの。

◎此陰謀は、野口君の北海道時代の唯一の波瀾《やま》であり、且つは予の同君に関する思出の最も重要な部分であるのだが、何分事が余り新しく、関係者が皆東京小樽札幌の間に現存してゐるので、遺憾ながら詳しく書く事が出来ない。最初「彼奴《あいつ》何とかしようぢやありませんか。」といふ様な話で起つた此陰謀は、二三日の中に立派（？）な理由が三つも四つも出来た。其理由も書く事が出来ない。兎角して二人の秘密が着々進んで、四日目あたりになると、編輯局に多数を制するだけの味方も得た。サテその目的はといふと、我々二人の外にモ一人硬派の〇田君と都合三頭政治で、一種の共和組織を編輯局に布かうといふ、頗る小供染みた考へなのであつたが、自白すると予自身は、それが我々の為、また社の為、好い事か悪い事かも別段考へなかつた。言はば、此陰謀は予の趣味で、意志でやつたのではない。野口君は少し違つてゐた様だ。

さらに別のくだりでは「野口君は予より年長でもあり、世故《せこ》にも長《た》けてゐた。例の陰謀でも、予は間《ま》がな隙《すき》がな向《むか》不見《ふみず》の痛快な事許りやりたがる。野口君は何時でもそれを穏かに制した。」とも言っている。この言葉を信用すれば、陰謀は啄木が言い出したように考えても不自然ではないし、また動機が二転三転して口実になっていない。また事実を書くにしても現存者がいるから明らかに出来ない、というのは隠匿を正当化する常套手段で逆に言えば啄木には書くに書けない〝隠し事〟があった事の裏返しと見て不思議はない。それゆえ、総じて見るとこの「陰謀」事件は脚本、演出、主役は啄木であったと言ってよい。かつて啄木は自分は世間が驚くような俳優になって見せると豪語したことがある。しかし、よもや現実の世界でこれをこれだけ完璧に監督出来るとは思ってもいなかったであろう。

このような経緯を辿ってゆくと雨情が啄木という人物を好感を持って見るどころか、むしろ狡猾な策士に近い人物という印象を持ったのは自然の成り行きだったような気がしてならない。人を欺いておきながら詫びの言葉は勿論、自己批判もせずに道内各地を放浪する啄木を雨情はむしろ憐愍の思いで見ていたとしても不思議はないように思うのである。一連の雨情の啄木観が否定的で上目線になるのはこの小樽日報陰謀事件が遠因になっていると考えるのはあながち不当な見解ではあるまい。言い換えれば雨情が生涯で〝酷評〟した唯一の人物が啄木だったのである。

なお、啄木は岩泉江東が十一月十六日、社に辞表を出した際、「主筆江東を送る」（二六〇〇字）（紙面は十一月十九日付）という長文の原稿を書き誠意のこもった餞の言辞《ことば》で送った。最後の部分だけ引用しておこう。

> 机を並ぶる四十余日、号を重ぬる僅かに二十有り三。足下と我等と、何故と然《しか》く速かに別れざるべからざりしか。離合もとより天に有り。自然の力なる而巳《のみ》焉。今夜独り孤燈の下に此別離を思ひ、はしなくも茲に峻烈面も向け難き人生の真面目に想到し、覚えず泫然《げんぜん》として感極まる。噫足下、人の世はげに戦いの場なりぞかし。不文耻多しと雖ども、聊か感慨の一端を書して、白兵戦場足下を送るの辞とす。

野口雨情を送り、いままた岩泉江東を送る。如何に筋書き通りにうまく運んだとしても啄木の本当の「感慨」はどのようなものであったろうか。

二　小樽の日々

1 小樽の印象

啄木の小樽観を如実に示す原稿に「初めて見たる小樽」がある。これは小樽日報創刊号の為に書いたおよそ三千字の長文の労作である。全体の三分の一は一種の抽象的な運命論、残りが北海道、函館、札幌そして小樽について言及している。個性的でかつ鋭い観察力を持つ啄木独特の視点から見た北海道観が論じられていて興趣深い。先ず北海道観である。

◎見よ、欧羅巴《ヨーロッパ》が暗黒時代《ダアクエイジ》の深き眠りから醒めて以来、幾十万の勇敢なる風雲児が、如何に男らしき遠征を亜米《アメ》利加《リカ》豪州《がうしゆう》及び我が亜細亜《アジア》の大部分に向つて試みたかを。又見よ、北の方なる蝦夷の島辺、乃ち此北海道が、如何に幾多の風雲児を内地から吸収して、今日あるに到つたかを。

◎我が北海道は、実に、我々日本人の為めに開かれた自由の国土である。劫初以来《ごふしよこのかた》人の足跡つかぬ白雲落日の山、千古斧入らぬの蓊鬱《おううつ》の大森林、広漠として露西亜の田園を忍ばしむる大原野、魚族群つて白く泡立つ無限の海、嗚呼此大陸的な未開の大地は、如何に雄心勃々たる天下の自由児を動かしたであらう。彼等は其住み慣れた祖先墳墓の地を捨てて、勇ましくも津軽の海の速潮を乗り切つた。

◎予も亦今年五月の初め、飄然として春まだ浅き北海の客となつた一人である。年若く身は痩せて、心の儘に風と来り風と去る漂遊の児であれば、もとより一攫千金を夢みて来たのではない。予は唯此北海の天地に充満する自由の空気を呼吸せむが為めに、津軽の海を越えた。自由の空気！自由の空気さへ吸へば、身は仮令《たとへ》枯野の草に犬の如く寝るとしても、空長《そらとこ》しなへに蒼く高く限りなく、自分に於て聊《いささ》かの遺憾もないのである。

北海道大学の学寮「恵迪《けいてき》寮」には有名な「都ぞ弥生」という寮歌があるが、当時三百人ほどの日本一貧乏な学生が全六十室（一室五人）に宿する学寮だった。そしてほとんど毎日のように繰り出されるコンパの後のストームで歌われるのが「札幌農学校は蝦夷が島、熊が棲む、エルムの樹《こ》影《かげ》で真理解く」という「ストームの歌」で蛮声は明け方まで続いた。当時の学生も心は依然として「開拓者」だったのである。「都ぞ弥生」は五番まであるが、ここでは三番〝冬〟を紹介しておこう。

寒月懸《かか》れる針葉樹林　橇の音《ね》凍りて物皆寒く
野もせに乱るる清白の雪　沈黙《しじま》の暁霏々《ひひ》として舞ふ
ああその朔風飆々として　荒《すさ》ぶる吹雪の逆巻くを見よ
ああその蒼空《そうくう》梢聯《つら》ねて
樹氷咲く　壮麗の地をここに見よ
（北海道大学恵廸寮『恵廸寮歌集』一九五〇年）

啄木が最初に足を踏み入れたのは函館であるが、その函館については「初めて杖を留めた函館は、北海の咽喉と謂はれて、内地の人は函館を見ただけで既に北海道其物を見て了つた様に考へて居るが、内地に近いだけ其だけ殆んど内地的である。」と述べている。啄木の言う「内地的」というのは伝統、仕来り、由緒などという保守的な歴史風土を指している。それに比べ北海道はこれらにこだわらない革新的な気質と風土を持っていてそこに新鮮さと驚きを感じたのだろう。だから快適に過ごした筈の函館について「青柳町の百二十余日、予は遂に満足を感ずる事が出来なかった。」と言っているのは意外であった。強いて付言すれば、それは直接付き合った苜蓿社仲間のことではなく函館全体の雰囲気を評してのことであろう。

札幌に関しては既に見てきたように啄木はすっかり気に入って詩人の住む町であり、恋の沢山生まれそうな町であり、アカシア並木の町であった。そして何年でも住んでみたいというすっかりお気に入りのマチだった。

◎然し札幌にはまだ一つ足らないものがある。それは外でもない。生命の続く限りの男らしい活動である。二週目にして予は札幌を去った。札幌を去つて小樽に来た。小樽に来て初めて真に新開地的な、真に植民地的精神の溢るゝ男らしい活動を見た。男らしい活動が風を起す。その風が即ち自由の空気である。

◎内地の大都会の人は、落し物でも探す様に眼をキョロつかせて、せせこましく歩く。焼け失せた函館の人も此卑《いやし》い根性を真似て居た。札幌の人は四辺《あたり》の大陸的な風物の静けさに圧せられて、矢張静かに緩慢《ゆつたり》と歩く。小樽人は然《さ》うではない。路上の落し物を拾ふよりは、モット大きい物を拾はうとする。四辺の風物に圧せらるゝには余りに反撥心の強い活動力を有《も》つて居る。されば小樽の人の歩くのは歩くのでない、突貫するのである。日本の歩兵は突貫で勝つ、然し軍隊の突貫は最後の一機にだけやる。朝から晩まで突貫する小樽人ほど恐るべきものはない。

私も函館、札幌、小樽にはそれぞれ啄木以上に長く生活したことはあるが、僅かの時間にも拘わらずこれだけの観察眼はさすがというしかない。ただ、私がこれら三つのマチを比べて気づいたのは「声」についてである。札幌の人々はゆっくり低い声で冗長と思えるほど丁重に話す。ところが函館と小樽の人々の声は大きくて粗く言葉は極端に短い。例えば友人に「そこにある荷物こちらへ置いてくれませんか」という場合、札幌では「そこにおいてあるその荷物、この机の横に置いてくれませんか」と言う。ところが函館では「その荷物こっちさ置いでぐれ」となり小樽では「そごの荷、こっちさ置げ」となる。アカシアに囲まれていると心穏やかになり、吹雪の港で暮らす人々は寒さに耐えるため出来るだけ大きい声で短く話す習性があるから、こうなるのだろう。ちなみに札幌の雪は上から静かに降ってくるが、函館と小樽では横なぐりに襲いかかって来る。

さて肝心の小樽である。啄木によれば「突貫」気質という分類になっているが、もう少し詳しくその観察を聞くことにしよう。

◎小樽の活動を数字的に説明して他と比較する事は仲々面倒である。且つ今予はそんな必要を感じないのだから、手取早く唯男らしい活動の都府とだけ呼ぶ。此活動の都府の道路は人も云ふ如く日本一の悪道路である。善悪に拘はらず日本一と名のつくのが、既に男らしい事ではないか。且つ他日此悪道路が改善せられて市街が整頓すると共に、他の不必要な整頓—階級とか習慣とか云ふ死法則まで整頓するのかと思へば、予は一年に十足二十足の下駄を余計に買はねば未来永劫小樽の道路が日本一であって貰ひたい。

◎北海道人、特に小樽人の特色は何であるかと問はれたなら、予は躊躇もなく答へる。曰く、執着心の無い事だと。執着心が無いからして都府としての公共的な事業が発達しないとケナス人もあるが、予は、此一事成らんずんば更に他の一事、此地にて成し能はずんば更に彼の地に行くといふ様な、云はゞ天下を家として随所に青山あるを信ずる北海人の気魄を、双手を挙げて讃美する者である。自由と活動と、此二つさへあれば、別に刺身や焼肴を注文しなくとも飯は食へるのだ。

◎予は飽くまでも風の如き漂泊者である。天下の流浪人である。小樽人と共に朝から晩まで突貫し、小樽人と共に根限りの活動をする事は、足の弱い予に到底出来ぬ事である。予は唯此自由と活動の小樽に来て、目に強烈な活動の海の色を見、耳に壮快なる活動の進行曲《マーチ》を聞いて、心の儘に筆を動かせば満足なのである。

渋民村という大自然のなかで文字通り自然児として育った啄木にとって北海道は親しみやすい地であったことは疑いない。とりわけ小樽は北海道一の経済力を誇る商港として活力あるマチであった。それゆえに啄木の目にはそこに生きる人々がせわしなく落ち着きのない暮らしをしているのを見て「活動」と「突貫」という表現をしたのだと思う。

小樽と啄木をつないでいる歌の一つ

かなしきは小樽《をたる》の町《まち》よ
歌《うた》ふことなき人人《ひとびと》の
声《こゑ》の荒《あら》さよ

まさにこの歌は小樽の人々を象徴した作品であり、一時小樽の人々を軽視するものとして歌碑建設の際批難されるなど誤解されていた時期があったが、現在は誤解も解けて小樽のシンボルとして小樽駅前のこの碑を訪れる人々は跡を絶たない。

2 三面記事

啄木は三面を担当して社を辞めるまでに九十四本の原稿を書いている。尤もこの中には歌壇「藻しほ草」(8回連載)のような「選者」としてのものもあるが単純に計算して四百字詰原稿用紙にしておよそ百五十枚分である。

それではどんな原稿を書いていたのだろうか。具体的に覗いて見ることにしよう。三面記事は主として社会・風俗をその範疇とするが、小樽市民の生活に関わること全てが対象になるから、いわば萬屋《よろずや》的性格が必要となる。ということは硬直した姿勢ではなく柔軟で弾力的な目線で読者に入りやすい記事が求められることを意味する。

例えば事件性の高いものでも啄木の手にかかると次の様な記事に変わる。

潜水夫の溺死

潜水夫の溺死とは一寸怪《をか》しい話なれど、医者でさへ病死せぬと限つたものにあらねば致方もなき事共なり。

一昨夜十時半頃美国古平を経て当港に寄港したる汽船積丹丸が、碇泊中の宗谷丸及び日露丸の間を徐行し来れる際、小樽丸の遭難地に向つて行くべき人夫八橋幸次郎外三名及び潜水夫南浜町石川久次郎方中塚英吉（三五）の乗組める同盟組の艀一隻、同船の進路を横らんとして誤つて衝突し逆立となりし為め、前記の四名及び船頭等海中に落ち、八橋らは幸にして同船の鎖に捉まりロップを投げられて救はれしも、中塚英吉だけは船底捲込まれたものか姿を失ひ昨日正午迄は未だ死体も揚らざりしさりとは気の毒な話なり。（「小樽日報」明治四十年十二月十日・第四十二号）

かと思うと一転して次の様な艶物も啄木独特の味付けによる記事になる。

女房の雲隠れ

　阿婆擦女の寄合所、男といふ男の油断してならぬは北海道なり。素性の知れぬ女など引掛涎けて涎流してホクホク喜ぶなどは随分と険呑な話ぞかし。茲に小樽手宮は狸小路に何野何兵衛（三五）と云ふ極く好人物《おひとよし》の請負師あり。今年の春世話する人ありて山形県庄内生れのたけ（三二）といふを貰ひ受け、初嫁でもあるまいけど大切にして可愛がる事他人目《よそめ》には可笑き許りなりしに、たけも初めの内は猫を冠つて頗る真面目に立働き居りしが、真面目腐るといふ言葉もあり、斯ふ真面目に許りやつては心が腐つて了ふと、持つて生れた浮気根性中々承知せず。何処に怎いといふ色男を拵へたものか、遂此頃亭主の不在を好き機に虎の子の様に大事にしてある現金三十円と外に家財一切、衣類、傘、下駄、履物の果まで洗ひ渫ひ雑品屋へ売飛ばし、お負けに方々の商店へは目玉の飛び出る程の借金を拵らへ雲や霞と掻《かき》消えたので、斯くと知りたる何兵衛の怒り烈火の如く地団駄踏んで口惜しがりも後の祭り。今日此頃は御大将泣顔《べそ》をかいて下宿住ひをして居るとか。人を見たら盗賊《どろぼう》と思へとは少し言過ぎるかも知れぬが、油断は大敵、北海道の女は男を漁場の鰊と心得て居るものと知るべし。（「小樽日報」明治四十年十一月二日・第十一号）

本記事の「北海道の女」は正しくは「山形県の女」或いは「北海道にやって来た女」と書くべきだと思うが、啄木は自分でコスモポリタンと名乗るくらいだから、その形容には関心がなく実際には「日本の女」と考えていたのかも知れない。

　次のはもっと現実的な問題を取り上げている。なにしろ啄木自身が最も身につまされた借家の件である。

貸家の昨今

小樽の貸家賃の滅法高い事は内地でさへ能く例に云はれて居る位なるが、之は他に比較もならぬ程急激な膨張をなしつゝあるが為め入込む人のみ多くして之を収容すべき家屋なき現況《ありさま》なれば致方《しかた》もなしとして、殊に函館の大火以来は何百戸といふ焼出され其が一時に溢れ込み当座は殆んど区内に一軒の空家もなく、従つて家賃の騰貴著るしかりしも昨今に至りて稍々常態に復し、函館に帰り行く人も日に二三戸平均にある事なれば方々に貸家札目につく様になりたるが、欲深い家主共が一旦上げた家賃を下げる気がないので容易に借手付かず、表面威張つては居れど内々困って居る由なり。(「小樽日報」明治四十年十一月七日)

あともう一つだけ挙げておしまいにしよう。実は次の記事が最も啄木らしい味わいの出ているように思うからである。

志ある人々へ

昨年七月以来小樽警察署詰となり花園町派出所に勤務し居りし瀬棚《せたな》生まれ巡査福井勝太郎氏(二五)は、第七師団歩兵伍長として日露の戦役にも参加し屢々勲功《しばしばくんこう》を立てし人なるが、職務に忠実なる事衆《しゆう》に挺《ぬき》んで人民に接するにも懇切なれば長上の覚えも目出度く、何彼につけて人の讃辞《ほめことば》に上り居りしが、斯くと聞きたる勝太郎氏、身を粉に砕きてもと益々励精し居る内、不図した事より病気に罹りしも、己が受持の管区を捨て置く能はずとて、去月三十一日暴風雨を犯して戸口調査をなせし為め遂に重症となりて腸《ちやう》窒扶斯《チブス》に変じ、去る二十三日伝染病院に収容さるるに至りしが、四十度以上の高熱にて人事不省に陥りつつ猶且常に受持管区の事を口走り、見舞いに行きたる秋元部長の如き思はず落涙したりといふが、遂に去る二十五日不帰の客と成りし事情みても猶余りある事共なり。右に関し警察署内にては、無論公務疾病とは云ひ難きも職務の為めに斃《たふ》れたるものなれば職員間にて義《ぎ》捐《えん》を募り同氏の遺族に贈る筈なるが、後に残れる妻子は目下途方に暮れ居る由、志ある人には応分の義捐を吝《をし》み給ふ事なかれと斯くなん。(「小樽日報」明治四十年十一月三十日・第三十四号)

この記事を読むにつけ啄木〝晩年〟の最期の場面を彷彿してしまうのだが、それはともかくヒューマニズムに満ちたこのような記事こそ啄木の真骨頂を示すものだった。ただ、この記事でどのような反応があったのか、そのことを跡づける資料は残っていないが小樽の人々はこの記事を決して見逃さなかったことであろう。

　小樽日報社で三面を担当したことは啄木にとって文章の幅を持たせるという貴重な経験になった。ある評論家はこの三面担当が詩人として邪道であるばかりか新たな作品を産む重大な支障になったと述べているが、そういう側面が皆無とまでは行かないにしてもマチに生きる人々の生きた鼓動を直に自分の目で確かめることが出来たことは啄木にとって決してマイナスではなかったといえるのではあるまいか。

３　若き商人

　啄木が北海道を目指したのは「歌うたふ人人」がいたからであった。すなわち函館の苜蓿社の若き歌人たちがいたからこそ啄木は津軽海峡を渡ってきたのだった。言い換えればこの歌人たちがいなければ啄木は遮二無二、東京を目指していたであろう。そして函館大火がなければ啄木は少なくとも数年は函館の人でいたはずである。

　ところが意に反して札幌に向かい二週間で小樽に向かわなければならなかった。そしてやってきた小樽は「執着心のない」「突貫」する人々のマチであった。啄木が小樽にやって来て最も不満だったのは歌を論じ文芸を談ずる仲間のいないことだった。とは言っても小樽に文芸愛好家が全くいなかったわけではない。例えば明治三十年代には短歌の『蝦夷錦』や総合文芸誌『暁星』などがあったが、いずれも長続きせず啄木が小樽へやって来た頃には姿を消していたからやはり「歌ふことなき人人」の中で寂寥感に包まれていたことは否めない。小樽日報で早々に歌壇を設けて門戸を開こうとしたが思ったような反響は伝わってこなかった。その無聊の反映であろうが三面にいくつものペンネームを使いながら自分の作品を掲げている。「無題」（十月十五日・第一号）「夕暮れ」（「十月二十三日」第二号）「燕」（「十月二十四日」第三号）「恋」（「十月三十一日」第九号）「公孫樹《いちょう》」（「十一月二日」第十一号）「雪の夜」（「十二月四日」第三十七号）これらの詩のうちこれまでの啄木の作風とちょっと異なった「燕」を紹介しておこう。（＊本章扉写真中央部）

しとしと降る春雨《はるさめ》に、
しつぽり濡《ぬ》れた瑠璃色《るりいろ》の
春燕《はるつばめ》しよんがいな、
去年《こぞ》の古巣《ふるす》をたづね来て
此家《こち》の軒端《のきば》に子を生んだ、

それも昨日《きのふ》と思ふたに、
今日《けふ》は初秋雨《はつあきあめ》がふる、
つめたい雨に濡れ濡れて
秋燕、しよんがいな
親鳥小鳥《おやとりことり》むつましく
南の空へ飛んで去《い》ぬ
さびしいものだよ独身者《ひとりみ》は。

　これを作った時、雨情はまだ小樽日報に啄木とデスクを並べていた。実はこの「燕」を書いたと思われる十月二十二日と二十三日は例の岩泉江東追放劇のまっただ中にあり、社内は「暗闘」状態を呈し、一方で第三号発行を目の前にしていた。その渦中に啄木は一人で三五〇行分の原稿を一人で書いている。「燕」もこの二日の間に作っている。そんな事情を知った上でこの詩を読むとこの「燕」はひょっとして雨情のことを歌ったのではないかと思えて来る。第一、俚謡を思わせるこの歌風は啄木というより雨情に近い。そして雨情の退社は三十一日である。

　ともかく毎日〝雑報〟を書きなぐる殺伐とした生活を送っていた或る日、見知らぬ読者から社に啄木宛の手紙が来た。たどたどしい文字で「丁稚奉公をしているが出来れば文学をやりたい、ついてはご助言、ご指導いただけないか」とある。慌ただしく忙《せわ》しない日々に明け暮れていたが、この手紙を読んで啄木はむしろほっとした。「突貫」人生のなかでこの未知の若い読者からのハガキは一服の清涼剤に思えたからである。啄木は早速この若い読者に丁重にハガキを書いた。

　御手紙拝見仕候お目にかゝり度候間一両日中に花園町畑十四、拙宅へ御来車被下度願上候、但し夜分
明治四十年十一月二十二日午後五時　　石川
藤田様
　拙宅は公園通り高橋ビーヤホールの少し向ひの北一炭店でお聞きになれば解ります。

　さて、未知の若い読者藤田武治が緊張した面持ちで花園町の啄木宅にやってきたのは一ヶ月後の夕刻だった。実は藤田は翌日にでもまだ見ぬ啄木に会いに行きたかったのだが、初対面で何をどう聞いたらいいのか迷っているうちに一ヶ月経ってしまっていた。

　この時十七歳の少年藤田は喉がカラカラだったが、啄木が軽く頭を下げて例の人なつっこい笑顔を見て緊張が解けて思いの丈を啄木に訴えた。節子がお茶を持って来たとき藤田は飛び上がるようにして座布団を横にして深々と頭を

下げた。「あら、藤田さん、膝を崩してくださいな。黙っているとは夫は一人でしゃべりまくりますから負けないでくださいね」と言ったのですっかり打ち解けて藤田は尋ねようと思っていたことを次々と質問することができた。

夜更けまで二人の会話は続いた。帰りがけ啄木は「『藻しほ草』はぼくが選者をしていますから、どしどし投稿して下さい。」と言ったので藤田は「僕はあまり得意じゃないんですが、僕の友人に歌が好きで時々作っているのがいます。彼に勧めて見ます。あのう、今度彼と一緒にまた伺ってもよろしいでしょうか。」と恐る恐る尋ねると「ああ、いいですとも何時でもいらっしゃい。」と言ってくれた。

あをじろき頬《ほほ》に涙《なみだ》を光《ひか》らせて
死《し》をば語《かた》りき
若《わか》き商人《あきびと》

この歌は藤田を詠んだものである。喜び勇んだ藤田はその友人高田治作に啄木と会った話をした。藤田は江差の出身だが同年齢の高田は色内町生まれの小樽ッ子で市内の保険会社で働きながら藤田と文芸論を交わす仲だった。高田は間もなく啄木と会い、啄木の短歌論に励まされて「藻しほ草」の常連になった。以後、二人は頻繁に啄木に会って文学を超えて人生論、恋愛論、外国文学までを学んだ。

藤田によれば「先生というのもなんだか馬鹿にするようだが、とにかく啄木さんは例の元気。地球のはずれにおしこめられるように感ぜられて堪らなくなつたので逃げてきた」(「藤田南洋」『詩文日記』＊小樽啄木会編『啄木と小樽・札幌』みやま書房) また、高田が受けた印象は

詩人とか文人は大抵髪を長く伸ばし、どちらかと云へば瞑想的な幽鬱な顔つきをして、何時も悲観的な口吻か沈思に耽つてゐる様な、思はせ振りな表情をしてゐる位に想像してゐたに反して、意外に明朗でまだ吾々より若干の年長に過ぎぬ青年だつたことに驚き、ちつともわだかまり無い話振り、無造作な挙動、溌剌とした声調―盛岡のアクセントやなまりを交ぢへた東京風な言葉に、すつかり捲き込まれ同化されて、初対面の窮屈さなど忘れて、全く旧知の後輩に対するやう、打融けた態度に惹きつけられ、心安く話し合ふ事が出来た。／折々挿入される盛岡なまりも却つて親しみ易く、話術の優れた或種の雄弁を、彼は座談の中にも持つてゐた事、それは青年らしい覇気に富んだ啄木の情熱であつたと、現在の私は追想して微笑を禁じ得ないのである。その夜の話題は主として新詩社の近況とか、函館を焼け出されたことから、小樽

にも苜蓿社の如き文学グループを育てやうといふ示唆もあつた。(「在りし日の啄木」同前)

高田と藤田二人にとってこの場は無料の〝教養大学〟となった。あるときは「高田が持って来た長谷川二葉亭の〝其面影〟を読む」(「一月十四日」『明治四十一年日記』)というように啄木が恩恵を蒙《こうむ》るようなこともあった。高田は経済的に困らなかったので幾つもの文芸誌を取りまた小説の類もかなり集めていた。

> あはれかの眉《まゆ》の秀《ひい》でし少年《せうねん》よ
> 弟《おとうと》と呼《よ》べば
> はつかに笑《ゑ》みしが

藤田と高田が最後に会ったのは啄木が釧路から浮浪の旅を止めて上京する途中小樽に残していた母カツ、節子、京子を函館の郁雨に預けるため一旦小樽に寄った四月十五日である。「夜、藤田武治高田紅果二人来り、一時迄語る」と日記に残している。そういえばこの二人は啄木が釧路へ発つ直前にも花園の借家にやって来て深夜まで語り合っている。小樽では啄木は友人があまり出来なかったから、この二人は小樽ではかけがえのない貴重な年若き友人であった。

藤田は一時詩作に力を入れ小樽日報の文芸賞に応募し「夕ぐれ」が天賞に入るなど斯道での成功を嘱望されていたが仕事もうまく行かず女性問題で躓き四十八歳、札幌で窮死した。一方、高田は文芸誌『海鳥』『新短歌』などに作品を発表しまた若手の育成にも尽力し小樽文化の進展に寄与したと言われる。

啄木が亡くなる直前まで心を砕いて寿命を縮めてまで心血を注いだ『樹木と果実』の賛助員の募集に初期の段階で手を挙げたのはこの二人であった。高田に至っては友人達を誘い四人を追加賛助員にしている。また、二人は啄木が亡くなる寸前まで手紙で交信を絶やさなかった。啄木から高田へ送られた最後の手紙はもう筆をもつ力が失われつつあったときのものである。

> お葉書拝見。恰度天長節の日に熱が少し出てから引つゞきからだの加減が面白くなく、大抵寝てくらしてゐるので四方八方へ御無沙汰してゐる。何しろペンを取り上げるといふ事が一つの苦痛なので、ホントにしやうがない。神経衰弱も起つてるらしい。夜は毎晩三時までもねむれない。/藤田君の手紙はうれしかつた。すぐ返事をかきたいと思つたが、やつぱりそれなりけりになつてゐる。しかし近いうちに是非かく。/君の入営を悲しむ。—君

のためにも、僕の主張の上からも悲しむ。しかし仕方のない事だ。僕は君があゝいふ世界へはいつても、決してその二年間を無益には費やさない人だと信ずる。／書きたいと思ふ事はあるが文句にならない。字をかくのが面倒くさい。みなさんへよろしく。

十二月三日夜　　　　　　　　　石川啄木

筆で生きようとしている人間が「字をかくのが面倒くさい」というのが何を意味するか、啄木はおそらく自分の運命をうすうす感じていたことであろう。奪われつつある体力を振り絞ってペンを持ったのは出征して行く高田へだけは無事生還するように励ましの言葉を送っておきたかったのである。

三　小樽退去顛末

1　新構想

作戦が功を奏し小樽日報に編集長として沢田信太郎を招聘することが出来た啄木は得意満面であった。なにしろ自分の描いたシナリオ通りに話が進み給料は上がるし社内では誰にも気兼ねなく仕事が出来る。伊藤整がこの追放劇について「啄木は、佐田といふ記者以外は初期の編輯局員を全部追ひ出して、一種の独裁制を社内に作り出した。」（「自然主義の最盛期」『日本文壇史　十二巻』一九七八年）と述べているが、伊藤整が何を根拠にこう言っているのか不明である。啄木がそこまで徹底して〝粛正〟人事をしたというのはおそらく正しくはあるまい。なにしろ雨情の思いつきから始まった追放劇であり、結果的には思いがけない逆転勝利となったのだから、編集局員の全員追出しという荒療治をする必要がなかった筈である。ただ沢田信太郎を編集長に据えるには相当手の込んだ芝居を打ったことは事実である。

ただ、着任してくる沢田に啄木は奇妙な手紙を書いている。「実を云へば成るべく早く万事お話したいのに候、赴任前に大通り三丁目に社長を一度御訪問されては如何　札幌支社その他は兄来ると同時に起るべき第二次の策戦なり」言い換えれば新編集長が着任すると同時に次の「策戦」が待っている、というのだ。

実はこの「策戦」はどうやら不発に終わってしまったらしい。「らしい」というのは啄木がこの件に関して貝のように口を閉ざし日記にも友人へ宛てた手紙でも全く触れていないからである。「札幌支社その他」云々とあるから恐らく小樽日報社全体に関わる改造計画の構想の事であろう。それを沢田に話してから進めるつもりだったようなのだが、途中で考えが変わったのか、この件は沢田の耳には入れなかった。それにしてもこの辺りは策士としての一面覗かせた一件と言えなくもない。

しかし札幌時代に口角泡を飛ばす仲だった向井永太郎に宛てた手紙には「日報社にありて小生のなすべき事は既になし了れり、今後の発展には自ら其人あるべくと存じ、何とかして札幌にまゐり度存居候、但しこれは秘密なり、遠からず出札してお目にかゝるべく候」（十二月九日付）とあり、小樽日報を辞めて「何とかして札幌にまゐり度」という理由は何だったのだろう。しかも「これは秘密」だと言う。普通に考えれば札幌での仕事探しである。啄木に出来ることは新聞か雑誌の編集者だ。しかし、だからといってこれを隠し立てする必要はあるまい。であるからこの「秘密なり」というのは何か特別のことを示唆しているに違いない。

沢田新編集長が着任したのは十一月二十日である。啄木の仕事ぶりはあまり変わらなかったが陰謀運動で疲れたのと安堵感で気が緩んだのか社にいても窓外の小樽駅を出て行く機関車の煙を見つめながら放心の体でいることが多くなった。実は沢田は小樽に母と二人で来て以来、花園町の啄木の下宿の一室を家賃折半ということで同居していた。朝寝坊の二人は午前九時過ぎにようやく起きてきて朝食をとりながらの〝編集会議〟である。もし、沢田と同宿していなければおそらく啄木は小樽日報社に行かずサボり続けていたかも知れない。

そんなある日札幌から小国露堂が札幌にまた新しい新聞社が出来るという話を持って来た。札幌の現役代議士と小樽の富豪が代表だからしっかりした社になるし、沢田は編集長で啄木は社会部長待遇を約束されているという。この話を聞いた沢田は断ったが啄木は乗った。そしてこれ以後、啄木は沢田にちょっと出かけてくるといってしばしば社を空ける様になった。沢田も黙認した。

ある時、啄木が三面の原稿を早々と午前中に印刷に降ろして来た。啄木は文選工や印刷工に人気があった。原稿が早く、字も見やすく直しが殆どないからだ。それに時折り編集部にある菓子や果物も持参してくれる。


「新人殿（＊啄木は沢田をこう呼んでいた）今日もちょっと出かけるからよろしく。それで二円ほど貸してくれないか。」

「いいけど、何処へゆくんだ」

「うん、ちょっと出かけたいところがあってね。」


と言って沢田のインバネス（コート）を借りて出かけて行った。珍しく若やいだ後ろ姿を沢田が見送ったことがある。大抵は半日で戻って来たが十二月十一日は例の如く沢田のコートを借りて「今日は一寸遅くなるかも知れない。先に帰ってくれ。」とスタスタ出て行った。ところがこの日、啄木は帰って来なかった。仕方がないから沢田は啄木の着古した継ぎの当たった外套で帰宅した。

翌日も啄木の姿は社になかった。無断欠勤は初めてである。出勤簿に目を通した事務長の小林寅吉が沢田のところにやってきて「無断欠勤とはけしからん。他の社員に示しが付かない。」と文句を言った。小林は追い出された岩泉江東主筆と仲がよかったので啄木には反感を持っていたからここぞとばかりにクレームをつけたのである。

この日、啄木が戻ってきたのは夕刻を過ぎていた。

2 鉄　拳

沢田は一足先に帰宅して社には編集室に数人しか残っていなかった。啄木の札幌通いを知っていた記者たちは「無断欠勤馘首《くび》のもと！」と冗談まじりで囃し立てたが一人気色ばんで啄木に近づいた男がいた。事務長の小林寅吉である。彼は普段は無口で無愛想な人間だったが気の短さと腕力では社内一番という評判だった。


「石川君、どれだけ偉くなったつもりか知らないが出勤簿にハンコも押せないようなら出ていってもらうしかないな。」

「ぼくら記者はハンコより原稿《ゲンコー》ですよ、いちいちそんなことで文句いわれちゃ話にならない。それにあんた如きに出て行け呼ばわりとは片腹痛い。」

「言わせておけば、アンタ如きとは何様のつもりだ！」

と言うなりいきなり啄木に鉄拳を振るった。生まれてからこの方、親からも他人からも一度も手を挙げられたことのない啄木にとってこの鉄拳は心臓が止まりかけ顔面が蒼白になるほどの衝撃だった。啄木自身は日記では「小林寅吉と争論し、腕力揮はる。」手紙では「面白い事が出来た、昨夜事務長と喧嘩して頭に四つ五つ瘤を出した。」（「十二月二十三日」宮崎郁雨宛）と平静を装った手紙を書いている。評伝や小説では解釈が分かれ幾つかの説があるが、ここではその夜、直接啄木と会った沢田編集長の話が一番正確だろう。

　今小林に社で殴ぐられて来た、僕を突き飛ばして置いて足蹴にした、僕は断然退社する、アンナ畜生同然の奴とどうして同社できるものかと、血走った眼からボロボロ涙を零《こぼ》してる、見ると羽織の紐が結んだまゝ千切れてブラリと吊がり、綻びに袖口から痩せた腕を出して手の甲に擦過傷があり、平常から蒼白の顔を硬張らせて、突き出た額に二つばかり大瘤をこしらへ、ハアハア息を切って体がブルブル悸へて居た。（「啄木散華」『回想の石川啄木』八木書店）

啄木は先の郁雨宛の手紙で「僕は今日から出社せぬ、退社だ退社だ、沢田君も二三日にやめるだらう僕等は日報を見限った」とあり、沢田を道連れにすることまで言及している。この段階では札幌の新しい新聞社の話があったから啄木はこの暴力沙汰を口実に退社を即座に決断したのであろうが、この話が無くても出社拒否を決め込んだように思う。というのは先にも述べたが生まれて初めて受けた暴力の恐怖感が余りにも強烈でその張本人である事務長寅吉の前に出ることなど考えるだけで体の震えがとまらなかっただろうからである。

　明けて十三日、社長宛にわざわざ二通の辞職届けを出したがなしのつぶて。入れ代わり立ち替わり社員が慰留に来るが頑として受け付けない。二十日、社長から辞表受理の返答が来た。二十二日の小樽日報には「「小生本日を以て退社候也／二十一日　石川啄木／猶小生に御用の方は区内花園町畑十四番地（月見小路）に御申越下度候」という素っ気ない退社広告が載った。翌二十二日には沢田が天峰の名で「石川啄木と別る」という短い餞《はなむけ》の辞を掲載した。

　ところで啄木に暴力を揮った九歳年長の小林寅吉は格別にお構いなしでしばらく小樽日報にとどまった。しかし日報が傾きだした後は札幌へ出て幾つかの仕事を転々とした後、後志の余市で果樹園を営む中村重三の婿養子になった。その後、東京へでて警視庁に入るが内部抗争のとばっちりを受けて退職、しかしこの筋を通した中村寅吉は周囲から進められ郷里会津から政界に入り、憲政会代議士として活躍した。元気なことは小樽日報時代以上で国会でも気に入らない政敵には暴力を以て応じ「蛮寅」の名を恣《ほしいまま》にした。引退後は会津美里町に帰り法用寺住職となり文字通り波瀾万丈の生涯を送った。法用寺境内にはなぜか啄木の歌碑が建っている。

さて、辞職後の啄木は意気軒昂であった。宮崎郁雨には「当地の三富豪が金主で中西代議士が社長になり来年一月末から有望な一新聞が札幌に生まれる、僕はそれの三面主任に九分通り決定して居る、矢張僕らは札幌といふ美しい都に縁が深いのだ、但し本年中は当地で暮す、転ずる毎に月給の上がるのはよいが、その度金がかゝるには閉口、札幌へ行つたら雑誌も必ず出す」（十二月十三日付）

また日記には「大硯斉藤哲郎君、小国君沢田君等、予の将来に関して尽力せらるゝ所あり。予は我儘を通すを得て大に天下太平を叫ぶ」「午後斉藤大硯君来り露堂君来る。談論風発す。（中略）予のために北海タイムス社に交渉せむとすと云ふ」（二十一日）「夜、藤田武治来り説に人生を解するの途を訴ふ、大に個人主義を説く」（二十二日）また二十四日には久々に東京の与謝野鉄幹に無沙汰の手紙を書いている。

しかし年の瀬を控えて啄木の耳に入ってくる話は新しい札幌での新聞が頓挫するかも知れないとか北海タイムスから断られたとか暗い話ばかりになっていた。しかも当てにしていた小樽日報の残り賃金をいつまで待っても払ってくれない。当時啄木家は日常の買い物は「帳面買い」といって現金で支払わず記帳して月末一括払いとしていた。その支払いの集金人が三十日には多勢押し掛けて来る。

日報社は未だ予にこの月の給料を支払はざりき。この日終日待てども来らず、夜自ら社を訪へり。俸給日割二十日分十六円六十銭慰労金十円、内前借金十六円を引いて剰す所僅かに十円六十銭、帰途ハガキ百枚を買ひ煙草を買ふ。巻煙草は今日より二銭高くなれり刻みも亦値上げとなれり。嚢中剰す所僅かに八円余。噫これだけで年を越せといふのかと云ひて予は哄笑せり。（十二月三十日）

自尊心の高い啄木が社に頭を下げて日当を貰い受けに赴く。家族と自分の為とは言いながら、その悔しさはいかばかりだったろうか。「かくて十一時過ぎて漸く債鬼の足を絶つ。遠く夜鷹そばの売声をきく。多事を極めたる明治四十年は『そばえそばえ』の売声と共に尽きて、明治四十一年

は刻一刻に迫り来れり。」（十二月三十一日）

3 空白の時間

ところで啄木が主筆追放に成功して後釜に腹心の沢田信太郎を据えると、小樽日報を抜け出して札幌に頻繁に出かけるようになる。ところが啄木の日記にも手紙にもそのことはさっぱり出て来ない。例えば十二月十一日に札幌に行った時には「札幌に行き小国君の宿にとまる。翌日山崎周信君と初めて会見す。中西代議士の起さむとする新聞に就て熟議したり。／十二日の汽車にて帰り、社に立寄る。」とあってこの直後中村寅吉が啄木に掴みかかる場面になるわけである。

しかし、この時以外の札幌行きの記録は見当たらない。十二月九日に向井永太郎に宛てた手紙に「何とかして札幌にまゐり度存居候、但しこれは秘密なり」と書いた事は既に紹介した。しかし、どうして札幌に出たいのかという理由を言わずに「これは秘密」と本音を隠匿している。多くの説はこれは例の新しい新聞社のことだと解説しているのだが、どうも私には納得出来ない。新聞社の事を秘密にする必要がないからだ。特に情報社会に生きる人間は人事には地獄耳を持つから秘密保持なんぞ意味がない。

ひょっとして啄木は別の用事でこっそりと進めたい何か別の「秘密」があったのではないか。しかし、日記と手紙にはそのような気配を感じさせる文章や記録は残っていない。また、啄木は重要で複雑な問題には意図的に触れないでおくという癖というか傾向がある。

札幌時代の十四日間を徹底的に調べ上げた好川之範が「札幌滞在二週間は函館の智恵子に思いをめぐらす暇もなく慌ただしい日々が続いていた」（『啄木の札幌放浪』）好川之範のこの言葉は決して間違ってはいない。しかし正確ではない。というのは啄木にとって札幌といえば智恵子の存在抜きでは語れないからである。十四日間という慌ただしさのなかでも一時も脳裏から去らなかったのは智恵子の姿だった。

世《よ》の中《なか》の明《あか》るさのみを吸《す》ふごとき
黒《くろ》き瞳《ひとみ》の
今《いま》も目《め》にあり

君《きみ》に似《に》し姿《すがた》を街《まち》に見《み》る時《とき》の
こころ躍《をど》りを
あはれと思《おも》へ

小樽日報で啄木の〝陰謀〟が功を奏して、後釜を据えたところで札幌の新しい新聞社の話が持ち上がった。この話も小国露堂がわざわざ小樽までやってきて勧めてくれた。すると啄木は「君にいちいち足を運ばせるのは申し訳がないから僕が札幌へ行くよ。」と言って小樽と札幌を往復するようになる。それも一度や二度ではない。ある記録では「毎日のように」となっている。この記録とは誰あろう。啄木に最も近い位置にいた沢田信太郎であり、啄木に鉄拳を食らわせた中村寅吉の〝証言〟である。

十二月の十一日の午後彼は三面の編輯を了はると今日も一寸と札幌へ出かけるから宜しく頼むと云って、蒼惶として出て行ったが其晩は帰らなかった。翌十二日に私が一人で一面二面三面の編輯をしてると、事務長の小林寅吉がやって来て、石川は毎日のやうに札幌へ行くやうだが、社を怠けるとは怪しからん奴だ、事務に届を出さして下さいと偉らい剣幕で怒鳴って来たが、私も虫が納まらず、事務長の越権的干渉を排撃して一先づ問題は片づいたもの丶、是が為め非常な不快の念を抱いて夕刻帰宅し、不味い晩飯を認めてる処へ啄木は異様な姿で帰って来た。(「啄木散華」)

この証言を読めば啄木の札幌行きは「今日も」であり「毎日のやうに」であり一度ならず数度にわたっていることが明らかだ。新聞社の入社交渉がいくら「熟議」を重ねたと言ってもそう何度も繰り返す必要性はない。特に十二月十一日は「外泊」である。入社交渉がこのように時間をかかるはずがない。となると別の目的があっての札幌行きと考えた方が自然である。既にもうお分かりであろう。それは憧れの女性橘智恵子と会うことではなかったか。

実は札幌の北門新報時代に啄木は「函館なる橘智恵子女史外弥生の女教員宛に手紙かけり」(「九月十八日」『明治四十丁未歳日誌』)とあり中身は紋切り型の挨拶状であろうが、自分の消息を仲のよかった高橋すゑなどにも伝えている。つまり連絡の細い糸はしっかり確保していたことになる。

橘智恵子は函館大火の後、実家のある札幌へ戻り一九〇八・明治四十一年三月に母校の札幌女子高等小学校に勤めている。つまり啄木が北門新報にいた時は智恵子も同じ札幌にいたことになる。智恵子の実家は札幌郡札幌村で東区北十一条東十二丁目というから単純に言って札幌駅までは最短距離で数えて徒歩で一時間程度の路程である。もし啄木が実家の住所を知っていればたどり着ける筈である。

啄木の頻繁の札幌行きの目的が橘智恵子に会うためだというのはそれほど奇怪な仮説ではない。どのようにして橘家を探し出したのか解らないが、その探索のために時間がかかり何度も小樽と往復しなければならなかったのであろう。

好川之範の『啄木の札幌放浪』に収められている添付資料に智恵子の長兄の橘儀一が書いた「啄木と橘智恵子」がある。それによると啄木が橘家を訪問したという驚くべき一節が書かれているのだ。

啄木君が札幌に来た。そして間もなく去った。その中に一度拙宅を見舞はれましたが、丁度妹不在の為、啄木君も本意なくも帰られました。但し、小生は其時座敷に招じて御目にかゝりましたが、直に帰られました。／その時の啄木君は、失礼ながら、私には何等の感興もなかった人でした。否全く知らぬ人でした。一度も妹に石川啄木君と同じ学校で教鞭をとって居るとも聞かず、又妹も啄木君が歌詩壇上に異彩をはなって居た事は知って居ても左程重きを置いてゐなかった故に、妹が帰宅した時に、「今日、石川と云ふ人が来ましたよ」と、告げたるに「そう！そうですか、あの方は函館で一緒に仕事をして居た方で、新しい歌よみなんですよ。」そこで私は始めて啄木君を知ったのでした。

この訪問の日時ははっきりしていない。ただ、儀一の子息忍によくこの時の話を聞かせて「啄木はインバネスを着ていた」と話したと言う。インバネスは外套の一種で北海道では秋から冬にかけて着用するからこの時期だったことぐらいしか分からない。

しかし、この話が事実だとしたなら、この訪問はおそらく十二月十二日であろう。前日に札幌で出る新聞の打ち合わせを済ませた後、露堂に「もう少し話を詰めなければならなくなったから今日は泊めてくれないか。」と言って翌日「今日は話し合いが終わり次第、小樽へ帰るよ。今度は札幌でがんばろう。」と言って智恵子の家に向かったのであろう。前もって知らせておけば智恵子は家にいて会えたかも知れない。しかし、それでは大袈裟になる。偶々《たまたま》近くにきたので一寸寄っただけ、と装った方が都合がよい、と考えたにちがいない。とすれば空白の時間の謎は解けることになるのだが、日記にも書簡にも友人にもこの事は一切触れなかった。親友の郁雨にも洩らしていない。逆に言えば啄木にとってこの一件は人に話したくない至上の秘話にしておきたかったからであろう。

思い起こしてみると小樽日報で歌壇「藻しほ草」を設け

た啄木はその第一回は五人の〝投稿〟作品を掲載したが、実はその全部は啄木の代作だった。そしてその一人が「橘りう子（札幌）」なのである。その〝彼女〟の作品は七句あるが、そのうちの一つのみを引いて見ると

白雲《しらくも》の山にわけ入《い》り百日夜《も、かよ》も神に祈らば君帰り来む

という一句がある。大火以後、二人の別れはまだ百日経っていないが、その百日が来たならば別れた君と再び会うことが出来るだろうか、啄木の心の中で智恵子は生きていたのである。

4 智恵子抄

恋多き啄木ではあったが橘智恵子は特別の存在だった。とりわけ最後の上京を果たし、相次ぐ不遇の環境に置かれてからというもの智恵子への思慕の念は極限にまで美化され一種の〝虚像〟にまで昇華されるに至っている。

その結晶が『一握の砂』に収められた

いつなりけむ
夢《ゆめ》にふと聴《き》きてうれしかりし
その声《こゑ》もあはれ長《なが》く聴《き》かざり

から始まり

長《なが》き文《ふみ》
三年《みとせ》のうちに三度《みたび》来《き》ぬ
我《われ》の書《か》きしは四度《よたび》にかあらむ

に終わる二十二に上る作品を智恵子の為に詠んだことはつとに知られている。啄木に関わった女性たち、岩手の堀田秀子、釧路の小奴らですらも精々数点しか謳われていないのに比べると智恵子は破格であり、また名歌とされるものばかりであり、智恵子は国民的名歌を啄木に作らせた〝名女〟的存在と言って憚《はばか》らない。

その橘智恵子は実は啄木が一方的に自分の世界の中に〝恋人〟に仕立て上げられた女性で、相手にしてみれば迷惑千万な話なのだ。先にも函館時代の彼女との関係は既に少し触れておいたが、いま少し啄木との関わりをみていくことにしよう。

函館大火後札幌に戻り札幌女子高等小学校で教鞭を取っていたが約一年後に肋膜炎で退職、療養後一九一〇（明治四十三）年に空知で牧場を営む北村謹に嫁ぎ六人の子宝に

恵まれたが一九二二・大正十一年、産褥熱のため三十四歳の若さで亡くなった。
啄木が釧路での流浪の旅をやめて文芸の道で再起を図るため最後の上京をした一九〇八・明治四十一年以降、智恵子との関連を整理すると次の様になる。

《明治四十一年》

◇「床の中で手紙を四本かく。大島君へ一通、堀田姉へ一通、橘姉へ一通、モ一通は函館の弥生校の遠山高橋日向の三人へ」（「五月二十九日」『明治四十一年日誌』）

《明治四十二年》

◇「モ一通の封書は札幌なる橘智恵子さんからであつた。函館時代こひしく谷地頭なつかしくとかいてある。げになつかしいたよりではあつた。遠山女史樺太にゆき、日向女史出産、高橋すゑ子（嘗て中学生と噂あつてやめたといふ）が森の学校に赴任したことなどを知つた。」（「一月五日」『明治四十二年当用日記』）

◇「橘智恵子母からハガキ」（「一月十六日」）「橘智恵子の母上からハガキ、急性肋膜炎で入院してゐられるとのこと、少し軽快とのこと」（「二月十日」）

◇「枕についてより眠れずに三時ごろまで寝がへりしてゐた、いろいろの妄想が起つた（中略）／智恵子さんのことが頭にはびこつた」（「二月十七日」）「夜橘ちゑ子さんの母君へ長い手紙かいた」（「二月二十二日」）
「智恵子さんの母君から葉書、十日許り前からまた熱が高くなつたので、いつ退院するかも知れぬとのこと。」（「三月六日」）

《明治四十二年・ローマ字日記＊書き換え筆者》

◇「札幌の橘智恵子さんから、病気が直って先月二十六日に退院したというハガキがきた。」（「四月七日」）

◇「おととい来た何とも思わなかった智恵子さんのハガキを見ていると、何故か堪らないほど恋しくなってきた。『人の妻にならぬ前に、たった一度でいいから会いたい！そう思った。／智恵子さん！何といい名だろう！あのしとやかな、いかにも若い女らしい歩きぶり！爽やかな声！二人の話をしたのはたった二度だ。一度は大竹校長の家で予が解職願いを持って行った時、一度は谷地頭の、あの海老色の窓掛の架かった窓のある部屋で—そうだ、予が『あこがれ』を持って行った時だ。どちらも函館での事だ。／ああ、別れてからもう二十ヶ月になる！」（「四月九日」）

◇「机の上には原稿紙の上に手紙らしいもの—胸を躍らして電灯のネジを捻ると、それは札幌の橘智恵子さんから——！退院の知らせのハガキを貰ってから予はまだ返事を出さずにいたったのだ。／『函館にてお目にかかりしは僅かの間に候いしがお忘れもなくお手紙・・・お嬉しく』—と書いてある。『昔忍ばれ候』と書いてある。そして『お暇あらばハガキなりとも—』と書いてある。」（「四月二十四日」）

◇「札幌の智恵子さんに書こうとしたがそれも書けず、窓を開くと柔らかな夜風が熱した頬を撫でて、カーブを軋る電車の響きの底から故郷のことが目に浮かんだ。」（「五月二日」）「まだ妹にハガキもやってない。岩本の父にはハガキだけ。家にもやらぬ。そして橘智恵子さんにもやらぬ。やろうと思ったが何も書く事がなかった。」（「五月七日」）

こうして橘智恵子と啄木の関わりを整理してみると啄木が如何に智恵子を愛し一途に智恵子に惚れ込もうとしていたかが浮き彫りになるが、実はこの間、啄木の周辺にはいくつもの女性関係が渦巻き、また相次いで書く小説はさっぱりで自殺を考えるという極限状況下におかれていた事を忘れてはならない。植木貞子という素人娘と肉体関係を持ち、一方で九州筑紫の若い女流歌人菅原芳子に対する熱烈な情愛の告白、そしてローマ字日記時代の浅草での荒れに荒れた淫売窟通い。

だから、とても橘智恵子と愛を語る資格も環境もなかった。日記中、智恵子に返事を書こうにも書けないという場面が続けてでてくるのはその〝苦悩〟の為である。そして返事がだせなかった理由を病気入院という嘘までついている。そうしてでも啄木にとって智恵子の存在は欠かせないものだった。

一九一〇・明治四十三年十月四日、啄木に長男が生まれた。当時啄木は朝日新聞の校正係をして辛うじて糊口を凌いでいた。採用してくれた朝日の編集長佐藤眞一の名をとって眞一と名付けた。しかし眞一は二十八日に亡くなってしまった。眞一と入れ替わるようにして啄木の歌集『一握の砂』が出版された。悲しみをこらえながらこれを橘智恵子に送った。眞一の死は教えなかった。ただ、「そのうちの或るところに収めし二十幾首、君もそれとは心付給ひつらむ」と十二月二十四日付けのハガキで伝えている。智恵子の弟儀一はこの書体が「非常な乱筆でペンの走り書き」であったことを記憶している。

智恵子が結婚したことを啄木が知るのは翌年四十四年一月六日、石狩空知郡北村第二区北村農牧場の「北村智恵子」から届いた歌集の礼を兼ねた賀状で、なかには昨年五月に結婚したと記されていた。その感慨を友人に「今度初めて苗字の変つた賀状を貰つた、異様な気持であつた、『お嫁には来ましたけれど心はもとのまんまの智恵子ですから―』と書いてあった」(瀬川深宛「一月十九日」付)

啄木研究家の遠藤勝一が智恵子の亡くなる五ヶ月前、即ち一九二二・大正十一年五月に啄木の印象を尋ねた書簡を送っている。智恵子からの返事は次のようなものであった。(好川之範『啄木の札幌放浪』)

石川啄木氏に就きましては私も委しきことは存じません。函館におすまひになりました時分にお知り合ひになりまして、其の後年に一二度のお便りがありましたのみ、ほんの一寸の御交際で御座いました。奥様も御子様も少しも存じませんが、奥様は御亡くなりになり、御子様は函館の遺愛女学校に御通学ときいて居ります。青年時代から変わった方でしたが、こんな有名な詩人だとは存じませんでした。啄木全集には色々委しいことがのって居る様です。これ以外私存じません。

なんともつれない返答ではあるが、実はこれが智恵子の啄木に対する本当の気持ちなのである。啄木の智恵子に対する虚構の愛情があまりにも強烈なために周囲は思わず啄木に同調して誤った智恵子観を醸成してきてしまったのだ。

しかしながら、さりながら智恵子を通して啄木が見た愛の世界―それがあったからこそ私たちはこれらの歌に陶酔しこの世界にしばし浸りきることができるのである。啄木が智恵子を詠んだ最後の歌は『悲しき玩具』に収められたつぎの一句であった。

石狩《いしかり》の空知郡《そらちごほり》の
牧場《ぼくぢやう》のお嫁《よめ》さんより送《おく》り来《き》し
バタかな。

5 最果ての地へ

小樽での初めての正月、それはわびしいものであった。門松もない、注連縄《しめなわ》もない、お屠蘇《とそ》もないというないないづくし。それでも年末の激しい取り立てが来なくなっただけましだったかも知れない。カネはないが一応家族は病気もしていない。これで一日も早く次の仕事が見つかればなんとかなる、楽天家の啄木にとってキザミ煙草さえあればいずれなんとかなるだろうとタカを括《くく》っていた。

ところが露堂が持って来た札幌の新しい新聞の話は一向に進捗しない、斉藤大硯が斡旋すると言ってくれた北海タイムスの話も沙汰止みだ。ただ、啄木が日報の後釜に据えた沢田信太郎が社長の白石義郎から釧路に新しい新聞を作りたいが何か面白い企画はないかと相談されて、年末に啄木の所へ相談にきたことがある。
かねてから啄木には新聞人としていろいろやってみたいアイデァを持っていた。だから沢田から話があった時しめた！と考えた。

おれが若《も》しこの新聞《しんぶん》の主筆《しゆひつ》ならば
やらむ—と思《おも》ひし
いろいろの事《こと》！

啄木が当面この釧路新聞に示した具体的な考えは

一、現在の主筆は主筆でよし、
一、奥村君、吉野君を格二十五円にて入れること
一、外に二十円の三面の人一名入れること（小生に心当あり）
一、初め小生に総編輯をやらして貰ひたし、準備つき次第第二面を独立して奥村君吉野君二君交る交る之を主宰すること、
一、第五面は三面の二君中非番の人之を編輯す、
一、二面は同人一同の舞台、

沢田がこの考えを白石社長に伝えると「明日からしばらく東京へ行かなければならない。いずれにしても少し考えさせてくれ。」といって小樽を発った。そして年が明けた。松の内が過ぎても返事がないので啄木は一人で日報のライバル社の小樽新聞社長上田重義を自宅に訪ね例の札幌の新しい新聞社への斡旋を頼んだ。「ああ、いいとも。君ならいい仕事ができるだろう。」と約束してくれた。ところがこの約束は実行されなかった。それ以前に新社構想がご破算になってしまったからだ。露堂も新社は諦めて小樽日報の札幌支局に変わるという。「石川君、君は釧路へ行くべきだ。未開の地でこそ実力がものを言うからね。」
　沢田を介して白石社長に意向を伝えると「いや、わしからも頼むよ。当面は三面だが、主筆格のつもりでやって貰いたい。」と言って支度金十円を沢田に託してきた。こうなってはもう後戻りできない。家族には小さい部屋を借りて啄木は単身赴任「かならず早く呼び寄せるから辛抱してくれ」といって小樽駅に向かった。

子《こ》を負《お》ひて
雪《ゆき》の吹《ふ》き入《い》る停車場《ていしやば》に
われ見送《みおく》りし妻《つま》の眉《まゆ》かな

一九〇八・明治四十一年一月十九日午前九時の予定だったが白石社長が遅刻したためこの列車に乗れず、妻と京子は雪の吹きいる中をとぼとぼ下宿に戻って行ったから、せっかくの名場面は少し調子砕けとなって、結局午前十一時四十分の列車になった。小樽を去るにあたり啄木は「予はなんとなく小樽を去りたくない様な心地になつた。小樽を去りたくないのではない。家庭を離れたくないのだ。」(「一月十九日」『明治四十一年日誌』)

かくして最果ての地、釧路への旅路の幕開けが始まった。

第五章

釧路

さいはての駅《えき》に下《お》り立《た》ち
雪《ゆき》あかり
さびしき町《まち》にあゆみ入《い》りにき

釧路新聞社
最果ての地での北海道最後の職場は「釧路新聞」だった。この社を基点に啄木は浮き名を流し紙面作りに汗を流すがその彷徨に区切りをつけて東京へ向かうことになる。（吉田狐羊『啄木写真帖』乾元社版　1952 年）

一　最果ての地

1　彷徨の果てに

一九〇八（明治四十一）年一月二十一日午後九時半、啄木は凍てついた釧路駅に下り立った。現在の浜釧路駅である。駅舎と街路の幾つかの洋灯ランプの灯り以外は漆黒の闇だ。道を歩く人影もまばらで、時折馬橇《ばそり》が鈴音を鳴らして通り過ぎて行く。ともかく、とうとうこの最果ての地まで来てしまった。函館、札幌、小樽と彷徨《さまよ》い歩いての果てがこの釧路か、これから自分の暮らしはどうなるのか、行く先の見えない暗闇にしばし立ち尽くした。

出迎えの佐藤国司（理事）と一緒に途中幣前《ぬさまえ》橋を通り彼の家に行李を降ろした。やがて秋元町長や木下道議会議員などがやって来て一寸した歓迎の宴となった。町長がわざわざやってきたのは同行した実力者の白石社長の顔をたてただけで啄木の為ではない。

翌朝「起きて見ると、夜具の襟が息で真白に氷つて居る。華氏寒暖計零下二十度。顔を洗ふ時シャボン箱に手が喰付いた。」華氏零下二十度はセ氏零下二十九度である。私も二月の釧路の経験があるが寒いというものではなく木造の旅館の一室で石炭ストーブが真っ赤になっていてもなお暖かさを感じなかったほどである。おまけに雪自体が強い寒風で積もらないから余計に寒さを感じてしまう。小樽とはまるで逆である。釧路では雪は横から降り小樽では上から降ると言われるのはこの故である。

この朝、主筆の日景安太郎が出来たばかりの新社屋に案内してくれた。日景について啄木は「好人物、創刊以来居るさうで度量の大きくない頭の古いが欠点だといふ」（「一月二十四日」『明治四十一年日誌』）と記しているが、これは自身の例の直観によるものでなく人づての評価だからあまり当てにならない。それに、新入社員を主筆が迎えにわざわざ来たのだからこの評価は厳しすぎる。

ところで下宿は洲崎町一丁目にある木造二階建てアパートの二階八畳で、社までは三百メートルほどだから歩いて五、六分、小樽日報の半分で通える。それに小樽の悪路ほどでもないらしく道路の悪口は一度も言っていない。例によって早々に日景主筆から借りた五円で小机、筆箱類を揃えた。日景の性格が悪ければ顔を合わせた許りの啄木に五円も貸さないだろう。

入社二日後に啄木の人生を変えることになる〝事件〟が起きた。それは一般的には事件でも何でもなく誰にも起こりうる一過性の極く普通の経験なのだが、啄木にとっては衝撃的な〝事件〟だった。それは新人に対してどこでも行われる「歓迎会」だった。

顔ぶれは啄木を囲んで白石義郎社長、佐藤国司理事、日景安太郎主筆、編集員の佐藤岩、上杉儔の六人。これだけだと多分、事件には至らなかっただろう。次の二つの条件が加味されなければ、である。第一、会場が釧路一番と言われる料亭「喜望楼」であったこと、第二「芸者」が二人ついたこと、である。

余人にはごく当たり前のことであったろうが啄木にとって一流料亭は夢のまた夢であったし、なにしろ芸者は夢にすら出て来ない雲上の世界だった。弱冠二十二歳の若者が一流料亭の味を知り芸者遊びの味を知ったならどうなるか。この日の日記にはその感慨は一言も触れていない。しかし無関心であれば「小新と小玉」という芸者の名前を記すわけがない。しかも「小新は社長年来の思ひ者」としっかり重要な情報を確保している。この話の先はもう少し後にゆずろう。

釧路での出だしは零下二十度以上が続く寒さ以外は順調と言ってよかった。日景主筆は啄木が気に入ったらしくよく下宿に一人で遊びにきた。隣室には北海道新聞の支社長甲斐昇がいたせいもある。釧路には北東新報という新しい新聞があり、これはライバルだったが北海道新聞いわゆる道新は共同配信で共存していたから甲斐ともいいのみ仲間になった。啄木も日景が気に入ったようで以後頻繁に彼の家に出かけて「晩餐」に預かっている。入社四日目の日曜日、社長から呼び出しを受け出かけてみると「呼び出してすまんな。君が来てから紙面がずっとよくなった。これを受け取ってくれ給え。これからもよろしく頼むぞ。」と言って銀側時計と金一封（五円）を渡した。当時の時計は社会的地位を誇示するシンボルだった。

また啄木は佐藤理事ともウマがあったから釧路新聞では誰に気兼ねすることなく思う存分の紙面を作ることが出来た。仕事に関する限り、これ以上の職場はなかったと言っていい。恐らく啄木の人生の中で最も充実した唯一の時期だった。

こころよく
我《われ》にはたらく仕事《しごと》あれ
それを仕遂《しと》げて死《し》なむと思《おも》ふ

気の変《かは》る人《ひと》に仕《つか》へて
つくづくと
わが世《よ》がいやになりにけるかな

この歌に関する限りは釧路時代、まったく逆の心証が働いたといって過言ではない。そして短かった人生の中にもこのような充実して仕事に打ち込めた時節のあったことを記憶の隅に留めておきたい。函館でも札幌でも啄木はその地の未練を口にしたが次の様に〝滞在宣言〟を表明したことはなかった。「佐藤氏や社長が、是非永く釧路に居てくれよと云ふ、三月になつたら家族を呼寄せるようにして、社で何処か家を借りてくれると云ふ。自分も、来て見たら案外釧路が気持がよいから、さうしようと思ふ。不取敢せつ子へ其事を云送つた」(「一月二十八日」『明治四十一年日誌』)

同じような趣旨の手紙は何人もに出しているが金田一京助には「釧路は案外気持よく候、都合によつたら三月小樽に帰らずに二三年当地に居ることにし、家族をも三月頃呼寄せんかとも考へ候、これは社の要求にて候が、七分通りは小生も同意なり、社長は此間小生に時計買つてくれ候が、若し長く居る様になれば、社で家を買つてくれる由に候、二三年居れば、屹度今迄の借金をすまし、且つ自費出版やる位の金はたまるべしと存候」(「一月三十日」)とある。

また小樽の若き詩人藤田と高田には「何でも人間は多少不拘我儘の出来る所に居るに限るものと信じ候、一二年居れば小生でも自費出版の資金位は何とかなりさうに候、六十迄は生きる決心故、少しも急ぐ必要なしと、乃ち何とかなる迄居る事にいたし候ふ次第に候、/(中略)/三月下旬紙面拡張まではウント俗になつて釧路を研究し、然る後、専心創作に従ふつもりに候」(傍点啄木)(「二月十七日」)

考えて見ると渋民村を出てから、このようなゆとりを感じさせる状況下にあったことは一度もなかった。常に切羽詰まった生活の連続であり、何か自分で主体的に判断するような環境にいたこともなかった。啄木がよく使う言葉に「自然の理」があるが、これは言い換えれば自らは選択の余地のない不可避の生活を指していた。

しかし、ようやく自分で生活の方向を選択できるゆとりができつつあった。それは逆に言えば啄木がこれまで経験しなかった未知の世界への入り口に立つ事を意味するものだった。運命や宿命ではなく自分の意志や判断や行動をどうするべきか、より厳しい状況が立ちはだかりつつあった。しかし、啄木にはまだその自覚が生まれていなかった。

2 記者魂

啄木は年齢の割に新聞記者経験が豊富だった。いやもっと正確に言えば新聞社経験というべきだろうか。僅か一年に満たない間に函館日日新聞、北門新報、小樽日報そして釧路新聞である。しかも今度は編集長格として自分のやりたいように腕ならぬ筆を揮える。

しかも毎日次々と起こる事件の報道ばかりが新聞の仕事ではない。「青年町民の強固なる団結を作る事や、教育機関の改善拡張や、図書館の設置や、其他まだまだ沢山ある」(宮崎郁雨宛「二月八日」『明治四十一年日誌』)とも語っている。当時の新聞人でこれだけの見識を持った記者はそうざらにはいない。

かと思うと「紅筆便り」は二月一日より三月二十五日にかけて十五回連載の釧路紅界の浮き草記事でこの全てを啄木が書いたわけではないが、身銭を切って足を使って且つ頭も使った企画である。

友人の無いのにも大分弱つた、殊に当地の事情を聞く人がなくて弱つた、此処いらで三面を作るには、怎《どう》しても何よりさきに粋界の事情に通じなければならぬ事だから、矢張年長者だけあつて仲々ウマク此方の話に乗らぬ、無粋の僕、苦心したのせぬのの話ではない。幸ひ警察の池野警部補を捕虜にして、各有力家の独占芸妓の事を詳しく聞き、○(＊喜望楼の事)の女将を自家薬籠中のものにして更に其裡面の事を探つたので、今では余程明かになつた。(宮崎郁雨宛「二月八日」明治四十一年)

この取材では警部補を「捕虜」にしたというからある程度の実弾つまり現金を使ったわけだが、その出所については触れていない。しかし啄木が取材の為にカネをかけた事は間違いないようで、あるケースについては友人たちに逐一そのウラの事実を告白している。

ある日啄木を社に尋ねて来た人物がいた。函館の弥生小学校で代用教員をしていた時の同僚遠藤隆である。現在は釧路の第三小学校に勤めていて釧路新聞に啄木の名を見て驚いてやって来たのだと言う。啄木は男教師には殆ど関心がなかったが、第三小学校と聞いて記者魂が蠢《うごめ》きだした。というのもこの小学校は様々な醜聞を抱えていて釧路教育界の問題校だったからである。そこで水を向けたところ相手もさる者、なかなか口を割らない。そこで啄木が取った戦術。

そんな俺だつて云はせる法があるよと許り、嚢中を探つたが一円しかない、仕方が無いから此間社長から貰つた銀側時計を持出し、一寸失礼すると云つて質屋に行つた、借りたのは五円五十銭也、そこで二人で出掛けて釧路で一番の料理店○喜望楼へ乗り込んだ、（中略）サテお銚子は六本許り倒れた様であつた、僕と客と芸者と、共に大分酔つた、無論酔はぬ先に目的の話は充分聞いて了つた

このくだりでは芸者界の話やこの場に呼んだ小静という芸者のやたらと詳しい話を割愛したが、啄木の躓きの兆しにもなっていることだけつけ足しておこう。ただ、この第三小学校問題は三面トップで「驚くべき敗徳事件　果たして真か偽か／獣の如き教育者あり」という現代の週刊誌顔負けの大袈裟な見出しで扱われた。記事の後半だけ紹介しておく。

記者は昨日／釧路第○学校教員○○／なるものに関する、聞《き》のがし難き一大敗徳事件の通信に接したり。若し之にして果して真なりとせば吾人飽迄も事実を探明して彼○○なる者を愧死せしめ且其統御の任にある者の出来人を問はざるべからず。真か偽か、本社の探訪機関は即時行動を起して某方面に向へり。探求し得る所果して真か偽か、読者乞ふ之を数日以後の本紙に見よ。（「二月二十七日」明治四十一年）

ところがこの二日後二十九日の啄木の日記には忽然と次の記述が現れる。「社へ行つてから、遠藤君から十二円八十銭送つて来た。」一連の流れからみるとこのカネは喜望楼からの奢りの返済と「敗徳事件」の揉み消しがらみと見て間違いあるまい。して見ると啄木はどれだけ自覚したかは不明だが、恐喝と紙一重のきわどい立場に自ら立ったことになる。

3　酒色三昧

啄木が釧路新聞に入って二日目に入社歓迎会で町一番高級料亭で芸者と初めて会ったことは既に書いた。そして二度目が二月二日だからその九日後である。これは社の新築落成式後の宴会で会場は喜望楼である。来会者七十余名に芸妓が十四名というから豪勢な宴会である。午後九時散会で啄木の帰宅は十一時。ただ、聞き捨てならない一言が残されている。「小新の室で飯を喰ふ」小新が白石社長の〝小指《あれ》〟だということを啄木は既に知っている。とすれば社

長と三人での食事だったのか。さては二人きりだったのか。余計な詮索かも知れないが、これ以後続く啄木の芸者遊びに火をつけた一人がこの小新だったことだけは確かである。

以後、啄木は憑かれたように芸者遊びの道を転げ落ちてゆく。これまで〝純愛〟しか知らず、大人の遊びというものを知らない無垢の状態だったから抵抗力もなくいわば無菌状態の人間が芸妓病に罹ってしまうのは時間の問題だった。啄木のこうした酒色三昧は釧路を離脱する直前つまり三月まで続くが、ここでは二月だけの彼の遊蕩というか放蕩というか要するに酒と女に身を持ち崩す軌跡を眺めてみよう。

◇二月七日「喜望楼の五番は暖であつた。芸者小静よく笑ひ、よく弾き、よく歌ふ。陶然として酔ふて十二時半帰宿」

◇九日「（＊劇場宝来座で社員と一緒に観劇）芸者小静が客と一緒に来て反対の側に居たが、客を帰して僕等の方へ来た。三幕許り見て失敬して、古川君と小静と三人で、梅月庵といふ小集の際の会場であつた蕎麦やでそばを喰ふ。酒二本。」

◇十一日「今日は紀元節だからと、連れだつて鹿嶋屋に行つたのは三時頃、平常着の儘の歌妓市子は、釧路でも名の売れた愛嬌者で、年は花の蕾の十七だといふ。フラフラとした好い気持ちになつて、鳥鍋の飯も美味かつたが門を出たのは既に黄昏時であつた。芝居にはまだ早しと○（＊喜望楼）へ時化込む。（中略）越路はお座敷といふので助六を呼んだが、一向面白くない。（中略）八時頃飛び出して釧路座の慈善演劇へ行つた。（中略）帰りは午前一時半。」

◇十二日「二階の（＊喜望楼）五番の室を僕等は称して新聞部屋と呼ぶ。小玉と小静、仲がよくないので座は余りひき立たなかつたが、それでも小静は口三味線で興を添えた。煙草が尽きて帰る。帰りしなに小静は隠して居た煙草を袂に入れてくれた。」

◇十三日「夕方、日景君と共に鶤寅《シャモトラ》といふ料理店へ行つて、飲み乍ら晩餐を認めた。歌奴ぽんたの顔は飽くまで丸く、佐藤国司君の嬖妾《ヘイショウ》なる小蝶は一風情ある女であつた。八時頃隣室に来て居た豊嶋君諸井君及び福西とかいふ人々と一緒になり、座を新しくして飲み出した。（中略）寝たのが一時。」

◇十六日「芝居（＊釧路北東両社共催合同演劇）は一回の稽古だにしなかつたのに不拘、上出来であつた。それから○（＊喜望楼）へ行つて大に飲むで、一時半帰る。」

◇二十日「夜、また林君来た。操業視察隊一行の出迎は失敬して、一緒に鹿嶋屋に飲む。市ちゃんは不相変お愛嬌者、二三子といふ芸者は、何となく陰気な女であつた。強いてハシャイデ居る女であつた。十一時出たが、余勢を駆つて、鶤寅へ進撃、ぽんたの顔を一寸見て一時半帰る」
◇二十四日「九時頃、衣川子を誘い出して鶤寅へ飲みにゆく。小奴が来た。酒半ばにして林君が訪ねて来て新規蒔直しの座敷替。散々飲んだ末、衣川子と二人で小奴の家へ遊びに行つた。小奴はぽんたと二人で、老婆を雇つて居る。話は随分なまめかしかった。二時半帰る。」
◇二十五日「鶤寅へ行つたが、室がないとの事で仕方なく或る蕎麦屋へ行つた。小奴へ手紙やつて面白い返事をとる。／一時頃まで喰つて飲んで、出かけると途中で変な男に出会した。」
◇二十六日「小南衣川泔水三子に誘はれて鹿嶋屋に行つた。今日はオゴラセられた。市ちゃんの踊。」
◇二十七日「夕刻鹿嶋屋へ寄つて、佐藤南畝を訪ふ、快談一時間。帰りに衣川、小南、泔水三子に逢ひ、つれて帰って一緒に牛鍋の夕飯。遠藤君が来て居た。三人が帰ると、工場の福嶋が来たから金を呉れて探訪にやる。遠藤君と鶤寅に行つた。中家正一（第三学校教員）といふ人が来て初対面、大に飲む。すずめに大に泣きつかれる。」
二月だけでこの有様である。こんな調子が三月になっても連綿として続く。二月に啄木が費消した金額は啄木自身の計算で総計八十七円八十銭、なんと月給のおよそ五倍である。それにしてもこの乱費といい芸者との交情といい凄まじいばかりの淫蕩の日々。芸者ばかりではない。この間隙をぬって市井の女性たちとの浮き名も流している。「三尺ハイカラ」と啄木が名付けた小菅まさえや啄木の下宿近くにあった笠井病院の看護婦梅川操とはかなり親密な関係にあり、梅川は啄木の後を追って東京に会いに来て啄木を困惑させている。なお、啄木の釧路に於ける女性関係を詳細に知りたければ小林芳弘『啄木と釧路の芸妓達』（みやま書房　一九八五年）を参照されたい。

4　芸者小静

あまりここで長居したくないが、一つだけ啄木と釧路の女性関係に触れておきたい。堅物の啄木が芸者遊びを覚え小樽に残してきた留守宅への送金を怠って此の世界にうつつを抜かした事が後の啄木の作家としてどれだけの〝肥やし〟になったのか否かは依然として論争のタネになっているが、ここでは高邁な議論は避けて専ら即物的に、つまりありがままの男女の人間模様を追ってみることにしたい。

これまで釧路に於ける女性関係は小奴という芸妓が中心

となって取り上げられている。それに小奴は存命中に多くの取材を受けていることもあってその〝証言〟が貴重な存在になっていることも看過できない。さらに啄木自身の日記が基本資料になるから、どうしても〝啄木寄り〟の目線になって話が語られてしまう事も否めない。とりわけ男女の問題はあけすけに語られるよりもむしろ事実が覆われて都合の良い部分のみが一人歩きしてしまう場合が多いから真相究明は不可能に近い。

　ただ、これまでの説とは異なり釧路に於ける女性問題のキーパーソンは小奴や梅川、小菅ではなく、「小静」ではないか、というのが私が提起してみたい問題なのである。というのは啄木が釧路にやってきて初めて会った芸者は喜望楼で開かれた歓迎会での小新と小玉だった。二人とも釧路では背後に男の影がちらついていることを啄木は既に耳にしていたから問題外だった。ただ小新は一目で啄木が気に入って二月二日の新社落成式の宴会の後二人で「飯を喰ふて帰れば十一時」とあるから、釧路入りして十日も経たないというのに小新と昵懇になっている。芸者世界を全く知らなかった啄木にはこれだけでも〝事件〟と言っていい。

　ここまでは他人の懐によって入り得た高級料亭と芸妓の世界だったが、一度花柳界の味を知った啄木がなんと自前で喜望楼の門をくぐるのである。函館時代同僚だった遠藤隆が第三小学校にいてその訪問を受けた。言うまでもなく第三小学校はいわく付きの問題校で取材の対象になっていた。丁度ニュースソースが向こうからやって来たも同然、そこでは社長からもらった例の銀側時計を質にいれて五円五十銭を受けて遠藤を喜望楼に誘ったのである。

　この席に現れたのが小静だった。「芸者小静よく笑ひ、よく弾き、よく歌ふ。陶然として酔ふて、十二時半帰宿」と日記にある。さりげない記述だが、啄木の心の昂ぶりを感じさせるに十分だ。初めて〝自分のカネ〟で遊んだこの一夜は啄木にとって大きな冒険だったに違いない。おまけに芸者まで！啄木のこの一歩はこれまでの人生を大きく塗り替えるだけの意味合いをもったと言っていい。言い換えれば啄木にとってそれまでの女性観といえば理想的な恋と愛、清楚でありながら人を昂《たか》める逞しい情熱といった〝理念〟の世界に基づいていた。それが例え擬似的なものであってもカネの力で手にすることが出来るということを〝発見〟したのだった。否、そういう現実の世界に気づいたというべきかも知れない。

　三日後の日記の半分はこの小静のことで埋められている。おそらくこの三日間は小静のことで頭がいっぱいだったのではなかろうか。「小静の事を少し書いて置かうか。彼《ママ》自身の語る所では、生れは八戸、小さい頃故郷を去つたといふ。

両親は今此町に居て、姉なる小住と二人で喜望楼の抱妓になつて居るが、家には二才になる小供があるとの事、一昨年から昨年へかけて半年許りも脳を煩らうたと云ふ」ここまでの身の上話は「よく笑ひ、よく歌ふ」と言っている割には身の詰まる話でなんとなく違和感をもってしまうのだが、実はこの直ぐ後に次の言葉が続いているのである。「成程其目付が、何処か恁《コ》うキラキラして居て、何となき不安を示して居る。」ということはこの子を啄木が直接見ていなければ書き得ないことである。三味線の場にこどもを置く事はあり得ないから、啄木が別の機会にこの子のいる場所に出かけなければこの表現は不可能だ。

思うに二月七日喜望楼で飲んだ直後か翌日か、小静に招かれて彼女の家に行ったのであろう。そこには母親もいてこの子もいて、小住も居たに違いない。そしてこの子が釧路のある船長との間に出来た子だと言うこと、兄は札幌の大黒座で朝霧映水という俳優をやっているという身の上話に耳を傾けたのだと思う。そうでなければ一晩の宴会でこれだけの身の上話に耳を傾けるのは不可能だし、釧路でも屈指の実力を持つと言われたプロの小静が最初から鼻白むような話題を宴席で持ち出すわけがない。啄木が惚れたのか小静がほれたのか、いずれにしても二人が強い絆で結ばれたと見て間違いあるまい。

この後、小静が日記に現れるのは二月十二日、例によって喜望楼で「二階の五番の室を僕等は称して新聞部屋と呼ぶ。小玉と小静、仲がよくないので座は余りひき立たなかつたが、それでも小静は隠して居た煙草を袂に入れてくれた。」とあるのが最後で、この後に出現するのが小奴なのである。それにしても啄木の大好きな煙草をこっそり袂に入れるなど〝他人〟の関係では出来ない仕草である。

その代わりに啄木は手紙で小静のことをのろけて知らせている。宮崎郁雨には「年齢二十四、本名尾張ミエ、小樽、札幌でやつて居る新派俳優朝霧映水の妹だ（中略）僕はよく笑ひよく酔ふた、小静は僕に惚れたといふ、」（「二月八日」）この言葉は私の仮説を裏付けて心強い。また若き詩人たち藤田武治と高田紅果に対しても「三月下旬紙面拡張まではウント俗になつて釧路を研究」と〝酒色宣言〟をし、「芸妓小静は下町式のロマンチック趣味の女にて、鏡花の小説で逢つた様な女なり。（中略）『若い時は二度ない』と芸妓小静が歌ひ申候、これ真理なり、両君、釧路に逃げて来られては如何に候や、来たなら必ず口《クチ》は見つけてあげる、若い時は二度ないと芸者小静がうたひ申候」（「二月十七日」）とのろけ、二人を遊ばしてやるから釧路に出て来いとまで調子に乗っている。

啄木が釧路を発つ前後には小静の名が出て来ないし東京

へ出た後も手紙を出した形跡も見当たらない。以後の日記にも小静や尾張ミエの名は出て来ない。ただ、正確な時期ははっきりしないが啄木と別れて間もなく小静は伊藤八郎という釧路選出の道議会議員と正式に結婚している。障碍を抱えるこどもを持っている小静にとっては生活の安定は必須の条件だった。啄木に惚れてはいたがいつまでもこれまでの関係を持つわけにはいかない。それに女の本能で啄木がいつまでも釧路にいるつもりのないことをうすうす感じていた。

小静は近いうち身請けされて花柳界を出るつもりだという話を正直に啄木に話したのであろう。「お別れしたくはありませんが、私にはこの子がいます。この子が大きくなるまでしっかりと育てるつもりです。あなたにはこれから茨の道がまっています。私のことはきっぱり忘れて自分の人生を進んでください。そして一人前の作家になったら一度でいいから釧路に来て逢って下さい。私がこの子を立派に育てたことを見て貰いたいんです。」

一つの約束は啄木も守ることが出来た。それは以後、彼女には手紙も出さず音信を一切断ったことである。しかし、もう一つの約束は守れなかった。あまりにも早い死によっては二度と釧路の地を踏めなかったからである。

わが酔《ゑ》ひに心《こころ》いためて
うたはざる女《をんな》ありしが
いかになれるや

死《し》ぬばかり我《わ》が酔《ゑ》ふをまちて
いろいろの
かなしきことを囁《ささや》きし人《ひと》

これらの歌については多くの啄木研究家が説くようなこれまでの推測と解釈を私は認めたくない。この歌は小静にひそかに捧げたように私には思えてならないからである。

5 策謀

小樽日報での主筆追放事件の際の啄木の策士ぶりは記憶にまだ新しいところだが、実は啄木は釧路でもこの策士ぶりを遺憾なく発揮しているのである。ここでは二つのケースをみることにしよう。

最初のケースはいわゆる「第三小学校問題」に関わるもので、前項に挙げた「驚くべき敗徳事件」(二月二十七日)の記事は啄木の手になるもので、その発端は函館の代用教員時代同僚だった遠藤隆が市内の第三小学校にいることを知り、社長から貰った銀側時計を質にいれその金で街一番の高級料亭に連れて行って学校敗徳の事実を聞き出して記事にした、という啄木の記者魂美談である。確かに〝敗徳〟のスクープ記事のようであるがそれは見出しだけで中身は何にもない架空の話であり「本社の探訪機関は即時行動を起し其方面へ向へり」という他愛のないものだった。

ところで話は少し前後するが釧路へ来て日はまだ浅かったせいもあるが打ち解けて話せる友人が周囲にいなかった。もし函館のように幾人もの心の友がいれば芸者遊びにしても、もう少しは歯止めがかかったであろう。「函館が恋しい、君と吉野君と岩崎君と並木君が一番恋しい」(「郁雨宛書簡」前出)という表白はまぎれもなく啄木の心情だった。函館時代には「夜吉野君宅にて岩崎君と三人して飲みぬ。飲みて酔ひぬ。酔ひて語りぬ。予は衷心よりこの二友を得たるを皇天に謝す。例の如く神を語り恋―わが恋を語れり」(「九月九日」『明治四十丁未歳日誌』)

実は余談を差し挟んだのは他でもない。啄木は「敗徳」事件をある件に利用してやろうとして思いついたのである。それは教育界に〝脅し〟をかけて、その間隙を縫って函館で教員をしていた吉野章三を釧路に引っ張ろうという考えであった。その事を郁雨に先の手紙で明らかにしているから相当本気であった事が分かる。

何卒今度吉野君転任一件勧めてくれ玉へ、吉野君も奥さんも二人共現給のまゝで転任、そして昇給の見込は無論ある。函館より生活し易い。そして両方の都合次第で吉野君に新聞の方へ来て貰ひたいのだ、(アトデ)(同前)

そして三月下旬までには結果がでるからとあたかももう転任が決まったかの如く自信満々であった。翌日十一時に釧路市庁教育課主事梶某を訪ねるが留守、名刺と吉野の「転任願」を置いて社に戻り例の記事を書き上げた、というわけである。実際、啄木は郁雨に宛てた手紙の追伸に「吉野兄の件、アノ交渉は面倒と思つたから、少し小刀細工を初めた、二三日前の新聞の驚くべき敗徳事件!! といふ記事を御覧になつたら解るだらう」(「二月二十八日」)と堂々と〝自白〟している。

ところが教育課の対応は遠藤隆を使って〝買収〟策に出たから問題がこじれだした。教員有志が抗議声明を出したり父兄有志から辞職勧告が出たり混乱し始めた。こうなると吉野章三を招くどころではない。焦った啄木は連載キャンペーン「呆れた教員」を三月二十五日から二十八日まで四回連載して〝追撃〟して吉野招請の援護射撃をした。なお、少し横道に入ることになるが、実はこの「呆れた教員」は『全集』には収録されていない。というのは啄木が釧路新聞に出社したのは三月二十日が最後で二十一日が春季皇霊祭、二十二日は日曜日で連休、そして二十三日以降は体がダルイと言ってサボりだし、結局このままズルズルと休み続けた挙げ句無断で釧路を脱出する事になる。だから二十五日から連載になった「呆れた教員」は別の記者が書いたものと判断されて『全集』には収録されなかったものと思われる。『全集』では「紅筆便り」ですら「参考資料」扱いになっているくらいだから、その厳密な編集姿勢から見れば出社もしていない時期の原稿を啄木のものではないと判定したのは当然かも知れない。

しかし、同じ筑摩の『宮沢賢治全集』では『【新】校本』版はもとよりスリムな『新修』版ですら本人の直筆原稿ばかりでなくスクラップの類まで収録しており、賢治がどのような興味関心を持っていたかが分かるようになっている。啄木の場合、例えば大逆事件の裁判記録の筆写関連書類「日本無政府主義者陰謀事件経過及び附帯現象」などのような資料は全集という以上、一部分だけではなく当然その全てが収録されるべきではなかったか。

と考えれば「呆れた教員」は少なくとも「参考資料」としてでも収められて然るべきだったと思う。厳密や正確さは確かに必要だが『全集』には学術的視点にとらわれすぎて啄木像を把握するための副次的資料が欠けていると言わざるを得ない。

この点でこつこつと一人で釧路新聞に焦点を当てて啄木を追い求めた宮の内一平の姿勢とそこから得た氏なりの業績はもっと高く評価されていい。その結晶ともいうべき『啄木・釧路の七十六日』（旭川出版社　一〇七五年）に貴重な発見、提言が込められているが、なかでも宮の内の次の言葉は傾聴に値する「既版の全集はすべて欠陥全集と言える」この言葉は宮の内の単なる憤懣だと受け止めるだけではすまない。啄木を真に理解する為の『全集』が未だに存在していない事への真摯な警鐘とも言える。「全集」の名に恥じない真の『啄木全集』の刊行が待たれる所以である。

話を戻そう。結果的に啄木のこの作戦は功を奏して吉野はめでたく釧路にやってくる。しかし、それは一九〇八（明治四十一）年八月七日のことであった。つまり啄木はこれより四ヶ月前に上京し呻吟する日々を送っていた。釧路天寧小学校訓導兼校長になった吉野はその後教員生活を退き、鉄道関係の仕事に従事した。その後も二人の交流は手紙でつながり朝日の校正係になった時も啄木は吉野に上京を促したが実現しなかった。

さて今一つの策謀はなんと無二の親友宮崎郁雨が相手である。文芸以外では何から何まで世話になった人物に対して啄木は何を企んだのか。郁雨については後に詳しくふれるのでここでは啄木の策謀に限定して述べることにするが、最初この事実を知ったときは信じられず、何度も検討してみてようやく自分の判断に自信を持つことが出来たほどの〝異常〟な一件だった。

それは一本の電報から始まった。

カホタテネバ　ナラヌコトデ　キタデ　ン、カワセ五〇
タノムイサイシメン　イシカワ

二月二十五日、釧路から函館の宮崎郁雨に配達されたこの電文を読んだ郁雨は父竹四郎に電報を見せた。この頃の宮崎家は函館で苦心の末醸造業に成功しその店舗「金久」は北海道でも知れ渡る屋号になっていた。新潟で身上を潰した五人の家族は着の身一枚で函館に流れながら辛酸の生活を送ったが父の血のにじむような努力が実って経営的に成功したのだった。郁雨も実業家失格と思いながらも軍務を終えて父を補佐していた。しかし金額は郁雨が独断で決められる限度を超えていたので父竹四郎に相談しなければならなかったのである。

郁雨の実弟顧平は宮崎家には次の様な「家憲」があったと語っている。

私の実家では父竹四郎存命の時代には、函館大森町に乞食部落があり、その乞食が毎日市内に物乞ひに出るのであるが、夕方部落に帰る途中必ず、数名の乞食が代る代る私の実家に立寄るのである、父はその乞食に飯を喰わせ、寒い時は炉辺に焚き火をして体を暖めてやり、父は乞食に「お前さん達は、どうして乞食になったか」と尋ね「乞食をしてもよいから悪い心をだしてはいけない」と訓してやることを家憲のようにしていた。だから長兄が一家の困窮を救うために物心両面に亘り友情を尽くしたことは当然のことである。これは宮崎家全体の家憲なのである。(「思いのままに生きた啄木」『啄木研究』第三号　洋洋社　一九七八年)

竹四郎は「お前の好きにしたらいい。だが今日は三十五円しか事務所にない。残りは明日にしてくれ」と言った。「カホタテネバ」と降って湧いたように郁雨の手元に舞い込んだ一通の電報。しかも五十円という大金。郁雨はこれまで何度も経済的支援を惜しまなかったが精々二三十円どまりだった。それに電報で送金の依頼をしてきたのだから相当急いでの事だと郁雨は考え手紙の来るのを待たずに取り敢えず電報為替で三十五円を送った。

コウイタシャス○ウメサイテウレシキタヨリツキニケリ
イシカワ

この電報は二十六日啄木が郁雨に打った返信である。そして次の手紙は郁雨が三十五円送金した翌日に届いている。つまり五十円入り用な釈明の内容だ。

兄よ、僕は今兄に対して誠に厚顔なる電報を打つて帰り来れり、兄は既にそれを落手せられたるなむ、而して僕の為めに此無理極る請を容れ玉ふならむ、
当地に二新聞あり、一は釧路新聞、一は北東新報、北東を如何にもして総選挙迄に根本的なり打撃を与へ、之を倒さゞるべからざる必要あり、主筆は鉄道操業視察隊に加りて途に上れり、僕は其不在中編輯局の全権と対北東運動とを委ねられたり、而して兄よ、僕の運動功を奏して、北東の記者横山、高橋、羽鳥の三人は今回社を退社するに至れり、今日の如き、北東は午後四時に至りて漸く朝の新聞を出したり、痛快なり、次は工場の転覆なり、
サテ前記三人は前借其他の関係より断然社と関係を絶つには五十金を要する也、大至急に要する也、僕は乃ち先刻の電報をうてり、主筆留守、事務長上京、外に途なき故なり、然れどもこの五十金は社長の帰釧（三月中旬遅くも下旬）と同時になんとかなる金也、予はこれをば必ず長くせずして兄に返済し得べしと信ず、
願くは我が顔を立てしめよ
二月二十五日夕

私が初めてこの手紙を読んだ時は正直言って少しやり過ぎではないかぐらいにしか思わなかった。小樽日報の主筆追放事件といい、第三小学校事件といい、何かと策を弄してコトを起こす啄木の〝手法〟が少し分かりかけてはきた。このケースもその一環だろう、と思ったからである。
案の定、啄木の策士ぶりは軍資金五十円を得て充分の成果を挙げた、と言い、その結果を啄木は欣喜雀躍、郁雨に詳細を報告している。

君、君に心配をかけた事は誠に済まぬ、君が斯く僕の無理までを通さしてくれるのは何とも云ひ様がなく有難い、前後二度に五十金確かに落手した、実際僕はよく大胆にこんな迷惑を友人にかけた事と自分乍ら思ふ、君の深い深い友情は謝するに辞もない、
サテ万事はお蔭でうまく取運んだ、横山といふのは、一寸ホトボリの冷《サ》めるうち遊ばして置いて我が社へ入社さ

せる事に決定、当分僕の所に置く事になり、明晩此下宿へ来る筈だ、幸ひ隣室が明いているので大変都合がよい、高橋といふのは、白石氏の一乾児《コブン》にして我社の理事たる佐藤国司といふ人が、今度釧路実業新報といふのを出したので其方へ入れる事に決定、モ一人の方は目下別方面に入れるべく運動中だ、
　君、実際君のお蔭で僕石川は顔を立てた、お蔭で立てた顔は決してよごさぬ、僕は必らず此釧路で成功する、君、僕の考通りに事件が進行して愉快此上なしだ、北東には社長西嶋といふ山師者を初め、小泉、花輪、横山、高橋、羽鳥と外に商況兼務の不得要領な男が一人居た、花輪といふのは我が派の間者で、佐藤国司氏の部下だ、それで今度の三人をワザと花輪と喧嘩させ、花輪に社長に迫らして退社させた、コウして居て、総選挙マギワになつた時花輪が工場の職工数名を率ゐて突然退社するといふ事に内議一決して居るのだ、
　僕は今、主筆が不在で総へんしゅうをやつてる上にこんな事で一日一杯頭を休める時間がない、従つて薩張《さつぱり》手紙もかゝぬが、多忙なる生活は確かに張合がある、（中略）
　今度の金は自分の事につかつたのではないから案外早く返済の路がつくと思ふ（宮崎郁雨宛「二月二十八日」）

　またも筋書き通り、啄木の一方的勝利である。主筆と社長の留守の間に北東新聞を廃刊に追い込んで手柄を立てておいて二人が戻ったところでその〝貸し〟で社での立場を不動のものにする、少なくとも十円以上の昇給と幹部への登用、と言うような展開が目に見えるようである。
　ところが私が疑問を持ったのは郁雨から送金があった数日間の啄木の日記である。二十六日は三十五円が届いた日、二十七日は残り十五円を受け取った日だ。

◇二十六日「小南衣川泔水三子に誘はれて、鹿嶋屋に行つた。今日はオゴラセられた。市ちゃんの踊。5　／十一時頃、小南泔水と鶤寅へ進撃、すぐかへる。」

◇二十七日「夕刻鹿嶋屋へ寄つて佐藤南畝氏を訪ふ、快談一時間。帰りに衣川、小南、泔水三子に逢ひ、つれて帰つて一緒に牛鍋の夕飯。遠藤君が来て居た。三人が帰ると、工場の福嶋が来たから金を呉れて探訪にやる。遠藤君と鶤寅に行つた、中家正一（第三学校教員）といふ人が来て初対面、大に飲む。」

◇二十八日「社に行つて、小僧に十五円電為替小樽へ打たせた」

二十六日の「市ちゃんの踊。」の下にある小さく記された数字「5」は多分五円の事だろう。これは市子への心付けか鹿嶋屋での支払いのいずれかだ。また二十七日の大盤振る舞い自体異様だが職工に探訪してこいといって金を握らせている。こんな余裕は啄木にあるはずがない。そして二十八日には啄木が釧路へきて初めて小樽の家族に送金している。この月初めの社からの前借りで送金する金は無かったから、この出所も怪しい。つまる所、郁雨からの五十円は啄木の生活費ならぬ酒色代金に消えたのである。北東社打倒の話は全て捏造で郁雨から大金を引き出すための大博打だった。しかも返済する気が全くないのに「自分の事につかつたのではないから案外早く返済の路つくと思ふ」とまで言っている。ここまでくると最早、策士を超えて詐欺師に〝昇格〟させたくなる。

6 留守家族

雪の吹き入る小樽の停車場から節子と京子が釧路に発つ夫啄木を見送ったのは一月十九日のことだった。それから一週間ほどして京子と二人は花園町十四の星川丑七方のアパート一階八畳に移った。家賃の負担を少しでも減らすためである。母カツは少し前に岩見沢駅長に転出していた義兄の山本千三郎宅に身を寄せていた。

小樽を出るとき啄木は沢田信太郎に後事を託して「あとの事は宜しく頼む」と言うと「分かった。しかし、出来るだけ早く呼び寄せること、また月ごとにきちんと十円以上送金すること」を約束させた。また、この時、啄木は藤田武治と高田治作二人にも「留守宅へ折々遊びに来て、家族の者を訪ねてやつて呉れ給へ」（高田紅果「在りし日の啄木」小樽啄木会編『啄木と小樽・札幌』一九四七年）と頼んでいる。まだ世間で充分な独り立ちもしていない年下の若者にまで後事を託したのは彼等への信頼ばかりではあるまい、一家がバラバラに暮らす事のつらさと寂しさを知っている者にだけしか分からない頼み事であった。

釧路へ出た啄木が節子に最初の手紙を出したのは一月二十八日である。この日啄木は社長や理事など幹部から家族を呼び寄せられるよう社宅を用意すると言われている、釧路も中々良いところだから、その気持ちに傾いている、そのつもりでいてくれ、という内容であった。京子と二人は小樽の最も寒い二月、火鉢一つを囲んで抱き合いながら暖をとっていた。三歳になった京子から「おとうちゃんはいつ帰るの?」といわれる度に涙が溢れるのをこらえる日々だったが、この時ばかりは「京ちゃん、もうすこしでおとうちゃんと一緒に暮らせるようになるから頑張ろうね」と笑顔で答える事が出来た。

ある時、沢田が節子の部屋を訪れると火鉢ではなくて七輪で暖を取っていた。聞くと売れる家財を売り尽くして隣家から七輪を借りているのだと言う。明日には残りの着物を質に出しにゆくつもりだとも言った。沢田はとって返して米、味噌、漬物と幾ばくかのカネを渡して帰った。「寝るにも起きるにも着た切り雀はやむを得ないとして、未だ二十二の若い夫人が、幾日も櫛を入れない油気の抜けた髪を額から頬に垂れて、火鉢もない八畳間に七輪に僅かの炭火を起こして、京ちゃんを膝に抱いたまゝ悄然としてゐた」(「啄木散華」『回想の石川啄木』)

そして、二月一日、前日社から受け取った給料二十五円の中から家族に十八円、別口で節子に一円、電報為替で送っている。別口の一円は「好きなように使ってくれ」つまり啄木の愛情プレゼントだ。ようやくの送金が出来ては心の荷物から解放されたような気がしたことだろう。

ところがこの送金の前に岩見沢に行っている母カツが青森の野辺地に〝家出〟していた父一禎にこの四十日間一銭の仕送りがないと知らせていたらしい、一禎からどうしたことかと非難めいた手紙が二月四日に啄木の下に届いた。せっかく送金を済ませて一家の責任を果たして安堵していた所へ行き違いとはいえ自尊心の人一倍高い啄木はすっかり心証を害してしまった。節子からの侘びの手紙は二月十日である。この返事の遅いことも啄木にとってはわだかまりの一つになった。毎日一生懸命働いているのに小樽の家族連中は何も分かっていない、と感じ始めたのである。以後、啄木から家族への手紙や送金はぱたっと途絶え、代わりに啄木の高級料亭と芸妓通いが始まった。

折から北海道鉄道管理局が「鉄道冬季操業使節団」を募って鉄道理解のキャンペーンを行った。函館、札幌、小樽の商工会議所会員や新聞記者四十人で十日間実情視察を行う試みである。沢田は小樽日報からの記者として名乗りを上げた。視察地に釧路が入っていたからである。個人で釧路まで旅行出来る時代ではなかったから、これを利用して啄木にあって約束不履行を追及してやろうと考えたのである。

一行が釧路に入ったのは二月二十日であった。沢田は日中の視察を終えて真っ直ぐ啄木の下宿に向かった。ところが夜半を過ぎても啄木は現れない。スケジュールは知らせてあるのだからさては突発事件でもと思っている裡に眠ってしまった。なんと啄木が姿を見せたのは翌朝午前八時、完全な午前様である。頭をかきながら「女は罪ですな。一寸のつもりで座敷に上がったら帰してくれない、参った参った、相済まない」小樽時代とは全く変わり、一辺に大人になったかのような姿が沢田の目に入ってきた。

留守家族の惨状を強く訴える沢田に啄木は軽く頷いて「僕も一日も早く呼び寄せたいのだが作ってくれるという社宅の目途がまだ立っていないからなかなか動けない、でも、もう少しの辛抱だとよく言い聞かせてくれ、この通りだ」と言って手を合わせた。この段階では沢田は納得せず憤懣やるかたない面体であったが、視察後の慰労に啄木は鶤寅に小静、小奴を呼んで饗応したのが効いた。鼻の下を長くした沢田は翌日爽やかな顔をして釧路を発っていった。

その罪滅ぼしのせいか沢田の節子への支援は沢田の母親も加わってより親切さを増した。しかし、啄木の酒色に溺れた姿のことは一言も洩らさなかった。「石川君は実によくやっていますよ。昼も夜も一生懸命です。もう少し辛抱すれば必ずいい便りが届きますから。」

そしてまちに待った呼び寄せの知らせが入るのは二ヶ月後のことであった。しかもそれは釧路へではなく、もう一度函館に戻って留守を守るという話に変わり、しかも啄木は一人また東京へ出る、という話に変わっていた。

7 紙面

ところで実質的な編集長だった啄木は記者としてどのような記事を書いていたのだろうか。啄木が釧路新聞で編集の采配は「寒い事話にならぬ。今日から三面の帳面をとる」と一月二十四日の日記にあるから先ず三面を担当する事から始まった。そして新しい企画を相次いで打ち出す。

◇「雲観寸感」時事評論で啄木が「大木頭」という筆名で一月二十九日から二月二十五日にかけて五回の連載。啄木の社会時評の腕は特に小樽日報時代に培われたもので日本経済から外交政治に至る幅広い問題を取り上げている。地方においては中央の動向情報がどうしても不足するから、このような内外情報は案外人気があった。

◇「釧路詩壇」小樽日報では「藻しほ草」という歌壇を設けたが、その時も初期には啄木が数人の匿名投稿という形を取らざるをえなかった。釧路詩壇でも片山静子、影山清子、太田水空、片山清水などの名前を使い分けて釧路歌人の発掘を狙った。

◇「紅筆便り」啄木が釧路で経験した芸妓カルチャーは啄木の倫理観を根底から覆すものだったが、釧路入り二日後に出会った芸者「小新」は斯界の手ほどきの〝師匠〟だった。三面担当という名義を最大限利用してとうとう小静や小奴を虜にした経験が反映した企画の一つである。

また小樽日報ほどではないが社会記事も結構書いている。尤も『全集』では明らかに啄木の手によるという確実な裏付けのない記事は一切収録されていないが、その厳選主義は逆に貴重な資料の見逃しになっているという宮の内一平の主張も忘れてはならない。また逆に「釧路新聞」に掲載されたという啄木の書いた評論「卓上一枝」は実際には掲載されなかったのに『全集』には「釧路新聞」掲載扱いになっていると宮の内は指摘している。

社会記事で『全集』に載っている記事の一つを紹介しよう。「驚くべき敗徳事件」で関わった「第三小学校」とは何かと縁があったらしい。三月八日から道東を襲った暴風雪に関する記事三面を全てを独りで書いた事は既に触れたが、その後も被害は続いて、ついに啄木もその渦中の人となる。以下本文。

風雪被害余聞

▲第三小学校の一夜　記者の一人は八日第三学校の児童学芸会に臨まんとて午後一時頃猛烈なる風雪を冒して同校に達したるも僅かに二三十名の生徒参集したるのみにて遂に流会となり、別項記載の如く（＊省略）次の日曜に延期する事となりたるが、午後五時頃蛮勇を揮つて帰り来らんとて職員諸氏の留むるをも聴かばこそ無理に立出たりしも、行く事僅か半町許りにして積雪臍《ほぞ》を没し足を抜く事能はず。剰《あま》つさへ烈風の為に殆んど呼吸をつゞけ難く十分間余も其所に佇立したる儘雪と戦ひ居りしに、坂下より一名の鬼の如き大男辛うじて上り来り、一二町下にて一人の婦人身体の自由を失ひ居る旨を語りたるが、此男も寒気の為既に舌の自由を失ひ居り。以上の事も漸くにして記者の耳に聞取り得たる程なりし。記者は此言をきゝ、モハヤ駄目だと決心して直ちに第三学校に引返し其旨語りたるに、直ちに

▲二名の決死隊　を送つて該婦人を救助するに決し、山沢山内の二教員すぐ様結束して風雪の中に突進したるが、帰来の報告によれば既に現場と覚しき所に達したる時は四五人の男来りて該婦人を救助し去りたる後なりしと。記者は同夜同校に一泊して帰りたるが、夜中僅か四枚の布団に今校長以下職員六名外に川向の生徒一名と記者と都合八名、芋虫の如くなりて眠りたる様は仲々に滑稽なりし。

雪国に住んでいる啄木の記者魂は本物に近い。しかも場所が因縁の第三小学校である。校長らと一つ布団にくるまって例の事件の話題について、どんな会話が交わされたのか興味は尽きない。

二　覚　醒

1　一念発起

小樽日報を辞めて釧路に来る前の間はちょうど「無聊」の時間だった。それまであたかも馬車馬の如く駆け抜けて来た日々の生活が一瞬停止して空白の時間が出来た時、啄木は忘れかけていたある主題を思い出した。新聞記者それも三面担当という猛烈に忙しい仕事を始めてから歌壇以外の文芸は忘却の彼方にあった。そして突然の時間の停止によって忽然と蘇《よみがえ》ったのは文芸の道であった。

正宗白鳥君の短編小説集「紅塵」を読み深厚にいたる。感慨深し、我が心泣かむとす。予は何の日に到らば心静かに筆を執るを得む。天抑々予を殺さむとするか。然らば何故に予に筆を与へたる乎。(「十二月二十八日」『明治四十丁未歳日誌』)

久々に読んだ小説に心の疼きが蠢《うごめ》きだす。翌年一月には水野葉舟「再会」(『新思潮』)を読んで「何故といふでもないが一種の愉快を感じた。」とその感想を述べている。かいつまんで言えば水野は女泣かせの男で独身だった与謝野晶子に手を出した、晶子も当時、水野とは相思相愛で鉄幹からきた恋文全てを水野に見せるほどの仲だった。これを知った鉄幹が割って入って晶子を奪還するという話である。だから水野は新詩社同人から嫌われ遠ざけられたが、水野の作品はそれなりの読者の支持をうけ、幾つかの短編は当局から描写に問題があるとされて発禁となっている。啄木がこうした水野に共鳴し、やがて新詩社から離れてゆくのもその作風に共通するところを感じたからかも知れない。

また一月四日には『太陽』『新小説』『趣味』三冊に目を通している。記者を続けていたらとても無理な話だった。五日には「新年の雑誌を読むに急がはしい。一作を読む毎に自分は一種の安心を感ずる。」そして七日になると次の様な心境を告白している。

夜、例の如く東京病が起つた。新年の各雑誌を読んで、左程の作もないのに安心した自分は、なんだか怙《コ》う一日でもジツとして居られない様な気がする。起て、と心が喚く。東京に行きたい。無暗に東京に行きたい。怎《ドウ》せ貧乏するにも北海道まで来て貧乏してるよりは東京で貧乏した方がよい。東京だ、東京だ、東京に限ると滅茶苦茶に考へる。(『明治四十一年日誌』)

そしてこの日突然思い立って原稿用紙を買ってきて机の上に置いた。「短編小説を二つ三つ書かうと思ふ。一つは彼の松岡政之助の事、題は〝青柳町〟としようと思ふ。一つには大塚君の牛屋の二階で牛乳を飲んだ時の事、この題は〝牛乳壜〟としようと思ふ。モ一つは高橋すゑ子君の事。何れも函館大火後の舞台だ。今日は構想だけで日を暮らす。」と意欲満々である。そして十七日に「短編小説〝牛乳壜〟をかき初める」が結果的に時間切れで実現しなかったが、記者生活に見切りをつけて念願の文芸の道に活路を求めようとした明確な意志が既に兆していた事ははっきりしている。しかし、釧路行きが決まって一旦はこの夢は消える。そして釧路での酒色に溺れる日々が続いた。

釧路へ来て茲に四十日、新聞の為には随分尽して居るものの、本を手にした事は一度も無い。此月の雑誌など、来た儘でまだ手をも触れぬ。生れて初めて、酒に親しむ事だけは覚えた。盃二つで赤くなつた自分が、僅か四十日の間に一人前飲める程になつた。芸者といふ者に近づいて見たのも生れて初めてだ。之を思ふと、何といふ事はなく心に淋しい影がさす。(「二月二十九日」『明治四十一年日誌』)

三月に入って啄木の心境に大きな変化が起き出した。八日の道東は暴風雪に見舞われた。その惨状を啄木は徹夜で一面全ての記事を一人で書いた。紙面には満足したがかなりの疲労が残った。そこへ「三尺ハイカラ事件」すなわち「三尺ハイカラ」こと小菅まさえという女性から啄木が一方的に追いかけられ、これに看護婦梅川操がからんで起きた〝女難〟騒動が重なり精神的疲労が重なった。そんな中、十四日には社友十数人が集まって歌留多会を夜明けまで続けた。翌日には第三小学校の学芸会に招待されて半日遊び、午後はまた歌留多。元々丈夫でない身体だからこれら一連の疲労は次第に倦怠感と共に精神的なバランスも崩す結果になった。

十六日、起きて見ると腹痛や吐き気がして布団から出られない。釧路へ来て社を休んだのはこれが初めてである。夜になると痛みがなくなったので蕎麦屋に出かけて社友数人と酒を飲んで帰宅。この日は珍しく女性の影は出て来ない。

翌日、胃の不快感は失せたが今度は精神の不快感が現れて出社する気になれず無断で社を休んだ。編集から一人様子を見にきたが「なんでもない、ただ身体がだるくて動かない。明日は出るよ。」といって追い返した。夕方主筆の日景が顔を出した。この頃になると啄木無しで紙面作りは出来なかったからわざわざ主筆がお出ましになったのである。ただ、この時日景が「社に与謝野鉄幹からの手紙と『明星』が届いていたぞ。」と言っている。普通なら日景が一緒に持参すれば済むことなのに何故、持って来なかったのか。当然の事ながら啄木は思わずムッとして女中を呼び社に取りに行かせた。穿《うが》ち過ぎかもしれないがひょっとして日景は啄木の態度がいつもと違っていることを察知して慌てて直接様子を窺《うかが》いに来たのではないか。

実は日景は啄木が酒色に溺れる姿を見ていて何とかしなければと心配していたフシがある。啄木には直接話したことはないが、日景の耳には度を過ぎた女性関係の噂や、また酔った啄木が若い女性と肩を寄せ合っていちゃついている姿を何度か目撃したことがあって、このままではいけない、何か打つ手はないかと案じていた。

基本的に啄木は人から説教されることが大嫌いで逆に言えば説教する人間を一番嫌った。苦労人の日景はそのことを良く知っていたからこの日は鹿嶋屋で晩飯を食いながら当たり障りのない世間話をした。帰りがけ日景は「最近はきつい仕事をやらせて申し訳ない。身体には気をつけてくれ。」と言って帰った。

その夜、梅川操が真っ赤な薔薇一輪を持ってやってきた。日記には日景と三人とあるが、これは例によっての〝作文〟で実際には知人岬を手つないで歩いたのは梅川と二人である。この時、啄木は生まれて初めて千鳥の鳴く声を聞いたと記している。ある専門家は千鳥はこの時期鳴かないと言っているが、歌人に聞こえる鳥の声は目くじら立てて季節を問う必要はない。

しらしらと氷《こほり》かがやき
千鳥《ちどり》なく
釧路《くしろ》の海《うみ》の冬《ふゆ》の月《つき》かな

日景の〝説得〟が効いたのか十八日から二十二日までは出社したが二十三日になると「何といふ不愉快な日であらう。何を見ても何を聞いても、唯不愉快である。身体中の神経が不愉快に疼く。頭が痛くて、足がダルイ。一時頃起きて届けをやつて、社を休む。」以降、啄木は無断欠勤を続ける。この間、入れ替わり立ち替わり社員が啄木の顔色を窺い続ける。そして二十八日ついにと言うか、とうとう言うか本音が顔を出す。「自分が釧路を去るべき機会は、意外に近よつて居る様な気がする。」

2 釧路離脱

とは言いながら釧路への未練（＝芸妓への）は断ち切れない。グズグズ迷っている所へ二十八日、電報が来た。白石社長からである。「ビヨウキナヲセヌカヘ、シライシ」激励かと思いきや叱咤に近い電文に啄木は激怒する。これで啄木ははっきりと決心する。「歩する事三歩、自分の心は決した。釧路去るべし、正に去るべし。」

啄木は白石の無礼千万なこの電報で辞める決心をしたというが、実は自ら辞める口実を探していて偶々来たこの電報に自分の脱出口を結びつけたに過ぎない。余りにも乱れた生活をしていたからその悪循環を断ち切るためには釧路から脱出するしかなかったのである。

釧路新聞を辞めることについて啄木が自分で判断したことは確かで、このような重要な問題は何時も宮崎郁雨に相談するのに、この件は誰にも相談せずに決めている。ということは釧路を出るための方策、換言すれば金策をどうするかも自分で何とかしなければならない、と言うことを意味している。

また釧路を出た後どうするかという事についてはそこまで頭が回らなかった。なんとなく函館へ行って斉藤大硯に頼み込んで「函館日日新聞」に採ってもらおうか位しか考えられない。少し落ち着いてから取り敢えず小樽に行ってそこで考え直せばいいと言い聞かせた。

辞職の意志をかぎつけた同僚が次々とやって来て慰留するがもうこうなるとその決心は変えられない。酒を飲んで憂さをはらしていると少し落ち着いてきた。一行が帰ったあと次の一文を書いた。

〝さらば〟

啄木、釧路に入りて僅かに七旬、誤りて壺中の趣味を解し、觴《サカズキ》を挙げて白眼にして世を望む。陶として独り得たりとなし、絃歌を聴いて天上の薬となす。既にして酔さめて痩躯病を得。枕上苦思を擅《ホシイママ》にして人生茫たり、知る所なし。

啄木は林中の鳥なり。風に随つて樹梢に移る。予はもと一個コスモポリタンの徒、乃ち風に乗じて天涯に去らむとす。白雲一片、自ら其行く所を知らず。噫。

予の釧路に入れる時、冱寒骨に徹して然も雪甚だ浅かりき。予の釧路を去らむとする、春温一脈既に袂に入りて然も街上雪深し。感慨又多少。これを訣別の辞となす。

女性たちとのしがらみや今後の文芸への抱負などは一切抜きの非常に単調な感傷的表現になっていて、むしろ乾いた感情すら感じられる。未練や後悔めいた告白でないところが逆に啄木の堅い決意を示しているようである。

同僚の甲斐記者がやってきて旭川の北海旭新聞に伝手《つて》がある、当座の旅費三十円出すと言う話を持って来た。啄木は釧路に来る際、旭川に下車して乗り継ぎ時間の合間にこの新聞社に挨拶している。その時の印象は悪く無かったが既に心は南に向かっていた。最果ての地や最北の地はもういい、先ず函館だ。

しかし、もしこの時、啄木が旭川に赴任していたらどうなっていただろうか。仮にここに行ったとしてもどうせ短期間しか居なかったであろうが、例え短かくても確実なある〝足跡〟や〝軌跡〟を遺しているのが啄木だ。その事を思うとこの話が実現しなかった事は返す返すも残念でならない。

ところで啄木が考える釧路離脱の青写真はこうだった。先ず小樽から家族をつれて函館に行く。そして「函館日日新聞」でしばらく働いて上京の足がかりを作り、機を見て家族共々上京する。そのため取り敢えず小樽までの旅費あわよくば家族と函館まで行ける旅費の捻出だ。ただ周囲には小樽の家族を迎えに行くということにした。函館へという事になれば退職することがバレて金策に支障が出て来る。なじみの芸者たちには家族愛に訴え、知人には英気を養う小休暇という口実で何とか二十円ほど作れた。

四月二日の釧路新聞朝刊を見ると酒田川丸函館新潟行き「本日午後六時出帆」の文字が目に入ってきた。もう躊躇は一切なかった。早速函館行きの切符二等三円五十銭を払い、出発の準備をする。日景主筆には手紙で辞職には触れず家族のことで函館に行くとだけ知らせた。

酒田川丸は石炭搬入の都合や天候の都合で四月五日ようやく釧路港から出港した。結構波が荒く船体は揺れるが「自分は少しも酔はぬ。食欲が進んで食事の時間が待たるる」というから面白い。私はこどもの頃から青函連絡船を利用した人間だが僅か四時間半の波路平らな津軽海峡でもその船酔いが失せるのに三、四日かかっていたから啄木のこの食欲には敬服するしかない。

函館に酒田川丸が着いたのは二日後午後九時半。大火からまだ一年も経っていなかったから復興は未だだったから街の燈火は少なく人の姿もまばらであったが、それはともかく第二の故郷というより、本当の我が家の故郷に戻ってきたような気がしたことであろう。

3 函館の寧日

「昨年五月五日此処に上陸して以来将に一周年。自分は北海道を一周して来たのだ。無量の感慨を抱いて上陸。」それはそうであろう。北海道一周の青春、それはほろ苦くもあり、甘酸っぱくもあり、艱難辛苦、茨の道の連続だったのだから。

上陸して真っ先に向かったのが斉藤大硯だった。彼の「函館日日新聞」に採って貰う為の重要な訪問だったが出張中ということで青柳町の岩崎正宅へ向かった。私の予想では何はともあれ宮崎郁雨の所に顔を出すものと思っていたので意外な気がした。函館へ向かう直前、啄木は酒田川丸の船中から荷役の人夫にハガキ三枚を託している。その一枚はてっきり郁雨へのものと思っていたがどうやら違っていたらしい。

どうしてこの事に拘るのかと言うと函館の友人たちの中で最も世話になったのは郁雨であり、真っ先に彼に会うというのが自然であり信義というものではないかと思ったからである。啄木は手紙でも函館で会いたいのは郁雨の名を真っ先に挙げて次いで岩崎、吉野、並木の名を出している。だからこの四人の誰かであれば不自然ではないのだが、それにしても斉藤大硯、岩崎正という順はしっくりこない。この日は岩崎の家に泊まるわけだが、岩崎の動きも腑に落ちないものがある。一言啄木に「久し振りだから仲間に知らせよう」というのが自然なのにである。しかし、啄木が「みんなには明日会うつもりだから今夜は二人で話そう」と言ったから、岩崎も頷くしかなかったのかもしれない。

翌午前に吉野が岩崎宅に現れ三人で公園を逍遙し、郁雨に会いに出かけたのがようやくこの午後である。どうみても啄木の動きがぎこちない。岩崎の家から旭町の郁雨の家までは徒歩で十数分である。全く突然玄関に現れた啄木の姿を見た郁雨はしばし声もでない位驚いた。「相見て暫し語なし。」と日記にある。互いに心の通い合う仲だからわだかまりは氷解し、その夜は郁雨の家に泊まった。「宮崎君と寝る。／ああ、友の情！」

思うに啄木には例の五十円の〝搾取〟に対する忸怩《じくじ》たる思いが残っていたのではないか。会社のために使ったカネだから直ぐ返せるといいながら、一円も返せずノコノコと尻尾を巻いて函館に現れたのだからコト郁雨に対して会わせる顔がなかった、そう考えるとこの〝迷走〟も少しは説明がつく。郁雨の度量がもう少し狭ければ二人の関係が壊れても仕方が無かったが、この件でも郁雨の人間的度量は啄木をはるかに凌いでいるというしかない。ともあれ豹の如く突然現れ帰った啄木を温かく迎えたのも函館であった。この時、並木武雄（翡翠）は東京外国語学校に入学していたので会えなかったが吉野、岩崎、宮崎というかけがいのない友人たちとしばしの交友を楽しんだ。

四月九日、啄木と郁雨は青柳公園から谷地頭まで散歩しながら人生を語り合った。大体、この二人の場合、啄木が一方的に話し、郁雨は専ら聞き役だった。しかし、理念的で文学的発想の啄木と現実派の郁雨とは意見が一致しないことが多かった。しかし、そういう時でも決定的な対立に至る事はなかった。双方とも譲歩するというわけではなく立場の違いを認め合っていたから軋轢になる事がなかったからである。だから逆に言えば議論はたいてい堂々巡りになってしまう。が、二人にとってはその積み重ねに価値を認めることで相克を超える事が出来たと言っていい。

九日の夕刻、二人は吉野（白村）の家に向かった。昨秋生まれた次男の浩介は啄木が名付親になっている。夫人も小学校教師をしているが両親や姉妹、三人の子供を抱える生活は傍から見ても楽ではなかったが、それでも歌を忘れずに笑いの絶えないこの家族を啄木は愛していた。釧路の小学校に呼び寄せる小細工をしたり、最後の上京後も朝日新聞に入れようとしたのも、この吉野から明るさと元気さを貰おうとしての事だったのかも知れない。夜はこの大家族に囲まれて過ごした。楽でない家計なのに最大のもてなしをしてくれているこの家族の気遣いを思うと言葉がなかった。

なかでも岩崎の姉とし子は以前、沢田信太郎に嫁いでいたが今は函館に戻ってこの夜もみんなと同席してにこやかに座を明るく保っていた。小樽時代、桜庭ちか子を沢田と結婚させようとして結果的にはうまくいかなかったが、とし子とどのような経緯で離婚に至ったのか周囲は黙して語らなかったけれども啄木は複雑な思いでほほ笑みを絶やさないとし子の横顔に隠れた哀しみを見る思いがした。

翌日は「函館日日新聞社」を訪れて斉藤大硯と歓談、「樺太で一旗上げようと思ったがどうも気乗りがしなくなった、函館は住み心地がいいからねえ、君がその気になったらいつでも歓迎するよ。」と言ってくれたが、この時には既に啄木にはある目算が出来ていたため、この有難い話は実らなかった。昼は宮崎家に戻って食事。「宮崎君も善い人である。母上も善い人である。姉なる人も善い人である。何故なれば斯う善い人許り揃つてるであらう。」という名セリフが生まれる所以である。

そして懐かしの弥生小学校を訪れる。いうまでもなくここには橘智恵子の思い出と香りが残っている。遠山いし、日向操がまだいた。意中の〝恋人〟高橋すゑを遠くから見たが声はかけなかった。もし声をかけてしまったら函館に足止めを食ってしまう。今はそのような時間はなかった。東川小学校に寄って吉野に会い、帰途蕎麦屋で飲む。夜は郁雨と三人で明け方まで尽きることのない思い出を語った。

　晴れた日には友人たちと函館山に登り大森浜を歩き、果ては五稜郭公園まで足を伸ばし一足早い花見をしゃれ込んだ。雨の日は吉野、岩崎、宮崎家をたらい回しにして蕎麦を食し飲んで語り合った。函館に始まり札幌、小樽そして釧路と北海道を一周しての慌ただしい暮らしからは考えられない久々の寧日であった。しかし、それはほんの一時にしか過ぎない平穏の時間であることを感じていたのは外ならぬ啄木自身であった。

4 再びの小樽

　時計の針を少し戻そう。啄木が函館に出てきた二日目は郁雨の家に泊まった。翌朝起きたのは十時、なにしろ話が尽きずに寝たのは未明だった。朝食後、谷地頭に出て温泉に出かけた。実はこの時に啄木の将来を決定する重要な話し合いが行われた。啄木が紙面を作れば「重要案件急遽解決！／啄木の上京決まる／文芸道へ邁進！」という大袈裟な見出しをつけたかもしれない。日記から引こう。

　十時起床。湯に行つて来て、東京行の話が纏まる。自分は、初め東京行を相談しようと思つて函館へ来た。来て、そして云ひ出しかねて居た。今朝、それが却つて郁雨君の口から持出されたので、異議のあらう訳が無い。家族を函館へ置いて郁雨兄に頼んで、二三ヶ月の麼《アイダ》、自分は独身のつもりで都門に創作的生活の基礎を築かうといふのだ。

啄木から「実は家族をしばらく預かってもらえませんか。そして幾ばくかの旅費を用立てて欲しいのですが。」というべき言葉を郁雨が先に言ったというのだから、これは「善人」を越えて「上人《しょうにん》」の域というべき希有の人徳である。

　早速啄木は小樽の節子へこの旨の手紙を送り、岩見沢から母カツを呼び寄せる様に指示した。待ちに待ちかねた家族の喜ぶ顔が目に見えるようである。

　郁雨から渡された十五円を懐に小樽に向かった啄木は十四日朝小樽駅に着いた。当時は函館小樽間は汽車だと十三時間もかかった。小樽駅から節子の居る花園町の下宿までは私の足でも歩いて十二分である。しかも一人で大きな荷物もない。それなのに「俥を走らせて」いる。他人様から頂いたお金という気持ちがあれば一銭といえど無駄にしないというのが普通の感覚だ。ところが惜しげもなく「俥」

を使っているのだから、通常の感覚を啄木に求めるとえらい誤解をしてしまう事になる。

それからの五日間、慌ただしい日々を送る。この間会った人々に野口雨情がいる。野口は明日札幌へ戻り、その後東京へ出るといって東京での再会を誓い合った。十七日には郁雨から手紙と為替七円が送られてきた。手紙には「生活現実に目をつぶらず直視することが肝要だ」とあった。珍しく郁雨は啄木に説教をした。いつもの啄木ならふて腐れるところだが、この時ばかりは素直だった。

小樽を去る前日に「小樽日報」が実質的に廃刊になったことを知った。「不思議なるかな、自分は日報の生れる時小樽に来て、今はしなくも其死ぬのをも見た。」

十九日、道具屋に家財一切を処分し午前八時十分小樽を出た。無邪気に京子が過ぎゆく小樽のマチに別れの手を振った。節子の目には辛かった日々を思い出して車窓からの光景が目に移ってくるのは積丹半島が遠くなってからである。母カツは小樽駅から顔にハンカチを当てっぱなしだった。

しかし、節子の嬉しさは小樽を出て長万部《おしゃまんべ》を過ぎて太陽が車内に差し込むあたりから次第に不安に変わっていった。函館へ出ても啄木は単身東京に出るという。再び啄木のいない生活が始まる。小樽では辛酸を舐める惨状を経験した。しかも今度は仕事が決まっての上京ではない。乗るか反るかの〝大博打〟である。賭け事の嫌いな啄木だから地味な努力を惜しまないだろうが節子には展望の持てない黒い雲が心の中に広がっていくようで不安は募るばかりだった。

やがて汽車は大沼公園を横切った。薄い噴煙を上げている秀峰駒ヶ岳を横目に見ながら啄木も感無量な面持ちで瞑想に耽っていた。あと一時間で函館に着く。愚図々々していれば決心が鈍るから出来るだけ早く函館を発とう、そして一日もはやく作家としての地歩を築こう。気がつくと列車は函館駅に着いていた。郁雨がいつもの人なつこい笑顔で迎えていた。

5 最後の上京

函館には郁雨が栄町二三二番地鈴木弥吉方二階に家を用意していてくれた。「米から味噌から、凡てこれ宮崎家の世話。」(「最後の函館」『明治四十一年日誌』) この日は吉野、郁雨で近くの蕎麦屋で乾杯した。

「石川君、よーく決心したなあ、これからが本当の勝負だね、人生の大勝負、僕にはそんな才能も度胸もないから、むしろ羨ましいよ。」

「いや、吉野君、君が大勢の家族をしっかり守っている事が僕にはうらやましくて仕方がない。なにしろ僕はずうっとほったらかし放題からだからね。ただ、この機会を逃すと一生後悔しなければならない。」

「留守の家族は心配しなくていいよ。京ちゃんは僕に懐《なつ》いてくれているし、お母さんも節子さんも僕を分かってくれているみたいだから第二の家族みたいなものだ。歌にしても小説にしても気の済むように打ち込んでくれ給え。」

「そう言われると安心して筆に集中できる。有名になったら君たちのことを書きたいと思ってるんだ。吉野君は歌が好きで貧乏している文学青年、郁雨君は恋人に逃げられながら貧乏詩人の保護者という組み立てまで出来ている。」

「参ったな、でも貧乏人というのは本当だからなあ。」

「恋人に逃げられたというのは勘弁してくださいよ。僕の雅号の由来も書かないでくれませんか。これは一身上の秘密なんですから。」

「よし、分かった。書くときは君たちの個性的な性格をうんと誇張して困らせてやるよ。」

翌二十一日は「風烈しく砂塵硝煙の如し。」（同前）夜に入って雨に変わり岩崎、郁雨の三人で人生談義、二人が帰った後、残り少ない滞函時間の合間を縫って日高に隠遁している大島経男に長い手紙を書く。大島は啄木が心から尊敬している数少ない人間の一人である。大島に出す手紙は常にその心情が吐露されその懊悩を素直に告白したものが多い。この手紙は書いている間にやんちゃ盛りの京子がインク壜を倒したため諸所に読めない箇所があるという〝おまけ〟がついた珍しいものである。

釧路の経験を啄木は次の様に述べているが、これはある意味で釧路時代の一種の〝総括〟になっている。

釧路に於ける七十日間の生活は、殆んど生死の大権を掲げて私の若き心に威迫を試み候。大兄よ、私釧路に入りて、生れて初めて酒といふものを飲み習ひ候ひぬ、時としては連夜旗亭に沈酔して、また天日の明きを見ず。酔うて帰りて寝ね、覚めて社に行き、黙々筆を走らして編輯を〆切れば、足また旗亭に向ふ。（中略）時としては、酔快く発して、白眼世を視、豪語四隣を空しうし、盃を啣《ふく》んで快を呼び、絃歌を聞いて天上の楽としたる事なきに非ず。然し乍ら、噫然し乍ら、いかに酔ひ候ふとも、我を忘るゝ事なみこそ痛ましくは候ひ蹴れ。時としては、飲めども飲めども酔はざる事あり、眼華を盃底に落して、腕を拱《コマネ》ぎ、怵惕《じゅってき》として独り心臓の鼓動を聞く。云ふべからざる孤独の感、酒と共に苦く候ひき。

銚子を控へて我をして乱酔を許さゞりし一妓の情に、辛くも慰められたる事あり、又夢なき眠りを唯一の望としたる夜あり。然して遂に、「感情の満足なき生活」には到底堪へ得べからざる事を、極度まで経験いたし候ひぬ。


「感情の満足なき生活」というのは換言すれば仕事や人生に充実感を持てず虚無の世界に落ち込んでいる自分に気づいたという謂《いい》であろう。大抵の友人には肩をいからせて虚勢を張る事が多い啄木だが、大島だけには自分を率直に表現出来たのである。後に大島は東京へ出て編集社や農商務省、東京市役所などを転々とし、編集社時代には有島武郎と知り合い、大逆事件に関する啄木から大島宛への手紙を借りて読んで「やはり天才は違うねえ」と感慨を洩らしたという。

いよいよ北海道を去る瞬間《とき》がやってきた。余計な講釈は止めて自身が残した函館つまり北海道の最後の言葉で本章を閉じることにしよう。


二十四日。午前切符を買ひ、(三円五十銭)大硯君を公友会本部に訪ふ。郁雨白村二君と共に豚汁をつついて晩餐。夜九時二君に送られて三河丸に乗込んだ。郁兄から十円。

舷窓よりなつかしき函館の燈火を眺めて涙おのづから下る。

老母と妻と子と函館に残つた!友の厚き情は謝するに辞もない。自分が新たに築くべき創作的生活には希望がある。否、これ以外に自分の前途何事も無い!そして唯涙が下る。噫、所詮自分、石川は、如何に此世に処すべきかを知らぬのだ。

犬コロの如く丸くなつて三等室に寝た!

終章

立待岬

大川《おほかは》の水《みづ》の面《おもて》を見《み》るごとに
郁雨《いくう》よ
君《きみ》のなやみを思《おも》ふ

立待岬
「死ぬ時は函館で死にたい」と言った啄木の意向を受けた宮崎郁雨、岡田健蔵らの努力で函館を一望する立待岬に啄木一族の墓が建っている。郁雨もまた啄木の傍らに眠っている。

一　北の大地から生れた啄木の作品

1　作家啄木

啄木の最初の小説は二十歳の時、一九〇六（明治三十九）年に書いた「雲は天才である」だった。この時、啄木を取り巻く環境は極めて悪化していた。父一禎が渋民村宝徳寺住職を罷免され一家は離散状態、追い詰められた啄木が恥を忍んで渋民村で小学校の代用教員となって村の農家の六畳一間に母カツと妻節子の三人で暮らしていた。代用教員は楽しみながら心ゆくまでの教育実践を試みたが、なにしろ月給八円では家族四人を養うことすら難しい。まして〝本業〟を叶えてくれる筈の書籍や文芸誌すら手にすることが出来ない。啄木は焦っていた。このままでは渋民村の煤だらけの六畳で生涯を過ごさなければならない。私も一度だけこの部屋をのぞいたことがあるが、あの天才青年がこのような薄暗い部屋で一生を終えるということは想像するだけで耐え難い苦痛と恐怖を覚えたことであろう、と実感したことを覚えている。

方々から借金をし、農繁休暇を利用して遮二無二上京したのはそういう環境から一時《いっとき》でも早く逃れる方策を見つけるためだった。そして鉄幹や新詩社仲間と会い、また東京の文壇の情報を探って東京進出の足がかりを掴もうとしたのである。十日ほど滞在して得た結論は詩をしばらく止めて小説を書こうということであった。

近刊の小説類も大抵読んだ。夏目漱石、島崎藤村、二氏だけ、学殖ある新作家だから注目に値する。アトは皆駄目。夏目氏は驚くべき文才を持つて居る。しかし「偉大」がない。島崎氏も充分望みがある。「破戒」は確かに群を抜いて居る。しかし天才ではない。革命の健児ではない。兎に角仲々盛んになつた。が然し・・・然し、・・・矢張自分の想像して居たのが間違つては居なかつた。『これから自分も愈々小説を書くのだ。』といふ決心が、帰郷の際唯一の予のお土産であつた。（「八十日間の記」『渋民日記』）

そしてこの作家の拠点とする所は東京では駄目だというのである。「東京は決して予の如き人間の生活に適した所ではない、本を多く読む便利の多い外に、何も利益はない。

精神の死ぬ墓は常に都会だ。矢張予はまだまだ田舎に居て、大革命の計画を充分に準備する方が可《い》のだ」(同前)一見負け惜しみとも取られかねない発言だが、考えて見ると以前のように何が何でも東京に出て一旗上げるという姿勢から見れば一定の進歩と言ってよいのかも知れない。

七月三日から心を新たにして原稿用紙に向かってペンを取り出した。これが「雲は天才である」だった。「これは鬱勃たる革命的精神のまだ渾沌として青年の胸に渦巻いてるのを書くのだ。題も構想も恐らく破天荒なものだ。革命の大破壊を報ずる暁の鐘である。」(同前)つまり従来の小説にはない「破天荒」で「革命的」な作品にするというのである。この並々ならぬ意欲からすれば、そして啄木の才能からすれば当然の如く〝偉大〟な作品が誕生すると期待するのも無理からぬ筈であった。ところが数日すると「これを書いて居るうちに、予の精神は異様に興奮して来た。そしてこれを中途で休んで、八日から十三日まで六日間に『面影』といふ百四十枚許りのものを書いた。」と急転直下、せっかく書き始めた原稿を投げだし別の作品に手をかけている。結局、『雲は・・』は十一月に一部手直しして完成させている。

「革命の大破壊を報ずる暁の鐘」という意気込みが何時しか精神に異様をきたしてこれを投げ出すというのは作家として一抹の不安を抱かせる出発となった。『面影』の方は「今の小説家を盛んに罵倒した処がある」と日記にあるが、この原稿は一九〇七・明治四十年八月二十五日の函館大火で焼失している。また『雲は・・』は啄木の生前は何処にも発表されず、これが活字になるのは一九一九(大正八)年に刊行された『啄木全集第一巻』(新潮社)の「小説」編に於いてである。

ただ、啄木自身は小説を書き出した当初は意気軒昂でその出来栄えについてもかなりの自信を持っていた。「予は今非常に愉快である。すべてのものが皆小説の材料なやうに見える。そして予の心は完たく極度まで張りつめて居る。秋までには長編小説少なくとも三篇と、非常に進歩した形式の脚本《五幕。「帝国文学」の懸賞募集へ応ずる積り。小説も「早稲田文学」と「大坂毎日」の懸賞へやつて一つ世の中を驚かしてやらうと思ふ》を書くつもりである。」(同前)

2 構　想

作品の構想という点で言えば十九歳の時に出した最初の詩集『あこがれ』(明治三十八年)に掲載した各々一頁を使った次作広告で『劇詩　死の勝利』と『新弦《にひゆづる》』が思い起こされる。『劇詩』は「幕をわかつ事五、すべて韻文を以て書かれたるもの也。/見よ、これ、日東国民の内部生命の絶叫也。

見よ、これ日本新文芸の狼火也。」とあり、また『新弦』では「何れも二千行以上の雄篇、日本詩壇空前の象徴詩なり。」と謳って宣伝している。結局は二冊とも書かれずに終わったが、このことは啄木が若くして既にとてつもない構想力を持っていたことを示唆している。

実際、小説を書き出してからは次々と構想が湧いてきて筆がそれに追いつかないという状態だった。夏休みに入った八月になって啄木が日記に残した小説案は十作以上にのぼる。それを啄木が残したメモから整理して見ると次のようになる。

◇荒廃した大家に独り生き残った神経質で教養ある青年（二十四五才）が発狂して自殺するという話。狂人の脳裏に宿る思想を書くのが主眼。長編。
◇超人的な「定吉」の話。社会を無視して海賊になる男の生活を描く。
◇狂人「茂」と乞食「お夏」が盛岡新山堂社前で秋雨が降る暁に公孫樹《いちょう》の黄金の葉のなかで手を取り合って舞うという物語。幻想と現実の世界を描く。
◇某村（渋民村に実在）で役場の登記係をしていて若死にした不幸な青年の話。
◇岩手山の頂上に住む美人の恋。神秘に満ちた放漫で傲慢な恋の物語。
◇学校で教師からピラミッドの話を聞いた十三四才の少年が自分が死んだらピラミッドを建てて欲しいと言っている内に亡くなってしまう。生前その少年が秘かに好意を持っていた少女を絡ませた物語。
◇初恋の男と駆け落ちして村を出ていった美女が男に捨てられ廃屋になった故郷の家に病を得て戻ってくる。身寄りのない女が囲炉裏の傍らで孤独な死を迎えようとしている。枕の下から一枚の写真を取りだしてこうつぶやいて死んだ。「噫、一番憎らしいのは矢張お前さんだよ。」
◇ある夏の朧月夜、北上川、一人の美女が舟に遊んでいる。近づいて来たもう一艘の舟から妙なる笛の音が。その笛の主は若い男の道楽人。やがて相思相愛となった二人の恋の行く末は？（この話は渋民小学校教師上野さめ子の話からヒントを得たもの。）
◇初秋の夜、ある寺の一角に男四人あり、その一人が出征するため慰労会を催す。暗闇の中に足音を聞くが姿は見えず。翌朝近くの池に若い娘の溺死体が浮かぶ。その娘が婚約者あるも好いたのは出征してゆく男。その事実を知っているのは「私」のみ。出征するこの軍人が「私」にその娘の葬儀に自分の名代として出るようたのまれる。軍人は武勲を挙げて帰国するがかの池のほとりで自刃。

この話の消息を知るのは村でただ一人「私」だけである。

◇役場の書記を勤める何事にも無頓着な男。なにかにつけ失敗をやらかしてとうとう村から出ていった。どういうわけか仇名が「五万円」指環についての失策。

◇美しからぬ女の恋、享けざる恋。夕暮、小樽港出帆。太陽は月と並ぶことはないが、月は永久に太陽の後を追うという話。

◇平凡なる一小説家とその妻の話。「女の起き出る暁に男が寝る。女が夕飯を食う時に男が朝飯を食ふ。（中略）男のかく拙い小説の如く、二人の一生は実に平凡である。—人生の矛盾は常にかくの如し」

◇渋民村住人伊五沢千代治、夜になると丘の上に登り、夕の星を見て蹴り上げようとする狂人の幸福観。

◇法華経の新行者—今日蓮。「これはまだ研究を要す」

◇伯父なる老教育者の話。彼の愛した弟子たち、宿屋の息子の話。—天才、妖死、軽気球研究者、口笛の名人、烽火。

◇一大社会小説。予が帰任してからの渋民村。主人公は「予」。渋民村の地方的特色の描写。教育政治宗教を絡ませた明治時代の社会の縮図。旧時代と過渡時代を繋げる半文化人の暴威、新時代の暁光。

こういう話の中身やその着眼点は兎も角、小説の題材をかぎ取る才覚はさすがというしかない。しかしながらこれらいくつもの構想ではあったが、実際に小説となった作品は本節「構想」◇の三番目の話、これが「葬列」（五十七枚）という作品になった。これは『明星』（明治三十九年十二月号）に掲載された。活字好きの人間にとってそれが新聞雑誌そして文芸誌に掲載されることは何よりの励みになるものだ。「我が『葬列』が載つて居る。アンナに〆切後に送つたのに、ズット前の方へ、二十頁余。予は白状すると胸がドキドキし出したのであつた。これは初めて活字の厄介になつた予の小説である。」（「十二月中」『渋民日記』）

以来、啄木はひたすら小説に賭けようとするが大きな落とし穴が待ち受けていた。それは父一禎の宝徳寺罷免後、様々な動きがあったが結局は復職は叶わず、父一禎や母カツの頑《かたくな》な態度によって村人からも白い眼で見られる事態になってしまっていた。

十二月二十九日節子が盛岡の実家で長女京子を生んだという朗報はあったが、今後の生活を考えると喜んでいられる場合ではなかった。小説など書くどころではなくなりさらに一家は追い詰められていった。そして啄木は単身函館に発つことになる。その経緯は既に述べたごとくである。

3 北の大地

北海道時代の啄木の生活についてはこれまで既に一通り述べたのであるが、函館―札幌―小樽―釧路という放浪の生活は確かに啄木の文芸の才能を押し潰そうとしていた。おまけに新聞記者や編集者という日々多忙な暮らしが啄木から文芸世界を遠ざけてしまったし、その上覚えなくともよい（!?）酒と女を体験してしまったから以前はやや健全だった肉体も精神もボロボロになりかけていた。

ただ、啄木が北海道に渡ったことが何もかも無駄で無価値で無意味でマイナス面ばかりであったかというと、話はむしろ逆である。北海道に渡ったことによって得たものは言葉に尽くしがたいほどの〝収穫〟があったというべきだろう。

その第一は啄木が北海道で得た人間関係である。函館では啄木の生涯の友となった友人たち、大島流人、岩崎白鯨、吉野白村、とりわけ宮崎郁雨という歴史的友情を交わす仲になる得難い友人を得た。函館日日新聞の斎藤大硯は人生の師でもあった。札幌では野口雨情と出会い小樽日報では主筆追放劇を〝愉〟しんだ。社会主義者小国露堂も現れ論争を交わした。小樽では日報事務長の中村寅吉と一生一代の〝大喧嘩〟を味わった。釧路では小静や小奴が待っていた。

その第二は北海道の風土である。いわゆる本州の〝内地〟的雰囲気を感じさせない開拓精神、なにかと言うと歴史や伝統にしがみつく内地的世界と隔絶した新しく新鮮な未知の可能性を秘めた北海道の風土は渋民村に育った啄木に確実にカルチャーショックを与えた。このことは啄木の文芸観にも深く関わる影響を与えたといって過言ではない。その証拠に啄木は函館・札幌・小樽・釧路など行く先々で先輩や上司を無視して好きなように働き生活している。なにかといえばしがらみや仕来りに拘る内地にいれば考えられないことである。上司の主筆を平気で「君《くん》」付けで呼び、居並ぶ先輩達を「君《きみ》」呼ばわり出来るのは北海道だからなのである。また北海道の大自然は啄木の文芸精神にはかり知れない影響を与えた。札幌の広い通りとアカシアの並木、小樽の猛吹雪と漁船の遭難、釧路での極寒の人々の生活という人と自然の関わりは、自ずと啄木の文学的思考回路を増幅させたであろう。

その第三は橘智恵子という存在である。敢えてここで橘智恵子という個人を挙げたのは他でもない。啄木文芸の真髄とも言える名著『一握の砂』に占める智恵子という女性に函館で逢っていなければあの二十二首に及ぶ名歌を私たちは詠む幸運に恵まれなかったことに思いを馳せるべきであろう。その意味で橘智恵子は啄木にとって大島経男に次ぐ「神の存在」だったと言えるのである。実際には二人の間に恋愛関係は無かったが、啄木による一方的な思い込みによってその感情は極度までに昇華して、理想の恋人に仕立て上げられたのであるが、そのことによって啄木は短く薄幸な生涯に一抹のロマンと夢を抱くことができたのだから以て瞑すべき得難い経験を得た事になる。他の女性とは別格の存在として歌人啄木の心に住み続けたのであった。歌と函館という機縁が橘智恵子と石川啄木を結びつけ、私たちに永遠の歌を遺してくれたのである。

4 斎藤大硯

北海道へ渡ってきた当時、啄木には選択肢は一つしか無かった。それは働いて家族を養うこと、である。その家族はいまバラバラになって離散状態にあった。父一禎は青森、母カツは渋民村、妻節子と生まれたばかりの長女京子は盛岡、妹光子は小樽という具合に引き裂かれていた。啄木は一日でも早く家族をまとめ一つ屋根の下で暮らせるようにしなければならない重い課題を抱えて北海道にやってきた。だから歌や小説は当分我慢しなければならなかった。そのため函館では商工会議所で臨時雇いをしたり市内の小学校の代用教員をして糊口を凌いでいた。

編集を任された苜蓿社の『紅苜蓿』は順調ではあったが啄木には一銭も入らなかった。これが軌道に乗って啄木の生活費になるためには数年はかかりそうであった。このため苜蓿社の仲間たちは手分けして啄木の為に仕事探しに奔走した。ある時、宮崎郁雨が「石川さん、面白い人がいるんですが一度会って見ませんか。」といって名刺を渡した。「函館日日新聞　主筆斉藤大硯《たいけん》」東浜町にある函館日日新聞社に大硯を訪ねると快く会ってくれた。大硯は啄木より十七才年上で台湾で日本新聞社の通信員をしていたが総督府の提督乃木希典の知遇を受け顧問となった。大硯が後に函館で乃木神社の創設に尽力したのはこの故である。やがて大硯は樺太に渡って一旗挙げようとして函館の地を踏んだ。そこで当時函館で発行されていた「北のめざまし」新聞の社長小橋栄太郎と偶然顔を合わせ意気投合して編集を任せられた。というよりも小橋社長の妹が美人で彼女に惚れてつい函館に居座ったという説が大硯らしくて相応しい。

大硯と啄木が会ったのは一九〇七・明治四十年八月十七日午後のことである。「北のめざまし」新聞が「函館日日」に替わり曙町にあった社屋が東浜町の古ぼけた建物に移って以来、大硯は主筆を続けていた。応接室といっても名ばかりで殺風景この上ない。

「やあ、君が石川君か。思ったより若いな。宮崎君から頼まれて断る理由はない。しばらく遊軍ということで自由にやってくれ。給料は月十五円でどうかね。」

「それで結構です。で、最初から言いにくいんですが、あのう、少しでいいんですが、前借り出来ませんか。」

「参ったな。そんなこと言われたのは初めてだ。何とかしてやりたいがうちも御覧の通りの状態でね。現金は無理だから貸しの利く米屋がある。そこに話しておくから二三升持っていきたまえ。出社は明日からでいいかね。」

翌日、社に出た啄木は早速「月曜文壇」を設け、「辻講釈」というコラムを開いて評論を掲載した。それはあたかも何年も勤め続けてきたベテラン社員の如くであった。大硯は啄木の入社を殊の外喜んで郁雨に「いまどきあのように仕事の出来る人間はあまりおらん。いい人を紹介してくれた。」と感謝した。

ところが例の大火で一週間後には新聞社は焼け落ちる。ようやく落ち着きかけた啄木の生活は下宿こそ焼失を免れたものの、またもどん底におとしめられてしまった。〝もし〟この大火がなかったなら啄木は暫くは函館に腰を降ろして力を蓄えてから上京し、その実力を充分に発揮して日本の文芸地図を塗り替える仕事を果たしたことであろう。なにより少なくとも二十六才で夭折する不運からは逃れられたに違いない。その意味で啄木の函館滞在は当初は希望の持てる明るい兆しを示すものだったがこの大火は啄木の人生を一転して奈落の底に突き落とすものだった。

結局、啄木は次の人生の舞台を札幌に求めることになるわけだが、僅か一週間の新聞記者経験とは言え、このことが札幌—小樽—釧路という道内一周の契機に繋がったと言っても過言ではない。というのもこの僅かな期間、斉藤大硯という人物と過ごした経験が啄木に新聞記者という仕事の面白さ、興味、関心を抱かせたに違いないと思うからである。大硯はこれからの新聞は権力に媚びず民衆の側に立つ必要があると啄木に説き新聞人のあり方を示してくれた先輩であった。

大火を聞きつけた道庁に勤めていた沢田信太郎が苜蓿社仲間を心配して函館にやってきた時、啄木は沢田に二通の履歴書を託している。一通は教員用でもう一通は新聞社用であった。啄木はこれを渡すとき「出来れば教員は二の次で希望は新聞社だ」と言っている。新聞記者を選んだのはなんと言っても斉藤大硯の影響を抜きにしては考えられないからである。

大硯は函館大火後、小樽に移っている。「函館日日新聞」

再興の際は函館に戻る約束だった。啄木が「小樽日報」にやって来た時、真っ先に会ったのはこの大硯であり、以後、何度も互いに往来している。後に野口雨情と組んで日報の主筆岩泉江東追放後、啄木はこの後釜に大硯を考えた節があるが大硯は「ワシには函館日日がある」といって聞き入れなかったので代わりに道庁の沢田信太郎を引抜いた可能性を私は捨て切れないでいる。

特にバン寅《とら》こと小林寅吉日報事務長に殴られ憤然と退社した後には殆ど日をおかず二人で語り合っている。大硯は「何だ、本当なら若い君がバン寅をブン殴ってやるのがスジじゃないか。一度社に戻って退治し直してきたまえ」と言ったが啄木は黙して語らなかった。勿論、大硯も心配して道内各地の新聞社に当たってくれている。そうした日々のなかで啄木が大硯について書き残した日記がある。

午後斉藤大硯君来り露堂君来る。談論風発す。
夜、露堂子と携へて沢田君を訪ふ。逢はず。大硯君を其僑居に訪ふて深更に及ぶ。大硯君の談偶々其経歴に及ぶ。年少気鋭、嘗て日本新聞社に在り、後総督府官吏として台湾に赴く。性もと放淡、飄然辞し去つて、郷里青森に帰り、郷党に号令して成すあらむとす。これ実に快男子大硯君が生涯を誤れる第一歩なりき。所謂故山は人を殺すこと多し。後、函館に渡りて日日新聞に主筆たること殆んど十年、予が同社に入れる時亦君主筆たりき。今や乃ち精気大に鈍り、漸く老ひ去らむとす。また小説中の主人公なり。予のために北海タイムス社に交渉せむとすと云ふ。（「十二月二十一日」『明治四十丁未歳日誌』）

さらに十二月二十七日には「大硯君来り談ず、君も浪人なり、予も浪人なり。友に之天が下に墳墓の地を見出さざる不遇の浪人なり。二人よく世を罵る、大に罵りて哄笑屋を揺がさむとす。『歌はざる小樽人』とは此日大硯君が下したる小樽人の頌辞なり。」とあり、この二人が如何に意気投合しているかが伺われるのだが、何と「かなしきは小樽の・・・」の〝原作者〟は斉藤大硯だったのである。

同じ浪人と言っても啄木と大硯ではその中身が違っている。啄木は文字通りの浪人だが大硯には食べるに困らないだけの資産があり、その気になれば何処でも思い通りの仕事を見つけることが可能だった。ところが啄木には学歴（大硯は早稲田卒）も無ければ実績を示す経歴もない。強いて啄木の利点を挙げるとすれば〝可能性〟や〝将来性〟を伴う「若さ」だけである。

しかし大硯は一度も啄木を見下すような姿勢をみせなかったし、むしろこの〝生意気な若造〟を一人前の〝若き紳士〟として遇した。新年を迎えても着古した継ぎ接ぎだらけの紋付きしか持っていない啄木に大硯は真新しい木綿の紋付きを贈っている。「これ、一度しか手を通した事がないんだけど、それで良ければ着てくれるかね」と新品を気遣いの言葉を添えて渡す。大硯はそういう男だった。

一月十九日啄木は家族を残して単身釧路へ発った。斉藤大硯もその後まもなく「函館日日新聞」が再興されて再度主筆に招聘され函館に戻っていた。四月、釧路での生活に区切りをつけて四月七日、一旦函館に戻った啄木が真っ先に向かったのは大硯の家だった。この時は大硯は留守で結局会えたのは十日、新装成った函館日日新聞社である。

「やあ、先日は留守で失礼した。おや、少しやつれた顔しとるね。光陰矢の如しというが、君の場合、光陰の二字が違っているかもしれんがのう。」

「お言葉ですねえ。いや、なに噂は常に大袈裟ですからね。それにしてもさすが大硯さんだ。耳が早い。」

「それにしても今度ばかりは大変な試練になりそうだね。なに、失敗したら遠慮せんでいい。ここに戻って来い。ワシのこの席を君に譲ろう。」

そして二人が最後に会うのは啄木が函館を発つ前日の四月二十三日である。この時二人がどのような会話をしたのか、その記録はない。しかし、十七も歳の離れたこの二人には交わすべき言葉は必要なかったであろう。なぜなら、二人はいつか必ずまた会えると確信していたからである。

「じゃあ、頑張り給え。最初の本は必ずくれ。紙面でど派手に宣伝してやる。『北の大地から初の有望作家生まる』とね。」

「今度戻って来る時は本物の〝土産子《どさんこ》〟になって帰って来ますよ。僕は渋民生まれで北海道で育てられた人間ですからね。」

二人は固く握手して別れた。無論二人ともこれが今生の訣別《わかれ》になるとは思ってもいなかった。大硯が啄木の訃報を聞いたのは郁雨からの電話であった。〆切時間直前の騒然とした編集室のなかで郁雨の平静を装った静かな声だけが大硯の耳に残った。「今日午前九時三十分、石川さんが亡くなったそうです。早すぎますよ。あんまりだ。」

現在、立待岬にある石川啄木一族の墓が出来上がったとき、大硯は進んで「埋骨の辞」を書いた。風の強い日だったが大硯がこれを読み上げている瞬間《とき》だけぴたりと止んだ。郁雨と手をつないでいた京子と二人が大森浜の海岸に啄木と節子の姿を見たのもこの瞬間であった。

5 作品

ところで啄木が北海道を舞台として書いた主な小説は『漂泊』『病院の窓』『菊池君』『札幌』である。作品そのものを論ずる資質が私にはないので、それらの評価は専門家に任せて、ここでは作品の成り立ちと北海道と関わる接点に重点を置いて述べることとしたい。

(1)『漂泊』

啄木が『紅苜蓿』の為に一九〇七(明治四十)年函館で書いた未完の作品で、(1)から(4)構成になっており第七号には(1)が掲載されたが、函館大火によって『紅苜蓿』は以後刊行されなくなったため『全集』刊行の折に(2)から(4)が収録された。冒頭に立待岬と大森浜の風景が活写される。

曇ッた日だ。
立待崎《たちまちさき》から汐首《しほくび》の岬《みさき》まで、諸手《もろて》を拡げて海を抱いた七里の砂浜には、荒々しい磯の香りが、何憚《はばか》らず北国《ほつこく》の強い空気に漲ッて居る。空一面に渋い顔を開いて、遙かに地球の表面《おもて》圧して居る灰色の雲の下には、圧せられてたまるものかと云はぬ許りに、劫初《ごふしよ》の儘《まま》の碧海《あをうみ》が、底知れぬ胸の動揺《ゆるぎ》の浪をあげて居る。右も左も見る限り、塩を含んだ荒砂は、冷たい浪の洗ふに委せて、此処は拾ふべき貝殻のあるでもなければ、もとより貝拾ふ少女子《をとめご》が、素足に絡む赤の裳の艶立《えんだ》つ姿は見る由もない。夜半の満潮に打上げられた海藻の、重く湿ッた死骸《しにがら》が処々に散らばッて、さも力無げに透逦《のたく》つて居る許り。

登場する人物は三人の青年、「後藤肇」(啄木)従兄弟「忠志」(岩崎正)「楠野」(大島経男)が教育や社会問題を論評する形になっている。勿論小説であるから啄木、岩崎、大島らの性格や主張は幅があるが、いずれにしても私小説風に仕上げている。なかでも啄木の渋民での代用教員生活が生き生きと描かれ独自の教育論を語っているのが特徴である。

例えば教育の問題では後藤に次の様に語らせている。「学校といふ学校は、皆鼠賊の養成所で、教育家は、好な酒を飲むにも隠密《こつそり》と飲む。これは僕の実見した話だが、或る女教師は、『可笑《をか》しい事があッても人の前へ出た時は笑ッちゃ不可《いけ》ません。』と生徒に教へて居た。可笑しい時に笑はなければ、腹が減ッた時便所《はばかり》へ行くんですかッて、僕は後で冷評《ひやか》してやッた。」

また社会問題では「僕の所謂《いはゆる》改造なんていふ漸進主義は、まだるッこく効果《ききめ》が無いのかも知れんね。僕も時々然《さう》思ふ事があるよ。（中略）改造なんて駄目だ。破壊に限る。破壊した後の焼野には、君、必ず新しい勢ひの可《い》い草が生えるよ。」という言葉を大島に語らせている。この時はまだ啄木は社会主義思想や革命についての知識は持っていなかった。いわば実感的なレベルでの考え方で、札幌で小国露堂と出会ってから理論的レベルで社会主義というものを知ることになる。しかし、この段階で既に破壊と建設という弁証法的理解を示したことは注目していい。

さらに函館についての評価は先に一部述べたがこの小説でも後藤肇に次の様に語らせている。即ち「北海道も今ぢや内地に居て想像する様な自由の天地ではないんだ。植民地的な、活気のある気風の多少残ッてゐる処もあるかも知れないが、此函館の如きは、まあ全然《まるで》駄目だね。内地に一番近い丈それ丈不可《いかん》。」

換言すれば啄木の函館観はかなり手厳しいものがある。函館の苜蓿社仲間たちとの深い温かい絆に対する愛着は不変だったが、生活風土に関してはなにかしっくりしないものを感じたのであろう。また、もう一つには啄木の函館に対する「自由の天地」への期待が大きすぎての失望感が言わせた言葉かも知れない。また、啄木は小樽、札幌、釧路の生活を通して函館への評価をこのように厳しいものにしたとも言えよう。

（2）『病院の窓』

啄木が函館から上京し最初に書いた小説である。四月二十八日、「文学的運命を極度まで試験する」つもりで上京、しばらくは与謝野宅に厄介になり五月四日に金田一京助の世話で本郷の赤心館に引っ越した。金田一は啄木が文学に打ち込めるように自分の蔵書を売りさばいて前に住んでいて堪《たま》っていた啄木の下宿代を払い、さらに新しい下宿を見つけて提供したのである。啄木における歴史的友情の騎士の一人とされる所以である。「六畳間で、窓をひらけば、手も届く許りの所に、青竹の数株と公孫樹《いちょう》の若樹。浅い緑の色の心地良さ。」（「五月五日」『明治四十一年日誌』）啄木は公孫樹がとりわけ好きであった。しかも見晴らしの良い二階の個室。おまけにこの日は啄木が函館に足をおろして一周年目だ。小説を書く条件は完璧に揃った。

函館から東京に着いた時は不安とおそれで直ぐには東京に行けずわざわざ横浜に宿をとり一泊して呼吸を整えねばならなかったほどだった。しかし、基本的に啄木は楽天家である。直ぐにでも筆を取るのかと思いきや少し様子が違うのである。

書きたいことは沢山ある。あるけれどもまだ書かうと思ふ心地がしない。サテ短編よりは長編を書きたい。長編を書いては、書ききれぬうちに飢ゆるであらうかと云ふ心配がある。早く何らか下宿料を得る途がつけばよいかと考へる。（中略）／二時頃から夜の十二時迄に、短編〝菊池君〟の冒頭を、漸々三枚書いた。書いてる内にいろいろ心が迷つて、立つては広くもない室の中を幾十回となく廻つた。消しては書き直し、書き直しては消し、遂々スツカリ書きかへて了つた。自分の頭は、まだまだ実際を写すには余りに空想に漲つて居る。夏目の〝虞美人草〟なら、一ヶ月で書けるが、西鶴の文を言文一致で行く筆は仲々無い。（「五月八日」）

この一文を見るとどうも啄木は夏目漱石や島崎藤村と比較して同格かあるいはそれ以上の力を持っていると自惚れていたようである。しかし、実際に筆を取ってみると思うように進めない。「朝から〝菊池君〟に筆をとつた。（中略）二時すぐる（＊午前）迄筆を執る。」（五月九日）「今日は意外に筆が進んで、夜一時までに〝菊池君〟が二十一枚目まで出来た。」（十日）「朝八時に起きて、夜の十二時まで〝菊池君〟の筆を進める。」（十一日）「朝から頭の加減が悪くて、昼迄にたつた三枚しか書けぬ。疲れたのだと思つて、今日一日だけ〝菊池君〟を休む。」（十二日）とあって筆を置いて夜半、今迄書いた原稿に目を通す。

〝菊池君〟の、書いただけを読んで見る。ト、モウ、それはそれはたまらぬ程イヤになつた。恰度、自分の頭の皮を剥いで鏡にうつした様で、一句一句チツトモ連絡がなく、まるで面白くも何ともない事を、強ひてクツ付けて、縄でからげた様で、焼いてでもしまひたくなつた。然し、これは詰り頭の疲れたせいだと思ひ返して寝る。

という事で啄木にとっての東京での最初の小説は自己判定の結果、失敗となってしまった。しかし、その失敗は疲れの故で能力の問題ではないと思っていたようで、後日疲労の回復後改めて書き直せば必ずいい作品になると確信していたから挫折感は長引かなかった。

「〝菊池君〟は、余り長くなるので、筆を止めて今日新たに〝病院の窓〟の稿を起す。釧路の佐藤衣川の性格を書くのだ。」（「五月十八日」『明治四十一年日誌』）とあって気分転換を兼ねて次作に取りかかっている。これが一九〇八（明治四十一）年五月十八日から二十六日にかけて書いた九十一枚、釧路を舞台にした作品で登場人物にはそれぞれモデルがいる。

◎新聞記者野村良吉（『釧路新聞』記者佐藤衣川）
◎主任記者竹山静雨（『釧路新聞』石川啄木）
◎共立病院看護婦梅野（共立笠井病院看護婦梅川操）

勿論登場人物は他にも出てくるが物語の要《かなめ》はこの三人をめぐる葛藤即ち情実のもつれが主題だ。文中には相変わらず函館を「全く惜しい人です喃《なあ》、函館みたいな俗界に置くには」という台詞《せりふ》が飛び出してくるが、物語は竹山静雨（啄木）を好いていることに嫉妬した野村（衣川）が横やりや嫌がらせを梅野に続けるという話だ。啄木の人間〈男と女〉への洞察を織り交ぜながら最終的には野村の懊悩と煩悩を描いた作品である。

とりわけこの小説の特徴として啄木が採ったある描写が目を引く。時代背景や啄木の若さを考えた時に一寸考えられないような大胆な表現が見られるからである。その象徴的な叙述は梅野という若い女性に対する考察の箇所だ。梅川に横恋慕する野村の心理描写の部分の一節である。

竹山の下宿は社に近くて可い、と思ふ。すると又病院の事が心に浮ぶ。それとなき微笑《ほほゑみ》が口元に湧いて、梅野の活潑なのが喰ひつきたい程、可愛く思はれる。梅野は美しい、白い。背は少し低いが・・・アノ真白《ましろ》な肥つた脛、と思ふと、渠《（カレ）》の口元は益々緩んだ。医者の小野山も殆んど憎くない。不図したら彼奴も此頃では、看護婦長に飽きて梅野に目をつけてるのぢやないかとも考えたが、それでも些《ちつ》とも憎くない。梅野は美しいから人の目につく。けれども矢張彼女《あれ》は俺のもんさ。末は怎《（ドウ）》でも今は俺のもんさ。彼女の挙動《やうす》はまだ男を知つて居ないらしいが、那麼《あんな》に若く見える癖に二十二だつていふから、もう男の肌に触れてるかも知れぬ。それも構わんさ。大抵の女は、表面《うわべ》こそ処女だけれども、モウ二十歳を越すと男を知つてるから喃《なあ》。・・・・

実はこの執筆に取りかかっていた時期、啄木の周辺には重大な問題が起きていた。一つは植木貞子という女性と深い関係になっていて抜き差しならない状態に陥っていたのである。最初の上京の頃知り合った女性で文通のみの仲だったが啄木の上京を聞くと下宿に押しかけてきてじき男女の仲になってしまう。植木は毎日のように啄木の下宿に上がり込み啄木の執筆の妨げになるに至った。おまけに五月下旬には函館に置いてきた娘京子が熱をだし生死の境をさまよっているという知らせが届いて眠られぬ夜が続いて啄木の精神状態は不安定になり、当然のことながら執筆条件は最悪といってよく、その中での執筆だったから非常にきつい日々を経験したことになる。そしてようやく五月二十六日に書き終えた。

この原稿を読んだ金田一京助は「石川さん、いいじゃないですか。これは小説界に新風を起こす作品となるかもしれません。中央公論の編集部に知人がいますから私が直接渡してきましょう。」といって張り切って原稿を持って中央公論社に出かけた。この頃、金田一京助はアイヌ研究家として知られるようになっており金田一花明のペンネームで雑誌『中央公論』に「アイヌの文学」を三回に渡って連載していた。(明治四十一年一月号から三月号。ただし三月号では「アイヌ文学の研究」となっている。)編集長の滝田樗陰は当時気鋭の文芸評論家として知られていたが、生憎この日は留守で会えず、編集部員の一人に原稿を預けて帰ってきた。

作家として啄木は自分の原稿が世に出て作家としての第一歩を印すことにあまり不安を持っていなかったようである。しかし、この世界では、作家を評価し理解してくれる編集者に出会わなければいくら自分の作品に自信があっても世に出る機会はない。歌壇では少し知られた啄木ではあるが小説は未知数である。だから「病院の窓」もまた中央公論社の滝田編集長の判断に啄木の運命は握られて居た。

その回答を待ちながら二十八日には次の原稿「母」に着手している。ただこの日は四行書いて原稿用紙を破り捨てたが、気を取り直し、三十日になって午前十一時から「母」を書き出し午後十時半までかかって三十一枚、一気に書き上げた。翌日、啄木は金田一に「母」の原稿を渡し「すまないけどこれもついでに読んでもらってくれ」と言って、先に出した「病院の窓」の返事を聞いて来るように頼んだ。

金田一は午前、中央公論社に滝田編集長を訪ねるが留守、律儀な金田一は啄木が鶴首しているのを座視することが出来ず午後また社を訪ねるがまた会えず、空振り。大体、一度ならず二度三度留守というのは先ずあり得なく編集者が会いたくないときに使う常套手段が〝居留守〟なのである。この世界に初心《うぶ》な二人はまだこの仕来《しきた》りを見抜けなかった。

ただ、執筆意欲は衰えなかった。三十一日にはもう「天鵞絨《びろうど》」を書き出している。田舎を飛び出し東京に出て三日女中をしてまた田舎に戻る女の物語で舞台は北海道とは関係ない。この日はもう一つ「底なしの盃」という盛岡を背景にした作品の構想を練っている。

六月に入った。遂に中央公論社から返事が来た。「病院の窓」と「母」二作とも「折角ながら貴殿の期待に応ずる事不可に付原稿ご返送 仕候《つかまつりそうろう》」という素っ気ないものであった。六月三日の日記にその感想が一言「無事に‼」書き込まれている。それは啄木が危機に直面した時や極限状態に示す文学的〝擬態〟の表現だった。

かくして「文学的運命」の最初の「試験」は不合格となった。しかし、自信を持って提出した作品のこの最初の躓きは大きかった。その後に森鴎外と出会い、氏の紹介で十ヶ月後春陽堂が二十二円七十五銭で原稿を買い上げたが出版に至らず、不運続きで自殺を考える迄に追い詰められ、十一月に東京毎日新聞に初の新聞連載小説「鳥影」が掲載され、漸く作家としての第一歩を歩み出すことに成功した。しかし、これは明治文壇の夜に上がった、ただ一発の花火に終わった。

（3）『菊池君』

釧路新聞時代、ライバル関係にあった『北東日報』記者菊池武治をモデルにしたもので、構想は「病院の窓」より早かったが啄木自身内容が気に入らず途中で筆を折った失敗作となった。ただ、啄木が上京して小説を書こうとして最初に選んだ題材が『菊池君』だったということを考えれば、この作品に賭ける啄木の思いは格別のものがあったと思われる。したがって、その内容も力の籠もった意欲的な面白い小説になって当然と思うのだが、結局は途中で投げ出してしまったのだから、先行き不安を覚えるのは私だけであるまい。

この作品は結果的に啄木の釧路新聞における「社内」生活を描いたものに終わっている。未完成作品なのだから仕方がないが、作家として書かねばならなかったのは「社内」ではなく「社外」での物語でなければならなかったのではないか。確かに「社内」についての次の様な話は編集者としての啄木の面目を正確に知る材料になる。

私は、（中略）スッカリ紙面の体裁を変へた。「毎日」の遣り方は、喇叭節《ラッパぶし》を懸賞で募集したり、芸妓評判記を募つたり、頻りに俗受の好い様にと焦慮《あせ》つてるので、初め私も其向うを張るらうかと持出したのを、主筆初め社長までが不賛成で、出来るだけ清潔な、大人らしい態度で遣れと云ふから、其積りで、記事なども余程手加減して居たのだが、此頃から急に手を変へて、さうでもない事に迄「報知」式にドンドン二号活字を使つたり、或る酒屋の隠居が下女を孕ませた事を、雅俗折衷で面白可笑しく三日も連載物《つづきもの》にしたり、粋界の材料《たね》を毎日絶やさぬ様にした。

このような「社内」記事は日記や書簡で伺えない新鮮な材料で、啄木理解に重要なヒントになる。しかし、啄木が釧路で最も学んだ事は〝酒と女〟といういわば「社外」生活であり、むしろこれらの側面に筆向きを当てることの方がより小説的素材となったのではなかろうかと考えざるを得ない。

さらに言えば、この作品では肝心の「菊池君」の考察や性格が明確でないし、また啄木にとっての釧路といえば部数高々八百部に満たない『北東新聞』自体が存在感はなく、ましてその社員の一人を取り上げるのはそれ相応の個性と話題性が必要と思われるが、ただ、この「菊池君」の風采は、

新聞記者社会には先づ類の無い風采で、極く短く刈り込んだ頭と、真黒に縮れて乳《ち》の辺《あたり》まで延びた頬と頤《あご》の髭が、皮肉家に見せたら、顔が逆さになつて居るといふかも知れぬ。二十年も着古した様で、何色とも云へなくなつた洋服の、上衣の釦が二つ迄取れて居て、窄袴《ズボン》の膝は、両方共、不手際に丸く黒羅紗のつぎが当ててあつた。剰《あまつさ》へ洋襪《くつした》も足袋も穿いて居ず、膝を攫《つか》んだ手の指の太さは、よく服装《みなり》と釣合つて、浮浪漢か、土方の親分か、何《いず》れは人に喜ばれる種類の人間に見せなかつた。然し其顔は、見なれると、髭で脅して居る程ではなく、形の整つた鼻、滋《うる》みを帯びて威のある眼、眼尻に優しい情が罩《こも》つて、口の結びは少しく顔の締りを弛《ゆる》めて居るけれど、—若し此人に立派な洋服を着せたら、と考へて、私は不意に、河野広中の写真を何処かで見た事を思出した。

という様に性格というよりもその異様な風貌に焦点を当てており、小説の中の主人公の位置がはっきりしていないために所謂読み物として私のような素人にも面白くない出来栄えになっている。逆に考えると啄木自身が主人公に何を語らせたいのか理解できていなかったから途中で筆を投げ出す結果になってしまったのではないかと勝手に推測してしまう。

啄木は函館、札幌、小樽で当地の特徴を短い言葉で端的に表現してきたが、ここ釧路についてはどのような印象をもったのか。釧路については兎に角猛烈な寒さの印象を手紙や日記に残しているがその風土に関してはあまり語っていない。強いて探せば『菊池君』に次の一節がそれであろう。

早いもので二三日経つと、モウ私は何を見ても何を聞いても、直ぐフフンと鼻先であしらふ様な気持になつた。其頃は私も余程土地慣れがして来て、且つ仕事が仕事だから、種々《いろん》な人に接触して居たし、随つて一寸普通《なみ》の人には知れぬ種々な事が、目に見えたり、耳に入つたりする所から、「要するに釧路は慾の無い人と真面目な人の居

ない所だ。」と云つた様な心地が、不断此《たえず》フフンといふ気を助長《たす》けて居た。

結局、『菊池君』は啄木生前には陽の目をみることなく没後土岐哀歌が預かり、氏の奔走で刊行された『全集』（新潮社版）に収められた。

（4）『札幌』

この原稿に着手したのは一九〇八（明治四十一）年八月二日である。この時期は啄木にとって最悪の日々が続いてかなり強い自殺願望に取り憑かれていた。いくら書いても原稿は売れず、作家の川上眉山が自刃により自殺、尊敬する国木田独歩が病死という悲報が飛び込んで啄木の絶望感をさらに煽った。

この時期、啄木を救う女性が現れる。九州豊後臼杵に住む菅原芳子である。彼女は『明星』の愛読者で二十代独身、『明星』に歌を投稿した際の選者が啄木だった。詳しくは書けないが啄木は地方にあって歌を作るこの若い女性〝歌人〟にぞっこんとなり、選者の一線を越えて熱烈なラブコールを送り続けた。投稿してきた人物に返事を出すことすら尋常ではないのに啄木が最初に菅原芳子に出した返事はなんと千四百字である。その冒頭部分。

いとど雨降りそそぐ日に候。風にゆらゆる竹の葉のしぶき窓をぬらし、昨日まで誇りかなりし瓶の白百合、けさは二つまで痛ましくも打しをれ候。かかる日、かかる時、かかるしめらへる心をもて、はるかにまだ見ぬ君を忍び候ふ心根御許し下されたく候、つゆ晴の山々に日のかぎろへる、入江添ひの御里羨みあげ候。昨日千駄ヶ谷の与謝野氏を訪ひ、来合せたる人々と共に半日詩文の話に興じ候ひしが、主人が昨夏の西国廻りの旅がたりをせられ候ふに、北国育ちの私、そぞろに西の空の美しさに心あくがれ候ひし、おん歌の優しさなども話題に上り候ひし事に候。／いかなる清境にゐたまへば、かかる優しき御歌よませ給ふ事ぞと、ひそかにいろいろの事想像まかりあり候。（六月二十九日付）

この時期、啄木は小説は売れず、植木貞子と泥沼の関係にはまり、借金まみれで自殺を真剣に考えていた時期である。現にこの日の日記には「死にたい、けれども自ら死のうとはしない！」と記しているのだ。啄木はあまり気分転換の器用な人間ではないのだが、菅原芳子の場合、どうも例外らしい。七月七日の二度目の手紙はなんと五千字を越えるもので文芸論にはじまり恋愛論そして芳子を讃美する文字が連綿と続く。

啄木が死と直面し絶望感に覆われていた恰度その時に菅原芳子が現れた。思うにその姿は啄木にとって救世主に思えたのではあるまいか。この若き女性歌人と語らうことによって希望と恋を夢見ることが出来ると一方的に決め込んだのだろう。結果的に啄木は自殺せずに済んだが、それはこの菅原芳子の存在があったからだと断言していい。

前置きが長くなってしまった。しかし、菅原の存在を抜きにしてこの『札幌』を語ることは出来ない。というのもこの作品は啄木が深刻な環境にめげずそれをある地方の女性歌人によって救われて筆をとったのがこの作品だったからである。

八月二日の日記には次の言葉がある。「昨年の『明治四十丁未歳日誌』と、北門時代の旧稿を読み、そぞろに函館と札幌を忍ぶ。〝その人々〟稿を起こして書くこと僅かに二枚。札幌二週日の間に逢ひたる人々―久ちゃん、向井君、松岡、小国君、伊藤和光子、加地燧洋等を書かむとするなり。」

これは四百字詰原稿用紙二十五枚の短編で「半生を放浪の間に送つてきた私には、折りにふれてしみじみ思出される土地《ところ》の多い中に、札幌の二週間ほど、慌しい様な懐しい記憶を私の心に残した土地《ところ》は無い。」という書き出しで始まるこの作品もまた生前発表されることなく終わったが、これまでの小説中最も肩の凝らない淡泊なものとなっている。函館大火の後、灰燼くすぶる函館を後にして札幌に向かう場面の描写である。

> 翌暁《あくるあさ》小樽に着く迄は、腰下す席もない混雑で、私は一夜《ひとばん》車室の隅に立ち明かした。小樽で下車して、姉の家で朝飯を喫《したた》め、三時間許りも仮寝《うたたね》をしてからまた車中の人となつた。車輪を洗ふ許りに涵々《ひたひた》と波の寄せてゐる神威《かむゐ》古潭《こたん》の海岸を過ぎると、銭函駅に着く。汽車はそれから真直《ましぐら》らに石狩の平原に進んだ。

余談だが実は宮沢賢治も小樽、札幌に来ている。花巻農学校時代に賢治は二年生十二名を引率して一九二四（大正十三）年五月十九日から二十三日にかけて北海道小樽市、札幌市、苫小牧を訪れているのである。

先ず小樽。高等商学校（後の小樽商大）で校内施設見学、同校は商業学校として先駆的なカリキュラムを持ちまた銀行民営会社税関などの模倣演習やタイプライター技能を含む商業実習も行っており道内屈指の商業校で見学者は絶えなかった。学校見学の後、小樽公園に行く。

公園は新装の白樺に飾られ北日本海の空青と海光とに対

し小樽湾は一望の下に帰す。且つは市人の指す処、一隻の駆逐艦と二隻の潜水艇港内に碇泊し多数交々参観に至れるを見る。茲に四十分間解散す。大なる赤き蟹をゆで て販るものあり、青き新しきバナナを呼び来るあり、北海の港市に在るの感を深む。生徒等バナナの価郷里の半にも至らざるを以て土産に買はんなどと云ふ。(『新校本　宮沢賢治全集　第十四巻　雑篇　本文篇』筑摩書房　一九九七年)

この後、一行は札幌に汽車で向かうのであるが「復命書」はわざわざ「銭函附近」という項目を設けている。どうやら銭函は異郷の人々に対して強い印象を与える場所らしい。確かに切り立った崖下を走る車窓からは奇岩を仰ぎ石狩湾の青い海が広がる景観は一幅の絵といって誇張ではない。

銭函附近　海色愈々まさる。南方丘陵地に美しく須具利(＊グスベリ)を栽へたる耕地あり、今正に厩肥を加い耕鋤行はる、農具、操作共に異り興多し。車中に軍人数名あり、何処の生徒かなど問ふ。生徒校歌集を贈り順次に各歌を合唱す。客切に悦ぶ。

さて啄木の『札幌』に戻ろう。とは言っても後は下宿先の家族の話と小国露堂の「小樽日報」への移籍の顛末が中心で目新しい話はない。それに露堂は啄木にとって影響を受けた人間の一人だったにも拘わらずこの作品では秘密の多い、大袈裟な男として描かれている。二人の間に何かの確執があったのかもしれないがそれは分からない。分かっているのは小樽日報を辞めた露堂が釧路新聞に移ってから二人の間は途切れたということだけである。

余計なお世話かも知れないが、札幌と啄木といえば、主題となるのは何を置いても橘智恵子であろう。『一握の砂』に残した智恵子への讃歌二十二首もさることながら一方的な愛情を注いだ彼女との〝恋物語〟を残して欲しかったものだという気がしてならない。

とは言っても『一握の砂』全五五一首中北海道に関わる歌は一三三首ある。一つの歌集で四分の一を占める北海道が啄木に与えた影響の大きさと深さを知るには十分ではあるまいか。

ところで北海道出身の文学者は既に多数を占めているが、伊藤整もその一人である。文学に縁の薄かった私は彼が問題提起した「チャタレー夫人の恋」しか読んでいないが、その彼は啄木について次の様に述べている

矢張り独歩以来のあらゆる芸術家のうちで一番北海道

的なのは石川啄木であろう。啄木は岩手県人であるけれども、北海道的な要素を最もよく把握している。ああいう無慈悲な荒々しい自然の中の人間生活の痛々しさを啄木のように（その感傷型がどうあろうとも）直接に投げ出した人はない。啄木の芸術こそ純北海道的なものだ。（「わが郷土の地方色」『伊藤整全集　第二十三巻』新潮社　一九七四年）

また啄木に最も厚い信頼を寄せられた宮崎郁雨は次節で取り上げるが、郁雨はまた啄木の最も深い理解者であった。その郁雨は啄木と北海道との位相について次の如く的確に捉えている。氏の言葉を以て本節の結びに代えたい。

啄木の北海道生活は僅か一年にも満たない短い期間であったけれども、それは然し彼が函館から札幌、小樽、釧路へと転々遍歴を続け、思想的深耕への基礎付け、人間的成長への躍動など、彼の生涯の上に重要且つ顕著な影響を齎来した注目さるべき一期間となった。彼にとっては忘れ難い数々の追憶が年と共に一層深められて行き、纏綿《てんめん》断ち難いものがあったに違いない。（『函館の砂』東峰書院　一九六〇年）

二　郁雨抄

1　友情の連鎖

短い薄幸の生涯に終わった啄木ではあったが、その中で一際《ひときわ》光芒を放っているのが彼を取り巻く友情という篤《あつ》い連鎖である。極端な話、啄木には困難な状況に陥ると決まって彼をその困窮から救ってくれる誰かが現れるから不思議である。それも啄木自身が救援を求めることによって起こる現象ではなく周囲から自然に救援の手が差し出されてくるのである。

例えば最初の詩集『あこがれ』を出した時もそうであった。一九〇四・明治三十七年十一月に七十七篇の詩稿を抱えて東京に出て出版社をさがしたものの思うようにいかない。当てにしていた与謝野鉄幹の助力も空しく時間が経って再び借金や下宿代の怠納が始まり、次第に追い詰められてゆく。そんな時に同郷の小田嶋三兄弟が現れ出版資金三百円を無償無担保で出してくれた。この三兄弟とは郷里が同じというだけである。このカネもまた返済されず『あこがれ』を一冊ずつ貰っただけであったが三兄弟は訴えもしなかった。

また本書ではあまり触れることが出来なかった金田一京助は啄木の才能を見抜いて自分で出来る支援を惜しむことなく行った。中には啄木が金田一を利用したに過ぎないとする説もあるが、それは金田一という人間の性格を知らない者の戯言《たわごと》に過ぎない。金田一という人間は啄木が困っているのを見るとこれを看過出来ず啄木が言い出す前に自ら救いの手を差しのべるような性格の人間なのである。

また、金田一が啄木を一つの〝売り物〟にしているとする説を流している者もいるが、これも間違っている。土岐哀歌が奔走して『啄木全集』を出す一九一九・大正八年まで石川啄木の名を知る人はごくごく一部の人間だけであった。この『全集』のおかげで啄木は全国的に知られるようになり昭和初期には小学生までもが「東海の小島の磯の…」を諳《そら》んじたり「ふるさとの山にむかいて・・・」を歌うようになったが、この間、金田一は口を閉ざしたままであった。金田一が啄木の〝語り部〟となるのはその後のことであって時代に便乗して啄木を利用したというのはとんでもないいいがかりだ。彼はひたすら啄木の実像を語り続けたに過ぎない。その一部には追想につきまとう思い込みと勘違いという付録がついたとしてもそのことを以て金田一を誹《そし》るのは僭越であり酷というものだ。

与謝野鉄幹・晶子夫妻、土岐哀果もそうだし、若山牧水、北原白秋、丸谷嘉市、佐藤北江などは啄木に対して出来る限りの支援を惜しまなかった。これらの人々の啄木との物語を綴れば悠に数冊の書物が出来上がる。そして人間の優しさと篤い友情の世界に浸《ひた》ることが出来る。そして北海道にも彼等にひけを取らない啄木を語る上で無くてはならない人物がいたことは余りにも有名である。

2 郁雨

その人物の名は宮崎郁雨こと宮崎大四郎という。もし、啄木が郁雨と会っていなければ彼の人生は全く異なったものとなったであろう。それほどに啄木の人生にとって郁雨の存在は大きなものだった。北海道滞在中もさることながら郁雨に促されて最後の上京に踏み切った後も郁雨は啄木にあらゆる支援を惜しまなかった。

先に挙げた金田一京助も啄木にとって非常に重要な人物だったが、郁雨もそれに劣らぬかけがいのない存在だった。二人が初めて顔を合わせたのは一九〇七（明治四十）年五月五日、夕刻、函館の苜蓿社に於いてであった。この時は同人一同が顔を合わせ初めて啄木に会い〝天才歌人〟に挨拶した。『明星』に次々と作品を発表していた啄木が函館にやって来たというので一同は緊張の面持ちだったが部屋の隅にある花をみた啄木がその花の名を誰にとなく聞くと普段から余り冗談を言わない松岡蕗堂が「これはさびたのパイプの花です」と戯《おど》けたように言ったのでみんなが笑った。すると啄木は「ははあ、これがさびたのパイプの花ですか」と真剣な顔をして応えたのでまた座は笑いに包まれた。この話は先にも書いたが、この場に宮崎郁雨もいた。無口な郁雨はこの日啄木とは会釈のみで直接口は利かなかった。二人が直接会話を交わしたのは数日後、偶々苜蓿社に顔を出したところ、二階の一室に啄木一人がぽつねんと座っていた。見るからに淋しそうに函館山の辺りを眺めていた。

「あ、突然やってきて申し訳ありません。蕗堂さんに用事があったものですから。また来ます。」

「えーと、あなたは?」

「宮崎大四郎です。郁雨です。どうぞよろしくお願いします。では出直しますので。」

「よければ少し函館の話を聞かせてくれませんか。皆目分からなくて。」

「わたしもあまり詳しくは分かりませんが」

という訳で二人の話は身の上話にまで及んだ。驚いた事に二人には共通する幾つもの境遇を持っていた。郁雨の父竹四郎は新潟の祖父の残した借財を抱え家屋田畑一切を債権者に没収されてしまった。そこで竹四郎は妻子五人を妻の実家に預け単身松前に出稼ぎに出た。父親不在の女三人と男子一人を抱えた留守役の母親の苦労を郁雨は目に焼き付けていた。しかし、いくら働いても送金出来るには至らず、一旦妻の実家に戻り夜逃げ同然の体で函館に渡った。そして朝から晩まで必死になって働き、その働きぶりを見た函館の醸造業の親方が竹四郎を雇ってくれた。研究熱心な竹四郎は醸造のノウハウを身につけ次第に頭角を現して親方から暖簾分けに預かった。苦節十数年遂に自分の店を持った竹四郎は醸造の技術を向上させるだけではなく、その販路拡大を図って店を大きくし「金久」の屋号は函館から札幌、旭川にまで伝わるようになって成功を収めた。

啄木が函館にやってきた時、郁雨は函館商業学校を卒業し、一年の軍務も終えて父の家業を手伝うようになっていた。事業の失敗や一家離散そして父親不在の留守家族、いずれも啄木自身の経験と重なる。二人はこの日、意気投合し、早速旭町の「金久」を訪ね竹四郎に会って挨拶した。竹四郎は機嫌良く啄木を迎え家族と一緒に夕飯を共にした。この時の啄木の物静かな態度は宮崎家の人々に好感を与えた。後に郁雨が啄木を支援する際にこの時の啄木の印象が役立ったことは充分に考えられる。

以来二人の関係はより緊密さを増して、お互いに腹蔵無く何でも自由に話せる様になった。とは言ってもどうしても口数は啄木の方が達者で、寡黙な郁雨は聞き役になる事が多かった。二人は正に陰と陽、静と動、凡庸と才気、温和と過激、実に対照的な性格であったから互いに補完しあって尽きるということがなかった。

ただ二人には二つの相違点があった。一つは軍隊経験である。啄木は一九〇六・明治三十九年二十歳のとき徴兵検査で「筋骨薄弱」で兵役免除になったが、郁雨は兵役甲種合格、徴兵前に自ら進んで志願兵となり軍務を果たしている。当時の男子にとって兵役に合格するか否かは大問題であった。なにしろ人生の一番重要な時期に兵役に取られるのと、これを免除されるというのは天国と地獄の差違が生ずるのは火を見るよりも明らかだ。啄木は中学時代までは軍人になると言って両親を困らせたという歌を詠んでいるように軍隊経験の有無は成年男子にとって重大な関心事だった。

この件で二人は直接意見を交わしたことはなかったが、片や歌人、片や陸軍少尉という立場の相異はあったにしても二人の友情を妨げるものではなかった。ただ、郁雨は啄木没後のことだが一九二二・大正十一年七月、函館五稜郭で摂政宮を前に「御前講義」をする〝栄誉〟に浴しており、また戦時中は帝国在郷軍人会函館市連合会会長になっている。雲上の世界から啄木はどのような思いで郁雨の姿を見つめていたであろうか。

いま一つの違いは結婚の有無である。啄木は十代半ばで節子と熱烈な恋愛の後、二十歳で結婚、郁雨と出会ったときにはヨチヨチ歩きの京子までいた。郁雨は人をうらやむということはあまり気に掛けない性質《たち》だったが、啄木夫妻の姿はまぶしかったらしい。しかも郁雨は失恋したばかりだったから余計に夫妻が輝いて見えたのかも知れない。ちなみに失恋した相手郁子の名の一文字を自分の雅号にしたのは純粋さの故なのか未練を断ち切れない脆さなのか私にはわからない。啄木の恋愛と結婚を巡って郁雨は次の様な言葉を残している。

私達のグループの集りには決つて「恋」の話が出るのであるが、啄木の日記には随所にそれが書かれて居る。「皆共に恋を語る事常の如し」「サテ話頭はいつしか恋に入りぬ」「例の如く神を語り詩を語り――わが恋を語れり」等々。

然しその私達の恋語りは、不羈を礼讃するのでも耽溺を謳歌するのでもなく、ひたすらに善美な恋を歎仰して浪漫的幻想的渇望を展列するのであつた。そしてその夢幻境中唯一実在の殿堂として眩しく輝いて居るのが、啄木夫妻の恋愛の座であったのである。／啄木との交友関係は、失恋の苦悩と極度の自己嫌悪のために無為煩悶の日々を送って居た私に、不思議な心機転換を招来してくれた。そして私達の親交は急激にその度を増して行った。蓋し啄木に対する私の強い信愛は、その半は彼の優れた天分と深い造詣とに牽付けられ、他の半は総ゆる障碍を排除して成就した彼等夫妻の健気な恋愛に魅せられたものであるに間違いない。それは自分の持たないものに対する本能的な憧憬であったが、この憧憬がやがて私に彼の妹との婚姻を思立たせたり、彼の妻の妹との結婚を納得させたりする根源になった、と今も信じて居る。（『函館の砂』東峰書院　一九六〇年）

郁雨はここにも述べているように後に節子の妹ふき子と結婚する。啄木の妹光子との婚姻の件も合わせて別に述べよう。ここでは、ただ郁雨が啄木に対して歌人としての天分のみならず恋と結婚の先達として畏敬の念からより親近感を抱いたことを知っていただければ十分である。

3〝事件〟

苜蓿社同人の吉野章三の努力で弥生小学校代用教員（月給十三円）次いで郁雨の紹介で「函館日日新聞」に記者として入社（月給十五円）も決まり生活の見通しが立ち始めたので家族を呼び寄せることにした。青柳町に六畳二間の部屋（家賃三円九十銭）を見つけ節子と京子が函館の地を踏んだのは七月七日、母カツと妹もそれぞれ八月に函館にやってきた。ただ父一禎はもう少し青森にいてもらうことにした。

一家離散、僅か三ヶ月とはいいながら小説の世界の出来事を肌で感じた時間だったが二度とこんな悲哀には遭いたくない。久々に顔を合わせた五人の家族、一辺に賑やかになったのは嬉しいが、そうなればなったでまた欲も出て来る。「天才は孤独を好む、予も亦自分一人の室なくては物かく事も出来ぬなり」と不満を漏らしているがすぐ続けて「只此夏予は生れて初めて水泳を習ひたり、大森浜の海水浴は誠に愉快なりき」新しい生活は順調に進んで行きそうだった。

ただ、この下宿に移った翌日、小さな〝事件〟が起きている。この段階ではどうってことのない話なのだが郁雨にとっても啄木にとっても、それはこれから始まる大事の前の小事だったからである。七月八日付宮崎大四郎宛書簡の全文である。

昨日の御礼申上候、／お蔭にて人間の住む家になり候ふ此処、自分の家のやうでもあり他人の家のやうでもあり自分が他人の家へ来てるのか他人の家へ自分が来てるのか、何が何やら今朝もまだ余程感覚が混雑して居り候、ヘラがない、あゝさうだつた、といふので今朝は杓子にて飯を盛り候、必要で、足らぬものまだある様に候、否、数へても見ぬがあるらしく候、兎に角一本立ちになつて懐中の淋しきは心も淋しくなる所以に御座候、申上かね候へど、実は妻も可哀相だし、〇少し当分御貸し下され度奉懇願候、少しにてよろしく御座候、早々

いうまでもなく〇とはお金のことである。即ちこれが郁雨への借金第一号なのである。これが今後連綿と続くとは全く思わず郁雨は喜んで何がしかの金子《きんす》を包んで渡した。「済まないね。日日新聞の給料が出たら直ぐ返すよ。」と、にこにこ顔で啄木は受け取った。しかし、八月二十五日、函館は火の海となり下宿は焼失を免れたが弥生小学校や函館日日新聞社も焼け落ちた。この大火で折角安定しかかった啄木の生活はまたも振り出しに戻り、札幌―小樽―釧路と北海道を放浪する生活を余儀なくされる。そして宮崎郁雨との結びつきが再開されるのは啄木が「小樽日報」に移ってからである。

4 再　会

郁雨が旭川の歩兵連隊に半年の勤務演習の為に召集されたのは七月二十七日であった。だから八月二十五日の函館大火を直接体験しなかった。生憎演習の真っ最中で一時帰宅も許されなかったので、遠く旭川から案ずるしかなかった。しかし、間もなく父竹四郎から「みんな無事だし、商売の方もあまり時間はかからないから安心して軍務を果たすように」という手紙を読んで安心した。むしろ気掛かりだったのが苜蓿社仲間と『紅苜蓿』の動向だった。

すると八月二十九日に啄木から消息を伝える長い手紙が届いた。あたかも自分の胸中を読んでいるかのような気がして郁雨は嬉しかった。より親近感が湧いて啄木にさらに近づけたような気持ちになった。

サテ君よ、二十五日の夜の十時過ぎ、烈しい山背の風が一本のマツチから起つた火を煽り煽つてとうとう六

時間のうちに函館五分ノ四、戸数一万五千をペロリと焼いて、そして何処かへ行つてしまつた。出火は君の家の近所（君の家は無事）函館目抜の町と役所と学校を皆舐めて山背泊まで駆足で行つたのだ、僕火事最中盆踊をやつて士気を鼓舞したため辛うじて焼けずに済み、吉野君岩崎君丸谷君も無事、並木君はやけた、

そして「紅苜蓿は函館と運命を共にして遂に羽化昇天した、実際函館に於ける我らの企画はモハヤ一分一厘の希望をあまさず」と落胆ぶりを述べ、札幌から見舞いに来た向井永太郎に札幌での仕事の斡旋を頼んだと書いている。

注目されるのはこれ以後、啄木から郁雨への手紙が急に頻繁になることである。この手紙以降九月十二、十九、二十一、二十三、二十五、二十七日まで相次いで書き続けている。これは一つには郁雨からも同じくらいに手紙が来た事への返信と、もう一つには啄木も互いに離れてみて改めて郁雨という人間を見直したからではなかろうか。「モ少し近い処なら僕は一寸でもよいから（＊旭川に）行つてみたい」とか郁雨の方も出来れば札幌にゆくつもりだという手紙が来たのだろう。「札幌に来るのは何日頃か知ら。なるべく早く知らしてくれ」あるいは「演習の際小樽迄は御出にならぬのに候ふや」また「出来る事なら何とかかんとか方法をつけて逢ふ」というように啄木も懸命である。

そして遂に再会が実現する。十月十二日、この日啄木は編集が残っていたため小樽日報社にまだ残っていた。そこへ珍しく妻の節子が社まで迎えにきた。驚いて「なにかあったのかい？」というとにこにこ笑って「めずらしいお客様」とだけ言ってスタスタ前を歩いて行く。家に入るや軍服姿の郁雨が京子を抱っこしながら笑顔で啄木を迎えた。「再逢の喜び言葉に尽く、ビールを飲みて共に眠る。我が兄弟よ、と予は呼びぬ。誠に幸福なる一夜なりき。」（「十月十二日」『明治四十丁未歳日誌』）

演習《えんしふ》のひまにわざわざ
汽車《きしや》に乗《の》りて
訪《と》ひ来《き》し友とのめる酒《さけ》かな

はこの時の歌である。この夜は大変な歓迎ぶりだったらしい。というのも「友達思いではあっても、ひどく鈍感な処のある私は、それが彼の前借金で賄われた御馳走であることには毛頭思い到らず、且つ飲み且つ食い大に語って、他念なく快眠したのであった。」（『函館の砂』）

郁雨はこの時の啄木の心の籠もったもてなしと真情に感激すると共にこの人のためなら出来ることはなんでもやっ

てあげようという決心をしたのである。例えばその現れの一つが郁雨による小樽での家探しである。先に住んだ家は花園町の二階六、四畳半二室で居心地は悪くなかったが、腰の曲がり出した母カツには階段上がり降りが悪く、またヨチヨチ歩きを始めた京子にも階段住まいは不安があった。郁雨が旭川での軍務が終わって函館へ帰る十一月上旬小樽に寄った郁雨が気を利かして新しい住まいを同じ花園町のちょうど反対の角に一軒家を見つけてその代金を払った。これなどもなんとか少しでも啄木の役に立ちたいという郁雨の心情がもたらした行為だった。

単身で上京する啄木の為に留守家族を函館に呼び寄せ、その住まいを世話し、生活の糧まで世話し、最後には未亡人となった節子の臨終まで看取ったのだから郁雨の友情と奉仕の精神は半端ではない。一時、郁雨と節子の〝不倫〟問題が世情を賑わせたことがあるが、郁雨ののらりくらりした姿勢は村の生娘を孕ませたと流言されて石を投げつけられながら微笑を絶やさなかった某村の丸山和尚の逸話にも似た見事な生き様は啄木を遙かに凌ぐ境涯だった。

5 義兄弟

小樽日報にいた啄木と郁雨の書簡のやりとりの中に不可解というか意味不明な箇所がある。例えば九月二十七日の郁雨宛の手紙の冒頭に「昨夜おそく兄の（＊郁雨）手紙を見候、何とも云へ無かりし。」郁雨がどのような事を啄木に書き送ったのか中身はわからない。しかし、この四日前に啄木が郁雨に書いた手紙には「君は単に僕の友人でないような気がする。君は京ちゃんのおぢさんである。京ちゃんのおぢさんなら聴《ヤガ》て僕とは兄弟だらう。」というくだりがある。おそらく郁雨はこの手紙を読んで勇を鼓して日頃から考えていた事を告白したのではないか。すなわち啄木の妹光子と結婚したいと書いた返事が「何とも云へ無かりし」つまり返事に窮したのであろう。そしてこの手紙の後しばらく双方からの音沙汰はなくなり再開されるのは十月二十六日であり、これは短く時候の挨拶「今朝初雪、紅葉と雪のダンダラ染めは美しい、窓外霙《ミゾレ》の声あり」というだけで一時、この話は途絶えている。

一方、当の郁雨が演習中休暇をとって啄木を小樽に訪ねた折のことを詳細に書き残している。当日の啄木の日記が「再逢の喜び言葉に尽く」云々と淡泊になっているが郁雨はこの夜大胆な言葉を発していたのである。

> 快く酔った私は、日頃胸底に鬱結させて居た愁情をすっかり彼に打明けた。そして到頭「光子さんを僕にくれな

いかなあ」と言った。臆病な私としては稀有の事だった。恐らくは友情と豚汁とビールのコクテルに、いたく酔い痴れたせいに違いなかった。母堂（私が母堂に会ったのは此日が最初だった）と節子さんは傍らでただ微笑してるだけだったが、啄木は明かに当惑した様な顔をした。そして彼は無言のままかぶりを振った。「駄目か」と私は大声で笑った。失望という程ではないにしても、然しその時の私の胸中はひどく物淋しかった。（『函館の砂』）

内向的で気の弱い郁雨だが一旦言い出したら滅多に退かない芯のある男でもある。しかもこのような大事な話をいくら親友とは言え駄目だと言われてあっさりと引き下がる訳にはいかない。最後となった上京のため留守家族を函館の郁雨の持ち家に預けた際に郁雨はもう一度この件を持ちだした。すると啄木は「あいつは駄目だ。あいつだけは僕の友人の処へは絶対やらない」と言下にはねつけた。（『同前』）「日本一仲の悪い兄妹」を自称するだけあって啄木は光子を認めていなかった。ただ、郁雨は何が何でも光子と結婚したかったわけではなかった。有り体に言えば「京子のおぢさん」でいたかったのである。言い換えれば啄木一族の類縁の一人でいたかったのだ。その当人の光子は自著で「彼のようなあいまいな性格は嫌いであった」（『兄啄木の思い出』）と明言しているから結果はこれでよかったことになる。

そして東京にでた啄木からいつまで待っても来いという返事がないのでしびれを切らした留守家族が郁雨の引率で上京することになり、一九〇九・明治四十二年六月五日、節子の実家に一先ず荷を降ろして東京の状況を伺った。節子の父堀合忠操は謹厳実直、剛胆な男だったから元陸軍中尉の郁雨を一目見て気に入った。「あせらんで、ここに少し落ち着いてから行ったらいい」と久々の再会を喜んだ。堀合家にはこの頃年頃の娘が二人いた。次女ふき子（明治二十一年生まれ）三女タカ（明治二十四年生まれ）である。郁雨が堀合家に来たとき、ふき子は二十一、孝子は十八歳であった。

盛岡には十日ほど居たがこの間、郁雨は二人の妹を紹介され次女のふき子を一目で気に入った。節子の面立ちよりやせ気味だったが出しゃばらずにもの静かな立ち振る舞いも郁雨好みであった。三女は気立てがしっかりしていて物事をはっきり言う性質で嫌いではなかったが矢張り若すぎた。函館の家業を継いで家を守って行くにはふき子が適任だった。節子もそれとなくふき子を推したげな風だった。実はこの時期、郁雨は結婚問題で複数の見合い相手のために困惑狼狽していたから、それを解決する意味でも、また念願の啄木家の類縁が築ける。まさに一挙両得のこの縁を見逃すことはない、と郁雨は秘かに考えた。

一行が十六日上野に着いて家族再会を果たして郁雨は数日で東京を引き上げた。実は新しく住む本郷弓町「喜之床」は郁雨が送った十五円で見つけた二間の借家である。啄木は「少し遊んでゆき給え」といって浅草などを案内した。「実は話があるんだが・・・」と郁雨が思い詰めたように口火を切ったので啄木は借金の返済の話かと思って一瞬ひやりとした。

「ちょと言いにくいんだが実は盛岡のふき子さんを嫁にもらおうかと思って。どうだろう。」

「なんだ、そんな事か。いい話だよ。君、僕は大賛成だ。なあ、節子。」

「勿論賛成よ。宮崎さんならお似合いよ。ふき子は幸せ者だわ。」

「それで帰りにもう一度盛岡に寄って父君に話そうと思うんだ。勿論ふき子さんにも承けてもらわなくては。」

話はとんとん拍子に進んで両家承認の後結婚式は函館で挙げるところまで話がまとまった。面食らったのは郁雨である。一時はどうなるかと思った混戦気味の問題があっという間に解決、おまけに秘かに願っていた啄木家との義兄弟の縁を結べたのであるから普段は平静な郁雨もこの時ばかりは苜蓿社仲間にはしゃいだ声で知らせた。

6 第二の家族

函館に残った啄木の家族は郁雨の用意してくれた栄町の鈴木弥吉方の二間に住んだ。五月の函館は臥牛山から大森浜に向かって爽やかな春の風が渡り五稜郭公園の櫻が満開になる。昼間は温かく気持ちが良いが夜になるとかなり底冷えがする。油断したのか京子が軽い風邪をひいてしまった。風邪と思っていたが熱がなかなか下がらない。二十二日には昏睡状態になったので慌てて近くの大条病院で診てもらうと脳の病気という事で直ぐ入院となった。

動転した節子は真っ先に郁雨に相談するとこのことを先ず啄木に知らせた方がいい、といって電報で「キョウチャンニュウインアトフミ」と打電し、節子が手紙を書いた。

ちょうどこの時啄木は「病院の窓」を書いている最中であった。しかし、手紙には「昏睡状態」という言葉が何度もでてくるので容態が安心できるものでないことは素人の啄木にもよく分かった。「遙かなる海の彼方の愛児が死に瀕してるといふ通知！（中略）京子は決して死なぬと心を決めた。決して死なぬと信じた。」（「五月二十四日」『明治四十一年日誌』）以下病気の項目とその経過。
◇二十五日「起きると天気。京子の事が心に浮かぶ。」「宮崎くんから葉書。二十三日には京子大分よくて乳は充分のむから、少し頬が肉付いた様だと云つて来た。気も昨日よりシツカリした様に思はれると。予は胸を擦つて目を瞑つて、ものに祈る様な心地を抱いた。京子は死なぬと思ふと、気が少し晴れる。」
◇二十六日「せつ子からの手紙、京子は余程よく、脳も腸胃も大丈夫だが二十四日夕刻医者が来た時、軽いヂフテリヤだと云つて血清注射をやつたとの事。ああ、ヅフテリヤ！妻の心は！と思ふと涙が落ちた。」
◇二十七日「夜八時四十分頃、女中が一通の電報を持つてきた。開かぬうちの胸さわぎ。噫、京は遂に死んだかと思ふと身体中寒くなつた。／〝ケイクワヨシ、イサイアトヨリ〟。／予はホッと息をして、胸を撫で下した。早速宮崎君へ葉書。」
◇二十八日「宮崎君から手紙。昨夜の電報より前に出したので、京子のヂフテリヤ明日にならねば生死わからぬと書いてある。其明日は乃ち昨日なので、注射の結果死なぬことになつたのだ。いろいろの事が書いてあつた。噫、予は！二百里外の父の心は！／すぐ手紙かいてだした。感謝すると云ふ語の外に云うふべき事を知らぬ。」
◇三十日「せつ子から、京の病気よほど経過がよいとの葉書。」

柳田國男は自分の子息が重い病気にかかった時、父親として出来たのはただ回復を念じて祈るだけだったと述懐している が、正にその祈るさまがこの日記には示されている。しかもジフテリアという言葉を聞いただけで素人の親は恐怖で足が震えてしまうだろう。啄木が親としての自覚と実感を初めて持った貴重な経験だったに違いない。

一方、家族を啄木から託された郁雨はある意味で啄木以上に責任を感じて慌てた。あまり物事に動じない郁雨ではあったが、京子が目の前で昏睡状態に陥った時は気が動転して思わず部屋を飛び出して頭をかきむしった。

節子も四日四晩、二人は一睡もせずつきっきりで看病した。節子が何度も「少し休んで下さい」と言っても郁雨は首を縦に振らなかった。それどころか節子に「あなたこそ休まないと倒れてしまう。倒れてしまったら誰が面倒見てくれるんですか」と気配りをみせた。三日目になるとどうしてもまぶたが時々開かなくなる。お互いに瞬間目を覚ますと相手も同じように頭を起こして目覚め、目を逢わせて幽かにほほ笑みあった。

思えば京子は郁雨にすっかり懐《なつ》いて何処へ行くにも手をつないで歩いたし、なにかというと「おじさん、あそぼう」と抱きついてくるのだった。郁雨自身も本当の〝父親〟のようだと思うこともあった。そして四日四晩一つ屋根の下で二人切りで看病する事で二人は相通じ合う一つの感情を共有するようになった。それは奇妙な感情であった。強いていえばそれは「心の友」以上「夫婦」以下に譬えられようか。それは他者からは見えず覚《さと》られない二人だけの秘密の〝世界〟だった。

京子の一件は啄木にも節子や郁雨にも新たな関係をもたらした。そしてその関係はやがて啄木の心境に暗い陰を落とすことになった。

7「家 出」

節子と啄木は仲のよいむつまじい夫婦であった。しかし、啄木の家族にはもう一人の存在が常に影を落としていた。母カツである。啄木が結婚して以来、カツは殆ど節子と一緒に暮らした。渋民を出た啄木が函館と釧路にでた一時期カツは節子と離れた地(渋民、岩見沢)に身を寄せていたが、それ以外は常に節子と一緒だった。啄木と一緒に過ごした時間よりカツとの時間の方が遙かに多かった。二人の相性が良ければ問題ではなかったが、逆だったから深刻な対立が続くことになった。

節子はお嬢さんタイプのおっとり型だがカツは気性の激しい自己中心の性格だったから日頃から二人の確執は絶えなかった。京子が生まれてもカツは面倒を見ることもせず、啄木が失職しても拱手傍観、何一つ家族に貢献しなかった。だからこの二人、毎日角突き合わせるが如くに反目し衝突した。

解《と》けがたき
不和《ふわ》のあひだに身《み》を処《しよ》して、
ひとりかなしく今日《けふ》も怒《いか》れり

という歌はカツと節子の確執を示しているが、そのことが不遇な啄木にさらに追い打ちを掛けるものとなった。深刻な対立は幾つもあるが、なかでも啄木研究家たちがこぞって言う節子の「家出」問題もその一つだ。

問題の発端は郁雨が節子の妹ふき子と函館で結婚式を挙げるというので節子が京子を連れて実家の盛岡に行きたいと啄木に話すと「いかん!帰る必要は無い!」と言い放ったことから始まる。結婚の相手は二人共、啄木も認めた仲である。それに節子は本当は盛岡の実家から函館まで行って式にも出たかったが苦しい家計を圧迫しないように気遣ってせめて盛岡まで行かして欲しいと頼んだのである。この当然の申し出を拒否するのは啄木が身勝手で暴君そのものの全く不当な態度だった。

一九〇九・明治四十二年十月二日、昨夜の夫婦の諍いでふて腐れて起きてきた啄木は机の上に一枚の書き置きを見つけて動転した。それには「京子を連れて家に帰ります。」とだけあった。昨夜も節子は一日だけでいいから盛岡に行かせて欲しいと涙ながらに訴えたのを「うるさい。駄目だといったら駄目だ。」と突き放した。それで堪忍袋の尾を切らして実力行使に出たのである。啄木に対して節子が逆らったことは一度もない。ただ嫁に行く妹の顔をみてお祝いと励ましをしたかっただけなのに、あまりにもひどい、ここは自分の意志をはっきり夫に示さなければ、と思った節子の〝叛乱〟だった。

「かかあににげられあんした」盛岡弁で金田一京助の部屋に駆け込んだ啄木は「あれなしでは生きられない。どんなことを書いても構わないからあれが戻ってくるよう手紙をかいてくれ。」と頼み込んだ。（金田一京助『新訂版　石川啄木』）また啄木はさらに念を入れて小学校時代の盛岡に住む恩師新渡戸仙岳にも手紙を出して節子への説得を依頼している。

しかし、ここでも腑に落ちないのはどうして節子の父堀合忠操に侘びの一筆を入れなかったということである。その道理の分からない啄木ではない筈だが、思うに啄木は忠操が苦手で嫌いだったから彼に頭を下げることができなかったのだろう。この関係は啄木が亡くなっても続いた。忠操は後に盛岡の家を畳んで函館に移るが、啄木は節子に函館には絶対に行くなと言い残したためである。

結局、節子は二十六日に啄木のもとに帰ってきた。前日、函館に式のため実家を去る妹に「良い方と結婚できてよかったわね。姉さんも式に出たいけどここで別れましょう。幸せにね。」この言葉を言うために啄木への〝叛乱〟を冒した節子は悪びれず本郷の玄関の敷居を胸を張って跨いだ。

驚いたのは啄木である。「家出」してしばらくは戻って来ないと覚悟していたのにあっけらかんとした態度で僅か二十日余りで戻って来てくれたからである。しかし、この一件でまた母カツとの折り合いはさらに悪化した。なぜならこの〝叛乱〟で節子が家を出て行ったのは「おっ母あが悪いんじゃ、いつも節子を邪険にしたからじゃ」と毎日のように責められた為にカツはより節子を以前より憎みだしたからだ。

ともかくこの一件は啄木研究家によって節子の「家出事

件」と称せられて大袈裟に伝えられているが、これは「家出」ではなく節子が啄木の横暴さに見かねて強引に実家に里帰りしただけで啄木に見切りをつけたわけではなく織岡に帰った節子は金田一京助からきた手紙に葉書で「じき帰ります。石川をよろしく。」と返事している。このことからもこれは「家出」に非ず無断一時帰宅つまりどこにもある「里帰り」に過ぎない。

そしてこの一件が啄木の作品や思想に重大な影響を与えたというのが〃定説〃になっている。しかし、その後も啄木の節子に対する君主的夫君としての態度は変わっておらず、どうして作品や思想だけが変わったと言えるのだろうか。むしろ問題は妹の結婚式に出さない啄木の態度、その考え方に問題があるのであって、その逆ではない。しかも妹の結婚相手は足を向けて寝ていられないはずの大恩人の宮崎郁雨である。

この一件だけではない。一九一一（明治四十四）年六月、節子の父忠操が一家を挙げて函館に移る際にも節子は実家の最後をこの目で見たいから盛岡へいってきたいと言うと先の〃里帰り〃に懲りた啄木は「いかん、絶対認めない、どうしても行くというのなら京子を置いて二度とこの家の敷居を跨ぐな」と怒鳴り叫んだ。泣く泣く節子は諦めるが、追い打ちを掛けるように「函館にも二度と行くな。これは遺言だ。」とも言い放った。

啄木研究家は啄木の社会主義思想について口角泡を飛ばして論争を続けているが、それも啄木のその思想性を高く評価する視点が圧倒的である。しかし如何に高邁な思想を掲げても家庭で実家帰りを理不尽に拒絶するというのは社会主義思想とは全く無縁であり、否、むしろその逆である。家庭にあって婦人の人権を守ってこそ社会主義理論の実践となるのであり、平等な夫婦関係を尊重してこその社会主義思想である。詩人、文人としての啄木は高く評価するが社会主義者として、また家庭人としての啄木は完全な失格者だと言わざるを得ない。

8 義絶

その「失格者」としての典型が啄木最後の決断となった郁雨への「義絶」である。これによって啄木一家は奈落の底へまっしぐらに突き進むことになった。家庭の犠牲を顧みない横暴な啄木を見るのは忍びないがそれもまた啄木という人間の一面なのである。また啄木の〃陰湿〃な性格を示すもう一つの側面にも触れておく必要があろう。それは啄木を貶《おとし》めるためではなく正しく啄木という人間を知るための不可避の作業だからである。

というのも啄木の生涯のなかで最も多くの恩恵を受けた人々に対するある共通して啄木が示した態度についてである。啄木が最も世話になりまた恩恵にあずかった人々、とりわけ与謝野鉄幹、金田一京助、宮崎郁雨三人は啄木を語る際に必ず登場する人物である。鉄幹からは文芸の道を、京助からは精神的、経済的支援を、郁雨からは友情と金銭的支援を受けた。彼等がいなければ啄木の生涯は根本から変わったものとなったことは疑いない。しかし、啄木はこれらの〝大恩人〟に次第に背を向けるようになる。もっと正確に言えば〝裏切り〟即ち背信である。恩を受けていながら平然と背を向けるのである。

例えば歌壇登場の最大の功労者鉄幹については「予は与謝野氏をば兄とも父とも無論思つていない。あの人はただ予を世話してくれた人だ。（中略）予は今与謝野氏に対して別に敬意を持つていない。」（「四月十二日」『ローマ字日記』明治四十二年）

また京助については「モウ予は金田一君と心臓と心臓が相触れることが出来なくなつた」（「二月十五日」『明治四十二年当用日記』）「友は一面にはまことにおとなしい、人の良い、やさしい、思いやりの深い男だと共に、一面、嫉妬ぶかい、弱い、小さなうぬぼれのある、めめしい男だ」（「四月八日」）また短編『束縛』のモデルは金田一で氏の性格を矮小化して強調していたため、金田一は啄木に初めて怒りをぶつけ、次第に関係を遠のかせた。『一握の砂』を出版した時、啄木はその扉に特に郁雨と京助の二人の名を挙げ献辞した。しかし、京助はハガキ一枚の礼も書かず、長男眞一の葬儀にも出なかった。以後、二人が最後に顔を会わせるのは啄木が亡くなる二週間前のことであった。

郁雨についてはある〝事件〟をきっかけに啄木自身が一方的に義絶を宣告した。この話は人によって見解が異なり未だに決着がついていないようだが事実はそれほど複雑ではない。その〝事件〟というのは「美瑛の野より」という差出人の名がない手紙が節子に届いたことから始まった。節子が偶々《たまたま》留守だったので啄木が受け取り勝手に開封した。これ自体も問題だが、啄木は一目見てこれが郁雨のものであることが分かった筈である。啄木は中学時代教師達の板書する文字を一目で覚え、「○○君、直ぐ教員室へ」と黒板に書いて級友を騙すのが得意だった。それもほとんどの先生の文字を真似るので「石川、もうそんな悪戯《いたずら》止めろ」と級友たちから言われたほどだった。

そして外出から戻ってきた節子に問いただした。妹の光子が述べるところでは手紙とこれに入っていた為替を節子の目の前で破り捨て「今直ちに離縁だ、京子はここに置いてどこにでも出て行け！」と言ったという。この手紙は破棄されてしまったので何が書いてあったのかは分からない。しかし、これを読んだ啄木が激怒して離婚だと喚《わめ》いたのだから、話の大筋は推測がつく。やはり節子に対する〝愛情〟の籠もった手紙だったに違いない。

しかし、それはそんじょそこらにあるありきたりの男と女の愛情ではない。自分の子供でもない京子がジフテリヤに罹った時、節子と郁雨は四日四晩徹夜で看病し、とうとう京子の病魔を追い払った。笑顔の戻った京子をみて二人はどんなに嬉しく誇らしかったであろうか。こうした必死の看病のなかで節子と郁雨の間に共有しあうある種の感情が生まれたとして不思議はない。それは夫婦の間に於ける愛情とは異なる同志的な愛情と言うべきかも知れない。それは二人にだけ通じ合う感情であった。京子も郁雨を父以上になついて何処へ行くにも郁雨の手を離さなかった。函館のこの三人は正に第二の家族だったのである。

思うに啄木が郁雨の手紙を読んで激怒したのは節子と郁雨の間に入る余地のないことを覚らねばならなかったからである。二人は別の家族になっていて自分がいるべき場を郁雨に奪われたような気がして我慢ならなかったのだ。

それ故に郁雨と別れるべき時だと啄木は認めざるを得なかった。泣く泣く啄木は「義絶」の手紙を書いた。今その手紙は残っていない。郁雨はある時期まで手元に置いていたのだろうが、おそらく永久に封印するため誰にも分からぬ処に秘匿したか処分したのであろう。郁雨とはそういう人間なのだ。

そして啄木は啄木で自らの生活の退路を断って窮乏のなかで若い死を迎えた。二十六歳と二ヶ月の人生だった

三　残　照

1 無念の死

一九一一・明治四十四年に入って二月、体調がすぐれないので診察してもらうと慢性腹膜炎とわかり手術を受けたが退院後は高熱が出て思うように回復しない。この前後、啄木は土岐哀果と新文芸誌『樹木と果実』発行に全力を尽くすが高熱が止まずまた印刷屋が予約入金を預かったまま倒産して啄木最後の夢が消えてしまう。おまけに家族の不和が重なり、幸徳事件に心を痛め「時代閉塞の現状」を痛感する。内憂外患、啄木は高熱にうなされ遂に堀合家と宮崎郁雨に絶縁を宣告する。この時、忠操と郁雨の取った態度は申し合わせた訳ではないのに全く同じ「黙視」という反応だった。

この義絶通告に対して両者は返事を出すことなく無論慰留することなく暗黙の裡に事態を容認した。両人とも啄木家の悲惨な状況を知っていながら何故何一つ打開の手を打たなかったのか。確かに傍観者の立場からすれば忠操と郁雨の対応の冷たさを非難することは容易である。しかし忠操と郁雨はもうベストを尽くして啄木を支援してきた。郁雨に至っては義絶通告を受ける一ヶ月前、見るに見かねて東京の啄木の床屋の二階の間借りを止めさせて小石川に閑静な地に一軒家を借りその費用一切を出している。階段もなくトイレや台所も自由に使える有り難みは病人でなければ分からない。そこまでしての啄木からの絶縁通告である。仏の顔すら三度までだ。啄木は何度二人の顔に泥を塗りたくったことか。

また忠操と郁雨二人はこうも考えたのだろう。一時的に手を引いて様子をみることにしよう。何時までも我が儘を通すことは不可能だろうから降参して来たなら喜んで啄木を受け入れてやろう、と。この判断は間違っていなかった。一旦言い出したら頑固を押し通す啄木には何かを言えば逆効果になることは明らかだったからである。

しかし、事態は啄木の態度の軟化を許さなかった。母カツが一九一二・明治四十五年三月七日、肺結核で六十五歳の生涯を終えた。前日、啄木が布団から高熱を押して起き上がり母の額のタオルを取りかえたのが最期の孝行だった。

そしてその三十七日後、啄木も帰らぬ人となった。白いハンカチで覆われた啄木の遺体の枕元にいたのは節子、父一禎、若山牧水の三人のみであった。母と同じ肺結核だった。やがて庭で遊んでいた京子の手を取って金田一京助が駆けつけてきたが、逆さ屛風を見て事態を覚った。

2 節子の願い

啄木の葬儀は土岐哀果の世話で浅草等光寺で行われた。式の数日後、節子は縁側に腰を下ろして放心したように座っていた。啄木が残していった遺産は日記、ノート、発表されることのなかった幾本もの原稿、国禁の書物などが入った古ぼけた行李が一つ、そして売れる物はほとんど質屋にいって残ったわずかばかりの質種にすらならない古着の詰め込まれたもう一つの行李、この二つの行李が全てであった。

そして日記、ノートは金田一京助が、原稿と書物は土岐哀果が預かることになっていた。葬儀が終わり誰もいなくなった家は淋しすぎていたたまれず京子をつれて近くの公園で過ごし、夕刻帰宅すると一つの行李が無くなっていた。主人を失って遺された二つの行李、それまで失ってしまった。縁側に放心した節子の姿はその故であった。なんという不幸せな人生なのか、悲嘆と憤怒が交錯してどうにかなりそうであった。まもなくやってきた土岐哀果もまたこの出来事に言葉を失った。幸いなことに盗まれたのは古着の入った行李であった。

数日後、節子から土岐哀果に電話があった。盗まれた行李がそのままで戻って来た、と言う。行李を盗んだ泥棒は開いてみて質屋にも持っていけそうもないような古着を見て同情したのか後悔したのか。土岐は金田一京助と打ち合わせて急いで啄木の遺品を引き取る事にした。

言い忘れるところだったが啄木の遺産がもう一つあった。節子のお腹には第三子が宿っていたのだ。もう借金も前借りも出来ないのであるクリスチャンの世話で房州北条に移って六月十四日こどもを生み房江と名付けられた。しかし、赤ん坊を抱え、産後の肥立ちも良くなくこのままの生活は無理であった。

しかし、啄木からはきつく函館だけには行くな、と言われていた。亡くなる朝方にも啄木は節子に同じ言葉を繰り返した。だから節子は帰りたくても函館だけにはゆけなかった。頑迷な主人は亡くなってなお節子の束縛を解かなかったのである。

もし忠操が盛岡にいたのであれば躊躇《ためら》うことなく、盛岡に戻ったであろう。皮肉なことに郁雨も忠操も今は函館にいる。赤ん坊のミルク、自分の薬代、京子の食事代、下宿代すべてが節子の肩にかかってくるが支払いもままならない。このままでは親子ともに立ちゆかなくなるのが目に見えている。

　苦しい胸の内を節子は忠操にも郁雨にも一言も洩らしていない。その代わりに節子は土岐哀果にいろいろ相談している。土岐は啄木最後の友人だったが実は節子にとっても愚痴の言える大事な友人であったとも言える。節子が万やむなく函館に行く事を決心したとき土岐宛の手紙でこう言っている。

　之は私の本意ではありませんけれど、どうも仕方がありません。夫に対してはすまないけれども、どうしても帰らなければ親子三代うゑ死ぬより外にないのです。（中略）ほんとうに当分のつもりで行つてきます。病気と貧乏ほどつらいものはありません。病気には私決してまけないつもりですが、でもどう云ふものですか。／どうしても半ば頃になつたら行かうと思ひます。読売の方に小説が決まりましたら、立つ迄に十円ばかり都合していただけないでせうか。もし出来ます事なら折入つてお願ひ致します。（「七月七日」『啄木追懐』新人社版　一九四九年）

　曲折はあったが節子が二人の遺児を連れて函館の地を再び踏んだのは一九一二・明治四十五年九月四日のことである。父忠操の気配りから実家には入らず青柳町、函館公園近くの借家六畳二間を用意してくれていた。母トキと三女孝子が入れ代わり世話をした。苜蓿社仲間たちは出入を自粛した。また郁雨も気を使って彼女の家の敷居を跨がなかった。しかし、郁雨との間に生まれていた強い絆が消えた訳ではないから二人が会うのは時間の問題であった。後に郁雨は節子の弟了輔に「図書館に行ったついでに寄ってちょっと話した程度」だと語ったと言う。（『啄木の妻節子』）しかし二人がゆくりなく語り合う機会は思いがけないきっかけから生まれた。

　一九一三・大正二年春に入って節子の病気が悪化し入院しなければならなくなった。この話を伝え聞いた郁雨は知人の医者のいる豊川病院に手続きをし、以来、公然と見舞いに出かける様になった。

「京子の時にもお世話になったのに私までもがお世話になって、親子二代で本当にすみません。」

「いや親子二代の世話が出来るなんて滅多にありませんからこれは記録ものですよ。しかし、思えば本当に大変な日々でしたね。」

「主人はあなたと絶縁しましたけど、私には分かるんです。あの人は心の中ではあなたに謝っていたんです。頑固で人に弱みを見せたくない為に最後は意地ばっかり張るようになってしまったんです。」

以来堰を切ったように二人の思い出話は尽きることがなかった。京子も郁雨に甘えて病室とは思えない笑い声が響いた。しかし春になってから高熱が続くようになってきた。症状は啄木の時と同じだったから節子は自分も長いことないかもしれないと覚悟をするようになった。ある日、見舞いにやってきた郁雨に節子は思いきって頼み事をした。

「いつも面倒な頼み事ばかりしてご免なさい。お願いしていいでしょうか。実は主人の遺骨の事なんです。まだ浅草の等光寺に預けたままになっています。もし私に何かあればどうなることやら分かりません。それで一先ず私の手元に置くようにしたいのです。」

「そう言えば石川さんは死ぬ時は函館で死にたい、と言ってましたよね。私もここに眠る事が一番いいと思います。私は忙しくて函館を離れる訳にはいきませんが、誰かに行って貰いましょう。」

「本当に済みません。土岐哀果さんのお兄さんが等光寺の住職さんですから、私から土岐さんに手紙を書いておきます。土岐さんも分かってくれると思いますから、よろしくお願い致します。」

かくして啄木の遺骨は節子の意志で函館に運ばれる事になった。もし、節子の判断がこの時下されていなかったらもう全国的に知られている〝啄木の墓〟は函館には存在しなかったかも知れない。そして節子の死期が早まらず首尾良く治癒回復して函館以外に節子が移転していた場合も啄木の墓は函館ではなく節子の住む別の場所になっていた可能性はある。なにしろ函館は「ほんとうに当分のつもり」という堅い決意で来たのだから。

郁雨からの依頼で浅草等光寺から啄木の遺骨（母カツの遺骨と一緒）をこの年三月二十三日に持ち帰ったのは函館私立図書館の岡田健蔵であった。岡田は遺骨を節子に持参した後に岡田に預けられた。岡田は図書館の一隅に「安置所」を設け、大切に保管した。

これで安心したのか節子の容態はみるみる悪化、五月五日に眠るように亡くなった。享年二十七歳の短い春だった。啄木と同様肺結核による死であった。奇しくもこの日はその六年前啄木が函館の地を踏んだ同じ月日だった。忠操や郁雨と義絶し函館から袂を分かった筈だったが、なんとこの日、啄木はひっそり函館に現れ節子を迎えに来ていたのである。

3「埋骨の辞」

函館の市電に乗り終点の谷地頭停留場で降り、少し直進したところで左に曲がり側を道なりに歩いて行くとなだらかな登りになる。あまり広くない道だが観光タクシーがひっきりなしに通るので注意が必要だ。左側に日本海が見え大森浜が視界に入ると間もなくやはり左手に「石川一族の墓」が現れる。少し啄木について知識のある人はこの墓をみて決まって二つの疑問を持つ。一つには貧乏だった啄木にしては立派すぎるということ、いま一つは啄木の故郷は渋民なのにほとんどゆかりのない函館にどうしてここに墓があるのだろうということである。

最初の疑問は簡潔に答えられる。即ち啄木の支えになった地元函館の宮崎郁雨が中心になって没後に建てられたものだ。ただ、最初から現在見られるような立派なものではなかった。ただ、節子が亡くなったすぐ後、郁雨は京子の名目で現在の墓よりやや北側に墓地を求め、ここに啄木、カツ、節子、眞一の骨を埋葬した。一九一九（大正八）年に函館に出かけて初期に建てられた啄木の墓に詣でた土岐哀果は「墓標は六尺ばかりの角材で、消えかけた正面には『東海の小島の磯の白砂にわれ泣きぬれて蟹とたはむる』といふ一首が墨の跡だけ残つて、すこし高く、木地には風雨のあとがはつきりと刻まれてゐる。」（『啄木追懐』）とその様子を述べている。

土岐がこの初期の墓を訪れたのは節子が亡くなって六年後である。角材一本というこの墓標は一九一三（大正二）年六月二十二日に郁雨たちによって建てられたもので、文字は節子の父忠操の手になるものだが一説には別人の名を挙げているものがあるけれども忠操が正しい。目立つことや出しゃばることの嫌いな忠操が郁雨の懇願を快く受け入れて書いたもので、生前の啄木とのぎくしゃくした関係を考えると感慨深いものがある。

確かに角材の墓標はみすぼらしかったが二十二日の埋骨式には斉藤大硯、岩崎正等が参集し大硯が「埋骨之辞」を自ら筆を取りこの日参加者の前で読み上げた。この「辞」は滅多に紹介されないので敢えてここに全文を引いておこう。

埋骨之辞

杜鵑雨に鳴くは杜鵑の精なり詩人窮巷に労するは詩人の常命なり我が啄木石川君は盛岡の人其半生を操觚に委し

夙に新詩を以て斯壇の一角を画す行年有七なりと雖其の生や長しと謂ふべし境は不遇の中に貫くべし道や則ち高し嗚呼美なる哉真に天に登るが如し矣／君に遺孤あり親朋珠を護る君に遺文あり金蘭永く絶えず／抑も天下を以て養はるるものは養の大なるものなり天下を以て聞ふるものは聞の聞の偉なるものなり不封不樹我党に於て何かあらんや／巍たる函山影を懐きて亦君を懐く汪たる巴港其声を蔵す埋骨の地君の心に随ふ／一家四人皆一に帰す立待の岬永へに君の清気を留めんことを

「埋骨の地君の心に随ふ」というのはやはり地元函館に骨を埋まることへのある種のためらいや迷いが残っていたことを示したものであろうか。前にも少し書いたが啄木と大硯は互いに尊敬し合う仲だったから本音で何でも話し合ったであろう。その際、啄木は「函館は自然も人もいい人たちばかりだが、僕は故郷の佇まいの方がもっと好きだ」というようなことを大硯に話していたのではなかろうか。その言葉が大硯の頭の隅にあってこの一句を添えたのであるまいか。

4 立待岬

二つ目の疑問つまり縁もゆかりも薄い函館に何故啄木一族の墓があるのかという問題は少し話が込みいっていて話を整理する必要がある。人によって語られる内容が食い違っていたりするので聞いている方が混乱するのだ。たとえば郁雨は石川家の墓についてこう言っている。「元々啄木一家は父一禎が事情あって新たに創立した新生石川家であったから、家代々の菩提寺や墓所は、啄木の生誕地玉山村日戸にも亦彼が母の懐の様に愛慕した渋民村にも、その他の何処にも無かったのである。」(『函館の砂』)つまり啄木は「新生石川家」の人間だから墓は新しく作らない限り「無墓家」だったという事になる。郁雨という人物は人を傷つけたり貶めたりするような性格ではないから、つい彼の言葉を信じてしまいたくなる。

しかし、啄木研究の第一人者の岩城之徳は綿密で緻密な手堅い実証主義者であることは誰もが認めている。岩城の調べたところによれば啄木の父一禎の菩提寺は岩手県平館村の曹洞宗大泉院であり、その境内の一角に石川家先祖の「梅鉢の紋章が刻まれ」た墓碑群があり、写真まで添えて証明している。(『石川啄木傳』東寶書房　一九五五年)

ということは、ものの道理から言えば啄木が望めば入れる墓は既に存在しており、よほどのことがない限り平館村の大泉院、梅鉢の紋章が刻まれた先祖の墓に眠るのが自然であり当然だということになる。現に啄木の妹光子は「墓地を函館に移すということが、私たち石川家の誰の許可もえないで行われたのはどういう訳なのだろう。」と怒りを込め抗議している。(『兄啄木の思い出』)

ただ、光子が「墓地を函館に移す」というのは不正確で、正しくは「墓を建てた」である。平館村の大泉院から墓を函館に移したわけではない。また、光子は「石川家の誰の許可もえないで行われた」と言っているがこれも正確ではない。

郁雨たちは浅草から運んだ啄木たちの遺骨と節子の葬儀について、当時室蘭の山本千三郎に寄寓していた父石川一禎に手紙を出し、遺骨のこれからの意向を尋ねたところ、「いまごろそのような相談に与ることは迷惑であるから其方で適当処置して欲しいという回答に接した。」(『函館の砂』)と言う。一応、郁雨たちはスジを通して父側の意向を聞いているのだから光子の言い分は無理がある。

正確な手紙が残っていないので一禎ともあろう人が〝迷惑千万〟とも聞こえる態度にでたというのは驚きである。実際、この手紙に憤激した岡田健蔵は「迷惑とは何事だ。それでも父親か！そんな事なら意地になってもこの函館に啄木の墓を建ててやる。」と言い放ったと郁雨は回想している。一禎のこの手紙が郁雨たちの墓建立の意志に火をつけた事は確かであり何が何でも函館だ、という気にさせたのも一禎の言辞だったと言えるかも知れない。

啄木が存命中「死ぬなら函館で死にたい」と言ったのも事実であれば

今日《けふ》もまた胸《むね》に痛《いた》みあり。
死《し》ぬならば
ふるさとに行《ゆ》きて死《し》なむと思《おも》ふ。

という心境もまた本音であったろう。しかし、渋民村にはもう戻れない。一方、函館とてそれは同じ事だ。郁雨を義絶した後、節子に亡くなる朝にだめ押しまでした。かくなるまで事態をこじらせたのは誰あろう、啄木自身である。その啄木にはもう当事者能力がない。となれば生き残った者が霊界をさ迷い続ける啄木を救うしかない。黄泉《よみ》の世界から安心して降りてこられる安らぎの場を造る資格を持つ者たち、浅草等光寺に眠る遺骨をいち早く函館に招いた郁雨たちこそ、その守護者であり、建設に相応しい資格を持った人々というべきであろう。

現在の墓地が完成したのは多くの曲折はあったものの一九二六・大正十五年八月一日である。その後、一九三一・昭和六年四月十三日に長女京子の夫石川正雄の手によって父一禎、京子、次女房江の遺骨が合葬された。その後、京子の二子晴子、玲児の遺骨を収めたあとは石川家からの公式な申し出によって無縁となり今日に至っている。

やや強引と思われるような啄木の墓の建設には常に郁雨がいた。彼の存在無しに現在の啄木の墓はあり得なかった。郁雨は家業の傍ら教育、福祉、文化方面でも尽力し、戦後は一時「公職追放」となっている。私事にわたるがかつて昭和時代の歴史研究に関わっていた頃にこの公職追放に関して史料の復刻をしたことがある。『復刻　公職追放』(全二巻　明石書店)がそれだが調べてみるとその二巻の三五八頁に確かに「宮崎大四郎」の名が見える。この「公職追放」は当時の占領軍による一方的な指示によって行われたものであり、また政府のサボタージュもあって戦争犯罪とその責任を問うような性質のものではなかった。それゆえこのことを以て郁雨を批判するには当たらない。

郁雨は一九三八・昭和十三年、帝国在郷軍人函館市連合分会長になったことで戦後一切の公職に就けなくなった。そして、函館引揚援護局総務部渉外課に就き戦後処理の一環を担い、さらに教育事業の支援活動に携わった。合間に啄木顕彰の道筋をつけるために尽力、函館地域社会の文化向上に努めたことが認められ函館市文化賞を受賞した。

一九六二・昭和三十七年二年前に患った脳溢血が再発三月二十九日午前零時、啄木と生き啄木に託した生涯を終えた。享年七十八歳であった。彼はいま啄木の傍らに建てた墓にあたかも啄木に付き添うように眠っている。

郁雨は金田一京助と並んで啄木を語る資格がありながらその多くを語らず逝ってしまったが、彼の啄木への貢献は今後も永く語り継がれて行く事であろう。饒舌を嫌い寡黙だった郁雨が啄木に捧げた歌の幾つかを以て本節を閉じよう。

潮かをる立待岬の崖の際玫瑰《はまなす》咲けり啄木の墓
啄木と共に酒のみ供に寐し思ひ出古しこの家にして
啄木が曾て勤めし新聞社家のみありて秋風吹くも
函館に郁雨なほ生き住めること伝説めけば恋ひし啄木
さる夏にわが宿りしははからずもかの子奴の家なりしかな
唯一のわれ遺業となるならむ啄木の墓を撫でてさびしむ

あとがき

前著『石川啄木という生き方』を書いた時は、初めて正面から啄木に取り組んだので、目にする文献、資料の悉くが初見のものばかりであり、その分析に戸惑うことが多かった。なかでも啄木自身の日記や手紙に潜む独特のレトリックに気づいたのはかなりの時間が経ってからであった。それ故に前著と本書で啄木像のとらえ方が異なる場面が幾つか生じている。啄木の虚言癖や相手を騙す手口などは最初に抱いていた啄木像には全く無かったから、その視点から生じた本書での啄木像に関する幾つかの変更のあることを正直に認めなければならない。

口の悪い友人たちが最近は口を揃えて「なんで、今ごろ北大路魯山人や石川啄木なんだ」と言う。私の初めての著作は『教育の戦争責任』だった。日本の著名な教育学者たちがあの侵略戦争を賛美しそれに殉じることを奨励した事実を明らかにした仕事だった。こんな研究をして現在の日本で正当に評価されないことを百も承知で書いたのだから、この結果は目に見えていた。しかし、この書の「あとがき」で私は生意気にこう書いたものである。「本当に書きたかったのは、こんな仕事ではなく日本民族を豊かな文化に導く仕事であった」

そして、ようやく書きたい、書き残したい著作が柳田國男、宮本常一、北大路魯山人、そして石川啄木に繋がった。だから友人たちの疑問は私自身にとっては少しの矛盾はないのだが、やはり理解して貰うのは難しいのかもしれない。

本書も何人もの人々のご協力とご指導を得ることが出来た。とりわけ小樽文学館の玉川薫氏、函館文学館の竹原三哉氏には貴重な興味深い示唆や資料の提供などを頂いた。

実は本稿は二年前に出来ていたのであるが思いがけないアクシデントのため遅延のやむなきに至ってしまっ

た。しかし、その分、最終稿に手を加える時間を取ることが出来たのは幸いだった。
前著に続いて本書の刊行を快諾してくれた社会評論社の松田健二氏には感謝の言葉もない。

二〇一一年九月二十六日

東北大震災の犠牲者のご冥福を衷心から祈りつつ、たくましい東北人の復興の確かな足音を聞きながら

著者

《主要参考文献・主要資料一覧》

【全　集】

金田一京助他編『石川啄木全集』（全八巻）筑摩書房　一九七八年版

【伝記・評　伝】

1 岩城之徳『石川啄木傳』東寶書房　一九五五年
2 岩城之徳『石川啄木伝』筑摩書房　一九八五年
3 岩城之徳『啄木評伝』學燈社　一九七六年
4 岩城之徳編『回想の石川啄木』八木書店　一九六七年
5 金田一京助『石川啄木』改造社　一九三九年
6 金田一京助『金田一京助全集　第一三巻』三省堂　一九九三年
7 金田一京助『新訂版石川啄木』角川書店　一九七〇年
8 伊東圭一郎『人間啄木』岩手日報社　一九五九年

【各　論】

1 宮崎郁雨『函館の砂』東峰書院　一九六〇年
2 金田一京助他『石川啄木研究』楽浪書院　一九三三年
3 宮守　計『晩年の石川啄木』冬樹社　一九七二年
4 土岐善麿『啄木追懐』新人社　一九四七年
5 阿部たつを『啄木と函館』幻洋社　一九八八年
6 長久保源蔵『野口雨情の生涯』暁印書館　一九八〇年
7 長島和太郎『詩人野口雨情』有峰書店新社　一九八一年
8 塩浦　彰『啄木浪漫』洋々社　一九九三年
9 小樽啄木会編『啄木と小樽・札幌』みやま書房　一九七六年
10 宮の内一平『啄木・釧路の七十六日』旭川出版社　一九七五年
11 堀合了輔『啄木の妻　節子』洋々社　一九七四年
12 好川之範『啄木の札幌放浪』小林エージェンシー　一九八六年
13 鳥居省三『石川啄木』釧路新書　一九八〇年

14 西脇　巽『石川啄木の友人』同時代社　二〇〇六年
15 西脇　巽『啄木と郁雨』同時代社　二〇〇五年
16 鬼山親芳『評伝　小国露堂』熊谷印刷出版部　二〇〇七年
17 川並秀雄『啄木の作品と女性』理想社　一九五四年
18 三浦光子『兄啄木の思い出』理論社　一九六四年
19 吉田狐羊『啄木を繞る人々』改造社　一九二九年
20 阿部たつを『新編・啄木と郁雨』洋々社　一九七六年
21 小林芳弘『啄木と釧路の芸妓達』みやま書房　一九八五年

【他】

1 国際啄木学会編『石川啄木事典』おうふう　二〇〇一年
2 上田博監修『啄木歌集カラーアルバム』芳賀書店　一九九八年
3 司代隆三編『石川啄木辞典』明治書院　一九七〇年
4 岩城之徳編『写真作家伝叢書ー石川啄木』明治書院　一九六五年
5 吉田狐羊編『啄木写真帳』藤森書店　一九八二年（復刻版）
6 岩城之徳『啄木研究三十年』學燈社　一九八〇年（私家版）
7 倉田　稔『石川啄木と小樽』小樽商科大学『人文研究』一〇九号　二〇〇五年
8 『啄木研究』洋洋社　第一号～第八号　一九七六～一九八三年
9 木原直彦『北海道文学史　明治編』北海道新聞社　一九七五年
10 中村光夫「現代日本文学史　明治」『現代日本文学全集　別巻一』筑摩書房　一九五九年
11 小笠原克『近代北海道の文学』日本放送出版協会　一九七三年
12 北海道新聞社学芸部編『物語・北海道文学盛衰史』河出書房　一九六七年
13 蝦名賢造『札幌農学校』図書出版社一九八〇年
14 札幌市教育委員会編『遠友夜学校』北海道新聞社　一九八四年
15 武井静夫『後志の文学』北書房　一九七〇年
16 丸谷才一『コロンブスの卵』筑摩書房　一九七九年
17 水川　隆『夏目漱石と戦争』平凡社　二〇一〇年
18 澤田信太郎『松前の隼―村田と澤田のものがたり』二〇一一年　中央公論事業出版

■筆者紹介
長浜　功（ながはま・いさお）
1941年北海道生れ、北海道大学教育学部卒、同大学院修士・博士課程単位取得退学、東京学芸大学教授、定年退職以降、念願の歴史・文芸に関する著述に専念。

■主な著書
『教育の戦争責任―教育学者の思想と行動』（大原新生社　1979年）
『常民教育論―柳田國男の教育観』（新泉社　1982年）
『教育芸術論―教育再生への模索』（明石書店　1989年）
『彷徨のまなざし―宮本常一の旅と学問』（明石書店　1995年）
『北大路魯山人―人と芸術』（双葉社　2000年）
『石川啄木という生き方』（社会評論社　2009年）
『野口雨情が石川啄木を認めなかった理由』
（eブックランド社［電子版］2011年）

■主な監修・編集
『柳田国男教育論集』『柳田国男文化論集』（新泉社　1983年）
『国民精神総動員史料集成』全3巻（明石書店　1996年）
『史料　国家と教育―近現代日本教育政策史』（明石書店　1997年）

啄木を支えた北の大地
北海道の三五六日

2012年2月20日　初版第1刷発行

著　者　長浜　功
発行人　松田健二
発行所　株式会社 社会評論社
東京都文京区本郷2-3-10
tel. 03-3814-3861/fax. 03-3818-2808
http://www.shahyo.com/

装幀・組版デザイン　中野多恵子
印刷・製本　倉敷印刷